伟大征程

——中国作协庆祝改革开放40周年主题采访活动作品集

中国作家协会 编

作家出版社

目录

报告文学

诗　歌

新闻报道

肩负时代使命　讲好改革故事

——在庆祝改革开放 40 周年主题采访活动启动仪式上的讲话

中国作协党组书记、副主席　钱小芊

同志们：

今年是我国改革开放 40 周年。隆重庆祝改革开放 40 周年，是全面贯彻落实习近平新时代中国特色社会主义思想和党的十九大精神的重要举措，是党和国家政治生活中的一件大事，也是我国文学界和中国作协的一件大事。组织好庆祝改革开放 40 周年活动，对于深入学习习近平总书记关于改革开放的重要思想，引导广大作家和文学工作者统一思想、坚定信心，不忘初心、牢记使命，繁荣发展中国特色社会主义文学事业，为实现“两个一百年”奋斗目标、实现中华民族伟大复兴的“中国梦”贡献力量，具有重大意义。根据中央要求，结合文学事业和作协工作的实际，中国作协制定了庆祝改革开放 40 周年活动方案，组织开展系列庆祝活动。这次主题采访活动就是其中一项重要内容。

历史总是在一些特殊年份给人们以汲取智慧、继续前行的力量。40 年前，以党的十一届三中全会为标志，我国开启了改革开放历史征程。改革开放“这场中国的第二次革命”，深刻改变了我们国家的面貌，推动国家各项事业发生了翻天覆地的变化，创造了令世界赞叹的“中国奇迹”。改革开放使我国经济实力大幅提高，人民生活极大改善，人民精神面貌发生深刻变化，我国的国际地位和国际影响力日益增强。40 年众志成城，40 年砥砺奋进，40 年春风化雨，全国人民在中国共产党的领导下书写了国家和民族发展的壮丽史诗，中华民族迎来了从站起来、富起来到强起来的伟大飞跃。改革开放的伟大历程、伟大成就，成为我们增强“四个自信”的重要来源。

习近平总书记指出，改革开放是当代中国最鲜明的特色，也是我们党最鲜明的旗帜。改革开放是决定当代中国命运的关键一招，也是决定实现“两个一百年”奋斗目标、实现中华民族伟大复兴“中国梦”的关键一招。历史和现实昭示我们，改革开放是当代中国发展进步的活力之源，是实现“中国梦”的必由之路。在中国特色社会主义新时代，我们必须继续坚定不移走改革开放这条正确之路、强国之路、富民之路，坚定不移地将改革开放进行到底。

改革开放40年波澜壮阔的生动实践为文学创作提供了极为丰沛的资源。广大作家作为改革开放伟大事业的在场者、参与者和书写者，亲身经历历史性变革，积极投身火热的社会生活，热情响应时代召唤和人民期待，关注现实，面向未来，讴歌中国人民在改革开放大潮中追求民族复兴的光辉历程，创作了一大批有思想、有温度、有筋骨，为人民群众所喜爱的名篇佳作，发挥了用文学引领风尚、教育人民、服务社会、推动发展的作用。

在实现“两个一百年”奋斗目标、实现中华民族伟大复兴“中国梦”的新征程上，今天，我们庆祝改革开放40周年，就是要坚持以习近平新时代中国特色社会主义思想和党的十九大精神为指导，深入学习贯彻习近平文艺思想，更加自觉地肩负起历史责任和时代使命，坚定道路自信、理论自信、制度自信、文化自信，提升文艺原创力，不断推动文艺创新；就是要坚持以人民为中心的创作导向，在深入生活、扎根人民中进行无愧于时代的文学创造，加强现实题材创作，不断推出讴歌党、讴歌祖国、讴歌人民、讴歌英雄的精品力作，攀登文学高峰；就是要坚持践行和弘扬社会主义核心价值观，追求德艺双馨，做有信仰、有情怀、有担当的作家和文学工作者；就是要坚持广泛开展多领域、多层次、多种形式的中外文学交流，推进中华文化“走出去”，扩大中国文学在世界文学格局中的影响力。

在庆祝改革开放40周年期间，我们将举行一系列活动，包括召开首都文学界庆祝改革开放40周年座谈会；在现代文学馆推出“走进新时代的中国文学”专题特展；编辑出版《改革开放40年文学》丛书、《共和国70年名家名作》丛书；办好北京国际图书博览会中国作家馆；与《人民日报》联合举办主题征文活动；举办第三届中国文学博鳌论坛；组织所属报刊社网、文学社团采取开设专栏、举办主题研讨、座谈等多种形式，大力营造庆祝改革开放40周年的浓厚氛围。

这次，我们组织的庆祝改革开放40周年主题采访活动，是系列庆祝活动的一项重要内容。目的就是引导广大作家积极宣传改革开放的伟大历程伟大成就，弘扬以爱国主义为核心的民族精神和以改革创新为核心的时代精神，大力营造团结向上的浓厚氛围，为激励全体中华儿女不断奋进、凝聚起同心共筑“中国梦”的磅礴力量做出文学应有的贡献。这次主题采访活动的主要安排是：从现在开始，到今年12月，共组织一百多位作家，组成4个采访团，围绕农村改革、精准扶贫和乡村振兴战略，对外开放和经济特区建设，重大科技创新成就，边疆民族地区新变化新气象等主题，深入一线采访采风。今天启动仪式结束后，第一采访团就要前往改革开放最前沿的广东、福建两省采访创作。

希望参加采访活动的各位作家，珍惜学习考察的机会，重温改革开放伟大历程，聚焦40年来我国城乡发生的巨大变化，以身入、心入、情入的姿态，深入了解和深情讲述改革开放的故事。中国作协有关部门要以高度的政治责任感抓好主题采访活动，周密部署、精心实施，务求取得实效。在采访活动中，要严格执行中央八项规定精神，坚决防止形式主义，力戒铺张浪费，确保主题采访活动扎实有效。

最后，预祝活动圆满成功！祝各位作家朋友身体健康，采访顺利！

谢谢大家！

2018年7月16日

散文

君住长江头

周瑄璞

一直以来，我小说里的人物，他们去往外面的那个世界，经常是南方沿海地区。那里的大城市，对我们西北人来说只是一个传说，一个和内陆古城极为不同的地方，只是作为一个意象出现在文字里。在我即将出版的长篇小说中，关于20世纪末的西安，有这样一段描述："广东最新式样的服装，三天就可出现在这条街上，再由各地来的大小商贩们，蚂蚁一样驮运回西北各地和相邻的山西、四川。这条一公里长的南北路上，各省各地前来批发服装的人，见天像流水一样涌来。传说温州人最早在这里，两棵小树之间，挂一根铁丝就是一个摊位，卖南方最流行的服装，卖牛皮纸做成的皮鞋，每天收入相当于东、西两隔壁一个大学教授和主治医师的月工资外加奖金。后来这里渐渐形成西北地区最大的服装批发一条街，独领风骚三十年。"

南方，是我们接受新鲜事物的发源地；沿海，是内地人向往又胆怯的地方。信息、财富、传奇自南方来，电子表、牛仔裤、港台腔、流行歌曲，像风一样，刮到黄土地，叩开古城大门，给我们带来巨大冲击与惊讶。广东、福建，成为北方人内心的向往与憧憬，所以，我常常让我小说中那些怀揣梦想的小人物，带着北方人的雄心和懵懂，坐上火车，到那里去。当然，由于我对那个世界的陌生和新奇，也只是简单地写一句"他去广州了""他在厦门工作""他在深圳干了几年回来了"这样的话。至于他们在那里的生活，不得而知。我只是想象着他们在那里收获了成功，收获了辛酸，也获得了财富与成长。而我一个远在内地的人，只是想象着他们的生活。我仅有的几次闽粤之行，都是匆匆而过，改革开放的前沿，留给我的是惊鸿一现的精彩与美丽。而我在 2017 年夏天，随中国作协采风团，得以再次踏上那片充满生机的红土地，对她进行认真的领略与细读。

第一站，是中国近代史以来改革开放的前沿，统领风气之先的广州。其果敢英勇和细腻雅致，早有深刻印象。北方的我们，更喜悦她湿润宜人的空气，到处洁净而芬芳。珠江两岸，风如绸，人如织，现代化建筑灵秀而高拔，似有一股腾飞的力量，小蛮腰是这个城市的天线，节节伸向高空，给岭南大地传输着生机勃勃的信号。

由广州至东莞，一路只见城市不见乡村，看见庄稼看见绿树，看不到传统乡村的身影，证明这里城镇化建设已经全面完成。高科技企业遍布岭南大地，这是一片早已进入现代化的土地，广州大经济圈形成，绿水青山环绕，每个地方都能以最快速度抵达省会城市。广东人最知道时间和效率的重要性。

汽车驶入深圳市区，不由得心情激动。这里是中国改革开放的最前沿阵地，我之前小说中的那些小人物，最爱来到这个城市，机会多，钱好挣。二十世纪八九十年代最流行的一个词是，“深圳速度”。这对于我们内地西北人来说，是一个令人向往的境界，代表着高效务实。当年西安城有一个传说：一群陕北老干部，集体参观考察深圳，回来之后抱头大哭，“这哪里还是社会主义呀！毛主席领导我们建设的那一套全丢掉啦，完全是资本主义那一套”。老干部们如今不知所终，这个传说也不知是真是假，而一个铁定的事实是，深圳的特区建设是一个成功的范例，短短几十年，成为中国一线大城市，带动东南沿海和内地的经济，其腾飞的速度与模式，留给国人一个印象深刻的“深圳速度”。时光千百年来，以她不变的步伐在行走，而时代的发展，给予时光流逝以不同的解读。有时候如此漫长，似乎静止不动，甚至历史可以倒退，有时候又日新月异，跨越式进展。透过车窗，我们惊讶于大都市竟然和蓝天白云如此完美结合，每一朵云都洁白无瑕，舒展地飘荡，天上的白云柔和地变幻图案，地上的大楼笔直线条够向天际，云和楼相互映衬，牵手、对话、致意，使这个年轻的城市犹如一个童话世界，仿佛一切都是新生。

站在莲花山上，小平同志的雕像阔步向前，俯视前方。我们顺着他的目光看去，市政大楼如大鹏展翅，现代化建筑群簇拥围绕，向着大海，延展而去。头顶上蓝天明澈，白云悠悠，太阳热辣照射，大海水汽氤氲，使眼前所见犹如梦境。我站在那里，久久沉思，不，这并不是梦，也不是海市蜃楼，而是真实存在，中国人敢于追梦的实干精神，四十年间，将小小渔村建成一个国际化大都市，和香港实现了“无缝对接”，使东方明珠如期回到祖国怀抱。

相比于广东的勃勃生机，福建更多呈现出秀美与沉静。厦门的美丽与泉州的富饶，从自然风光、街头建筑与普通店铺就能见出。

沿海公路蜿蜒伸展，隔着浪花与海平线，鼓浪屿成为一道优美起伏的风景，而厦门大学的学生，游泳课就是穿过马路，走向大海。我的一位朋友蕙蕙是土生土长的厦门人。年轻时她怀揣梦想，到北京工作，奋斗十几年，事业有成，不想近年来思乡病频犯，回到厦门就不思返京。痛苦抉择之后，决定放弃京城优厚条件和成功的事业，夫妻转移战场孩子转学，全家搬回到她的厦门岛。常常联系时，蕙蕙女士不是喝茶就是在海滨漫步，实实令人羡慕。

来自西安的我，与同是历史文化名城的泉州有着某种不需多言的好感，似乎有着情感相通的默契。海上丝绸之路由此出发，将中华文明和东方贸易带到欧洲。丰富的历史文化与渊源，让这座城有了一份厚重与自信。而这里的人们也牢记着自己从中原迁来的历史，将境内母亲河称为晋江，历史的传承一路走来，不忘初心才能走得更远。店铺里的玉器，有着与内地不同的雕工与造型，它们更为硕大饱满妖娆精美，呈现着物质的丰盛与生活的富足，追求财富的梦想和静享安乐的休闲结合得如此美妙。漫步泉州街头，竟然没有一丝陌生感，店铺林立，货品丰盈，商业发达，处处可见，沉淀的是时光，定格的是文化，快节奏与慢生活各得其味，好像人生本该如此。

沿海而居的独特位置，让福建人有了一份开拓进取与冒险精神，这里的人们为了追求梦想与财富，敢于背井离乡，顺着大海走向世界，又将在世界打拼赢得的财富带回故乡，造福乡梓，形成独特的侨乡文化。这样一座城市，一天两天，看不完，读不尽，我默默地在心里说，泉州，我还会来。

伟大的改革开放，由沿海肇端，南方插上了腾飞的翅膀，以她强劲的力量，带动祖国内地，使我们这个千年文明的古国走向富强和繁盛。中华民族几千年来，从来没有像现在这样，最广大的普通百姓如此富足而安稳，物质生活极大地丰富，对精神生活更加渴求。

在与广东省作家协会举办的座谈会上，来自各地的采访团成员，讲述着当年改革之初，内地人对于广东的想象与向往。各种话语牵引出的日常细节，如同涓涓溪流，汇聚一处，形成浩大的流淌。我突然想到，祖国建设，就如浩荡的长江，由源头出发，一路向东，奔流到海不复回。突然想到宋人那首词，两字之改，恰可表达心情：君住长江头，我住长江尾，日日思君不见君，共饮长江水。地处改革开放腹地的我们，曾经对前沿与源头有着几多羡慕与向往，今朝亲自踏上这片土地，走过山山水水，走进大都市、小城镇，寻找答案与谜底，全面领略了她的强健与生机，感受到祖国之大、祖国之强、祖国之美，触摸到历史前进和国家腾飞的足音与脉搏。

祝福祖国，从此走向强盛。

我与广州的前世今生

魏 微

我来广州晚了些，2005年，35岁。回望我和这个城市的关系，是有点像婚姻中的媒妁之言：一个偶然的机会，两个不相识的男女坐到一起，彼此看上一眼，印象尚可，于是对自己说，就是他吧。也因此，我和广州的结合，起初是少一点浪漫主义的，我们是“先结婚，后恋爱”。

2004年底，经一个朋友牵线，我和广州的一个文化单位建立了联系，不久就见面了，一个月后举行“婚仪”。我疑心这可能是我一生中最重要的事情之一，落户一个从来不曾想的城市——这样说似乎有欠公正。我将结束漂泊生活，如果不出意外，我将在这里落地生根，很多年后也将在这里长睡不醒。

我记得我在少年时期，对广州曾有过几年“单恋”。我这一代的少年人，打小就有离家出走、飞身扑向大城市的冲动——越是小地方出生的越有这样的冲动。而当年的大城市，我看来看去只看得上广州，如果还有“之一”，我会加上深圳。需知，那是二十世纪八九十年代的中国，我这一代人所理解的改革开放，是和这两城市脱不了干系的。

我不知道当年是什么原因阻止了我向广州投怀送抱，后来我辗转南京、北京，一晃十几年过去了，以至于把广州忘得干净。我是落户这里以后，才想起从前的那回事：我对这城市曾怀有过激情。不妨说，那是一种狂热的“单相思”，像那个时代的绝大多数人，我渴望和它进行碰撞，撞个满怀。我想南下，下海，当一回弄潮儿——这全是那个时代的新鲜词汇——也许说到底，我只能去当一个女职员、打工妹、女学生，然而这又有什么关系呢？我将贴着时代的脉搏，与它同呼吸，共浮沉。——更准确的表达也许是，它浮了，我沉了，但是我不介意。

我幻想自己怎样离家出走，拎着大包小裹，中间几经周折，终于挤上了一趟南下的列车。我的视野突然开阔了，似乎我已经看见了，就在此时此刻，这个国家不知有多少趟南下的列车，发自北京、上海、成都、西安……中间停靠无数的小城小镇，也就是说，它们很有可能把全中国的有志者、梦幻者一股脑儿全卷了，满载他们一路南下，南下。

多么壮阔的一幕啊，条条大路通罗马，在刚刚过去的二三十年，我愿意这样设想，趟趟列车都奔向广州。我幻想自己就在这“时代的列车”上，蜷缩在一个角落里，我是那样一个羞怯的、满怀憧憬的姑娘，眼神直愣愣的，偶尔也会眨一眨。我的神情一定严肃至极，浑身充满紧绷绷的力量，即便睡着了，嘴角也会泛起微笑。一车厢的人全是这样的神情，痴痴的，直勾勾的，犹疑的，梦游一般的，或有微笑的，沉思的，打着瞌睡的。

昏暗的车厢突然一阵骚动，广州到了。是啊，广州到了。后来，每当我忆起这虚构的、我一生中并不存在的一刻，我都不能自已。这一刻，是背井离乡的欧洲人经过漫长的海上漂泊，遥遥看见自由女神像的一刻。这一刻，是革命青年奔赴延安，抬头看见宝塔山的一刻。这一刻，更像是百年前的乡下混混们初涉上海滩，幻想当流氓大亨的一刻。概而言之，广州这几十年，是有点类似于历史上的纽约、上海、延安、芝加哥。究其原因，是它们的身后都站着动荡、理想、激情、可能性。

很多年后，当我落户广州，几次出入广州站，我都试图想象当年的情景，年轻的我站在出站口的风里，蓬头垢面，满面倦容。无数的人挤迫着我，我躲一躲，再躲一躲。一边护着行李，一边还要东张西望。我不知道要去哪里。一个男人倚着廊柱看我，我把眉头一皱，脸拉得老长，意思是，少来这一套，我是不会上当受骗的。因为在此之前，我已被多次提醒，人心叵测，世事难料。不要跟人搭讪，不要对视，不要回头。于是，我很果断地拎起行李，大踏步地，让自己消失在人群里。

我想说的是，我当然可以想象当年的场景，却再也没有当年的心境了，就是那种胆怯的，又是无畏的，又是危险的，脑子里一闪一闪的全是无意义的思想的小气泡。现在的我是个成年人，冷静、笃定，我已过了创业期，我来这城市不是为了奋斗，而是安居。广州给了我少年时代曾梦想的一切，光滑、舒适、漂亮，也许是太漂亮了，以至于我来这城市的最初几年，都不再有焦虑、渴望、痛苦。我对万物都不再感兴趣了，虽然会装出感兴趣的样子。我都怀疑自己是否还有感情。

可是那天，当我站在广州站的广场上，看着那些进出站口的外省人，看得久了，便恍惚觉得，我可以是他们中的每一个人。他们每个人都是从前的我啊，代替我实现了与这城市最结实、艰辛、活跃、难测的关系。而现世的我一旁站着，很遗憾自己不能代替他们。——某种意义上，我和广州的关系是因为这个建立起来的，像年少时失之交臂的情人，很多年后再结合，起始是需要许多艰难磨合的；一年年地相濡以沫，有一天自己都不期然地，发现我对它竟如此深情。

平潭开篇

王剑冰

一

从深圳乘高铁到福州已是夜晚，接站的福建朋友说，要乘大巴直接去平潭，路上有近两小时的行程，可以在车上休息一下。窗外一片黑暗，看不出车子的行走路线。后来才知道我们来到了闽江入海口和台湾海峡的交汇处，才知道平潭是离台湾最近的一个岛，相距只有68海里。

说是一个岛，却一点都感觉不到，或是因为它太大了，放眼望去，总能看出去很远，却一时望不到海。等在某个地方看到了海，也会感觉海的辽阔与平缓，与这岛贴心贴肺。想平潭的名字，或可由此而来。但是从音声去想，会想成“评弹”，一种美妙的说唱。平潭也叫海坛，海坛也很贴切。各个朝代在平潭都设兵署，从明代抗倭到现代“实战演习”，都留有遗迹，表明平潭从古至今一直是战略要地。

看平潭必须要从高处看，那是100多个岛礁聚在一起的珍珠。其中就有涛声震天神秘诡变的“东海仙境”，有比乐山大佛大四倍横卧海天的“海坛天神”，有如巨帆漂浮海面的“半洋石帆”，还有石牌洋、君山、王爷山、一片瓦等奇胜异境。而龙凤头、黄金海岸，都是绝妙的戏水场所。这片美丽的地方，谁来了都不想舍弃。岛上壳丘头遗址散布着贝壳和陶片，考证说与商代同一个时期。也有考察证明了平潭与台湾的文化渊源。

岛上到处是石头房子，红色的瓦上压着块块石头，既是对瓦的尊重，也是对瓦的在意。在上攀村，还专门展示了另一项研究成果，那就是，平潭很可能是南岛语族从大陆走向岛屿的第一块踏板。

二

抬眼就看见了正在建设的公路、铁路两用桥。这是上到一个高处陡然停车之后。桥像一架巨大的龙骨，拱在海间。海间无数小岛，有些桥墩踩着小岛，在海中跳跃。看着那龙骨潜水翻山，不知飞往何方。问了才知，那是要跨越平潭海峡，去往福州。而岛的背面，就是台湾海峡。也就清楚了平潭岛的方位。

昨晚来的时候，我们是跨越了一座跨海大桥的，那座大桥也是近些年从最短的距离连接了岛和大陆。以前居民进出平潭，无不靠船。

这一座公铁大桥却不那样走，而是取直线，从福州一路穿鼓山，跨闽江，再穿越人屿岛、长屿岛、小练岛、大练岛直至平潭。项目总经理彭光辉说，建设的福平高速铁路，不仅对促进平潭及海西经济区的开发具有重要意义，也是未来京台高铁的"咽喉"。

我本来有些疑惑，为一个岛投巨资，建这样一条高速公铁跨海大桥，是否值得？现在终于明白，这个大计划大战略中，还有着直通台湾的规划，设计时就预留了跨越台海的位置。当地人说，为了使平潭的发展更加迅捷，还有四条道路要通达平潭，而且岛上还设计有机场。这真像在江南猛然听到评弹开篇一般，令人惊艳。

往前多少年，平潭都是作为前沿对待了，既然是前沿，就不能搞建设，这么大一个岛，几乎没怎么发展。2010年，比厦门岛还大一倍的平潭岛，成为省里命名的综合实验区，后又被列入国家发展战略。转山转水中你会感觉，平潭已变成一片热土，到处都是工地，很像初开始的深圳。眼看着多少年后，一座现代化新城就要拔地而起，成为台湾对面一颗耀眼的明珠。

各种机械正在紧张地施工，最壮观的是塔吊，每座桥墩旁都有一座，远远望去，简直就是一片黄色的丛林。当然，还有那个"建桥利器"，双臂架变幅式起重船。公铁大桥的建设环境太恶劣，钢桁梁桥传统的散件安装方式根本不行，为了将重达1350吨的钢桁梁整孔吊装，中铁大桥局历时3年、耗资3.4亿元打造了起重能力达3600吨的起重船。从上面看着专为这座大桥量身定做的巨无霸，心中涌起莫名的感叹。

上船在海上绕了一圈，却是绕到了大桥的下面，通过高高的扶梯攀上去，就到了宽阔的平台上。平台是建桥的辅助设施，支撑平台的一个个柱子，已经爬满藻类和贝类。搭建平台的那年，是2013年。平台旁边就是高耸的钢筋水泥大桥，所有施工的工程车辆，都是利用这个平台。平台早晚都会拆掉的，还有平台上的塔吊。当然，离去的还有那些日夜奋战的劳动者。

我同一个头戴安全帽的工人聊起来，他已经在这里奋战了4年多，海风熏黑了他的面庞，但他的面庞是英武的。他说你看这平潭海峡，它是世界三大风口海域之一，每年6级以上的大风超过300天，几乎天天刮，最高的浪差不多有10米高，而且水深流急，建设条件比杭州湾跨海大桥和港珠澳大桥都恶劣，被称为“建桥禁区”，但是你看都过来了。他指着马上就要合龙铺轨的大桥笑着，话语中藏不住建桥人的自豪。两只海鸥扑闪着羽翅从他的头顶飞过，他像老朋友似的扬了扬手。他说他参与修建了很多大桥，尤其这20年，中国的建桥技术与速度明显比过去提高了。他说他的师父过去建不了几座桥就该退休了，而他的建桥纪录早超过了师父。这座桥2019年即可完工交付，他又将奔赴另一个新工地。

工地的人散布在庞大而漫长的骨架之上，显得十分渺小。时不时有哨音传来。一块块云涂抹着蓝色的苍穹，海浪在下面翻涌。刚刚肆虐的台风，似乎对这里构不成任何影响。

快了，这头扎向大海的巨龙，高速铁路与高速公路就要在它的托负下发出昂奋的声响，将远处的希望带来。

三

我把目光投向了苍茫之中，那儿有一个让人时刻关注的彼岸。我已经毫不怀疑现代技术，能够打通一个跨越海峡的海底隧道。远处来了一艘船，是从对岸来的吗？平潭是海峡两岸“三通”的综合枢纽和主要口岸，已经开通的“海峡号”快船，是我国第一艘高速客滚船，豪华舒适，可乘坐760名旅客、装载260辆小汽车，从平潭到新竹只需一个半小时。还通航了全货轮运输的“台北快轮”，从台北港直航到平潭，仅要 6 个小时。

平潭岛上有极好的天然沙滩也有极好的天然良港，说明这里既可追求生活的品质，也可拓展经贸空间。平潭人说，平潭已经建立了台湾创业园，为台湾青年来平潭创业提供园地，也正在建造国际会展中心，定位于承办富有海峡两岸特色的精品展厅。此外，平潭已经举办了海峡两岸生态论坛、海峡两岸中医药学术交流论坛，举办了两岸职工自行车赛。还将打开“台车入闽”自驾游的绿灯。平潭将成为两岸最为活跃的经贸区。

我遇到一个年轻人，他叫黄长安，原来长年在外打工，现在回来了。他说平潭不同于过去，有了很多机会，再不回来就晚了。现在平潭正在建立国家级海洋牧场示范区，建立三级综合性的大医院，而且海峡旅游学院也在加紧建设，更别说那些星级酒店和度假区。他说不少像他一样的打工者不再出去，而是在家门口找到了自己的位置。

不仅是平潭人意识到了这一点。我在宾馆读到了一篇文章，那是一位台湾过来的创业者写的。他说他时常在海峡那头遥望相隔 68 海里的家乡，在他儿时的记忆里，有张灯结彩的商铺、琳琅满目的小吃、喜庆吉祥的狮舞，小巷的尽头，是他温暖的家和翘首盼望的母亲。他 19 岁离开平潭，奋斗出了自己的事业，却做了大半辈子回家的梦。终于回来了，母亲却变成了一座坟茔。为了这眷恋的故土，在平潭大开发的热潮下，他投资了“龙凤头海滨度假区”“坛南湾海滨度假区”，盼望着家乡的明天更加美好，家乡亲人的生活更加富足。

台湾和大陆，是割不断的骨肉亲情。已有更多的台湾人赶来，致力于共同的福祉。“80 后”台湾青年许滈善在平潭成立了自己的服装设计公司；“90 后”黄柏豪来平潭一家旅游公司担任了招商经理，这个公司有一群台湾青年，他们正在利用北港村的石头房子搞旅游开发。他们说，平潭正在建设国际旅游岛，对他们来说是一个很好的机遇。

在岛上不时会看到海外的游子，他们这里走那里看，显现着无尽的兴致。或许有一些人，正在考虑与这个岛相关的未来。

四

返回的时间是在白天，得以看到岛上的情景，那是一片片丛林一般的现代化建筑，以及一片片石，一片片水，一片片绿，一片片蓝。

潮平两岸阔，两岸关系和平发展是有利的正路。只要发挥一下想象，就可知道不久的将来，平潭会是什么样子。

在南方写作

江　子

江西修水人詹谷丰应该算是进粤较早的外省作家。1994年，他所在的文化单位在机构改革中被撤销。正逢广东改革开放如火如荼需要大量人才，深感前途无着的詹谷丰决定离开家乡南下。几经周折他调进了东莞市文联。那一年他38岁，正当盛年。

那时候的詹谷丰在江西已经是颇有名气的小说家，他以他的家乡幕阜山区为主题的作品在《人民文学》《百花洲》等杂志发表。他的小说，奉正大行其道的寻根文学为圭臬，书写传统地域和民俗中的人的情感与命运。如果不出意外，他会再不断地强化自己对故乡的书写，直到写出一个和福克纳关于故乡约克纳帕塔法县一样的文学王国。

然而命运让詹谷丰离开了家乡。江西的作家朋友们都不免牵挂担心：没有故乡的气血滋养，他的故乡主题的书写是否会陷入困境？同时，因为身在南方，他又获得了一个站在全国经济前沿地带看世界的视角。这会给他带来怎样的变化？

詹谷丰在东莞的工作是负责操持当地的文学活动。他最后做了东莞市作协的主席。因为经济条件优渥，东莞的文学不断制造出在全国的热点：比如创建作家村吸引全国优秀作家驻村；比如奖励当地全国奖获得者，奖金高到让全国作家羡慕的程度；比如开辟文学讲坛，邀请文学名家前去讲座；比如走出了一个东莞青年作家群……这些事儿，詹谷丰无疑是幕后策划和推动的重要人物。

相比他的工作，他的文学创作就显得有些不温不火。他在《十月》等杂志发表了几篇小说，写的大多还是故乡幕阜山区的事儿。那些作品，无疑是他过去的写作的惯性书写。他也写了一些以东莞人事为主题的报告文学，我想那肯定是为稻粱谋或工作所需完成的文字。显然，在文化寻根早已式微、文化观念日新月异的年代里，他的写作，并没有引起很大的反响。

詹谷丰的写作陷入了休眠期。江西的作家朋友们都在期待一个新的詹谷丰。熟悉他的朋友们知道，这个内心对文学有着执念而且才华横溢的人，肯定不会善罢甘休。

果然不出所料，从2005年开始，詹谷丰改变了他的表达方式。他写起了散文。他的书写主题，不再是故乡，而是呼唤传统知识分子的道统，探讨中国文脉在当代发展中的传承可能。

这是极有意思的事情：一个处在经济发展前沿的作家，思考的却是传统文化的如何传承。而细细思考，这似乎又是一种必然：列车速度越快的地方，就越需要思考大地的恒定性；越是创新，就越需要有续接传统的能力。

在新的主题与体裁中书写的詹谷丰有了崭新的气象。他的《书生的骨头》《坐立谁安》《一幢祠堂的重量》等散文，自发表后入选并获奖频频，产生了很大反响，已经成为当代散文中的名篇。自此，詹谷丰小说家的身份，已完全被散文作家改写。

他的笔下出现得最多的一个人物是陈寅恪。陈寅恪向亡故的王国维下跪，陈寅恪与郭沫若之争，陈寅恪与“中央研究院”院长选举，陈寅恪与学生刘节……陈寅恪的一言一行，似乎都让詹谷丰烂熟于心。

陈寅恪和詹谷丰一样也是修水人。1949年1月，应岭南大学校长陈序经之邀，陈寅恪携带家眷来到广东，先在岭南大学任教，又移教于中山大学，度过了他人生的最后20年。

在广东，詹谷丰是否感应到他的这位老乡的魂魄？或者说，他是否体会到陈寅恪先生在广东时的心境？是不是他的写作的转变，从气节与学问都堪称巨鼎的陈寅恪身上得到了启示？在詹谷丰感到故乡的写作难以为继之时，是不是乡党陈寅恪给了他源源不断的能量？

詹谷丰是我的兄长。我去东莞，他都视我为他的老家亲人，每次都好酒好肉招待。这些问题，我还没有来得及向他询问。我想下次酒后，就这些问题，我一定要好好问问他。

塞壬和我也是不错的朋友。她是湖北黄石人，可有一次她告诉我，她的祖籍是江西修水（和詹谷丰算得上是同乡）。她本名黄红艳，1000年前，她的祖上有一个大诗人，叫作黄庭坚。

塞壬本是湖北大冶钢厂的工人。1998年以前，在钢厂开着机车的她根本没想到自己这辈子会跟写作这件事联系在一起。然而1998年，她下岗了。她坐上了南下的火车，到了广东，成了一名外来务工人员。

在东莞，塞壬过上了十分动荡的生活。她先后从事过编辑、业务代表、文案策划、品牌经理、市场总监等多种反差极大的职业，涉足新闻、地产、化妆品、家电、珠宝等5个行业，待过的城市有广州、东莞、深圳、中山、佛山。她遭遇过抢劫，被抢劫的摩托车拖倒在地，到处是血。她一年换过5次工作，真正是居无定所。她经常半夜醒来不知自己身在何方，走在街头不知自己下一站要去哪里。她的经历，远比同龄人要丰富，她的内心，远比许多人要粗粝和苍凉。

在南方，塞壬屡屡感到生活对她的冒犯。2004年开始，塞壬有了想和这个世界谈谈的冲动。如此，文学就开始上场了。她写起了散文。这十多年来，她的写作，一发而不可收——

她写下了这些年她的经历、感受，从大冶钢厂的逃离，到在南方的种种际遇。她写下她所经过的人们，比如外表光鲜内心千疮百孔的文化传播公司女老板杨蓉，到四川凉山招工的工头何三，媒体同事Z先生，残疾人托养所的孩子，乳源瑶家贫困山区叫梅君的孩子，爱唱粤剧的陈叔，在东莞唱楚剧的肖青衣……她还记录下她的故乡。她用一个出走者的目光来打量湖北那个正在城市化进程中的叫黄村的地方，乃至黄村所属的西塞地区的人们；她记录下即将死去的祖母，爱唱楚剧的姐姐祝生，斯文一生却在晚年堕落的老校长，进城的父母，消失的舞狮、悲迓……

她写得最多的是她自己。在她的作品中，她用得最多的词是“我”。那个“我”烈性、不驯，敏感而自尊；那个“我”喜欢挑战，热爱奔跑，不甘平庸，心怀慈悲，嫉恶如仇；那个“我”爱感知、体验、思辨；那个“我”是出走者，是流浪者，是奔跑者，是记录者，是人类共同价值的恪守者和捍卫者。她是女性，却怀着烈士般的凛然，让人想起美国女作家苏珊·桑塔格。

这样的一个“我”，似乎只有具有富贵、香艳、执拗、不屈、老于世故、向死而生、不可一世等衣语的香云纱才适合她。果真是，我认识的塞壬，是一个喜欢穿香云纱的人。

塞壬在中国当代文学写作中独树一帜。她站在风云激荡同时也幽晦沉痛的南方，以亲历者的身份，去书写南方打工生活的种种纹理、质地，去表达人与人的关系，人与异乡和故乡之间的关系，人与世界的关系。种种这些，正是以前的作家笔下所没有或者说是式微的。她在少有人涉及的领域横冲直撞。她手中的笔正有匕首的短促、快捷和锋利，而她总是先用于解剖自己。如此，她以最赤诚的态度，向着世界奉献了她的独一无二的南方经验。某种意义上，她确立了南方写作的审美气质与风格。

她先后出版了《下落不明的生活》《匿名者》《奔跑者》等散文集，荣获第七届华语文学传媒大奖最具潜力新人奖、2009 年度华文最佳散文、人民文学奖散文奖、第六和第七届鲁迅文学奖提名奖等奖项。她的《悲迓》等篇什，已经成为中国当代散文的标杆之作。

认识郑小琼时，她还是东莞某个工厂里的女工。在江西赣东北一个小范围的笔会上，她的目光躲闪、飘忽，笑声与气氛总有些不符，让人觉得她的谦卑与无措。现场有人介绍说，这是郑小琼，广东打工诗人。

我没有看过她的作品，也就没有深入去了解她，在广东有着怎样的阅历和感受，于诗歌又有怎样的见地。

可不久后，几乎是一夜之间，郑小琼的名字就响遍了大江南北。她的反映流水线上的打工群体的情感与命运的诗作，发表在《诗刊》《人民文学》《星星》《天涯》等报刊——那些句子，粗糙、草率，然而充满了近乎原始的情感爆发力，有着血肉模糊的质感和呐喊般的力量，让她很容易从谦谦君子般的文字中指认出来。她被中国文坛推举成了南方打工作家代表，其散文《铁・塑料厂》获得《人民文学》新浪潮散文奖。评委们认为，她的获奖作品，“正面进入打工和生活现场，真实地再现了一位敏锐的打工者置身现代工业操作车间中的感悟”。同时，她被《南方周末》《鲁豫有约》等媒体郑重推荐。那一年，她只有 27 岁。

我没有想到，这个在我眼里显得柔弱和无措的姑娘，竟然迸发出如此惊人的能量。在媒体面前，她以打工诗人的身份，竭力为中国近亿名的外来务工人员代言。因为写诗，她当选为广东省人大代表，她的提案，谈的都是如何关注广东千万打工者的现实生存状况。

然后我尝试着去了解郑小琼。我知道了，她1980年出生在四川省南充市的一个贫苦农家，卫校毕业，当过乡村医生，2001年3月开始到广东打工。她进过塑料厂、五金厂、家具厂，干过流水线，当过仓库工……这样的经历，让她的写作变得锐利而苍莽。

“这些铁/这些人，将要去哪里，这些她，这些你/或者这些我，背着沉重的行李与迷茫/在车站，工业区，她们清晰的面孔/似一块块等待图纸安排的铁，沉默着/她们头顶，有一两只不知名的小鸟飞过。”（郑小琼《铁》）在郑小琼的诗里，“铁”这个词反复出现，它意味着疼痛、沉默、沉重，指向的是工业时代里流水线上劳作的面目模糊的人群。

相比塞壬，郑小琼似乎更乐意做一个群体的代言者。她的笔下，充满了对广东无数的工厂流水线上的打工人员身份与情感的确认。她关切他们这些个体生命的命运与内心。她写下的《女工记》，让一个个被淹没在广大人群中的扁平形象的女工们有了立体的形象，有了籍贯、性格、爱情与甘辛。她努力唤醒这个群体的尊严。

而在广东，抱有为打工群体写作信念的郑小琼从来就不缺乏同伴。来自湖北的王十月，也是流水线上成长起来的作家，他的散文《总有微光照亮》《寻亲记》曾让我感动莫名。他的以展示全球化经济形势下广东工厂人物命运的中篇小说《国家订单》获得了第五届鲁迅文学奖。现在的他与郑小琼已经进入了《作品》杂志的领导层。出生于1974年的谢湘南出道更早，他于1997年参加了第十四届青春诗会。他的写打工生活的组诗《呼吸》在《诗刊》排在了那一届青春诗会作品的头条。我曾震惊于这样的诗句：“这是五金厂106室男工宿舍/这是距春节还有十八天的/不冷不热的冬季/这是一个星期天的晚上的/九点半//第一个铺位的人去卖面条了/……/第七个铺位的人和老乡聊着陕西/第八个铺位　没人/居住　还有三位先生/不知去向”……

另外还有许立志、叶耳……一个从工厂流水线上成长起来的作家群体，成为中国文坛广为关注的现象。

而从打工题材出发的他们，经历了十余年的分蘖，已经渐渐分化，他们的题材不断拓展，视野更加开阔，表达更加深邃。把他们称为打工作家，已经不能概括他们的全部。

周齐林三十出头，也是我的乡党。他来自江西永新，与我的故乡吉水同属于吉安。他一直叫我哥，经常在微信里问我：“哥，最近写了啥，发来我养养眼呀。”“哥，《××文学》杂志社认识谁不，想给他们投个稿。”“哥，给我的新书写几句推荐语。”用的是调侃的口气，可我知道，他的内心是沉郁而执着的。

2007年，周齐林大专毕业后，就到了东莞，成了一名外来务工人员。早在大学期间，他就开始写作。到东莞后，他的写作更加勤奋了。我认识他是因为他的《南方工业生活手记》。那一年是2013年，当我读到这篇带有南方打工文学气血的、充满浑浊而粗砺感的作品时，我承认我被深深打动了。这篇文章透露出作者是江西永新人，让我对周齐林感到亲切。

从此到处跟人说周齐林。网络时代，我们彼此找到了对方，原来是个瘦瘦的、个儿不高、看着让人心疼的年轻小伙。

然后看着周齐林在快速成长。他坚持现实主义的写作路线，下笔沉重，情感饱满炽烈。他书写着他的东莞打工生活，书写着他的在永新农村的贫困故乡。工厂的工友，南方的清晨和黄昏，父亲的疾病，母亲的子宫，亲人们的命运，都成为他的题材。他那么努力，路子又正，他的写作很快就有了很大成绩，在《散文海外版》《作品》《清明》《青年文学》《散文选刊》等报刊发表了数十万字的散文和小说，曾获第四届在场主义散文奖新锐奖、首届东莞文学艺术奖、首届全国产业工人文学大奖新人奖，出版了小说集《像鸟儿一样飞翔》、散文集《被淘空的村庄》。2018年，他加入了中国作家协会。

然而他在东莞边打工边写作的路并不顺利。因为工作与打工经常冲突，他不得不陷入辞工、找工、再辞工、再找工的循环之中。他经常把自己关在出租屋里，光着膀子挥汗如雨地写作。他的写作影响越来越大，可他内心的迷茫也越来越大。他尚没有爱情、丰厚的存款，也没有能向人说得出口的工作。在老家，他这个年龄的，早已经抱着几个孩子，谋划着在老家盖新房子了，可他除了根本无法向世俗生活介绍的文学成就，他依然一无所有。他不知道，他的写作的理想能否继续？有段时间，正好吉安老家有家媒体要招聘记者，他有想回老家应聘的意思。他想，与其如此在异乡奔波，不如回老家找一个正儿八经的工作算了。他电话征求我的意见。

我尝试着劝他。我说南方或许是中国最适合写作的地方，那么多来自中国不同地方、不同文明素养的人在一起，他们之间的碰撞、交流，他们的痛苦与欢欣，肯定是写作最乐见的素材。他如此热爱写作，只要继续坚持，一定会写出内地作家所没有的崭新气象。

他似乎听了我的话。不久他进入了东莞市文联，成了一个合同制职工，一个文学内刊的编辑。这时候的他，才有了稍稍安顿之感。

他的写作日益精进。他的文学个人风格越来越明显——那是一种由生活的密度和思想的厚度浇注出来的风格。我相信只要他能继续努力，不需要多久，他一定会登上更高的台阶。

他们，还包括南翔、熊育群、魏微、陈启文、鲍十、张鸿、卢卫平、詹文格、丁燕、周朝军、阿斐、阿微木依萝、十八须、寒郁、茨平等我熟悉的老师和朋友。

他们，都是我特别关注的、来自异乡的南方写作者。

如果不是在南方，他们的生活和写作，可能是另外一个样子。

可因为在南方，在改革开放的前沿地带，他们的精神发生了核裂变，成为一个时代的新人。

他们的眼前一片开阔。他们看到的，是最为激荡、丰富的中国人的当代生活，由此，他们拥有了最有时代性和最为广阔的写作资源，以及最为迫切的表达愿望。

南方的气血滋养了他们的文学。而同时，他们给中国当代文学带来了新的可能。

我乐于倾听他们，就像乐于观赏远方大海的潮涨潮落，眺望清晨大山的磅礴日出。

潮涌海峡 40 年

韩进勇

此刻，我们站在海边，站在滨海大道旁领略海天之间深圳和香港城市外景的风光。本是多风多雨的季节，天气却好得出人意料。天空辽阔而晴朗，大块大块灰白厚实的云朵缓缓地飘在我们的头顶，飘在海面的上空。地面上的风不大不小，我们那面旗帜在年轻旗手的高举中迎风招展。那是有铁凝主席、吉狄马加副主席以及所有参加采访活动的作家记者共同签名的旗帜，是中国作协庆祝改革开放 40 周年主题采访活动第一团的团旗。大家把旗帜拉开展平，簇拥着那面鲜红，以海峡、以大桥、以深圳香港为背景合影留念。我们的头发飞扬起来，我们的衣襟飞扬起来。扑啦啦的，我们那面旗帜与海浪同一频率同一节奏波动起来。同时飞扬和波动的，还有我们的兴奋与激动、欢乐和自豪！

海风吹开我的胸襟，也吹来遥远的往事。我想起第一次来深圳，是在小平南方讲话之后的 1992 年 5 月，正是南粤大地生机勃勃的季节。置身这块沿海热土，我感到改革开放的春风扑面而来。深圳大地热火朝天的建设景象令人震惊和鼓舞。那时候的深圳，到处是繁忙的工地、挺立的吊塔、飞旋的车轮和铿锵的脚步。我感到深圳的楼群就像夏日里的庄稼，正拔着节儿向上生长。那次考察，我们也到了珠海，从连接珠海澳门的大桥上，据说办完过境手续几分钟就可抵达对岸。如果没有过境手续，要想一睹整个澳门城市外景的风采，可以乘船绕澳一周。我们没有过境手续，也没有乘船环游，只是站在海岸，背对海峡背对澳门拍了许多照片，这在当时已是令我们一群内陆人非常兴奋的事情了。当时，站在海岸，隔着波涛，我仿佛看到了海上的传奇，感觉那海中的城市就像海市蜃楼。听说香港比澳门还要气派，还要现代。我回望珠海，回想深圳，虽然知道它们在快速地长高长大，但相差实在悬殊，无法与对岸的城市同日而语。那天的大风汹涌着海浪，也汹涌起我心中的浩叹：我们的深圳珠海，何时才能赶上对面的城市啊？后来，1997年3月，在香港回归之前，有机会到香港参加招商活动。面对香港的现代与繁华，我眼花缭乱，甚至有点晕头转向。于是，那个忧虑又沉重地压在心头：我们新兴的沿海城市，真能赶上这国际化的先进与发达吗？

26年后的今天，2018年7月19日午后，再次站在深圳土地上，站在这条海峡的岸边，我心潮难平，感慨万千。今天的深圳和香港已经比肩而立。两座现代化大都市雄踞在海峡两岸，雄踞在祖国的东南沿海。更令人欣喜的是，我们看到了深圳发展的巨大潜力和强劲后劲。这次采访中，我们了解到一些高端产业比如通信、人工智能，深圳已经领跑亚洲问鼎全球。潮起潮落40年，海峡两岸的变化惊天动地。可谓山海依旧，却换了人间。而这一切，我们应该感恩40年前的那个春天，当那年的春风与大海的波涛汇聚交融，这条海峡便涌起了一个民族的觉醒与自强，涌起了一个国家的信念与梦想。而今，香港回归祖国已经21年，澳门也已经回归19年，如果说那道海峡曾经是历史的鸿沟，是痛心的伤口，曾经沉浮着无数的辛酸与血泪，那么眼前海峡的潮水里涌动的则是和平，是欢乐，是不断向前的希望。深圳和香港在建设和发展上有合作有互补，同是姊妹，是伙伴，是比翼齐飞的两只巨大的海上鲲鹏。两个城市居民的生活也已经血脉相连息息相关。你娶我嫁，两岸间的姻缘红线已经千丝万缕。你来我往，一条跨海大桥便捷通畅。不仅是东南沿海，内陆人的生活跟香港的关系也越来越不可分割。我生活在河北唐山，我一个朋友的儿子，香港一所大学毕业后就地从职安家落户。而另一个校友的孩子，英国留学生，从事金融行业，因为工作需要常年香港、深圳两头忙，两个城市都有房都是家。两座城市，一个家园，海峡两岸大家庭共同美好的梦想在不断蓬勃生长。已经建成的全长55公里的港珠澳大桥，是世界上最长的跨海大桥，被誉为“新世界七大奇迹”。像大海腾起的蛟龙，似九天降落的彩虹，也仿佛祖国的一只臂膀把香港、珠海、澳门挽在一起。从此，粤港澳大湾区的建设跨上一个崭新的高度。这是我们祖国开放的胸襟和情怀在海天之间的展现……

就在吹着海风遐想的时候，我突然发现著名作家、我们采访团的副团长阿来正沿着海岸远远地向我们团队的人群走来。大海在他的身边，浪潮在他的脚下。他的步子稳健，他的神情庄重而深沉。我突然产生了幻觉，仿佛看到了那个小个子伟人在向我们走来。待阿来老师走近，我向他提问与他交流。阿来老师地道的四川话脱口而出："我在思考超越了温饱和达到小康之后，我们的改革开放要怎样走下去！"这让我既惊讶又亲切。此时此地，我们都在思考着同一个问题！是啊，当完成了"追赶""并行"甚至"超越"之后，改革开放该怎样进行下去？这是一个永远的课题和考验！再看眼前的景象，我心头陡生感慨：岁月更替不尽，人事代谢无穷。唯有这海水奔腾不息，万古如一。改革开放不竭的动力，或许总是来源于大海，她召唤人类永不停步，永远进取！

浪潮，汹涌在海峡，也汹涌在我们的心间……

咱就唠几句心里话

阎雪君

我叫蔡奋山。前些天，有个作家阎雪君打电话，说他跟随中国作协庆祝改革开放40周年采访团，在广东和福建两地采访，现在已经来到了福建安溪的珍山村，要采访我。我说在外地出差，就没见面。听村里乡亲们说，他跟着村干部，在村里到处转悠，跟村民们聊天，还聊得热火朝天。我心想，他跟村民们聊聊天也就算过去了，完事儿了。没想到，过了几天，阎雪君又联系我，我挺不好意思的，就说我觉得真的没有啥先进事迹可讲，也没有啥功劳和经验可摆，就是做了一些平平常常的事儿，也是该做的工作，就不用采访了。可他说不行，还说这是县里的统一安排，也不仅仅是为了宣传珍山村的成绩，主要是为了反映全县扶贫工作的成果，同时也是为了相互交流一下经验，把扶贫工作做得更好。实在推辞不过，我就跟阎雪君见了面。

见了面，我才知道阎雪君是中国金融作协的主席，还是中国作协的全国委员会委员，在网上我查阅了一下他的作品，其中许多都是反映农村和扶贫方面的，就觉得很亲切。后来我俩通过交谈，知道他出生在山西的一个村里，挺了解“三农”的甘苦，也就一见如故了。我说其实也真的没有啥经验可谈，真不是谦虚，要是非得要我讲，那咱们就边走边聊。我说咱们国家改革开放40年了，要聊的事儿太多，想说的话也很多，咱们就选一个我特别想唠的话题，也就是我近几年参与精准扶贫的事儿，跟大家简单说五句话，也就是掏五句心窝里的话吧——

第一句心里话："当时村里的贫困状况震撼了我！"

（珍山村旁边的一个小土丘。往下看，珍山村起起落落的房屋，曲曲折折的山路，尽收眼底。蔡奋山指着珍山村说）

2014 年 4 月到 2017 年 4 月，我参加第四批省派安溪县祥华乡珍山村驻村扶贫。说实在话，当时，这里的贫困状况深深地震撼和刺痛了我。珍山村地处祥华乡西北，四面群山环绕，森林茂盛，所以就叫珍山。这是一个边远革命老区基点村，距乡政府所在地 16 公里。历史上，珍山村人才辈出，先后有陈迁鹤等 21 人登进士第和中举，清代以"五世五进士七翰林"著称，但是由于多种原因，村里一直贫困不堪。全村 20 个村民小组分布在东坪、石冻堀、中墘、庵边、深洋、下井共 6 个自然村落，全村有耕地面积 1860 亩、山地面积 53500 亩、茶园 4300 亩。由于农业基础薄弱、山地资源利用率较低、交通不便等原因，导致珍山村长期处于半封闭状态，经济建设和社会各项事业发展滞后，群众生活水平较低。全村总人口 563 户 2345 人，其中，常年外出务工 350 人，有低保户 24 户，贫困户 40 户，还有 60 户的住房仍是夯土结构的危房。村民主要靠种植业和外出务工收入为主，2013 年农民人均纯收入仅 4200 元，村集体经济收入仅 1 万多元，加上政府下拨的 9000 元办公经费，共两万余元，真够可怜的。

"山也还是那座山，梁也还是那道梁，碾子是碾子，缸是缸……"初来珍山村，听到这首歌，我的脑海里就不由得想起珍山村。日子一年一年过去了，过了多少这样的日子，谁也说不清，能说清楚的，就是这样的日子多少年来一直都没改变。

面对珍山村的贫困状况，我感觉到扶贫的担子沉甸甸的。"不忘初心，方得始终"是《华严经》中的名句，大意是："只有坚守本心信条，才能德行圆满。"我们的初心应该是什么？不同的人会有不同的理解，而我一直都走在坚持自己初心的路上。在芸芸众生之中，或许我普通如鸿毛，但是我也要以鸿毛的方式有益社会，报效珍山村的父老乡亲们，这就是我的初心。我觉得，扶贫工作的初心，首先要靠带着感情来扶。我来扶贫，决不能有居高临下俯视的感觉，更不能有扶贫就是施舍的感觉，而是要跟乡亲们打成一片，培养出鱼水相依的感情，在工作和生活上越是贫困越是要跟乡亲们心心相印、荣辱与共。

第二句心里话："单位的领导和全体同事们帮助了我！"

（蔡奋山拿出手机，指着里面许多福建省审计厅领导深入珍山村田间地头调研、跟村民促膝谈心，及集体研讨扶贫决策的照片）

俗话说，众人划桨开大船。我一个人的力量毕竟有限，我在珍山村的扶贫工作，完全是靠单位的干部同事的关心和支持，才取得了一些成绩。

说实在话，面对珍山村的困境，如何引导乡亲们脱贫致富，我一开始那段时间，心里确实没底儿，忧心忡忡，信心不足。加上村里多数干部群众思想不够解放，加快发展意识不强，存在较重的"小农意识"，阻碍了村里各项事业发展。审计厅党组领导为了帮助和支持我的工作，多次深入珍山村田间地头儿，扑下身子调查研究，鼓励我和乡亲们树立信心。他们教导我说，扶贫就要扶志，把乡亲们脱贫致富的信心扶起来，切实打消过去凭着等、靠、要过日子的不良习惯，打好扶贫攻坚的硬仗。上级领导常来村里，许多村民对脱贫没信心，一说就是困难一大堆，反正意思就是撑不死也饿不死，凑合着过日子吧。领导们就扳着指头说，咱们一定得有信心有志气，跟乡亲们一起出主意想办法，规划出通过大力发展医疗救助、光伏扶贫、以工代赈、实施产业带动、创新扶贫方式等措施。一席话，真把村民们的脖子给拽了起来，眼睛也听得亮了起来，手脚不停地抓挠，恨不得马上干起来。

（在村外的道路上。蔡奋山取出珍山村过去村里土路的照片资料，坑坑洼洼的，泥泞难行。同时蔡奋山又指着面前崭新平坦宽阔的道路，兴奋地说）

有人说要想富多修路。我意识到，珍山村要脱贫致富，必须先把致富的道路打通。过去的珍山村，基础设施落后，村主干道过于狭窄，亟须拓宽硬化。现有3米宽的主干道是珍山村通往祥华、连接省道308线以及华安县和漳平市的要道。由于珍山村地处偏僻，道路难行，近年来外来的茶商进村渐少，严重制约了该村的经济和社会发展。自然角落之间道路尚未完成硬化，加之道路经常坍塌，以前经常出现车毁人亡的事故。村部—深洋—下井的村内道路为简陋的机耕路化，行车难、出入难，给群众的生产生活带来不便。通往乡政府所在地公路道路狭窄，宽度仅3米，沿路多处出现塌方、滑坡，各角落之间的道路也都是单向狭窄，年久失修，出现不同程度损坏，甚至还有几条是简易土基路，晴通雨不通，存在严重安全隐患。望着村民们无奈而渴求的眼神，我下决心说，我蔡奋山就是少活五年，也要把村里的大路修好了！

我和村干部们研究商量，要实施项目带动，必须先打通制约村经济发展的瓶颈。特别是在修路时，碰到了村民迁坟难的问题。大家都知道，祖坟对于村民来说，那可是最讲究的风水宝地。为了动员村民迁坟，我真是磨破了嘴跑断了腿。最后村民们还是看到我完全是为了全村人着想，为了造福全村人及后代儿孙，终于同意迁坟。还有就是在修路过程中，我们不巧遇到了连续十几天的大雨，我们冒着大雨和生命危险，跟大雨搏斗，争时间抢速度。通过多方筹措，我们积极争取上级支持，按照县道四级公路标准，提升改建21.6公里的通乡公路，解决珍山等4个村11000余人口的出行难问题；在安溪县兴建了第一条提级改造道路，并被列入示范路，通过改善内外交通基础设施，大大降低村民发展产业时间成本和生产、生活资料的运输成本，为珍山村及邻近村庄的茶产业及养殖等产业的发展打下坚实基础；同时我还积极协调市、县水利部门，先后投入54万余元解决1600余人口的安全饮水问题；此外我还实施了“亮化工程”，在村主道和各角落路之间安装路灯220盏，消除村民夜间出行不安全隐患。通过团结村两委一班人，齐心协力，终于将珍山村打造成了省级美丽乡村重点村。

第三句心里话：“艰苦的扶贫工作历练了我！”

（在村委会。蔡奋山拿出珍山村过去的资料报表，对比着当前的村民收入资料，欣慰地介绍说）

在扶贫工作中，我越来越意识到，扶贫必须要靠市场。珍山村农业基础薄弱，经济结构单一，这里平均海拔达800米以上，环境优美，泉水纵横，土壤肥沃，非常适合高山茶叶的种植，所以茶叶生产就成了村里的唯一产业。但因为土地分散经营，茶业成片开发经营受到很大制约。还有就是珍山村远离喧嚣都市，空气质量优良，气候宜人，具有发展休闲农业旅游的潜质，但茶叶生产组织化程度偏低，农户加入各类专业合作组织的数量少。茶业产业化经营水平低，专业大户数量少、带动能力不强，制约了茶叶效益增值和消费需求的扩大。所以山地资源综合开发利用率低，培训普及率低，科技兴农意识不强，农民增收途径少、难度大。

为了深挖内部资源，我们盘活村内大量废弃山垅田300余亩，并同农业大学国家菌草研究中心合作，引进现代养殖技术，改良牧草，在这些土地上新建牛羊养殖基地，不断探索农民增收渠道，珍山村也有幸被评为"产业扶贫示范村"。过去珍山村用水、用电方面存在问题，饮用水源头取水设施简陋，旱季之时，部分村民饮用水供应出现短缺。尤其是在茶季期间，茶叶生产用电量大，导致供电设备负荷过大，供电线路经常出现故障，以致时常停电，严重影响茶叶生产，给村民造成很大的经济损失。为了着眼长远，我们积极联系有关部门，获得安溪县国家电网公司的大力支持，累计投入1000余万元，彻底解决了长期以来困扰茶叶生产用电高峰电压不足的问题。

在扶贫工作中，我发现缺乏文化和科学技术，是导致珍山村贫困的一个重要原因。有一次，我听到了一个故事。说一个干部在山上遇到一个小男孩放羊，就问他为啥要放羊，小男孩说为了赚钱。干部又问小男孩赚钱为啥，小男孩说为了娶媳妇。干部问他娶媳妇为啥，小男孩说为了生孩子。干部问他生孩子为啥，小男孩想了半天说为放羊。通过这个故事，我意识到，脱贫致富必须要有短线规划和长线规划，短线扶贫靠项目，长线扶贫必须靠教育。只有变输血扶贫为造血扶贫，才能从根本上帮助乡亲们脱贫致富。过去，村里还未通有线电视网络，群众信息闭塞，文化、广播电视等社会事业发展滞后，文化生活贫乏。村民文化素质较低，思想意识较为落后。村里多数青壮年劳动力转移到城镇就业，留守儿童和空巢老人的人口比例较大，使从事茶业生产的基本是年老体弱、文化素质不高的劳动力，影响了制茶技术的提升，致使茶叶价格在低位徘徊。所以我把精力又投入到村里的文化教育上，大力凝聚关心和支持山村教育的力量，兴建了珍山小学综合楼，改善了学生住宿和用餐条件；通过成立珍琦教育促学基金会，实施光伏发电项目、争取村内外爱心捐款等方式，积极推动社会事业建设，不断提升村民幸福指数，为奖学促教提供了可持续的资金支持，在软硬件上不断提升教育水平，珍山村也成为“教育扶贫示范村”。

其实，在这里，我还有句特别想说的心里话，那就是贫困村里的乡亲们教育了我。真的，说实在话，参加扶贫的同志们很多很多，但是我是从心底里感谢珍山村的乡亲们，是他们教育了我，也鼓励了我。说老实话，刚到珍山村扶贫时，看到村里那么穷困，我当时确实心里没底儿，也缺乏帮助乡亲们脱贫致富的信心。可没想到的是，村里乡亲们对脱贫致富倒是很有信心，特别是对党和政府充满感激，也充满自信。他们还自己编写了一副对联，上联是：坎坷山路塌，下联是：贫困资金缺，横批是：有党不怕！哎哟，我当时一听，好一个“有党不怕”啊，自己觉得那个惭愧呵，我这个扶贫的党员干部，竟然还不如老百姓的觉悟高、信心足啊。所以，从那以后，我从老百姓那里受到了教育，才鼓足了信心，才能跟乡亲们一道，齐心协力脱贫致富。

第四句心里话：“家里亲人支持了我！”

（在蔡奋山手机的屏幕上，随时都可以看到两个可爱孩子的照片。还有一张蔡奋山的全家福。蔡奋山一个一个介绍着家里的亲人们，眼神里流露出思念和愧疚）

90 年代是外贸的黄金时期，我作为外语系的优秀毕业生、学生干部，我没有选择当时热门的外贸经商，也没有选择在高校任职，而是毅然走入了军营，从一名普通的检查员成长为优秀的国门卫士。十几年里，兢兢业业，取得了不俗的成绩，获评第四届“十大边防卫士”。

30 岁正是成家立业的大好时间，我没有选择花前月下，而是毅然走向了战火纷飞的联合国维和站场，先后两次作为福建省唯一的队员参加了中国赴海地维和任务，担任联络官。以不懈的努力和勇气做出突出贡献，两次荣获联合国颁发的和平勋章，荣立公安部个人一等功一次、二等功一次，福建省“五四青年奖章标兵”荣誉称号一次。在 2013 年的海地大地震中，我曾被列入失联名单，但为国家出生入死而痴心不改。

不忘初心，对我来说，意味着担当如铁，意味着奉献如常。理想唯其远大，需要牺牲眼前；事业唯其为公，需要牺牲小我。从1998年大学毕业到现在已20年了，我在城市里生活的时间不超过2年；结婚10年，和妻子在一起的时间不超过一年半。二度维和、出生入死；两次扶贫、六载离家。我的家中有老人待奉养，也有两个可爱的孩子，一个8岁在维和期间出生，一个3岁在驻村期间出生，尽管聚少离多，但是家庭十分和睦，曾获评“第五届全国五好家庭”。

这几年，全家人都很支持我的扶贫工作，牺牲了他们许许多多的天伦之乐和家庭温暖。我很难陪伴和关爱他们，心里非常愧疚啊。以后一定要找机会，好好补偿一下他们。但是又不知道什么时候、拿什么补偿啊。

第五句心里话：“我的心里话还没有说完！”

（蔡奋山领着阎雪君走在珍山村的街道上。望着干净整洁的街道和村民们漂亮的新楼，他眼里掩饰不住欣慰和幸福，同时也流露出一种深深的留恋和不舍……）

我觉得，扶贫永远在路上。2014至2017年的3年扶贫里，我用心用情为珍山村日夜奔波，累计争取落实项目和资金7500余万元，将珍山村这个昔日连媳妇都难找的封闭困难村，在3年扶贫后，变成了远近闻名的“明星村”。

（说着，蔡奋山拿出一张安溪西坪镇龙地村的地形图。他指着地图说）

许多人都说扶贫靠钱，我倒是觉得，扶贫更多的是要靠信念。不忘初心，就应该一以贯之地随时以组织需要为使命，时刻有尽职尽责之心。2018年10月，在组织上需要干部报名参加省派扶贫工作时，我又主动报名参加了第五批省派安溪西坪镇龙地村驻村扶贫工作。到村后，积极走访，在短时间内解决了村民们最紧迫的饮水问题，推进村基础设施建设，抓实精准扶贫工作。同时我还联合在安溪的其他14名省派第一书记，提出联合创业，捆绑发展村集体经济的路子，我深知干部多走“操心路”，群众才能多走“安心路”。

（这时，路边一栋村民的楼房里传出一阵歌声）双脚踏上幸福路，越走路越长，啊，越走路越长……

蔡奋山深有感触地说：是啊，乡亲们脱贫胜利在望，但致富永远在路上。下次你们再来，咱们一起再说说心里话，好好聊……

伫立在邓小平塑像前

许　震

在蔚蓝的海天之间，2018 年 7 月 19 日上午，随着车辆在深圳市区的缭绕，作为中国作协庆祝改革开放 40 周年采访团成员，我来到深圳莲花山公园山项广场，伫立在邓小平塑像前。一片祥云掠过，万道霞光闪闪。不知道为什么，此刻，我竟眼含热泪。

在莲花山上的邓小平塑像是我见过的最代表小平个性的塑像。解说员说，塑像身高 6 米，宽 2.84 米，为青铜浇铸，重约 6 吨。邓小平塑像的北侧是一块长 13 米、高 4.35 米的花岗岩石墙，石墙上镌刻着邓小平同志 1984 年视察深圳时的题词："深圳的发展和经验证明，我们建立经济特区的政策是正确的。"石墙的南面是邓小平说过的话："我是中国人民的儿子。我深情地爱着我的祖国和人民。"

塑像中的小平同志，步伐坚定，雄健有力。在我的印象中，谈起邓小平，几乎所有的人都会谈到他"三落三起"的政治人生。是什么原因促使他对党的事业不离不弃？我首先想到的是他作为革命家，有着坚定的共产主义理想和信念。"起"，几乎所有的人都经得起，而"落"却不是人人都经得起的，尤其是"落"三次。这就涉及人生如何面对失败和挫折的问题，在我掌握的关于邓公的资料中，邓公一直是对人生比较乐观的。在他家孩子小的时候，孩子之间时常闹点小别扭，邓公只说一句话："要吵，你们出去吵！"妻子卓琳问他怎么不管。他说，管什么？早晚都会过去！邓公曾经说过，乐观是他的法宝，天天发愁日子怎么过啊？"邓小平小道"的故事，更是给我的印象深刻。1969 年 10 月至 1973 年 2 月，邓公被下放到江西省南昌市郊新建县拖拉机修配厂。一个 65 岁的老人，被安排在工厂里做钳工，在众目监视之下，天天和钳子、扳手打交道！一个身居高位的中央领导，在没有任何思想准备的情况下，突然有一天被“发配”到这样一个地方，从事普通工人的工作！3年4个月，不知明天，难有未来，时事难料，只能老老实实地接受“劳动改造”！如果没有乐观的态度，一个人还能活吗？邓公这种面对挫折的重大人生智慧，后来正是成就了我们党治国理政的重要方略。20世纪80年代末90年代初东欧剧变、苏联解体，国际社会主义事业遭受严重挫折。邓公的态度是：中国的社会主义是变不了的，谁也压不垮我们。他提出的应对之策是：“冷静观察、稳住阵脚，沉着应付。不要急，也急不得。要冷静、冷静、再冷静，埋头实干，做好一件事，我们自己的事。”

塑像中的小平同志，风度翩翩，坦荡磊落。这形象和其中透露出的气质，深刻地注解了邓公宽阔的胸怀和光明磊落的品质。解说员说，塑像中的风衣形象是邓小平在苏联留学时留给大家的印象，而面容是邓小平48岁时的样子。邓公宽阔的胸襟，我猜想可能与他早年的丰富生活阅历有关。1920年10月，16岁的邓小平抵达法国开始了自己的留学经历。当时法国的《小马赛人报》这样报道他们这批留学生：“穿着西式和美式服装，戴着宽边帽，穿着尖皮鞋，显得彬彬有礼和温文尔雅，静悄悄地站在‘盎特莱蓬’号的甲板上。”1926年1月，党组织安排邓小平离开法国来到苏联。他的学习档案中这样记录着当时的邓小平：“自信有纪律，学习能力强。”同在苏联留学的蒋经国，十分钦佩邓小平，曾经把他尊称为“大哥”“学长”。两人个儿都不高，站队时也经常站在一起，肩挨着肩。历史就是这样开玩笑，当年两个同窗好友，多年后却成为海峡两岸的政治对手。1952年7月，48岁的邓小平离开了工作近3年的西南，来北京担任政务院副总理。政务院成立之初，有4位副总理，即董必武、陈云、郭沫若、黄炎培。邓小平是最后一位担任政务院副总理职务的领导，但他负责全局性战略决策，并与周恩来一起负责政务院的全面工作，从此开始了他革命生涯中的又一个重要时期。邓公宽阔胸怀的形成与他丰富的生活经历有关，而邓公宽阔的胸怀和光明磊落的品质则更多地体现在他对职务晋退和生死观上。1979年11月，75岁的邓小平在中央党、政、军机关副部长以上干部会上就提出：“如果党允许我今天退休，我马上就退休。”1987年党的十三大召开前，邓小平、陈云、李先念等人共同约定“一齐退下来，而且是一退到底。即退出中央委员会，不再担任任何职务。彭真、邓颖超、徐向前、聂荣臻也要求‘全退’”。后来，经过中央政治局反复讨论，并征求多方意见，决定邓小平、陈云、李先念3人“半退”，即退出党的中央委员会，但仍担任一定职务。在党的第十三次全国代表大会上，在三老“半退”、四老“全退”的带动下，一批年轻干部走上了领导岗位。1989年9月4日，邓小平同几位中央负责同志谈话时坚决要辞军委主席职务，说：“来个干净、利落、朴素的方式，就是中央批准我的请求，说几句话”，“我的退休方式要简化，死后丧事也要简化，拜托你们了”。看看邓公等老一辈无产阶级革命家的表现，想想那位“活着要进中南海，死了要入八宝山”的落马高级干部，其精神境界不知差了几个十万八千里。

塑像中的小平同志，面朝大海，目光睿智。1978年经历十年动乱的中国，国民经济凋零，民众十分贫困，科学文化教育落后，处在全面崩溃的边缘。面对此局面，作为党的第二代领导核心的邓公率先提出要在中国实行改革开放，被誉为“中国社会主义改革开放和现代化的总设计师”！他提出：“任何一个民族，一个国家，都要学习别的民族，别的国家的长处，学习人家的先进科学技术。”在他的倡导下，1979年7月15日，中央正式批准广东、福建两省在对外经济活动中实行特殊政策、灵活措施，迈开了改革开放的历史性脚步。历史竟如此巧合，就在这一重要时刻39年后的第二天，中国作协纪念改革开放40周年专题采访团就在北京举行了启动仪式，开启了广东、福建两省采风之行。1992年岁首，针对国人对改革开放中的诸多争论、质疑，88岁高龄的邓小平以独有的睿智和眼光，发表了重要的南方讲话，消除了杂音，把整了方向。他说：“不坚持社会主义，不改革开放，不发展经济，不改善人民生活，只能是死路一条。基本路线要管一百年，动摇不得。”想起邓公这些话，看看我们采风团一路走来看到的改革开放取得的巨大成就，我禁不住发出这样的感慨：邓公真是睿智和英明呀！

伟人已逝，精神永存。一个人，只有更多地关心别人，才会有更多的人关心他。一位伟人，只有始终把人民记在心里，人民才会始终记得他。作为“中国人民的儿子”的邓小平，中国人民会始终记得他，感恩他。邓公不朽，他会永远活在深圳人的心里，活在全国人民的心中！

绿水青山总关情

旷胡兰

电瓶车在蜿蜒的林荫路上穿行。湖面在眼前、在左右两侧铺展，层层银波在阳光下闪着迷离的光。几只白鹭或不知名的鸟儿，在水面翻飞，偶尔一个俯冲，叼起一条鱼儿后，箭一般直直飞向远处。湖岸边是成片的、成排的葳蕤树木，杨树、柳树、木棉树、刺桐树、紫薇树，更多的是各种榕树，大叶榕、小叶榕，它们的叶子泛着油绿的光。紫薇花树上，大朵的紫薇花开得正艳，一串串、一簇簇，惊艳着我们的眼睛。刺桐或木棉树上，偶有稀疏的几朵大红花儿，不舍得离开枝头似的，依然傲娇地含笑于浓密的绿叶中间，若隐若现。

一路的银波、绿树和各色花儿，伴着我们。清风拂过我们的脸颊，花香沁入我们的心脾。这份难得的自在与惬意，令我们沉醉。

这里，不仅仅是一个游人向往的旅游景区，也不仅仅是一座市民喜爱的公园，它是一座融景区之美与公园之雅于一体的高新技术开发区。它的名字，叫东莞市松山湖高新技术开发区。

2018 年 7 月 19 日，我随中国作协采访团，来到这片桃源胜景。

它位于东莞市几何中心，坐落在“广深港”黄金走廊腹地。这个拥有 20 家上市、挂牌企业的园区，一流的生态环境，是它最突出的特点。“科技共山水一色，新城与产业齐飞”的规划理念，“生态与产业并举，创业与宜居并存”的建设格局，令我们每一个参观者感奋和动容。松湖烟雨、月荷湖公园、下沙湿地、燕岭湿地……无不令人流连忘返；华为机器、中集集团、宇龙通讯、普门科技……一批国内外行业龙头企业，昭示着园区光明的前景。

我想起改革开放之初，各地大批乡镇企业蜂拥上马，与紧随而至的衰退，继而是县域经济的兴起与发展。20世纪80年代与21世纪之初，处处可见招商引资的标语和队伍。“栽得梧桐好，引得凤凰来。”不知道多少次，这样的标语进入我的视线。后来，招商引资的口号，悄悄地变成了“招商选资”。是啊，早就应该招商选资啦。我心里暗暗地这样想。由于缺乏经验和鉴别能力，之前某些招商引资的项目，造成了生态环境的破坏和污染。有些地方经济的发展，付出了惨重的牺牲环境的代价。“科学的、可持续的发展”“绿水青山就是金山银山”，成了国人心中最强烈的愿望和最执着的追求。中国的经济发展，走过了曲曲弯弯的坎坷之路，但她的脚步，是向前的，永远是向前的。“美丽中国”“美丽城市”“美丽社区”“美丽乡村”……“美丽”一词，一次次写进了文件，一遍遍在人们的口头叫响。

我工作的位置，位于吉安市吉州区吉安南大道。每天，我从高高的15楼向下俯瞰，东边是一座公园，绿树、红花、草地、碧水。摇曳的水波、花树的芬芳、青草的绿意，常常让我迷恋。西边，是一条蜿蜒的河流，它的名字叫吉安古后河。两岸树木蓊蓊葱葱，树下绿草野花，河面光影斑斓，我时常陶醉其中。河流，既称古后河，当然古已有之。曾经的苏东坡先生，就在吉安这块土地上，发出过“此地风光半苏州”的感叹。然而，长长的岁月，发展的迷茫，也几欲使这条中心城区的内河，湮没于尘世。新世纪“红色摇篮，山水吉安”的璀璨光芒，照亮了吉安大地，也照亮了这条河流。整修，改造，拓展，提升，使它重新从厚重的历史中走出，走进千家万户，走进吉安人的情感深处。

周末的闲暇，我也常常携了家人，来到古后河，观景，赏花，戏水。上个周末，我们又来到古后河绿廊。宽阔的水面，碧波荡漾。四五只游船，缓缓移动。水面上，褐红色廊桥古色古香。三三两两的游人，倚坐于廊桥内，赏景，或闲聊，那份悠闲与自足，溢于言表。我们沿着塑木栈道漫步，时而惊叹于荷叶的绿姿，时而惊艳于水莲花的娇羞。岸边，金黄的百日菊开得正好。一朵美人蕉，也来赶热闹似的，闯入我的视线，鲜红，娇艳。这景致，搅动了我心底那一池涟漪：中国，越来越美了，中国，越来越旺了。

岁月的河·平安的歌

朱东锷

诗人说："人的一生中，有两样东西永远不会忘记，这就是母亲的脸庞和城市的面貌。"我想，每一座城市的面貌都是一幅壮阔的不断描绘的长轴画卷。近日，作为中国作协庆祝改革开放40周年主题采访团作家成员，我随团走访了广东的广州、东莞、深圳，福建的平潭、泉州、晋江和厦门，这些城市，不管是故地重走，还是初次印象，一样惊艳和感动。

在广州，我们参观了位于广州新城市中轴线上的广州大剧院、省博物馆和广州图书馆新馆3个文化坐标。站在图书馆糅合了现代与古典气息的一排排书橱前，我深深汲取着她散发的淡淡墨香。

回忆起在广州工作和生活的30年中，19年的刑警生涯、7年的派出所工作和4年的特警先锋，春夏秋冬，我们用脚步丈量着这个城市的大街小巷；昼夜晨昏，我们守护的身影与星月同闪耀，砥砺的足迹山水可鉴。

20世纪80年代末的那个深秋，落霞与孤鹜齐飞。我背起行囊走进广州白云山脚下的那座警营，开始了守护这个城市前的磨砺。烈日中、霓虹灯下，我跟随着师兄师姐巡防在大街小巷，在熙熙攘攘摩肩接踵的花市人海中站成一根定海神针；在滂沱的雨夜，在市政府、省政府门前，手牵着手肩并着肩筑成一道道的"长城"。那一年，广州市先后有7个民警在追捕中壮烈牺牲……面临抉择和挑战，我们接过先烈手中的枪杆，护卫着羊城的天空，护卫着鲜艳的红旗。

参加工作，分配的单位广州市公安局白云山分局还在筹建没挂牌。3个月后，我们搬到了麓湖路11号大院分局的临时办公点——一个院子，两列平房，简陋、破落，像个大型的自行车棚。夏天的时候，尽管木棉瓦面上不停地洒水，但是坐在屋里还不如站在外面凉快，晚上蚊虫肆虐，难以成眠；回潮季节，砖墙、三夹板做的天花板渗满水，就像刚洗完的衣服。犯罪嫌疑人抓回来，办公室、值班室、大厅、食堂、大院都成了临时审讯室。记不清有多少次，在夜里，在风中，在车棚顶的灯光下，我们在审讯着记录着……参加工作的第一个除夕，为了调查一宗案件，回来时已经万家灯火，分局食堂的师傅走了，我们几个人走到街上想找个地方用膳，但附近的食肆饭店工作者都停止营业回家过年了，听着家家户户觥筹交错欢声笑语，听着爆竹声声，我们空着肚子在街上踯躅徘徊。那年，经过一年多的艰苦努力，我们终于摸清了一个犯罪团伙的情况，在一个浮云掩月的夜晚，一举捣毁了47人的特大抢劫团伙……5年之后，我们搬进了新的办公楼。周围的环境、风景一天天在变化，在变美。不变的是护卫安宁的奔波忙碌。为了一宗枪支案，我们奔波在西部沿海的大小城市；为了追捕一个杀人疑犯，我们在零下20多度的皑皑冰雪中跋涉；为了查证一条线索，我们在异乡的深山里辗转……调查取证、跟踪守候、审讯追赃，多少个无眠之夜，多少的煎熬，只有明月见证星星知道！不少的犯罪嫌疑人随着汹涌南下务工的人潮来广东淘金，因身无长技又不肯吃苦而铤而走险。而每年春节前后，千千万万返乡返程的人流迁徙安全，成了我们年复一年的一项重担。2008年的冰雪灾害，让世界的目光聚焦广州，广州火车站11个昼夜的护卫铭刻在多少人的生命里，烙印下特别能战斗的广州公安的身影。

年年岁岁，中秋、重阳、春节、交易会……一个个的保卫、警卫，我们把越欠越深的亲情埋藏心底无怨无悔；九运会，奥运火炬传递，奥运会，创文迎国检……一次次的专项行动、检查，我们与星月同现，殚精竭虑；抗洪抢险、抗击“非典”、冰雪灾害、地震、疫情、骚乱……一个个突然而至的灾难，一场场战役，考验着我们的极限和忠诚。

花开花落几度春秋。初来时，白云山还是广州市北郊一个比较荒芜的景区，随着城市规模的日益扩大而被市区所包围。因为我们的砥砺前行，风景区的刑事警情从原来每年的千百宗到这两年的十来宗，治安已经向着理想的桃源迈进，白云山成为人们运动健身、休闲娱乐、怡情养性的一片乐土，从一般的风景区到第一批全国4A级风景区、国家级风景旅游区再到目前的广州市唯一同时拥有“全国文明风景旅游区”“国家5A级旅游景区”

两项荣誉的景区，成为广州的一张亮丽名片。

我工作的单位在珠江北岸，家在珠江南岸，除了值班加班的日子，晨曦或日暮中，我总要在海印桥或江湾桥上走过，总要看看滔滔的珠江河水，在匆匆的车流人流中，在时光的变幻里，我静静地读着珠江的春夏秋冬，阴晴雨雾，静静地看着江水潮起潮落。这些年，我曾多次走进珠江上的长洲岛，走进举世闻名的黄埔军校，“从今天起，立一个志愿，一生一世，都不存在升官发财的心理，只知道做救国救民的事业”。中山先生的宣言言犹在耳；我曾在黄埔古巷里探寻海上丝绸之路的痕迹；我曾到虎门，抚摩着沉重的大炮，缅怀凭吊，焚烧鸦片的熊熊烈火依然使我热血沸腾；我曾到伶仃洋，反复吟哦着“人生自古谁无死，留取丹心照汗青”的诗句。

2000多年来，滔滔珠江水，滋养和哺育了一代又一代的岭南人，孕育着华夏的海洋文明，连接着浩瀚的世界。世界在这里融合，理想在这里实现。毛主席自在农民运动讲习所开始，一生11次下广州，还在广州度过了65岁的生日。邓小平南方视察，“广东应该先走一步”，“春天的故事”从这里谱写，拉开了改革开放的大幕。江泽民在广东考察党建工作时第一次提出“三个代表”。胡锦涛在广东考察抗击“非典”工作时首次提出科学发展观。习近平还在清华大学求学时，利用假期随父亲习仲勋深入广东惠阳地区进行社会调查。党的十八大会议结束后，习近平总书记出行的第一站也是南粤，“三个定位、两个率先”“四个坚持、三个支撑、两个走前列”“四个走在全国前列”“两个重要窗口”……习近平总书记为南粤妙手绘蓝图。

襟怀浩瀚的珠江，东南西北中，各种肤色、各种语言的人蜂拥而至，计划与市场，传统与现代，保守与创新，在这里激烈碰撞又融为一体，铸就了务实、包容和敢为人先的广东风骨。我来到广州的那一年，海印桥正在建设，10年后，江湾桥飞跃两岸；再往后，猎德大桥又横跨珠江！世界最高的电视观光塔广州塔巍然耸立，海心沙成为广州亚运会开幕闭幕的场地，珠江河上的演出震撼世界，我们也拿到了亚运安保的金牌。从第一座横跨珠江两岸历经85年沧桑的海珠桥开始，广州城内的跨江大桥已经有19座。浩荡珠江，辉映着岭南的历史，见证着国家和民族的命运。

白云山变了，珠江变了，广州变了。改革开放已经40年，而我和这座城市一起走过了风雨兼程的30年，切身感受着她的阵痛和痉挛，更感受到她的奋发和昂扬！

40年的变迁天翻地覆。广州市的人口从300多万增长到超过了2000万，城市管辖从原来的4区8县变成了现在的11个行政区，城市规模的不断拓展使我未曾踏足之地越来越多，城市面貌的记忆越来越压缩。原来最繁华的中山五路沿途的店铺橱窗，惠如楼、艳芳照相馆这些老字号也只能留存在记忆中，留存在发黄的照片上，留存在历史的档案中了。我原来的白云山公安分局的原址上，已耸立着宏伟的艺术博物馆。过去荒僻、荒芜的农田菜畦，荒山野岭，如今高架路、立交桥、高楼大厦雨后春笋般耸立，地铁四通八达。天河区，原来是广州的西伯利亚，而今，天河体育中心、天河城广场、电脑城、中信广场、市长大厦、奥体中心、珠江新城、花城广场、海心沙、“小蛮腰”……一个兴旺发达的商贸经济中心屹立，一条城市新中轴线正在这里崛起。全国首批国家级经济技术开发区之一的广州经济技术开发区，已经打造了中新广州知识城、广州科学城、广州国际生物岛和黄埔临港经济区四大战略性发展平台，形成了智能装备、电子商务、平板显示、生物医药、新材料、新一代信息技术等六大创新型产业集群。新的国际化的白云机场，目前已有3条跑道和2座航站楼，覆盖全球210多个通航点，通达全球40多个国家和地区，是我国三大门户复合枢纽机场之一……“一带一路”“粤港澳大湾区”建设，两个十五年的愿景，“两个一百年”的蓝图，最美最甜的梦在向我们微笑、招手。

忠诚的道路浴血荣光，忠诚护航的广州公安清醒地看到：社会矛盾纠纷交织叠加，公共安全隐患依然突出，新型经济犯罪风险加剧，随着大数据、云计算、物联网、人工智能等信息技术的飞速发展，当前的警务模式与现代科技融合得还不够全面。广州公安积极与腾讯、华为等科技领军企业协作共享，实施大数据工程、云网端工程、视频云工程、警务云工程等智慧赋能工程，实现数据从云端到实战终端的双向互动运用。对内打破指挥层级，精准打通从警务决策指挥到一线打防管控实战的“最后一公里”，对外突破时空界限，全天候、全方位随时随地为群众提供全流程、点对点的贴心服务，形成态势感知、精准打击、服务民生、高效协作、装备精良、保障有力的警务新模式，全面推进以人民为中心的智慧新警务工作，努力实现现代科技与警务工作的全面融合，全面营造共建共治共享社会治理格局走在全国前列，提升城市治理质效。

伟大的祖国赋予我使命，复兴的民族给予我力量，我们以我们的努力守护着、建设着、见证着祖国的欣欣向荣。

高高的兴安岭

罗伟章

在漠河北极村，晚间小聚，听当地朋友唱歌，唱的是《高高的兴安岭》。我静静地听着，心想：你如果去过我老家，出脚就走站起来的路，一直站到云端里，词汇中没有远处，只有高处，偶尔说到远处，也是指高处，你大概就不会唱这首歌了。这想法里的促狭，我是后来才感觉到的。我用自己对山的固有印象，去鉴定天下万山。在我眼里，兴安岭几乎是躺着的，只见起伏，不见耸峙，更不见孤峰耸峙。兴安岭，或者说我正身处的大兴安岭，完全超出了我经验的范畴。也正因此，我知道了，形容山，除了高峻，还有辽阔。

事实上，早在八年前，我应《中国国家地理》杂志约请，书写中国地理第三级阶梯从北到南的秋天，独自从成都前往哈尔滨，又从哈尔滨飞抵漠河，便即刻觉察到地域的辽阔是如何赋予了修辞的辽阔。他们把土地或田地，哪怕只是一小块，都称作大地。“他上大地去了”，是说，他下田地去了。当我在一个停电的夜晚深入北极村，住进一家私人旅社，听他们这样谈论刚刚收割了庄稼的田土，感到异常震惊，震惊得像裂开一道光明，豁然贯通。就在那家旅社里，我结识了一位名叫陈富铨的台湾朋友，他和我的感觉完全一样，且奇迹般地有着相似的回忆：小时候写作文，提到“大地”，都是苍茫混沌的泛指，现在被具体化了，并因此生动起来。世间的每片土地，因为对种子的接纳，对万物的滋养，都能担当起“大地”的神圣称谓。——何况是在绵延千余公里的大兴安岭。

人类早期，是日月星辰和山鹰云朵，成就了关于高度的想象，是江河奔流和野马迁徙，成就了关于宽度的想象，而大兴安岭不是：大兴安岭的辽阔，是林木成就的。那些站定的生命，只需一方土，一点阳光雨露，就能争高直指，绵延出广袤森林。上次来，因为要从漠河直下广州，战线漫长，行程仓促，对这片大森林，差不多是从陌生还给陌生，今年8月，我随中国作协庆祝改革开放40周年采访团，再次进入大兴安岭，感触便深了许多，对那种单纯而专注的生命信仰，充满敬意。汽车在林道间飞驰，透过车窗，见落叶松和樟子松筑成绿墙，白桦树如从绿墙渗下的白水。某些白桦弯曲了，想必是风吹的，弯曲得俯身于地，破裂的地方，发黑，但依然活着。要走进一片森林的内心，最好的方式，是仔细观察一棵树。所谓仔细，其实只要看见就好。“看”是一个词，“看见”是另一个词，把看的对象放到心里去，看就转化为看见。人的一生，即使是旅行家，能去的地方也有限，所以每到一地，我都珍惜，都问自己：我将以怎样的感激，来回报我到过的每寸土地。结论是无以为报，只是记住某座桥梁，某块石头，某方田土。到大兴安岭，就是记住一棵树，它的名字、大小、质地、形状和色彩。很少有人用“自尊心”这样的词语，去描述一棵树，可这样的词语正适合于它们。当你看见了它，它们就跟着活起来，一片森林的内心，就这样和你靠近。人们用见木不见林，来贬抑目光短浅的人，而见林不见木，何尝不是更加傲慢和冷漠的短见。

凡原始林带，树木都长得特别直，如尺子量过。这是为了抢阳光。树们不要老师教，就知道直线是捷径。而人工栽种的区域，因留出了足够空间，就长得有些懒洋洋的，也没那么挺拔。这种出自本能的自然哲学，被人类完整继承。在图强林业博物馆，见到数十种动物标本，谁以谁为食，是上天立定的法则，这法则写在无影碑上，四个大字，是“弱肉强食”。动物没有生命权，弱者尤其没有。强者以无须过脑的凌厉，对弱者下手。人呢？人应尊重所有人的生命，这是人为人立定的法则。只是往往无效。位于哈尔滨平房区的731陈列馆，那些囚车、刑具和以公斤计数的细菌，构成黑色的存在。每次看到有关731的文字和影像，我都感觉自己作为人的尊严降了一层，实地观看，更有种坠落感。法西斯铸成的罪恶，潜伏进每个人心里。只有愤怒，是不够的。同时进馆的另一个参观团，是十余位来自阿拉伯世界的朋友，他们听着解说，脸上像渐次熄灭的灯盏。我不懂他们的语言，没法和他们交流，但神情告诉我，他们在惊诧，在吞咽，在消化和反思。我们都是。反思的结果，多半会得出这样感想："落后就要受欺，就要挨打。"这感想并不新鲜，几成真理。凡真理都很日常，都不新鲜。可如果那是永远的真理，人就说不上尊严。

好在大兴安岭的绿，诉说着另一种故事。

如前所述，它撤除了我心里的一道栅栏，其实是我心里的边界感：经验的边界，想象的边界，修辞的边界，认识的边界。不过，在大兴安岭地区，边界意识同样强烈。一路走去，越靠近北极村，相同内容的牌子就越是频繁出现："野生动物最北的天堂。"动物们会这样想吗？即使在北极村，也还有更北方，那更北方就不是它们的天堂吗？事实上，俄罗斯的狍子，会渡过黑龙江来到中国，中国的狍子，也会越江去往俄罗斯。这是当地人常见的景象。动物自然也有边界，但遵从的是它们自身的规律，不是人类的国境线。我一直认为，边界或者说边界感，是个好东西，因为对许多事物的明晰，依赖的是边界感的确立而非瓦解。何况有国家，就必有边界。可如果站在边界上的，不是冰冷的岗楼哨所，而是如大兴安岭一般的绿色屏障，边界的意义，就不是阻隔，而是沟通，是人类命运共同体的构建者。

作为中国主要林区，在初中地理课上，就知道有个大兴安岭，但不只把它当成知识知道，而是从心里知道，却是在1987年的夏天。这年的5月6日，大兴安岭发生了新中国成立以来最严重的森林火灾。远在山城念书的我和我们，天天收听新闻，天天为这事揪心。到如今，三十一年过去了，在这个初秋的夜晚，我和采访团的朋友聚于北极村，三个老家在黑龙江的女子，听说在座的郑政委曾奔赴大兴安岭救火，齐生生起立，为郑政委敬茶。那时候，这三个女子，有的才几岁，有的还没出生。此情此景，令人动容。在中国的版图上，东北是令人尊敬的地方，大兴安岭是令人尊敬的地方，雅克萨的自卫反击战，李金镛的开矿安边，抗日联军的可歌可泣，重工业对共和国做出的巨大贡献……每宗事，都气势磅礴，顶天立地。而今，这里早已成功转型，大兴安岭建立起严密的生态保护网，让绿色成为鲜明底色，让绿水青山成了金山银山，这里的城镇和乡村，安宁祥和中涌动着蓬勃生机。不只是地域的辽阔赋予了修辞的辽阔，是这片土地上的人，用他们的英勇和智慧，成就了辽阔壮美的画卷。

"高高的兴安岭"，他们有资格这样唱。

40年，“境”随“音”变

任林举

1979年1月1日，在十一届三中全会刚刚结束的8天之后，改革开放的春风吹到了福建晋江的围头。是日，中国政府正式颁发命令，停止对金门的炮击，同时，全国人大常委会发表《告台湾同胞书》，持续了20年4个多月的“8·23炮战”宣告结束。围头，这个素有“海峡第一村”的小村庄，“8·23”炮战中重要的炮击点儿，人们因为从此再也不用担心炮弹随时可能从头顶呼啸而来，沉浸在一片欢乐之中。

20年，如一场大梦，突然醒来，人们一时还处于手足无措的茫然之中，不知道应该想些什么或做些什么。有人仍然沉浸在往昔的惊怵和忧虑之中而不能自拔；有人开始憧憬起未来的生活——重建家园，修一座像样的房子，看地上长出翠绿的庄稼或蔬菜，看渔船如梭行在一度寂寞的海上……而老主任洪我洲却望着几近废墟的残垣断壁，想起了已经逝去多年的老伙伴、老支书洪孝子。

一、大炮与大炮的对话

如果老支书洪孝子能够活到今天，他一定比别人更加高兴，因为只有他才最知道村民们需要什么，怎样的日子才是幸福和快乐的好日子。但一直持续了20多年的两岸炮击，你来我往，吵来吵去，声音太大了，这种特殊的对话太激烈了，以至于人们忘记了生活的本来面目。尽管人们并没有真正听懂来来往往的炮声包含着怎样的语义，但在那种特殊“语境”下，最后人们还是被激怒了，并不由自主地加入到了争吵的队伍，以炮弹对炮弹的方式，与对岸展开了激烈的对话。那时，村民们几乎人人都有一个共同的身份——民兵。“8·23”炮战开始后，总面积刚刚3平方公里的围头村，共有50000多发炮弹倾泻下来，家都被炸没了，还谈什么好日子？

那时，洪孝子也是民兵，并且是一个重要民兵。他当时是担架队队长，带领一个20个人的担架队，辗转于东线和西线几个战场，哪里有危险，哪里有困难，就冲到哪里，从来不叫苦叫累，没人不佩服他是一条硬汉。后来，他被评上了二等功，他说死说活不想要，可是，这个功也不能随便推来让去，谁有功给谁才有意义，最后上级还是硬给了他。当时，连部队带地方，评上二等功的人也没几个。

“8·23”炮战前后，国家有命令：“支前不讲条件，只要有任务，一切都服从。”可是洪孝子自己的职责是大队书记呀，他可从来没忘记自己的本分。想当初，他当书记的时候就发誓要带领围头人过上好日子。可是，当时围头村900多户人家，2900多人口，光困难户就有400多户，怎么能叫好日子呢？村民中，大部分是渔民，本来就不富裕的日子，因为海上有炮火，不能出海，日子就更加难过。村里的生产没着落，洪孝子的压力非常大，常常为此事发愁，唉声叹气。每天午饭时间一到，他就去村里走走看看，见有揭不开锅的，就掏出笔打条子，让那家人去信用社借钱买米下锅。

海边的谚语有“死五绝六爰哭七”的说法，就是说每年的5月至7月，是最要命的渔业淡季，不想一点办法，渔民们的日子根本就过不下去。忧心忡忡的洪孝子这时来找副手洪我洲：“我们总得想点办法，搞点副业，让群众有口饭吃啊！”

可是，搞什么呢？看到外乡烧瓦卖钱，洪孝子也想在围头试试。他将本地的土拿去别人家瓦窑试烧，果然可以烧瓦。他高兴了一阵子。可是，细细一想，搞副业上级不一定允许，就算允许，围头的土地那么少，要真烧起瓦来，连土也不够取呀！他不得不放弃了烧瓦的打算，绞尽脑汁另想办法。想了几天几夜也想不出什么办法，那才叫“山穷水尽”。为此，他急得直哭，那么刚强的一个硬汉，眼泪哗哗地流。洪我洲看他那样难过，心里也不好受，但不知说什么好，实在找不到什么办法安慰他。

想来想去，最后想到了一个不是办法的办法。洪孝子说：“看来我们只好硬着头皮，厚着脸皮向国家伸手啦！”于是，他打了个报告给公社，要求补助。他在报告中申诉："围头地处对敌斗争最前沿，群众长期受轰炸、炮击之祸，加上渔业处于淡季，出海往往空网而归，无所收获，困难户几占半数……"

这份沉重的申请报告，从公社转到县里，县里转去省里，省里又上报中央，中央终于批下来了："给围头予以长期补助！"洪孝子也终于松了一口气，国家终究还是没有忘记围头人为国家的担当和付出！虽然困难户每人每月所得补助款并不多，但那时物价便宜，村民们的困难确实得到了很大的缓解。每当上级放款的时候，洪孝子就盯着大队的财会，把上面拨的每一笔钱，一分不差地发到最困难的群众手上。其实，洪孝子自己也是困难户。他天天忙工作帮助别人，顾不上自己家的事。他父亲死的时候，洪我洲到他家，他老婆诉苦，家里连半分钱都没有。还是洪我洲拍板，通过公社向民政局申请补助三百元，才把他父亲丧事办了。

1959年，洪孝子从围头调去公社当武装部部长。他经常下乡，在沿海一线跑，底下的乡村，他都到过、蹲过点儿。人家招呼他吃饭，他总是说吃过了，其实是骗人的，饿得肚子咕咕叫。为什么？因为那时老百姓穷啊，谁家都不富裕，吃了人家的口粮，他心就不安。洪孝子勒紧裤腰带，走过一村又一村，久而久之，闹出毛病来了，一查是肠癌。得了那么重的病，洪孝子还是不停地工作，带着止痛药坚持下乡。他肚子经常痛得要命，便血，后来实在挺不住了，才住进泉州180医院。

洪孝子手术住院期间，洪我洲去看过好几次。他知道自己不久于人世，让老友规劝妻子陈丽奶，让她想开，就当他去吕宋做番客吧！洪孝子去世后，晋江各公社武装部部长都来给他抬棺材，从金井抬到围头。追悼会那天，围头父老乡亲好多人，十里长街，洒泪送别……

洪孝子最终没有看到自己的愿望变成现实。

洪我洲一声长叹：这么好的人，只可惜没有赶上好时候，如果洪孝子还活着……其实，如果洪孝子活着会怎么样，洪我洲也不知道，因为未来发生的一系列事情是凭借以往的经验根本就无法预测的。

二、商品与商品的对话

关于海峡两岸这场旷日持久的“对话”，出生于1961年的洪水平，并没赶上过其惊天动地的开场，他错过了那个至关重要的时间——1958年8月23日。但对于在炮声中出生的洪水平来说，一切都没什么值得大惊小怪的。他一来到这个世界，世界就是那个样子，整天轰轰隆隆的。因为生在民兵之家，他刚刚三四岁的时候，就随着父辈们上了“战场”。父母和叔叔、姑姑们持枪打靶，枪声乒乓直响，他不但毫无惧色，还表现得很兴奋，跟着一起欢呼。稍大一点儿，他就开始手拿着一根竹竿模仿着大人打靶。大人卧倒他也卧倒，大人闭上一只眼睛瞄准，他也闭上眼睛瞄准……也难怪他后来无师自通，成了神枪手。

然而，当1981年洪水平高中毕业时，国家已经进入改革开放时期，一些迁到外地的村民陆续返回家园，而他则需要到外边的未知世界去闯荡一下。于是，他随人去了改革开放的最前沿——深圳。

在深圳，洪水平干得得心应手，顺水顺风，先是在一家企业底层打工，很快就凭借悟性和能力，升到了中层管理者，并拿到不菲的薪酬。但越是成绩突出，他越觉得自己似乎不应该长留此地。虽然“杀出一条血路”的拓荒精神、“三天一层楼”的深圳速度、“时间就是金钱，效率就是生命”的特区理念等给了洪水平极大的启迪和影响，但他却觉得这里的一切都“对”，就是地点“不对”，自己的根基、自己的天空似乎仍在围头。就在全国各地人流越来越多地涌向深圳的时候，他却收拾行装，回到了家乡围头。

此时的围头，仍然风平浪静，市场经济的大潮还没有来临，洪水平就暂时继承了父辈的事业当了民兵。虽然每月只有区区24元的补助，他却把哨所当作保一方平安的阵地，投入了满腔热忱。哨所值班最忙的时候，连妻子分娩也没顾得上守候，硬是把哨所建设成了一个全国先进单位。

洪水平带领民兵值班时，海岸线上的情况已经和以往大不一样了。以往，由于炮战的原因，海面上很少有船只来往，大陆的哨所只需要观察围头与金门的海面是否有什么异常情况，而现在，他们更多的是要观察围头澳里靠得很近的台湾船只。原来，表面上台湾当局坚持“三不”政策，两岸官方绝对不能往来，但民间的来往已经悄然变得密集起来，大有不可阻挡之势。有一些耐不住压抑的渔船，其实很早就驶进了围头湾。加油的、避风的、易货的，靠上码头，就像进了自己的家，现在的“异常情况”和过去的“异常情况”已经完全不是一种概念了。

一天黄昏，洪水平发现有一条台湾渔船，突然冒起了浓浓的黑烟，肯定是出了意外。但哨所的小船速度慢，直接去救援已经来不及了，洪水平马上打电话跟海关联系，请求协助，并向海防部队做了报告。海关派来了一艘快艇，哨所5个民兵坐上，快速抵近烟雾缭绕的台湾渔船。民兵们跳上船，和船员一起奋力灭火。

火被扑灭之后，民兵发现台湾渔民已经无处栖身了，便护送那些船员前往边防工作站休息，与他们聊天，询问台湾那边的情况。一样的乡音、一样渴望交流和亲近的愿望，让洪水平深受触动。从那一刻起，洪水平突然有了感觉，他觉得有点儿理解了那么多年两岸大炮与大炮的对话都是在“谈”什么，也看清楚了父辈们和自己这一代人那么多年的备战和战斗都是为了什么。原来，一切不过是为了能有今天的情景，不过是为了最终和平、和谐，为了人民能过上没有忧虑和忧愁的幸福生活！也许，过去的一切都不是国家和人们想要的结果，而是一种为了争取结果而做出的努力和手段，是一个被隐去了目标和结果的过程。

眼前面对的这些人，和自己的关系又岂止书上所说的“一衣带水”，本来就是血脉相连，可以称作同胞兄弟的人啊！洪水平想得深刻、动情，于是让人送去开水给那些船员喝，夜间寒冷，他又把军大衣借给他们披。台湾的船员们非常感动，后来，悄悄给围头哨所送来了一面表示衷心感谢的大红锦旗。

从那天起，洪水平的眼睛里开始起伏、翻腾着另一片“海”。

海上，一天比一天热闹起来了。起先，两岸渔船在海上相遇，两船相靠，船帮相贴，仅限于彼此的寒暄、交流。后来围头渔民发现金门渔民的一身装扮很酷，很实用，看起来也很结实——塑胶的渔衣、高腰的水鞋……就试探着问他们，这渔衣、水鞋要花多少钱。金门渔民看出大陆渔民眼中流露出羡慕的光，便很爽快地要当场从身上脱下来相送。围头渔民心气也高啊，哪能白要人家的东西呢！于是，建议用船上的海产品交换。

好啊，以货易货，皆大欢喜！

渐渐地，两岸渔民越来越熟，越来越没有设防，就在海上互通有无地换起了东西。换来换去换出了甜头。最初是以鱼易货，金门船每天靠近围头船，采购石斑鱼、龙虾、螃蟹等海产品，也采购猪肉、牛肉、羊肉、小麦、花生、香菇、蒜头等农副产品。后来，围头渔民开始用黄金白银从台湾渔民手中换取当时大陆的紧俏货，从手表、录放机、电动剃须刀等小家电，一直到邓丽君、凤飞飞、费玉清等歌星的原声带，货物的品种和规模不断扩大，交易地点也一点点从海上移到了岸边。

1992年初，福建省发现并肯定了这种民间贸易的重大意义，认为这是“以民促官”“以经济促政治”“以小岛（金门）促大岛（台湾）”，以民贸促进两岸开放、互通的有效途径，正式以省政府专题纪要的形式，下发了内部文件，对这种民贸活动大加肯定和支持，并明确要把海上的零星交易，堂堂正正、成规模地引到岸上来。小小围头村成了两岸民贸的重要现场。

洪水平就是从这时起步，开始了他的创业之旅。当很多人随着两岸贸易规模的扩大，汇入贸易洪流并大受其益的时候，洪水平开始琢磨，所有人都去卖东西，东西从哪里来？这一片繁荣的贸易，如果没有稳固的实业做支撑，到底能支撑多久？于是他决定走“人无我有”的实业之路。经过一段时间周密的考察后，他联手金门的朋友，合作成立了“海峡水产养殖有限公司”，引进台湾的养殖技术和经营方式，再把优质的水产品通过“小额贸易”卖到台湾去，一年收益由小到大，最多时达到几百万元的贸易额，200万元的净利润。

洪水平的养殖公司发展得极为迅速，生意红火，收获颇丰，几年下来，就从昔日的“神枪手”变成了围头最富的人，并率先拆掉破旧平房，盖起了自家的楼房，并为自己的新家起了个名字“水平楼”。自此，围头村的民房建设进入高潮，规格也越来越高，10年之后，围头新建砖石以及框架结构的民房达到400座，两层以上楼房366座。

谁都知道，海产品养殖的投入大，风险高，收益也大，弄好了很快就有了可观的效益，弄不好就会血本无归。以前，因为缺少资金和技术，村民们都不敢投入，现在有洪水平在前边探路，很多村民开始跟着洪水平蹚起这道“深水”。因为在这个领域里，洪水平先走了一步，有成熟的经验，再加上他为人也仗义，有同情心，村里的很多人都得到过他无私的帮助。一时，洪水平成了市场经济背景下的英雄，立在村头的“水平楼”也成为村民们心中的一个标杆。

三、情感与情感的对话

2006年，围头村领导班子改选。洪水平高票当选为村委会主任，也就是村长。

这是村民的意愿，但并不是洪水平的意愿。在洪水平的意识里，当村长就得为村里想事，办事，村里四五千口人，就那么一点点可怜的资源，吃饭的问题、致富的问题、和谐的问题、民风的问题等等等等，无限的庞杂与繁琐，无限的敏感与艰难，当了村官就要把自己全“搭”进去。可自己，至少还没有这个精力上和思想上的准备。自己的养殖厂刚刚起步，方兴未艾，一分心或一撒手，肯定会受到巨大的影响。

然而，村民期待的目光又使他寝食难安，就这么撒手不干，就是辜负大家的意愿，就是一种不负责任，以后怎么面对这些乡亲？

正当洪水平犹豫不决的时候，父亲洪我洲又给他讲起了老支书洪孝子的故事。其实，这个故事洪水平听了已经不下10次了，但今天听和以往的意义却大不一样。

故事讲完后，洪我洲对儿子洪水平说：“洪孝子离开我们那么多年了，大家还在怀念他，为什么？因为他心里装着老百姓啊！咱们围头的情况你也是知道的，老百姓的日子一直过得很苦！所以，让老百姓过上好日子，是围头村几代人的愿望。我现在还常常梦见洪孝子，在梦里，他问我，什么时候围头能富起来，老百姓能过上好日子？我告诉他，两岸炮声停了，围头的海面平静了，老百姓的日子已经越过越好了。”

洪水平明白了父亲洪我洲的意愿，也明白了一个人究竟怎样活着才有意义，似乎也领悟到，有时“当仁不让”就是最大的担当。假如，这个职务落在一个不负责任的人手里，不仅村民的事情办不好，可能连村子里那点儿可怜的资源也被个人占了去。那样，一直都在为国家做贡献的围头人的未来谁来负责？

"干！"洪水平不再犹豫。

洪水平说干，就来个聚精会神，全力以赴。干脆把自己的生意，全部甩给家人。一部分，让大学刚毕业的女儿接管，一部分交给从来没做过生意的妻子负责，自己则立即着手村子里的事务。

以前没有介入村里的事务，对围头村一些历史和现实的问题，他没有全面、系统研究。现在，洪水平开始对着夜深人静的海湾思考这个从来没有平息过的半岛。但想来想去，觉得在这个地域和这一群人之间，似乎有一种非同寻常的气息在回荡，但想来想去又觉得，没有一个轮廓清晰的灵魂可以捕捉。洪水平发现，围头这个地方，历史上一直是一个表现得散漫和野性的地方。心不齐，不团结是常态，但就是"8·23"炮战的那几年，围头人有了空前绝后的团结气氛，大家齐心协力，团结友爱，互相帮助，共渡难关。但紧张的战时一过，大家又松散了起来。人心凝聚的时候不正是地域的文化之魂呈现的时候嘛！洪水平突然恍悟，炮战时期那种爱国、爱家乡、同仇敌忾的民兵精神，不正是围头的文化之魂嘛！过去我们能依靠这英雄的民兵精神战胜敌人和困难，现在，难道我们就不能依靠这种精神打赢经济仗，一同奔小康吗？

找到了围头的文化灵魂或文化核心之后，他继续在这个精神维度上扩展、细分，又分解出战地文化、滨海文化、渔村文化、桥台文化、海丝文化五大文化体系，围绕这五大文化体系展开发展经济的思路。经过一段时间的调查研究和听取各个方面的意见，也经过反复的思考和定位，一个宏伟并贴近围头实际的规划在洪水平的头脑中形成了。20年，一年一个台阶，5年一个跨越，他已经把围头未来的样子，在心里勾画得清清楚楚。

规划在他的手中实施10多年以来，他以一个民兵瞄准靶心的执着，坚定地推行和落实下去，每一年都如期或超期实现了预定目标。现在，时间过半，除了他的村委会办公楼依然低矮陈旧，其他一切都已经完成了形象目标。按照洪水平的规划，20年后，这个"海峡第一村"的面貌在世人的眼中，将更加清晰亮丽。那时，它就是洪水平所说的：绿色的渔村、蓝色的海湾、白色的沙滩、红色的遗址和金色的人文。

时间老人总是手握着无限的玄机。偏偏就在那同一个地方，他让你跌倒，然后又会让你站起；让你失去，然后又让你在未来的某个时间段里出乎意料地得到。

在洪水平的积极推动下，围头村养老院先于村子的其他建设项目，先于晋江其他村子，率先建立，目前已经进入了又一轮的扩建装修，那些曾经在炮火中九死一生的老兵和老人，终于得到了“国家”的供养，过上了无忧无虑的晚年生活。“八二三战地公园”早在10年前就已经成为一个三A级红色旅游景区，这个曾经给围头人民带来巨大苦难的地点，开始了它的补偿和回馈。四面八方的人们，成群结队地来到这里，借以回望和凭吊历史，并重温属于围头人的不幸和荣光。

随着改革开放力度加大和两岸交往的密切，两岸人民不但通商互惠，情感也在不断地撞击出火花，10多年间，陆续有130多个围头姑娘嫁到金门、澎湖和台湾。2002年后更有为数不少的台湾姑娘嫁到围头，而这些亲缘大多都结于围头半岛和金门岛之间，这两个曾以重炮相击的旧日“冤家”，如今却成了情牵血系的“亲家”。

所谓的“一笑泯恩仇”，强调的是时间和历史的淡化作用，随着那一笑，仇也泯了，恩也忘了，这终究不够理想。为了将难得的缘分和恩情接续和强化下去，自2009年，洪水平开始谋划一个属于“侨台文化”板块中的重要事件，决定通过一项活动定期将这些围头的女儿和后代请回来，让他们记住自己的故乡、自己的根。想法成熟之后，他立即将举办“返亲节”的方案提交围头村两委通过并形成决议。洪水平的行事风格向来雷厉风行、风风火火，决议一经形成，便开始带领村委会一班年轻人放开手脚张罗起来。

2010年7月底，临近七夕，一切工作准备就绪，洪水平又带领村委会一班人，带着涉台婚姻花名册，取道金门前往台湾，兵分两路，由高雄而台南、台中至台北，逐一登门造访，送上首届围头“返亲节”的请柬。久别故土的围头女儿，一听说政府要邀请她们回家过节，个个掩饰不住欢喜和激动之情。她们奔走相告，许下一起返乡欢度“返亲节”的约定。

洪水平见大家都表示要回围头过“返亲节”，十分欣喜。为了进一步扩大影响，他又把“返亲节”的信息在一些乡会社团发布。在一次社团聚会上，他偶然碰到应邀与会的国民党副主席蒋孝严先生，他当即递上首届海峡两岸（围头）“返亲节”的请柬。蒋孝严先生接过请柬，很认真地看了一会儿，见一个小小的围头村居然举办了一个情牵两岸的“返亲节”，深表赞许。第二天，蒋先生特意派人送来一幅已经裱好了的亲笔题词。洪水平打开卷轴，但见“心手相连”4个隶书大字赫然入目。

2010年8月16日，是民间传统的七夕节。天上的牛郎织女，暗渡星河，鹊桥相会，地上，围头岛另一场好看的大戏正式开场——130多个“围头新娘”携夫带子，从台湾返回大陆围头，参加一场欢乐而隆重的盛会——首届海峡两岸“返亲节”。

至此，一个小小的围头村，又为祖国的和平统一大业成功地搭建了一个宽阔的平台。“返亲节”开幕当天，台湾“中华妇女党”主席涂明慧女士、周恩来的侄女中国新闻社原副社长周秉德，分别赶到围头参加“返亲节”，并作了热情洋溢的讲话。

自此，围头“返亲节”每两年举办一次，越办影响越大，真正成为一座连接大陆和台湾两地亲情的桥梁。

极限农家院

李青松

往北往北往北。北极镇北极村极昼街二号。

一个唤作“极限农家院”的家庭旅馆，离黑龙江仅有二百米。老板叫高威，高颧骨，高鼻梁，卷头发。高威是八〇后。戴一副金边眼镜，穿鳄鱼牌T恤，灰色牛仔裤。看他的脸形和眼窝，及其神态，我判定他有俄罗斯人血统。一打问，果然，他姥姥是俄罗斯人。

“极限农家院”里有九间大瓦房，明窗几净。还有车库、水井、秋千架。院子里的一角是一片菜园，有豆角、黄瓜、南瓜、大头菜、西红柿等。时令菜蔬，一应俱全。

事实上，北极村跟北极圈没关系，它不过是中国版图上最北的一个村子。但是，它却紧靠一条界江——黑龙江，以江为北，以江为界。这些年，随着旅游的火爆，北极村闻名遐迩了。

高威原是黑龙江上的渔民，跟随父亲打鱼。高威划船，父亲下网。父亲在江上捕鱼捕了一辈子，凭经验下网布钩，网网有收获，一般不会走空。在潜移默化中，高威跟父亲学到了打鱼的本领，也成了江上捕鱼的能手。

坐在江边的一根倒木上，我们聊了起来。高威是一九八五年一月份出生的，属牛。父亲叫高洪山，辽宁台安人，闯关东来到北极村的。高威一家五口人，父母、他、媳妇和孩子。

高威告诉我，住在江边最怕的是发洪水和“倒开江”。二〇一八年七月份发了一场洪水，三十年不遇，洪水把“神州北极”的石碑和江滩上的庄稼都淹了。幸亏抢险及时，加高了江岸防洪大堤，洪水才没有漫出来灌进北极村。

“倒开江”是黑龙江上游早春时常发生的一种自然现象。这是由于江面解冻的时间差异性——下游先开而未开，上游后开却先开，致使大量冰块淤塞河道造成灾害。

“倒开江”产生的冰块和冰排，轰隆隆！连绵数里海啸山崩般涌向江岸，许多鱼虾被挤压冲撞，头破血流地被抛到江岸上，挣扎几下死去。如果“倒开江”的冰块和冰排进村，那就惨了——一准会房倒屋塌，沟满壕平。好在这几年加高了的江堤发挥了作用。出力，出汗，也算没白费功夫，住在江边的人家能睡上安稳觉了。

“捕到过鳇鱼吗？”

“捕到过。那都是早些年的事情了。”

“有多大？”

“一九九八年的夏季，曾用挂网捕过一条鳇鱼。——这是我仅有的一次捕获鳇鱼的经历。小船刚一靠岸，鳇鱼就被人买走了。一百元一公斤，一条鳇鱼卖了两千四百元。买鳇鱼的人连眼睛都不眨，把那条鳇鱼绑到摩托车后座上，一溜烟就没影了。”

“现在鱼价怎么样？”

“鱼价是越来越高。不要说鳇鱼，就是哲罗和鲤子的价格都要在一公斤两百元以上。”

从二〇〇〇年开始，黑龙江全面禁渔了——在禁渔期内打鱼是非法行为，捕鳇鱼更是违法的事情了。

现在很难见到鳇鱼的影子了。即便法律不禁止，让捕也捕不到了。除非到俄罗斯那边的江汊子里去，或许还能捕到鳇鱼。听老辈人说，之前，金鸡冠水域是一处“鳇鱼窝子”，那里的水是汶水，水流平缓，常有鳇鱼活动。鳇鱼性情温和，没有暴脾气。白天在深水里沉潜，晚上便游到浅水水域觅食。

高威说，用缆钩钓鱼（也用缆钩钓鲶鱼和嘎牙子），倒钩是一项技术活儿，手必须快，否则就把自己的手钩住了。划船的人与倒钩的人要密切配合，效率才高。也用须笼捕鱼，但多半捕的是细鳞鱼和江白鱼，一晚上能捕十几公斤呢。

每年六月十号到七月二十五号是禁渔期。此间，除了江水汹涌，江面上的一切都是静静的。偶尔，有几只野鸭子飞过。——唰唰唰！

二〇一一年五月，北极村成立了旅游公司。这绝对是北极村历史上的大事——北极村所有的渔民都变成了职工。一夜之间，靠打鱼为生的人，成了挣工资的人。高威说，来北极村的人，一般都是来找北、找冷、找美的。冬天感受极夜，夏天感受极昼。高威在旅游公司的驿站搞接待，工作很体面。工资是根据学历、工龄、工作年限和工种确定的。他的工资每月三千多元，媳妇是两千四百多元。父母退休，每月领退休金一千多元。父母退休金不算，他和媳妇两人每年工资就收入七万多元。家里早就买了轿车，还是越野车呢，小日子美美的。

“极限农家院”经营得也不错。每年八月一日至八月二十日，来旅游的人很多，住宿的床位爆满。一九九三年前，高威家开的旅馆都是大通铺，一个洗手间，很快就不适宜了。游客的要求越来越高。到目前，高威家的家庭旅馆改造翻新三次了，原来每个房间七八平方米，现在二十多平方米。标准间二百元，三人间三百元。做生意重在诚信，有客人把钱包或者手机丢在旅馆的，高威发现后，都给快递回去了。后来，那些客人又都成了回头客——再来，就像走亲戚一样了。

高威望了望江面，回头对我说：“搞旅游比打鱼强多了，不用风里来雨里去。捕鱼的活儿太辛苦了，容易得腰腿疼病、风湿病。现在不愿去捕鱼了。就是江里还有鳇鱼，也不愿去捕了。”

他们的荣光

李燕燕

我是在一位老辈子家做客时看见那些相片的。立秋后的盆地，临近傍晚总是阴雨绵绵，与旧照片上透出的爽朗气息，形成一种反差。

“几十年前的老照片都在里面。这种相册现在看不到了。你瞧，照片整整齐齐地盖在覆膜胶纸下面，要放进或取出一张，还得掀开整层胶纸……”与新中国同岁的老辈子，小心翼翼翻动旧相册。一页页脆化的塑胶薄膜，覆盖着岁月留存的影像。抹不去的微黄，把年代感笼罩其上。照片上的人，透着真心的笑容着实好看。

“你手里拿的这张，是我跟你婶儿的结婚照。70年代的年轻人，都带点婴儿肥，跟现在人审美不一样，穿得也朴素，我俩这身化纤布料算时髦的。”罗叔说，指着相片上齐齐身着蓝色工装的年轻男女。

“那些，全是在刚落成的水电站留的纪念。”

“哦，那是夏天，林子里好多波斯菊，跟一个老伐木工合影。他请我吃他们抓的野味哩！”

“好汉别老提当年勇啊！”老婶子从邻近客厅的开放式厨房里扭过头来。

老辈子家里很热闹，儿子孙子孙女全在，老婶子和儿媳在厨房里为晚饭忙碌。酸菜炖白肉、小鸡儿炖蘑菇的浓香分明已经扩散开来，不想端上桌的第一碗菜却是红亮亮的水煮黄鳝，紧跟着是沪式炸猪排。东北味、川味和沪上本帮味的调和，让我想起这个20世纪60年代建成的千人大厂，到底混着天南地北。

电机厂源于当年的“三线建设”。厂里的工人大多来自哈尔滨电机厂。我的老辈子们，作为第一批援建人员，从东北的大城市落脚到四川盆地这处不起眼的山坳里。山坳里的厂子家属区，每至傍晚饭菜飘香。渐渐地，东北炖菜与本地的回锅肉、豆瓣鱼一样，开始频繁出现在闷罐房子节日的餐桌上。炖菜在东北阿婆热情的邀约声儿中热热端上桌，左邻右舍围坐。除了东北人，厂里还有几十个上海人，包括老婶子。盆地气候潮湿、溪沟众多，盛产黄鳝田螺，可在上海人落脚山坳以前，这些东西跟水田边大肆生长的杂草一般，被当地农民所厌弃。老辈子说，以前常常能看见皮带长、两指宽的鳝鱼在田埂边的水畦里挣扎。上海工友的到来，使得这些水产很快成了俏货。到我七八岁，傍晚，厂门口常常可以看见农户担着挑子叫卖黄鳝、田螺。

天南地北的人们除了带来天南地北的口味，还有各自的爱物儿。比如，波斯菊，厂里夏、秋两季最为常见的草花，正是援建的黑龙江人带来的。这外来户蓬勃生长的势头，竟慢慢胜过那时盆地里最占强的紫茉莉——紫茉莉也是夏天开，院子里外就见它灿烂，紫红，花型活像一只只小喇叭，结的果子外头有一层黑壳，抠开来，里头满满的白色粉子，据说可以做胭脂，孩子们最喜欢玩。等有了五颜六色的波斯菊，紫茉莉便被抢光风头。

“这东西好啊，小学我在哈尔滨郊区读书，一个月才回一次家，一丛丛波斯菊就在家门口，随风晃动，像在说欢迎回来！”老辈子说过。

波斯菊闻其名便知是种来自国外的植物。花期很长，可从每年5月底开至10月底。波斯菊在国内栽培甚广，以至于拉萨、波密甚或羌塘高原，万物繁盛的季节，一丛丛大肆招摇，很多人误认它就是藏区推崇的“格桑花”。但在儿时，幼小的我却确信，波斯菊的故乡一定是黑龙江。因为，那时除了与子弟校隔墙的厂区里，机器隆隆的响声中东北师父带四川徒弟的有趣掌故，印象最深的，便是老辈子们给我描述的大兴安岭林区见闻——那时，水电站上马多，电机厂师傅自然见多识广。春夏之间，山林盛开波斯菊，阳光透过茂密枝叶愉快地碎落下来，花朵随着植物才能感知的微微的风颤动，像在歌唱。秋天慢慢来临，花儿便默默掩去娇媚，开始了生命的另一段旅程。它睡去，曾经娇俏的身体化成了水，滋养林间大树的挺拔。入冬，伐木工人在及膝的冰雪中战天斗地，一声声“迎山倒啦”，高大的林木便一棵棵慢慢躺倒，变成一段段带着年轮记忆的圆木。待到第二年冰雪融尽，它们随着黑龙江水一路漂流……林间，花儿又醒过来，生根发芽，伐木工人在春天的林场里快乐着。

老辈子说到“伐木工人”，两眼放光，有一种身份认同的自豪感。战天斗地的伐木工人，与听从国家召唤的“三线人”一样，在那个年代无比荣光，林中的娇媚花朵是伟岸英雄的最好陪衬。

波斯菊灿烂的电机厂，半个世纪在国家的基础设施建设中发光发热，变化也在时光流逝中一点点发生。那些挑着黄鳝、田螺叫卖的周边农户，他们的孩子，后来渐渐成为我在厂子弟校的小学同学和初中同学，厂里孩子戏谑地叫他们“农民娃儿”。“农民娃儿”吃力地推着高大崭新的男式自行车，站在厂家属区简陋的柏油道上，鄙夷地打量我们住的不到30平方米的“闷罐房子”：“哈，我家刚起房子，三层楼的，有十几个房间哩！”“下海”这个新词，在厂里逐渐流行开来。援建的老工人，教育自家不安分的儿女：“厂子就是家，家就是厂子，你一个人跑出去，离家背井不难受吗？”电机厂的效益如日中天，长大的子弟们为了新的理想，奔走在全国各地，从事各行各业的都有。十几年后，许多人已经是国内新兴行业的领头人。

东北炖菜跟着一一上桌了。在老婶子的再三招呼下，老辈子才意犹未尽地收起了相册。

“绿水青山就是金山银山，如今环保排首位。国家严格限制水电站上马，以后厂子里的年轻人走南闯北的机会少了。”老辈子感叹。

“你这是老思维，谁说走南闯北的机会少了，现在厂子发展自主创新，业务已经走向全世界了。恐怕将来的年轻人比你更有见识。”老婶子说，“看问题一定要用新眼光。”

我点点头，看问题一定要用新眼光。

不久前我去了趟黑龙江，到了大兴安岭。本来，一直期待看看这个中国最重要的超大原始林区——处处被波斯菊点缀的大森林，看看一根根圆木在江中漂流的盛况。我去大兴安岭的时候，是林区最美的季节，但再也不可能看见圆木漂流了。几年前这里已经全面禁止伐木，现在所有的森林都受到保护。

成片的森林里，我没能看见一人或多人合抱的参天大树，连碗口粗的大树都少，大多像白桦树一般，仅酒杯般粗细。在漠河，一位林业老师傅告诉我，过去，整个大兴安岭，但凡人能上去的地方，大树都被砍光，再加上 1987 年的那场火灾，更是雪上加霜。现在能看见的地方，都是后来栽的树，树龄长的 50 年，短的 20 至 30 年，要长到一人能抱，需要 200 年。

“为什么要砍树？新中国成立后修了这么多铁路，不砍怎么修？新中国成立后修了这么多房子，不砍怎么修？……”老工人点燃烟斗，自言自语。

老辈子讲的故事终归是故事，伐木工人真实的生活曾是如此艰辛。白雪皑皑，他们顶着零下 40 多度的低温踏雪采伐，靴子踩进积雪中咯吱作响。整个采伐期都要住在山里，他们准备了土豆、白菜等便于存储的食物，饮水只能就地取材。小河冻干的时候，就要刨冰，从远处拉回来化水吃。在老工人的记忆中，一个伐木工背 15 公斤重的油锯，一干就是一天。全面停止商业采伐后，采伐工人们不得不转岗就业。林业部门不断探索现代林业发展模式，伐木工人的角色正逐年转变。在采伐队伍里，和老人家一样干了大半辈子的伐木工人不在少数。就像电机厂的老辈子们，曾经为了支援国家建设背井离乡，扎根在最艰难的地方，现在为了保护环境，必须眼看着转型。但他们都在调整自己的心态，适应新的角色。

我看见，大森林里带着俄式异域风情的旅游度假村点缀在其间，昔日的木材运输履带车变成了搭乘游客的“爬山虎”，美丽的波斯菊招摇在公路两旁和花坛里，是与周遭最搭配的装点。

“好酒来了，满上！来，大家干杯！未来可期！”老辈子夺过老婶子躲着藏着的老酒壶，硬是给每个人满满一斟。

重回战斗的地方

钟法权

在我大脑里常常闪现的地名虽然很多，但除了故乡、自己所钟情的城市，近些年来频频出现最多的还有大兴安岭的漠河。漠河之所以频繁地在我大脑里闪现，并不是因为它地理位置特殊处于我国的最北端，而是因为一九八七年五月六日大兴安岭发生的那场特大山火，我有幸参加了那场扑火救灾战斗。大火扑灭后，因为工作的调动，两地相隔遥远，弹指三十年未曾回访。不承想，二○一八年八月，我被邀请参加“改革开放四十周年”主题采访活动，巧合的是采访地正好是黑龙江，正好是让我魂牵梦绕的大兴安岭漠河。如此一来，我又十分幸运地回到了三十年前曾经战斗过的地方大兴安岭——漠河。

随着飞机的缓缓滑行，随着飞机的跃地飞起，我的思绪也就像孙悟空翻起了跟头。那火龙席卷过后的大片森林，如今是否浴火重生焕发了生机?那被大火吞噬变得残垣断壁的漠河县城，如今是一副何等的城市模样？漠河县城内那片不曾被大火摧毁的松樟公园，是不是依然挺拔于蓝天白云之下？有道是归乡游子情更切。从眩窗俯看，松嫩平原是阡陌纵横、沃野千里，大兴安岭是重峦叠嶂、绿波翻滚，一派生机盎然的景象。在急切的期盼与张望中，飞机终于落地了，我怀着激动的心情走出舱门。举目四望，机场就像一颗钻石被绿色的翡翠所环抱，被大火烧成了黑色废墟的县城，三十年后被一座魔幻般的新城所替代。

晚上十八时的漠河，天空分外的明亮，阳光与云朵与森林折射共生出五彩的光芒，照着那辽阔起伏的绿色林海，照着眼前一栋洁白的三层大楼，照着大楼中间凸出的半弧形门楼上用黑体字写就的“大兴安岭‘五·六’

火灾纪念馆”十一个大字上，每个字就像一根火柴头，正熊熊燃烧，给人以火灾无情的警示。显然，纪念馆是为反思纪念一九八七年五月六日发生在大兴安岭震惊世界的特大森林火灾而建造。馆前立着一个高达十米的方形空心柱子的顶端有一不锈钢圆球，代表火柴盒里面的火柴，寓意一定要管好火，用好火，不忘血的教训。纪念馆一楼展厅，设有起火之源、烈火熔城、悲惨瞬间、人间炼狱、悲伤的城市五个展厅；二楼设有油库保卫战、决战兴安岭、救灾援助、重建家园、扑火逃生、现代扑火技术等七个展厅；三楼设有漠河成就展厅和环屏影厅。

面对烈火熔城的惨烈景象，我的思绪一下子被拉回到了三十年前的漠河。那是五月的初春，南方已经是满山翠绿、鲜花绽放，而大兴安岭的漠河尚处于初春的萌芽期，成片的樟子松、落叶松、白桦林从冬眠中刚刚醒来，在春寒料峭中孕育打苞，在这个无雪少雨风大的大陆性季风气候季节，正是大森林处于一年干旱的节点上，只要有一点火星就可能成为燎原之势。

追溯那场大火的起源，正是一丝火星引发了大火。据当时的火灾情况通报，那场大火的直接肇事者为清林作业人员汪玉峰。他刚刚参加工作不久，到西林吉林业局古莲林场干活仅仅十三天。五月六日十四时八分，他在漠河县至古莲公路十一公里路北二百米处，给割灌机加油时一不小心，将过量的汽油洒在了草地上，割灌机启动时，高压线引燃机体表面及地面的汽油。火星、汽油和干草瞬间转化成火焰。面对不大的火焰，只要他镇定地脱下大衣往地上一捂，火就可能被扑灭。可他却惊恐万分地拖着机器跑了七八米。待他叫人赶到现场，大火已由地面升到了树冠，一时形成了可怕的树冠火。后经及时扑打，于第二天清晨将明火扑灭，火情得到控制。然而，让人遗憾的是，地面的残火余火并没有彻底打净，为后来的特大山火埋下了隐患。

世界上没有如果，只有必然。第二天中午，天公不作美，突然刮起的八级以上的西北风，使古莲火场死灰复燃。据林场工人回忆，那风来得邪乎，鹌鹑蛋大小的石头子被风刮得满天飞，火借风势，以每小时六十公里左右的速度向漠河县城逼近。

并不害怕火的漠河人，面对如此凶猛的大火他们紧张害怕了。人们开始慌不择路地逃命，有一家人情急之下躲进自家的地窖，哪承想，大火席卷，氧气全无，一家人全部窒息于地窖之中。有一个叫李东的，带着一家人逃离的过程中，就地躲进了离家二百多米的一个深三米的大坑里。那个大坑是学校用来建校舍打地基而挖的。跟在李东后面逃命的人，也都跟着李东一家跳进了坑里。火龙卷从他们蹲伏的坑中上空掠过，木头建的房子、取暖用的柴火、干燥的森林燃烧的高温被土坑挡住，几百人幸运地躲过大火的劫难，可他们眼睁睁地看着自己的家园在大火中化为废墟。

大火在肆虐，扑火救灾部队正昼夜紧急向漠河开进。我所在的部队，在接到上级命令后的第三天按时开赴到了漠河西林吉。当时，大火烧得正旺，正以漠河为中心向四周疯狂地扩展。我所在的部队在漠河中学的空旷操场上连夜搭建帐篷，快速为扑火部队展开物资供应保障，快速组织医疗队抢救伤员，快速为老百姓搭建帐篷。这场火灾整整燃烧了二十八天，大火使五万多人痛失家园，二百六十六人被烧伤，二百一十一人葬身火海，整个林区过火面积一百零一万公顷，约占大兴安岭地区总面积的五分之一，生态系统遭到了严重破坏。在近六万军民的日夜奋战下，六月二日大火被全部扑灭。

一切都有例外。当时的漠河也有不被大火光顾的幸存之地，县城中心的松樟公园就在那场史无前例的大火中幸存了下来。松樟公园位于漠河市城中心，一九七一年建成，面积约六公顷，园内林木总蓄积四百立方米，主要树种有樟子松和落叶松，是全国唯一一座城内原始森林公园。我们设在漠河西林吉的兵站与松樟公园相距不远，也就二百米的距离，前期救援保障任务繁重，没有时间去光顾被当地百姓誉为“福地”的松樟林。到了后期，时间相对有了宽裕，我和负责摄影的董干事一同前往。那是一个夕阳西下的傍晚，在最后一抹血色温情地从松樟树林的上空缓慢褪去的时候，松樟林四周临时搭建的帐篷的烟囱冒出的炊烟正缭绕升起，帐篷、炊烟、森林、夕阳构成了一幅精美绝伦的祥和风景。董干事极具眼力地抓拍了这张灾区人民与福地共生的照片。图片一经刊发，就被多家报纸和画报选用。松樟公园因大火而名扬兴安岭，从此被当地百姓列入“5·6”大火“四不烧”。如今在松樟公园西侧入口就立有一块大理石碑，上面刻着松苑记和“四不烧”的典故。松樟公园在漠河这个白墙红瓦的城市显得特别耀眼，凌空俯视，就像一块绿色的翡翠镶嵌在红宝石之中，是那样鲜艳夺目。

当你走近她，好远就能闻到她身上发出的醉人香气，就像一个淳朴少女散发出的香气一样，让人产生多情的想象，忍不住循香而去。三十年前如此，三十年后依然。当漠河的清晨，第一缕阳光照亮这个美丽的小城时，我在千米之外的宾馆阳台上，就闻到了她醉人的芳香。她是漠河县城的美景，更是漠河城里的洁净器。不需要一分钱的投入，却能得到让人无法想象的回报，这就是大自然对人类最无私、最美好、最生态的回馈。

烈火熔城是何等的凄惨，在废墟中重建的漠河县城，是沧桑巨变，换了人间。过去一家一户的木板房变成了整齐划一，具有俄罗斯和欧式风格的楼群小区，让人仿佛置身于异国他乡；过去仅供马车穿行的街市，如今都修建成了宽广的大道；过去一家一户房前院内种植的千日红、鸡冠花、金盏菊和牵牛花，如今在道路两旁、街心花坛是随处可见，在八月夏季里正比着劲儿绽放自己的娇艳。漠河县因东边有一条漠河而得名，漠河宽阔，河水清澈，它是云朵、大山、森林、草场的结晶。河堤的东岸修建了沿河景观大道和休闲广场，这里既是漠河人休闲之地，也是外来游人观赏漠河风景的绝佳之地，穿城而过的漠河给漠河城带来的不仅是妖娆的风光、流动的灵气，还给漠河人注入了豪放的神气和浩荡向前的勇气。

山是有灵性的。因为它无时无刻不以一种神秘而又严厉的方式提醒着人们要有所敬畏。三十年前那场大火，是那样肆无忌惮，就像哪吒的风火轮，所过之地树木尽燃，房屋焚毁，大兴安岭陷入了一场火海之中，经历了一场生态劫难。决战兴安岭保护北极村的场面，战友们不惧火海、不怕牺牲、英勇扑火的战斗场景至今历历在目。记得一次奉命前往北极村为战友们送铁锹、砍刀等扑火工具和食品，汽车从漠河县出发，一路要穿过一片片火场，司机将解放牌汽车开得飞快，在穿过一片还在冒烟的山坡时，在一拐弯处，因车速过快，再加上砂石路面打滑，汽车的后轮陷进了排水沟里，无论司机怎样踩油门，车在原地打滑就是不挪窝，而且深陷的坑被车轮越转越大。正当我们无计可施的关头，一个火球从头顶越过，紧跟其后的就是汹涌的树冠火潮。我和司机赶紧跳下汽车，趴在排水沟里。好在危急时刻，山谷里刮起了一阵西北风，火头被打了回去，我和司机幸运地逃过一劫，事后想起无不心生余悸。在扑火救灾战斗中，我所在的部队主要担负后勤保障，其中就有医疗救护。记得那是兵站刚刚展开不久，就接到指挥部指令，说图强有一家人因大火烧成重伤，急需派出救护车前接后运到兵站开设的医疗救护所。当时，图强大火烧得正旺，一路上都是火场，为了及时将烧伤病人送到医疗救护所，带队干部和医护人员，为了不辜负出发前立下的誓言，不顾自己的生死，一路说服沿途担负警戒的士兵，勇闯火海，及时将三名重度烧伤的病人抢救出了火场，后运到救护所，使其得到了及时救治。事后，我以救护车为背景让董干事给我照了一张相，至今完好地保存着。

如今，从漠河到图强到北极村，一路都是绿色的海洋，有风姿绰约的白桦林，有雄壮挺拔的樟子松、落叶松，有开在路边的野百合，置身于原始森林，人就进入了天然氧吧，那种天然的芬芳，是无数个树种共同孕育出来的特殊味道。一路上还可以看到被大火烧过又活了过来的樟松，过火的痕迹依稀可见，可它们以顽强的生命力坚强地活着。虽然它们没有一旁新长的兄弟们生长得旺盛，可它们以烈火重生的坚强意志挺拔于丛林中，以特殊的身份叮嘱后来的人们，不要忘记防火，火是森林的天敌。大兴安岭大火之后，党中央做出了封山造林的英明决定，过去以伐木为主业的林场，全部转入护林、育林、养林。在前哨林场，我们看到了木耳、灵芝等种植，当地人已经完成了靠伐木为生的经济转型。俗话说，十年树木，百年树人。经过三十多年的封山造林，大兴安岭林区又恢复了昔日的生机，过去被大火吞噬了的森林，又长出了郁郁葱葱的树木，如今漠河不再以伐木为经济基础，而是以旅游为主业。绿色的森林，天然的氧吧，清新的空气，凉爽的气候，冰雪的风光，成为游人们向往之地。真可谓应验了习主席的一句至理金句：绿水青山就是金山银山。

北极村是当时没有被大火光顾的幸存之地。在大兴安岭扑火救灾的一个多月的时间里，我曾经两次奉命到漠河执行给养保障任务。北极村最早叫漠河村，是北极乡政府所在地。距离漠河县八十三公里，是我国最北端的村镇。地理坐标为北纬53°。一八八六年，清政府开通了胭脂沟的驿站，从嫩江到漠河一共三十三个驿站。解放前曾在这里设漠河县，一九四七年解放后撤县设区，一九九七年为漠河乡，后更名为北极乡，开始进行旅游风景区建设。此前的北极乡，还处于原始的状态，老百姓都住着木刻楞的房子，靠伐木、打猎捕鱼为生。村庄小得满眼一观尽收眼底。如今的北极镇已经长成了现代时髦的大姑娘，特殊的地理位置使其绚丽无比。它南靠大兴安岭的最北端，北依著名的中俄界河黑龙江，是真正的依山傍水。站在何处才能一睹北极村的美丽芳容？县上宣传部门的工作人员，早已为我们设计好了攀爬七星山俯瞰北极明珠的理想位置。七星山是漠河最高的山，沿栈桥拾阶而上，爬到半山腰的观景台，漠河的景致将尽收眼底。为了饱览绝美景观，我顺着那蜿蜒的人工木质台阶一级一级向上攀登。终于到达了观景平台，星罗棋布的漠河镇悉收眼底，夕阳下的黑龙江宛如一条缤纷的彩带绕在北极这个美丽姑娘的脖子上，让北极镇平添了几分灵动，几分妖艳，几分富贵。

北极镇通过短暂二十多年的建设，自然景观、人文景观遍布小镇的每个角落。在鄂伦春民族博物馆，我看到了身着兽皮的鄂伦春人携弓带剑游猎的雕像；看到了他们支起仙人柱，在树下安营扎寨，燃火群居；看到了张网捕鱼的桦皮小船，狩猎用的弓箭和各类原始的生活器具。从那熊熊篝火中，我看到鄂伦春人的粗犷，感受到了一个民族在森林中狩猎醉吟狂欢逍遥景象。在北极镇不长的街道上，最北邮局、最北供销社、最北客栈，黑龙江版图石雕、北极村石刻等一个个景点成为留影照相、购物消费的最热闹景点。

大兴安岭扑火救灾战斗结束之后，在一个鸡叫五更的凌晨，我们部队悄悄登上了连夜装好回撤物资的列车，当火车一嘶长鸣启动的前夕，地方政府工作人员和人民群众像神兵天降般出现在了站台，学生们拿着他们采撷的鸡冠花、百合花制作的花束；老人们则提着筐子，里面装着热乎乎的馒头和鸡蛋。在那次终生难忘的送别中，我有幸接到了一位小姑娘奉献的鲜花。记得我已经坐在车上，当小姑娘献花时，情急之下，我将半个身子伸出窗外接花。当时，董干事正在站台上捕捉军民依依惜别的新闻点，当我从小姑娘手中接花的一瞬间，他按下了快门，拍下了我在大兴安岭扑火救灾最为珍贵的第二张照片。三十年过去了，这张献花接花的黑白照片始终随我辗转多地，被我当作最珍贵的物品完好地保存着。撤离大兴安岭的火车缓缓启动了，车下的灾区人民一路小跑挥手相送，人们挥手告别时，眼睛里无不噙满了泪。望着满含深情的灾区人民，望着一片片黑乎乎的城市废墟，望着黑乎乎的原始森林，我在想，灾区人民的房子何时能够建好，大兴安岭的原始森林何时能够恢复如初，这是我离开灾区想得最多的一个问题。一位很有远见和智慧的领导说：房子好建，有钱就行；森林和生态恢复，一靠政策，二靠时间。时间是魔幻的大师。从一九八七年到二〇一八年的整整三十年时间里，正是中国改革开放一波一波向前推进的高峰期。三十年后，当我重新踏上这片神奇的土地，从漠河到前哨农场，从图强再到北极镇，一路走一路看，所到之地无不让人置身于绿色的海洋，一派生机勃勃的景象，不是经历那场大火的人，很难发现当年烧毁的痕迹。漠河县政府提供的一则数据表明，通过三十年的休养生息，采取森林抚育、补植补造、人工造林、义务植树等措施，大兴安岭森林蓄积、面积及森林覆盖率实现了持续恢复性增长。截至二〇一七年，大兴安岭森林面积达到685.1公顷，森林蓄积达5.86亿立方米，森林覆盖率达86.9%。

在地图上地处雄鸡之冠、素有“神州北极”美誉的大兴安岭曾经承载着辉煌的历史。最让人欣喜的是，大兴安岭每年仅制氧纳碳、涵养水源、吸收二氧化硫、滞尘和杀菌等生态服务价值就达一千九百四十亿元。如今的大兴安岭，成为我国生态安全重要保障区、生态功能区和木材资源战略储备基地，是东北乃至华北平原的重要生态屏障。

沧桑巨变，于漠河来说，变的是城市的模样，是生态完全恢复的森林体系，是漠河人改革开放的思想观念。如今他们不再像父辈那样手拿电锯和斧头做一个单纯的伐木工人，而是干着护林、育林、养林的工作；他们深度加工的不再是木制产品，而是做着旅游服务这篇全新的大文章，他们正以大森林培育大旅游，旅游已经成为漠河魅力四射的城市新符号。

天虽高，路虽远，挡不住游人对漠河边陲绿色宝库渴望观赏的急切步履；地之寒，域之偏，挡不住改革的春风对北极这块神秘土地的滋润与缠绵。如今的北极之光，以其特有的奇妙与绚丽，成为中国旅游业最为璀璨的新名片。

北地和雷

普　玄

一直往北，北到不能再北。我们看见了林海，我们感觉到了盛夏的凉意和天空的伸手可及。我们看到了漠河、北极村和中俄边境的界河黑龙江，我们看到了天空下与自然贴近的人们，我们看到了鄂伦春族图腾信仰里的“雷”。

这个一直生活在北地，几十年前还在与森林、河水、动物混杂为伍的民族叫鄂伦春，我们在民俗馆参观他们的生存状态和古老文化的时候，“雷”的符号还躲在一个角落。我们看到了他们在大森林里居住的形态，看到了他们在风雪中追捕动物、在冰河里捕捞鱼虾的场面，看到了他们的篝火和歌舞。我们最后看到了“雷”的符号。

“雷”字符。“雷”出现了。

“雷”与“鱼”字符“鸟”字符混在一起。这个民族有语言和唱响山林河流的歌声，却没有文字。符号应该就是文字。天上的雷在他们的头顶上，也在他们的符号里和血液里。

北地的人一直在流动，在流动中生存和交流，他们最初是狩猎，追着熊瞎子和狍子，追着豹子和雪狐，从一座山林到另一座山林，从一个雪地到另一个雪地，从一条河流到另一条河流。他们似乎从来没有丰饶的一劳永逸的营盘，所以他们不得不为了生存四处逐食。他们除了与风霜雨雪、山林树木、毒虫猛兽相处，更重要的还是和人相处。另外的人，非本族非本地的人，外面的人。

翻开北地漠河的历史，东胡和山戎人待过，乌桓和鲜卑占据过，契丹人来过，金人占领过，到了清朝更甚，康熙大帝和俄国人在这里开战，原始的土炮在森林和草地上空炸响，动物和林中的猎人都惊得朝密林深处逃窜。后来有了雅克萨战役和《尼布楚条约》，清朝人和俄国人在原来并不属于他们的地方划界。北地的人望着天空，天空上有云，有太阳，有风有雨，还有藏在天空深处的雷。

北地居然有金矿，有乌金和岩金。在北地的历史风云人物榜上，有一个影响漠河历史的人物叫李金镛，但是这个人却并非原始的北人，他在清末时期，由南方的江苏无锡，先经商后任官，辗转到了吉林和黑龙江，在漠河开金矿，把余生献给了这块土地。开辟了黄金之路的李金镛，成为那个时代中国的脊梁人物。

北地随着时光继续往前。

北地最为动荡的历史来临，不同番号的部队和不同型号的武器同时进入这片雪地和密林。在这里日本人打俄国人，俄国人打日本人。中国人打日本人，中国人打俄国人。中国的两个著名的不同番号的部队也在这里开战。还有那些没有番号的小股队伍，历史用“胡子”“杆子”和“土匪”来称呼他们，他们利用熟悉的地形和恶劣的天气生存，打家劫舍，让不同国家、不同番号的军队奈何他们不得。

密林中顽强生存的北人默默地承受着眼前的一切，他们甚至不认识那些番号，不认识那些武器，听不懂那些东征西伐、各自为政的语言。他们只认识树林、动物、溪水和天上的雷。

北地的历史又继续向前啊。

后来又有一股外来人进入北地，这回伴随着他们的，是红色的旗帜、绿色的军装和青春的歌声，当然还有“战天斗地”“改天换地”的梦想，历史称他们为“知青”，他们和二十世纪六七十年代的“上山下乡”运动联系在一起，在这片土地生存和生活，影响着这片土地的历史，增添了这片土地的厚度和秘密。

他们来自浙江、江苏和上海，他们是城里的孩子，他们是“知识青年”，他们来到黑土地和密林，他们开始种地和伐木，他们背起药箱给当地北人看病，他们支起黑板，在夜间的油灯下给农村的北人们“扫盲”，教他们识字。

在连绵的林海深处，至今流传着他们的故事。他们留下的奖状、饭盒、军帽、手电筒、笔记本被收藏和展览。他们中的大部分人在运动结束、时代转换的时候回到了城里，少数人因为和当地的联姻或工作关系留了下来。他们大多数人来的时候只有十六七岁，离开的时候已过了结婚年龄。北地的密林中藏着他们很多秘密。有一对几十年相恋的知青的故事至今流传，当初他们相恋的时候因为组织纪律管制，只好彼此在树林和雪地用特有的方式传递信息，用笔记本互诉衷肠。他们的爱情信有半尺高，他们表达思念的笔记本有一百多本。多年以后，生活在大城市、已经终成眷属的情侣变老了，走到了生命的尽头。他们思念这片北地，把当年的信件和笔记捐给了北地和这片密林。

对，他们在这片密林中痛苦过，想念过家乡，他们天天都在希望早一点儿离开。但是他们后来多年梦里经常出现的，最难割舍的，还是这片北地。当年他们在夜里，在白天，望着星空，望着遥远的云，渴望雷的出现。对，雷，雷出现了他们就会回城。几十年后，他们垂垂变老，又望着城市里的夜空和白天遥远的云，他们又在渴望雷。雷能把他们带回去吗？

雷。鄂伦春的雷，北地的雷。

其实不单单中国最北的鄂伦春族崇拜雷，最南的彝族人也崇拜雷。彝族的火把节，与源于汉族的雷祖圣诞诞辰是同一天。是的，汉族，汉族广大的地域和众多的人口都崇拜雷，雷祖的信仰可以追溯到人类的起源，特别是到了北宋时期达到鼎盛。农历六月二十四，大暑节气的第三候，酷热天会突发雷雨，这一天被定为雷祖诞辰，火把节也刚好是这一天。九天应元雷声普化天尊是道教信仰中最重要的神祇之一，为雷部最高天神，就是我们的“雷祖”。

“雷祖”手持金光如意，法相庄严，总司五雷。“雷祖”管什么？管万物生杀荣枯，管善恶赏罚，管公平正义，管斩妖伏魔，管天心大道。

春天刚刚开始，惊蛰节气，靠雷来喊醒万物；老百姓遇到不公平的事，也祈求雷，靠雷来主持公道。雷后来被演化为内炼和符咒的修炼法，是道家神霄派的主要体系，称之为雷法，影响到朝廷和皇帝。先天，根本，风雨，公正，这应该是多个民族、多个朝代赋予雷的核心内涵。

北地的人们现在过着相对舒心惬意的日子。在炎炎的盛夏，大都市人焦灼无比的时候他们这里却如同秋天，这里的人基本不用空调。纬度和大森林就是最好的空调。成群结队的大城市人坐飞机坐火车到这里避暑。是的，这里通了飞机、火车，高速公路在昔日的密林中开出一条道路，蜿蜒通向省城，通向全国和世界。外地人持续不断地进来，夏天纳凉避暑，冬天欣赏冰雪中的北国风光，这里的一切似乎都变成了宝贝。冬天零下四十多度的气温和冰雪冰雕也成了宝贝，越冷就越有大批的城里人来感受寒冷。那些生活在北京、上海、广州、深圳的城里人，那些生活在全国各地的城里人，他们天天在高楼里，天天在汽车里，他们渴望北地，他们要来凉一下，冷一下，他们需要夏天自然的凉爽和心旷神怡，他们需要在冰雪里呐喊奔跑，表达爱情，表达兴奋和刺破天空的尖叫。他们需要吃到干净无毒的蔬菜和肉，见到真正的动物，喝到真正纯净的水，北地有他们需要的一切。

北地敞开胸怀，欢迎外地人来观光和花钱。北地欢迎流动，流动才有发展，流动才能兴旺。北地人的胸怀如森林和天空般博大。历史上几千年便是如此。从东胡、山戎到乌桓鲜卑便是如此，从契丹和金国便是如此，从李金镛开金矿到“战天斗地”“改天换地”的知青也是如此。一根一根木头运往全国各地，一车车山野菜、木耳、香菇、灵芝运到山外，几十年几百年上千年如此。现在，到了城里人越来越集中，越来越不知道真正的空气、水和大地的凉爽和严寒的时候，北地更是如此。

北地人舒心惬意地享受天赐的时候，并没有忘记雷。他们不会忘记的，雷在他们心中，在他们的文化图腾里，在他们的血液里。他们知道祖先和上天到底给了他们什么，给了他们多少。他们现在已经开始停止砍伐树木，他们知道砍伐树木就是在拔自己的毛发，在每个片区，都有林业局或林管站。在每个林站哨卡，都有专门的灭火责任人和灭火装置。防火已经形成了立体网络，从空中到地下。几十年前的那场“五·六”大火灾如同“雷”一样，天天悬在他们头顶。

北地欢迎朋友，这是祖先带来的热情和力量，但是遇到想抢走北地资源的不同番号的坏人，北地人自有办法，历史已有见证，北地人知道该如何保卫自己，保卫祖先和天地的赐予，因为他们心中有雷。

树木、水、动物、野生植物，也是雷。他们离不开这些，这些是根本，是天条，是法则，是所有的无限，当然也是限制，是束缚，是纪律，是雷。

又见古塔

程　晖

双港塔倒塌已经二十年了。

前不久，当地政府决定重建双港塔，并作为重点文化项目。一位县领导邀我再到双港塔旧址看看，顺便也就重建工作提点建议。2018 年国庆节前，我再次来到双港塔，站在那片废墟上，极目远望，鄱阳湖已没有了昔日的白帆点点，龙头山左侧的饶河边，有几只小渔船在打鱼。双港塔里那些尘封的记忆，伴随着江风吹拂，渔歌唱晚，逐渐清晰起来，耳边又依稀听到："唱个歌哩我牵头，我是湖边钓鱼钩，十斤个鲤鱼都能钓起，半斤个鳑鲏不上钩；细细鲫鱼细细鳞，细细鼓哩是乒乓响，细细秤砣哩压千斤。"似曾熟悉的旋律，一下子把我的思绪拉到了很多年以前。

昌江和乐安河在鄱阳镇姚公渡汇合成饶河，奔流向西冲向鄱阳湖，经过几公里处的龙头山，双港古塔巍然耸立在绝壁峭崖上。几百年来，双港塔就像一位慈祥的母亲，为过往的船只引航指向，成为多少游子心中的地标，吸引不少文人墨客来此吟诗作赋。

双港塔下的双港镇，明代就已是一个文化大乡，曾经出现过罗元祯和陈嘉训两位大儒。双港塔的那些忠孝仁义的传说，也成为离塔不到一公里的彭家渡村书香弥漫、古风荡漾的渊源。刚恢复高考那年，村里一下考出了三个大学生，成为远近闻名的"秀才村"。

我与双港塔的缘分开始于二十世纪八十年代末。那年我读大二，应当地诗友之邀，慕名前往双港塔找寻灵感。那时的双港塔，用城墙砖砌成，共七层，最底层基足约两米厚，塔基直径约八米。自第二层至顶层均为双层砖墙，中有旋梯可上，结构可谓极尽巧思。塔的挺拔、崖的峻险，与江的柔媚、湖的浩渺结合，尽显湖光山色的壮丽神奇。正值金秋季节，我们一行五人站在塔顶，远眺鄱阳湖，只见草洲辽阔，芳草萋萋，帆影点点，芦花飞舞，让人流连忘返，遐想联篇。

当我们兴致勃勃地从塔顶下到地面时，发现我的行李包被人翻动过，包中的小型收录机不翼而飞，那是父亲省吃俭用花费近半年的工资为我买的，是我最心爱的宝贝。焦急中，同伴提醒我赶紧到双港派出所报案。派出所一名王姓民警接待了我们，当他得知是在彭家渡被盗时，脸上略显为难之色。

原来，彭家渡是一个小渔村，地处饶河水路进入鄱阳湖的关口，也是湖区几个乡镇到鄱阳县城的必经之地。该村有近两千人，人均耕地却不到半亩，且大多为旱地，只能种些棉花、土豆等旱作物。田多地少，村民只好以捕鱼为生，然而各地围湖造田，湖面日益萎缩，渔业资源减少，一些渔民生活难以为继，许多人开始“靠路吃路”。一些人利用彭家渡地处交通要道，在湖面抢劫过往船只，在路上拦路敲诈勒索。有人感叹：走遍天下路，难过彭家渡。

县里曾多次组织重点整治和专项打击，但由于很多人以船为家，昼伏夜行，打击和整治收效甚微。这样的治安环境下，尽管王警官表示将尽力帮助查找，但我知道，想找回心爱的收录机已不可能，只好怏怏而归。

两年后，我大学毕业，分配在鄱阳县委某部门工作，不久又被县里选派到村里挂职村第一书记，而这个村正巧是彭家渡。刚到任没几天，年少气盛的我决心尽快改变彭家渡在全乡的落后状况，在没有摸清村里具体情况下，带人到村民家催交拖欠多年的国家提留款，结果却被村民用锄头赶了出来。过了几天，我和一个村干部带着几名育龄妇女去乡卫生院做绝育手术，路上却被她们略施小计逃之夭夭。

二十世纪九十年代初的农村，成群结队的农民，离开生于斯、长于斯的故乡，踏上了到沿海“淘金”的远程，被称为“农民潮”。彭家渡亦是如此，村里除了几个村干部，已看不到几个年轻人，村集体经济更是一无所有。失望之余，我雄心勃勃的计划也只好不了了之。

一年的挂职很快期满，渔村面貌依旧，只是双港塔更加破败不堪。

后来，我调到了省城工作，与双港塔渐行渐远。九十年代末一个初夏的夜晚，传来双港塔轰然坍塌的消息。由于年久失修，我对它的倒塌早有预料，但心中的怅然若失仍然持续了很多天。

双港塔倒塌后几年，农村经历了一场从未有过的巨大变革，农民彻底告别延续了两千六百多年的“皇粮国税”。那些年，几乎每天都能感受到农村日新月异的发展气息，但我一直在关注，这强劲的春风是否吹到了鄱阳湖畔那个贫穷的小渔村。而此期间，我再也没去过双港塔。

时间如梭，一眨眼二十年过去了。2017 年的秋天，我因为一个有关农村经济发展的调研课题来到鄱阳县调研，县里安排的其中一个点就是彭家渡村。多年再见，心里确实有些小激动。那天，我们从鄱阳东门口码头乘船，顺流而下到达彭家渡村，只见宽阔的饶河水面上，整齐地映照着一栋栋白色的楼房，鳞次栉比，风采卓然。

同行的乡干部告诉我，鄱阳县大力推进秀美乡村建设，通过县乡联动，村民参与，企业支持，经过几年的建设，彭家渡已从昔日破烂不堪的小渔村，蜕变成极具渔村风情的秀丽村庄。

村里还将一千多亩耕地集中流转，开展渔俗与农耕文化相结合的乡村旅游，全村办起了多家“农家乐”餐厅。村里渔民基本“洗脚上岸”，由村委会牵头成立渔业合作社，围滩栏涂开展以小龙虾为主的生态养殖，昔日渔民捕鱼、种棉花，如今搞旅游、养龙虾，村民收入越来越稳定，日子越过越红火。

在杭州、宁波等地打工与经商的彭家渡人也纷纷返乡创业，有的在家门口做起了电子商务，有的在鄱阳工业园创办了企业。晚上的彭家渡村也热闹了起来。

傍晚回到宾馆，还在为小渔村的变化所振奋，突然发现口袋里刚买的手机不见了，想想应该是在农家乐吃饭时丢的。想起多年前收录机的事，心情顿时被蒙上了阴影。怀着郁闷，正准备休息，门铃响了。彭家渡的一名村干部和一个老人站在房门口，手里拿着我的手机。原来，老人们在村口跳广场舞时，发现了遗失在草丛中的手机。他们通过手机上的记录，很快就发现了我是机主。

多年前的收录机被偷和去年的手机失而复得，可能都只是偶然事件，但它从一个侧面折射出的民风之变，使我心中涌动着满满的感动和温暖。

历史车轮滚滚向前，时代潮流浩浩荡荡。彭家渡的快速蝶变与双港塔的恢复重建，确实是我们这个伟大时代发展的必然。相信不用多久，一座重生的双港塔将会以全新的姿态屹立于鄱阳湖东岸，而彭家渡村再现书声琅琅、古风荡漾的日子也指日可待。

想到这里的时候，耳边又传来那首熟悉的渔歌："唱个歌哩我牵头，秋季里来个秋风凉；歌哩阵阵相呼应，勤劳换来心欢畅；鄱阳湖里风光好，鳜鱼条条肥又壮。"

白　鸦

邢庆杰

那对白色的乌鸦从空中扑向他的一瞬间，朱老三从梦中惊醒了，直挺挺地坐了起来，脸上、身上全是汗珠子。

窗外，电闪雷鸣，雨声如瀑。

奇怪，好多年前的事了，咋又梦见它了呢?

朱老三翻身下了床，右腿画着半圆，一瘸一拐地走到饭桌前，给自己倒了一杯白开水。

大前年的一天早晨，朱老三起床的时候，右腿忽然就不听使唤了，西医、中医都看了，打了无数针，吃了无数药，大半辈子的积蓄都花光了，也没治好。

朱老三重新躺到床上，却再也睡不着了，外面的雷雨声倒没影响他，他的脑子里，全是那对白色的乌鸦。

朱老三是个护林员，已经干了二十多年了。护林员主要职责就是防火防盗伐。盗伐树木是要入刑的，所以，真的敢来伐树的人并不多。最让他头痛的，是那些来砍树枝的半大孩子，他们专瞅他中午打盹的时候，选个离他远一些的地方，猴子一样上了树，专捡手腕粗细的大树枝子砍。等他听到动静赶过去时，他们早就拉着树枝跑远了。

那年月，农村穷，老百姓买不起煤，冬天取暖做饭，全靠晒干的树枝子这种“硬柴火”。自家的树枝不够烧的，就都打起了集体林场的主意。朱老三原则性很强，他自己决不上树砍树枝子，而是用绳钩子把树上已经枯死的树枝子钩下来用。这样当然不会收集到大量的柴火，但朱老三还有一个办法：拆鸟窝。一个硕大的鸟窝，足够一家人烧多半个月的。这是朱老三的特权，因为鸟窝都筑得非常结实，短时间内是不可能弄下来的，别人都没有机会。

那年冬天，朱老三的儿子刚刚出生，家里那三间四面透风的房子更需要取暖。他就把留了多年的一个最大的鸟窝拆了。那个鸟窝足有一间房子那么大，他从中午一直拆到太阳西斜。拆到最里层时，竟有了意外的收获，里面有四只鸟蛋。他把鸟蛋放在口袋里，就顺着树干溜了下来。

朱老三用地排车把拆下来的柴火运到家里时，太阳已经落山了，整个天空红彤彤的，让寒冷的冬天有了一丝暖意。他正从地排车上往下卸柴火，忽然面前掠过一阵冷风，他下意识地缩了缩头，一只鸟儿贴着他的头皮飞了过去，头皮火辣辣地疼，用手一摸，满手掌的鲜血。他惊恐地抬起头，恰好看见两只白色的影子冲他俯冲了下来！他从地上抄起一根木棍，迎面抡了出去！鸟儿惊叫着，留下了几片白色的羽毛，落在了对面的房顶上。是乌鸦，两只罕见的纯白色乌鸦，冲他愤怒地鸣叫！他忽然明白了，下午拆的鸟窝，应该是这两只白鸦的，它们来寻仇了。

那天晚上，他把四只鸟蛋煮了，给妻子补充了营养。两只白鸦在他的屋顶上叫了一夜，吵得他和妻子一夜都没睡好，孩子更是不停地哭叫。第二天一早，孩子发了高烧，请来村里的赤脚医生，折腾了一天，也没让孩子退下烧来。第三天，等他把孩子送到镇上的卫生院时，孩子已经没有呼吸了。妻子当天就精神失常了，几天后在村后的河里淹死了，不知是失足，还是投河自尽。

朱老三把鸟枪装满弹药，开始找那两只白鸦寻仇，但那两只白鸦再也没有出现过。

天快亮的时候，朱老三打了个盹，醒来时太阳已经一竿子高了。

推开屋门，朱老三吃了一惊，门前的水洼里，躺着两只白色的乌鸦。望着曾经的仇家，朱老三竟没有丝毫复仇的快感，而是从心底生起一阵兔死狐悲的伤感：它们也老了，经不起大的风雨了。

他踩着一地的泥泞，走出院子，吃惊地发现，院外的小路上，也躺着十多只死鸟，有燕子、麻雀、啄木鸟……昨天晚上的风雨太大了，无家可归的鸟儿都被风雨打了下来。

把所有的鸟儿都埋葬之后，朱老三的心情变得异常沉重，脑海里不断闪现二十几年来他拆除的那一个个鸟窝，他第一次感觉到，那不但是谋财害命，也是作孽……

朱老三开始行动，是三天以后的事情了。他找出了祖传的木匠家什，伐倒了两棵枯死的榆树，用大锯把它们拆成板子，就开始在护林屋里制造鸟窝。他有祖传的手艺，整个鸟窝，没用一颗钉子，所有的木板都是用卯榫扣起来的，板子之间的缝隙全部用蜂蜡封得密不透风。鸟窝的出口处，上下各安上了一个巴掌大的平板，上面的遮雨，下面的供鸟儿站立。他对自己设计的鸟窝非常满意，就按这个样品，日夜不停地做，困了就睡一会儿，饿了就啃个馒头，喝点开水。一个多月后，他把所有的木板都用完了。他数了数，共做了四十八个鸟窝。

朱老三休息了一天，炖了一只自己养的老母鸡，美美地犒劳了自己一下。

他觉得自己体力恢复了，就扛着一把轻巧的竹梯子，把鸟窝一个一个地安在林场的树上。他的口袋里装着泡透的小米，每安好一个鸟窝，他都撒一把在鸟窝入口的木板上，用以吸引鸟儿来这里安家。

朱老三用了十几天的工夫，才把四十八个鸟窝均匀地安在了林场的各个部位。最远的地方，离护林屋有三四里路。在来来回回的路上，他欣喜地发现，最早安装的几个鸟窝，已经有鸟出入了。

在安装完最后一个鸟窝回来的路上，他忽然觉得有什么地方不太对劲，停下来想了想，却想不出有什么不对劲，就不再想，继续走了几步，才发现，自己的右腿不知什么时候不画圈了，恢复正常了。

他的目光停留在一棵枯死的槐树上，在心里估算着能做多少个鸟窝。

风云历史熔铸信念　锦绣山河激荡情怀

房　伟

炎炎夏日，时逢改革开放40周年纪念，非常幸运，我收到了中国作协的邀请，去美丽的黑龙江采风。我们了解了祖国的大好山河，考察了风土人情，也更深刻地认识了改革开放40年国家巨大的变化。一周来，我们感触很多，也思考了很多。转眼间，采风活动已经结束很长时间了，但那鲜活的一幕幕，仿佛还在眼前。

我是第一次去黑龙江，看什么都觉得新鲜。采风团第一站去了哈尔滨。第一天，我们和黑龙江作协的朋友们一起座谈，听他们介绍了情况，也交流了感情。黑龙江作协的迟子建主席，是我久仰的大作家，听她讲文学创作，我们都受益匪浅。我们也重点参观了几个地方，如萧红纪念馆、日军七三一部队罪证陈列馆。作为一名研究中国现当代文学的教师，萧红对我来说，并不陌生。但是，近距离地去考察影响萧红的黑土地文化，这还是第一次。我们不仅感慨于她的命运多舛，也能更细腻真实地走入萧红的精神世界，了解东北文化在她身上的烙印。而对于臭名昭著的七三一部队的遗址，我的心是感到沉痛的。这几年来，我写了不少抗战小说，对于日军当年的野蛮暴行，也了解了不少，但对于七三一部队，还并不熟悉。这次参观，正好是补上了一课。那天，天空飘着点儿小雨，采风团先看到了七三一部队的外围建筑。我们可以看到，那是几栋红砖瓦的小楼，外面有篮球场和休闲消遣的地方。这和我们想象的不太一样。日本侵略者的狡猾在于，七三一部队将自己包装成防疫部队，外层的设施，既满足了他们自己的休闲需要，也给外人造成了一种轻松的假象。实际上，到了内部，我们才能一点点看到这个杀人魔窟的真正面貌。展厅在地下，一件件医学实物，一份份带血的报告，一张张被屠杀的人群的脸部特写，都在向我们诉说着那些不堪回首的往事，让我们更加珍惜今天来之不易的美好生活。一组栩栩如生的蜡像，为我们还原了在诺门坎战役之中，日军敢死队向七三一部队的石井四郎请命的场景。而最令我们触目惊心的，则是那一组组原始的遗址。那是原来用于培养病菌的地方。根据导游介绍，此处目前还是玻璃全封闭，因为不确定是否还有残留病菌。我站在遗址面前，穆立良久。这块遗址，既是日本侵略者的罪行实录，又是人类文明的一块伤疤。无论今天日本用何种态度去掩饰它，历史发生的事，永远也不会真正地完全消失，它会潜伏在我们的记忆之中，成为我们对待自身的反思。身为一名作家，我们有责任和义务反映这段历史，也要从文学的角度，给全人类敲响警钟。为了贪婪地占有和掠夺，为了奴役其他民族，无论军事力量如何强大，手段如何凶残不人道，最终一定会遭到失败。目前，我们的抗战文学，甚至广义的历史文学，都面临着一个重新思考“怎么写”的问题。一方面，我们要反思新历史主义对历史文学的不良影响，反对历史虚无主义，反对面对历史的胡乱戏说和肆意改写；另一方面，我们也要挖掘更丰富立体的历史细节，在想象力与历史理性精神结合的情况下，凸显历史与人的关系，显现历史对当下生存的借鉴反思功能。在这几年的创作中，我接触了大量史料，不禁感慨抗战主题的丰富复杂性。它也有待于更多有能力的青年作家深入去写，写出更多优秀之作。

接下来的几天，我们还去了漠河，参观了大兴安岭火灾纪念馆、北极村的鄂伦春人的纪念馆，以及最北邮局、最北面的党员流动站等地方。黑龙江非常美，被大片森林怀抱着的漠河，更是美得不可方物。桦树林、奔腾的江水、丰富的物产、黝黑的土地，都让我们心旷神怡。大家看到了蘑菇和松茸生长的空间，也吃到了最正宗的铁锅炖大鹅和猪肉炖粉条子。鄂伦春人崇尚自然，他们与大自然融为一体的生活方式，对当代文明也有反思作用，看着那些头戴桦树皮帽子、身穿大衣的鄂伦春猎人的蜡像，我们也了解了生态文化对祖国大家园建设的重要性。值得一提的，还有哈尔滨的马迭尔餐厅，那是很多抗战剧的御用景点，果戈里大街的俄罗斯风情，更是令人难忘。此次的黑龙江采风为期一周，虽然时间不长，但我在采风团和很多作家朋友都结下了深厚的友谊，也深切地感受到了祖国大地的山川风物。这也激励着我们创作出更多更好的作品。

北极红叶香

余　红

初秋去北极村踏访无疑最佳时节，这次我们采访的目的地是素有“天然氧吧”之称的漠河县北极村。车驶入漠河境内我便感到神清气爽，沿途悠悠碧空，层林尽染，待我们步入一片树林时就如走进了一幅油画中，亭亭白桦婀娜多姿，相伴的落叶松英姿伟岸，穿梭其中，鸟儿眨着眼睛在你耳边歌唱，金灿灿的野果在向你招手，还有娇媚的红叶，一片两片落在我的肩头、眉梢。真是云天收夏色，叶落知秋声，漠河的秋天要比别处来得早，才八月中旬林间便姹紫嫣红了。光是这一片树林便让我欣喜，生长于江南水乡的我一直以为南方的景色是迷人的，千里莺啼绿映红，走了一遭漠河才知北国风光别有洞天。

时间有限，穿过白桦林我们上车继续前行，上车时，才发现我的发梢沾了一片红叶，我宝贝似的一路都握在了手中，就像有一只五彩的蝴蝶在我身边翩翩起舞。“红叶经霜久，依然恋故枝。”我想这片红叶是要随我一起去探访北极村的前世今生了。窗外远山近坡林海苍茫，偶尔清澈如镜的湖泊闪过恍如云中，眺望这山这水这片森林时，很难想象这片绿色屏障曾经被大火无情地焚烧过。我们到漠河的第一站便去参观了“五·六火灾纪念馆”。至今距离那场森林大火已 31 个年头，我想漠河林区的人们永远都不会忘记那场浩劫。如今身在漠河的林区人防火意识相当浓，为了这片绿水青山，人人都是防火宣传员。陪同我们一起踏访的鲁微老师说：大兴安岭的再生来源于几代务林人保卫绿水蓝天的家国情怀，得益于改革创新的春风。漠河经过“双新建设”、人居环境综合整治，一改过去闭塞的面貌，唱起了“旅游主打歌”，其中北极村就是改革开放的典范。

北极村是我国漠河县最北端的临江小镇，位于大兴安岭山脉北麓的七星山脚下，是全国观赏北极光的最佳地点，于1997年开辟为旅游风景区，这里有“最北一家人”“北陲哨兵”“北极沙洲”“北极林海观音”等众多最北特色景观，由于地理位置独特，资源丰富，有“金鸡冠上之璀璨明珠”之称。

一路听北极村的故事，忍不住遐想翩翩，我们到达北极山庄时夕阳已快落山，北极山庄是庭院型建筑，院内奇花异葩，百合、玫瑰、白色的珍珠梅摇曳多姿。夕阳如此好，我顾不得整理行李便往江边走去，路旁一座座古老的木刻楞民房及构思巧妙的俄式建筑相映成趣。走到江边，烟波浩渺的龙江水从村边缓缓流过，天边晚霞嫣红，落日浑圆，远处一只大雁飞掠而下。我只是在江边站了一会儿，便像被时空凝固，夕阳才是一位出色的画家，眨眼之间，龙江上空一幅天然的水墨丹青便呈现在眼前。我几乎是闭住呼吸驻望，这幅墨宝中似有朝阳与晚霞相融的奇观，沉醉之余不由得想酸几句：“北村落日缤纷，倒映龙江潇潇。一点飞鸿影下，十里林海妖娆。”

如此奇景，岂止十里林海妖娆，我想千里多娇也不为过。在江边转悠了一阵恋恋不舍，无奈北极村的特点是夕阳落山后直接就是黑夜，往回走时，天空已是繁星闪烁。夜宿北极村，最想看的莫过于北极光了，据说这里夏至前后，午夜向北眺望时天空如白昼，而那绚丽多彩的极光多是后半夜才出现。于是我住北极村的几个晚上，凌晨两点都会起身看看窗外，可惜并没看到极光出现，夏至才可赏到极光，初秋便只有星星点灯了。地理位置的原因，北极村的星空自然比别处的要亮要近得多，“迢迢新秋夕，亭亭月将圆”。天空那轮皎洁的明月就挂在我头顶似的。

“繁星流动，和你同路。”哼上几句老歌，再坐在窗前手托着下巴仰望星空，看上一眼再看一眼时，浪漫便翩然而至，此时的我就像坐在“飞毯”上天真的女子，在空中漫游，听星星私语和它们一起翱翔，那一刻沧桑、流年统统抛到脑后，剩下的只有淡泊和无染。淡泊对于我一个写作人来说是能做到的，每每写一部长篇就得闭门几个月或是一年也是有的，有时出得门去找不着北，曾经的黄泥路变成了宽阔的柏油马路。棚户区成了时尚的花园小区，人们谈论的是无人超市和机器人，从互联网到物联网。这些都是改革开放带来的成果。不是你忘了老地方，而是这个世界变化太快。能淡泊，无染呢？我却不认同，人生无染是很无聊的，有颜色有历练才有味道，历经沧桑才会想到回归，和拥来北极村的游人一样，爬山涉水也要来此呼吸一口新鲜空气，在物质生活水平提高的今天，我们情归何处又自何方？寒夜中可有人为你红袖添香，困苦时可有人愿意与你风雨同舟？

神游时，头顶那轮明月飘落身边，想飞进月宫神游一番时，耳边又传来淙淙泉流，细听，这股泉流声中似有莲动荷开的声音，听之沁心入骨又妙不可言。“子夜霜为染，明月照碧流。山林惊有色，天地欲无秋。”如此夜色如何舍得离开，守在星空下和这些精灵聊到半夜才迷迷糊糊睡去。

以为北极村的黎明静悄悄，谁知出得门去就像到了步行街，庭院坪前好不热闹，三五成群散步的，金鸡独立打太极拳的，听口音来自五湖四海，服务员告诉我这几年来北极村旅游的人络绎不绝，白雪皑皑的冬天客房都爆满。这不仅在于北极村的原始风光吸睛，还在于改革春风带来的益处。聊着北极村的变化，我们已在途中，参观前哨林场养殖基地——金沟林场——漠河林场。这些林场中所见生机勃勃，欣欣向荣，种植、养殖、森林旅游、绿色有机食品加工等新兴产业正在蓬勃发展。让我大开眼界的是，狗熊到管护站“串门”；汗马国家级自然保护区，紫貂到管护站“做客”。如今，苍莽的兴安大地俨然成为野生动植物繁衍生息的乐园。“天保”工程实施20年来，大兴安岭采取多种措施加强对野生动物的保护，各种珍稀濒危物种种群数量得到恢复性增长。

陪同我们一起踏访的谭俊老师是当地人，他对北极村的历史变迁了如指掌，他说北极村现在的繁荣不仅来自其丰富的地理资源，还来自改革开放的春风。曾经的北极村是闭塞落后的，地处偏远鲜为人知，也因交通问题无法与外对接，大部分村民曾靠“砍伐”为生。但是自从改革开放以来，整个漠河都焕然一新，最为明显的标志是从“砍树”到“守树”，伴随着全面停止天然林商业性采伐的启动，依托良好生态的绿色经济正在林海深处崛起。保护管理好大兴安岭这片绿色林海已成为所有务林人的共同心声。我想人们转变的不只是行动，更是“绿水青山就是金山银山”的生态价值观。

一路找北中，午后空气依然清香甜润，我们接下来要去的是“神鹿岛产业园”，据说这座山是真正的原始森林，百度上都找不到。要去原始森林自是激发了我的好奇心，走在林间小道，白云朵朵，花海无边，上得山去古木参天，藤缠萝绕，到处是高大的落叶松、针叶樟子松、阔叶树、白桦、栎、杨、水曲柳、红柳等树木。在这片林区众多的植物中，杜香、蔷薇、榛子、山丁都是人造板的好原料。黄芪、柴胡、沙参是极好的药材。穿梭于这片林海中时，就像行走在天边，随着燕儿起舞，跟着黄鹂鸣唱，忍不住想和每一朵花草握手，想拥抱每一棵大树，这时的你会真真实实感受到“宇宙之大，生命之微”，拥抱自然时你会如清风般淡然从容。淡然，如一片树叶清雅自在；从容，如一棵树青葱坦然，悠然间你会感叹生命是一季花开，或璀璨或寂寞，不管哪一种，内心豁达，世界便会辽阔。

自在飘逸时，林间又拥来几拨到此考察的旅游团，谭俊老师说：“改革开放以来，北极村已经发展成黑龙江亮丽的风景坐标，慕名而来的游客络绎不绝，‘北’字文化越来越丰富，生态红利兑现越来越清晰。”漠河市依托北极村的品牌影响力，以北极特色小镇为核心，积极打造“大北极”旅游圈，按照村旅融合发展的思路，以保护性开发为原则，重点推进北极村、北红村、洛古河村、观音山、漠河石林地质公园等景区建设，强化旅游行业管理，逐步打造中国最北至世界北极的寻北体验旅游线路。

北极村的变迁让我感叹，放眼满山遍野都是宝藏，它如一颗绿色明珠镶嵌在北极神州这片土地上。走出“神鹿岛”心旷神怡，百灵鸟唱着多情的歌飞翔在蓝天。接着我们去了龙江第一湾，浩瀚的江水在这里回流急转，画出了优美的弧线，九曲十八湾也十分独特。行走在北极村如行走在画中，满目皆是景，春天生机盎然，夏至绿叶吐翠，秋到野果飘香，冬临银装素裹，四季之美，形成了北极村自然景观与人文一体的独特风景。不可否认，北极村是大自然对人类的馈赠，它的天然富饶是与生俱来的，它就像是地球上的一个隐者，在最偏远的角落独自盛开，远离喧嚣却芳香幽深，你一旦靠近便再也舍不得离开。

别了，北极村。“轻轻地我走了，正如我轻轻地来，挥一挥手，不带走一片云彩。”我想北极村的云彩我是带不走的，但是北极村的那山那水那片森林已经烙印在我心中，还有那片红叶。

岳西：云中的胜境

陈世旭

题记：2018年9月，随中国作协庆祝改革开放四十周年主题采访团访问安徽岳西。四十年来，岳西经济和社会发展取得了一系列新成就。在安徽省第一个退出国家级贫困县行列。而今是国家园林县城、国家现代农业示范区、全国生态示范区、全国科技进步先进县、国家中药材基地县，一座生态保存发育完好的天然花园：百分之八十被森林覆盖；有五个国家级4A景区；药材千余种，茯苓、天麻、杜仲、麝香、石斛在国内外久负盛名。

我印象最为深刻的是其自然环境的优越和历史底蕴的深厚。作文以记。

纯为山区的岳西，浮于云中。平均海拔六百米，最高海拔一千七百多米，千米以上山峰六十九座，俗称“八山一水半分田，半分道路和庄园”。地连吴楚，水分江淮，风物茂盛，民风质朴，山川清华。

两千多平方公里的大地，纵横着三山一河。

司空山，渊源于周，开发于汉，盛极于唐。一峰玉立，直指云天。极目天地，气象万千。山间云遮雾绕，晨钟暮鼓回旋。曾几何时僧尼云集，香客塞道。

明堂山，与天柱山分称“母皖山”和“公皖山”。峰峦婀娜不失伟岸，峭壁惊险不失亲和。青松岭松奇，葫芦河水秀，月亮崖婉约，古井庵幽深，杜鹃花开映山红；汤池温泉、天堂湖泊、鹭河峡谷、法云古刹、响肠老街……翻不完的山水文章。

妙道山，林海云海相交融，苍松参天，绿云迷壑，松涛怒吼，山摇地动；丽日下瀑泉淙淙，鸟音悠悠。孤塔凌霄前石狮啸月，雨后晶帘中仙人下凡，石镜天生、紫柳千年是华夏一绝。

天仙河，蜿蜒二十余公里，直达天柱山麓。古竹排，新排客，越激流，过险滩，两岸青山相对出，田园阡陌次第开。

鹞落坪，天然物种基因库。千米高峰如林立，原始林和原始次生林莽莽苍苍，珍禽异兽跃然其中；五针松、香果树、多枝杜鹃妖娆在溪潭飞瀑。

我在三山一河之间流连，驰骋悠远地想象。

想象当年的九庵四寺，僧房数千间；想象宗教的祖师，郑重传衣钵；想象历朝骚人墨客纷至沓来，登高参禅，寻访仙踪，遍题诗刻；想象伟大的诗人，曾经在这里隐居。

李白！

断崖如刀削，山岚的光亮划破青绿。云河从天来，白云涨满了川谷。玉饰几案上的红色文字，世俗的眼睛不可以阅读，引身直上青霄，任松风拂过双足（参见李白《题舒州司空山瀑布》）。

北岭松风、南崖飞瀑、司空佛光、乌牛古石……气势磅礴的山云，翻卷着诗人无边的思绪。

歌者吹律以咏八风，南方的音乐总是渐渐消失。圣人满腹经纶，豪杰闻鸡起舞，怀抱匡扶天下的雄心，却只能听任命运的摆布。曾经壮怀激烈的诗人，沿着皖河的流水饱览潜山的风光。

高峻的司空山，山半有洗马池，古司空原上的宗教道场，与天柱山的三祖寺遥遥相邻。雪晴时这里可映照万里外的月光，云开时这里会吹来九江城的春风；相风水以定宅地，择十分佳处，筑屋定居。千丈晴虹，十里翠屏，青山意气峥嵘，为君妩媚生。酒圣诗豪，解频教花鸟，前歌后舞，更催云水，暮送朝迎。

金鼎炼就的仙丹，使容貌新鲜永远年轻；长生不老的妙术，保持了性情的真实自然。可以驾驭太阳去蓝天遨游，可以攀摘星星到银河嬉戏。跟随着神仙徜徉于云雾，成为天上宫阙长年的宾客。（参见李白《避地司空原言怀》）

少年就仗剑出门，走过了万水千山。自诩楚狂人，凤歌笑孔丘。浩叹过蜀道难，震撼于黄河水，斗酒三百篇，天子呼来不上船。被世人惊为“谪仙”，成为朝堂故事的主角。多少次抽刀断水，多少次借酒消愁，几乎走到人生的尽头，知道了散发弄扁舟，知道了只有最好的山水，才能安放不羁的灵魂。

太白书堂后的石壁，凝固了诗仙的踪迹。

一样的诗风飘逸放旷，一样的想象海阔天空，一样的语言流转自然，一样的音律和谐多变，一样的诗仙才有的瑰伟绚烂，一样是盛唐诗歌艺术的巅峰。

这是岳西之幸。

这是李白之幸。

岳西，云中的胜境。

附录：

李白《题舒州司空山瀑布》

断崖如削瓜，岚光破崖绿。
天河从中来，白云涨川谷。
玉案赤文字，世眼不可读。
摄身凌青霄，松风拂我足。

李白《避地司空原言怀》

南风昔不竞，豪圣思经纶。
刘琨与祖逖，起舞鸡鸣晨。
虽有匡济心，终为乐祸人。
我则异于是，潜光皖水滨。
卜筑司空原，北将天柱邻。
雪霁万里月，云开九江春。

俟乎泰阶平，然后托微身。
倾家事金鼎，年貌可长新。
所愿得此道，终然保清真。
弄景奔日驭，攀星戏河津。
一随王乔去，长年玉天宾。

引凤来仪

彭见明

大别山里的霍山县，有个叫诸佛庵的地方。诸佛庵，好听的名字，从地名上看，都会以为是个宗教圣地，走近去，却是不见寺院，不闻晨钟暮鼓。再往深处走，是仙人冲，神仙应比诸佛更飘然，但除了山野的平凡宁静，亦难觅神秘。

但此地确实神秘过，二十世纪八十年代，诸佛庵一带成为国家的战略生产要地——三线军工厂。一万多三线工人浩浩荡荡开进山野，在这里为保家卫国生产武器弹药。山乡顿时沸腾了，在少见热闹的山里人看来，诸佛庵已经是“小上海”了。

但“小上海”只沸腾了十多年，三线工厂外迁，诸佛庵渐渐复于寂静，只留下了搬不走的厂房和宿舍。在风雨的不懈剥蚀下，这些曾经被革命激情充盈的房子，如一个个失去劳动能力的老者，只能无奈地在慵懒的阳光下，晒晒太阳，昏昏瞌睡，被甜润的雨丝和满目青翠美美地催眠。岁月，昔日的风采无声地衰老着。

又过了十多年，一批画家走进了诸佛庵，荡漾在仙人冲。他们在这里迫不及待地摆开了画架，挤出了颜色，动起了画笔。在青黛的背景里，一栋栋上了年纪的老厂房在隐约闪烁。画家们已经感觉到，这与昔日的写生不同，既不是纯粹地画风景，也不是好奇地画古建。他们是在画着一个曾经风起云涌激情澎湃的岁月。这可是有温度的写生，有重量的书写。

于是画家们认定的“好”，很快在圈内传开，于是又有另外的画家寻踪而来，在这里，同样领略到了难得的快感。于是，附近的村民，尤其是孩子，在这司空见惯了的被人们认为是“破败”了的山冲里，看到了另外一种来自心灵与智慧的风景——绘画。从画里，人们看到了，家乡原来是这么好。

于是，一个沉沉的瞌睡被画家们给唤醒了。

老百姓的关注，也必成为执政者的关注，当地政府以极其敏锐的眼光，在诸佛庵、在画家们的写生作品中、在老百姓的悦色里，看到了一片新绿，大大有别于植被的绿色，那就是“文化”。

在遍及全国各地如火如荼的新农村建设、乡村振兴热潮中，艺术家的喜好，同时给予了诸佛庵的基层干部很大启发：一个利用旧建筑，改造成画室，吸引画家入驻，以艺术创作为推动力，继而带动乡村艺术游和艺术体验的思路，很快形成。

这个思路，很快得到了画家们的认同，这样的文化背景和秀丽风光，无疑是艺术家们青睐的地方，是最理想的创作环境。上下联通，左右逢源，这个方案很快得到县上的认可，迅速成立了画家村管理委员会和建设领导小组，设立国有独资的仙人冲画家村旅游发展有限公司，有了机构和制度的保障，一切工作井井有序地向前迈进。近三年间，争取交通、水利、搬迁、移民、水电配套等各项政府资金，达八千余万元。还请来具有国际视野的美国建筑设计公司来出谋划策，精心规划，在短短的时间里，将这片沉睡了多年的土地唤醒，梳妆整容，穿上时尚的新装，款款亮相于时代的舞台。

“筑巢引凤”并不是一个高深的理念，但真正用心去做的，却又是凤毛麟角。诸佛庵的筑巢力度，扎实坚挺，不折不扣，很快引来金凤凰：中央美术学院、中国美术报社、文化部艺术发展中心、北京南海画院、敦煌美术学院等机构和全国知名的书画家及本省本地的艺术家百余人，作为首批入驻者，一下就让这个寂寥的山冲，人气鼎盛，熠熠生辉。慕名而来参观学习者与日俱增，俨如百鸟朝凤之气象。

有客远来，必热诚待之，必备好茶好菜好床笫恭候之，于是诸佛庵附近的乡村民宿和农家乐应运而生，村落里几百个农民，因此走上了一个全新的服务岗位。诸佛庵的成功实践，成为乡村振兴这一国之理念和预期，得到了很理想的实践和验证。

时逢仲秋，满目碧翠的山野，多彩的秋叶灿烂着，无疑是山野一年中，最斑斓的季节。

我在一个敞开着山门画画的某美院的画家工作室，赏画，打坐，与画家闲聊。我很欣赏他打理他的画室的情感与理念。他不想像一般的设计师那样，试图破旧立新，旧貌变新颜，将画室粉饰得舒适明亮，他让这几十年前的旧工业建筑遗址的外墙与内室，保持着原本的斑驳与粗犷。他在垮掉了一只角的阳台上，放了一个躺椅，就着干净的阳光阅读，一些书就放在被岁月剥成老人的缺牙一样的残砖上，他的脚就舒坦地搁在断墙的缺口里。他说他更愿意在这样的“时间”和“空间”里阅读、思考和画画，这种“时空”，对于艺术人来说，非常宝贵，是有历史的，有故事的，有生命的，有重量的。什么是人文？这就是人文。你不要去自毁人文，自作聪明，以为你的花里胡哨的装修很高级。我说你会长期待在这里画画吗，他说一半一半吧，一半时间回学校上课，一半来这工作。我会十分乐意过这种候鸟式的生活。我想我的后半辈子，是离不开这个工作室了，我签了三十年的租赁合同，我感谢诸佛庵。在他的画室醒目处，一段残木上，安放着一尊残缺不全的石刻佛像。我问这是诸佛庵的佛像吗，他说应该是的。他是在阳台旁边种菜时，挖出来的。他说过去，诸佛庵，应该是供着不少佛像的。现在佛庵没了，但佛的气场还在。在这里，能安然清心，所以佛与庵，依然存在。

别的艺术家会不会这么想？不知道。但有两点是相同的：第一，是没有一个画室的装修是雷同的，都有自己独特的面孔。由此我坚信在此入驻的艺术家，至少也是一个独立艺术家。第二，惊人的相同之处，是还没有人试图改变这一片老房之老。这一点令我感动，当时下的拆“老”之风遍及大江南北时，诸佛庵人和艺术家们，却在默默地景仰和保护着“老”，难得难得。这个“老”，既象征着一个过去了的时代的步伐，也幸存着一个时代的建筑美学，她是一部生命的教材。

我坚信，来诸佛庵画画的，不只是找个风光秀美、安静舒适的地方画画，不是要钻到这个圈子里来捞名声，而是要真正地画画，画有生命的画。功夫在诗外，画艺在画外。

现在全国各地风起云涌斗志昂扬搞新农村建设，搞乡村振兴。我很羡慕在革命老区的大别山，为这一场新兴的大革命，保留下来了诸佛庵这么一个干净厚重的舞台。更为可贵的是，让一批真正能表演的艺术家，率先登台表演，成为示范。

去浦市

王跃文

仲秋时节，我去了浦市，先就在沅水中央康家洲河滩上听了半日的水。沅水从南往北流过来，到浦市打了个弯儿，立时就柔声碎语，放低了声音。一只灰白色的鸟，一跳一跳撩着水，缓缓飞过河去。我老家叫这鸟打鱼佬，不知浦市人是怎么叫的。临洲处河水清浅，稍大的鹅卵石就突出水面。河中水芋、水葱、黄菖蒲、细叶莎草，都伸着细绿的脖子，傍着水里的石头长。七只毛茸茸的小鸭子在浅水里学扎猛子，嫩嫩的黄色，与河草河水的绿色相配，再明丽温柔不过。这时候，河滩上有人唱起了野歌子。歌词听不清，声音却高亢热烈，颤抖急切，仿佛心里堆积着无数燃烧得通红的火球，必须以这样的歌声吐出，不然心会被这炽热的火焰烧熔。这歌声，沈从文在《湘行散记》写浦市的文字里写到过，他写的是浦市繁华时期黄昏回荡在码头江面上的催橹歌。

湘西四大古镇，若皆以沈从文作品中的人物比，则茶峒是翠翠，小黄麂般自然天真；王村是龙朱，美丽强壮像狮子，温和谦逊如小羊；里耶仿佛没有合适的人物比，一定要比的话，《萧萧》中见过世面，智慧而又宽仁的祖父差可拟。浦市呢？也许有几分像《长河》中萝卜溪橘子园主人滕长顺，识得字，懂风水，草药时事皆能了解，水上陆上都是里手，富而仁，为人义道公正，有风骨，又能变通。沈从文《长河》的故事背景，就是辰河中游码头岸边，一个叫吕家坪的小商埠。端午时，长顺还请了浦市的戏班子去唱戏！沈从文《长河》《边城》等许多写湘西的小说，都是可以当地方志读的。若说跨文体写作，沈从文早已史志而散文，散文而小说，且处处浸润诗意，随心而化，无影无痕，仿佛天然。走在湘西的任何地方，有一道风景看不见，却时时伴你左右。这风景，便是沈从文。

茶峒、王村、里耶，皆古朴纯净，浦市却有几分富贵、驳杂与洋气。好码头好风水，旧时来浦市建大宅子的多是外省商人。吉家大院吉氏是山西人，建三井三堂十二房；李家大院李氏是山东人，建院子、祠堂、书屋；周家大院周氏是江西人。天下商人逐利而来，浦市曾经的繁华自不必说了。三街四十五巷，六座古戏楼，十三省会馆，五十多家有着高高封火统子的窨子屋，七十二座寺庙道观，九十多个作坊，二十四座通江码头，舳舻蚁行，洞庭直下，商贾辐辏，烟火万家。

旧时的浦市人，商而富，富而学，读诗书，重礼义。一个人，或是一个地方，但凡有了读书底子，自是别有一番淡定闲雅。因了这份淡定闲雅，造访浦市的时节，宜秋，且雨。我从康家洲坐船在浦市水码头登岸，秋雨恰在这时来了。雨中往李家巷里走，红条石铺的地面刚被濡湿，细润如女子的胭脂。巷子窄而幽，宽不足一人伸展两臂。两侧封火墙斑驳，灰黑或灰白，细看如写意山水。墙头薜荔依依，欲拂人面。站在李家书院门前，吸引人的倒不是“派衍撰书”的青石门额，而是呈“八”字敞开的老旧木门后满厅盈盈欲燃的绿色。封火墙里亦爬满薜荔，如毯如瀑，直泻而下，颓败的院墙便隐而不露。绿与灰，生与寂，仿佛互为因果。前厅地面，靠墙根处是铁树，长在绿釉大缸里，做张做势，如剑如戟。疏朗温柔一点的，是棕榈、天竺葵与芭蕉。

我爱芭蕉，满绿时爱，褴褛时也爱。眼前有芭蕉，就不怕雨。雨若不打在芭蕉上，便只可打在荷叶上。雨除却这两处，打到哪里都似委屈。前厅地面上，矮盆里正开着贴梗海棠，琉璃般半透明的红花。再往里走几步，堂屋前一截矮墙，横排一列兰花，不是什么贵重品种，墨兰三、建兰四，皆种在紫砂盆里，叶子疏而有致，顾盼有姿，洒脱如林下美人。

矮墙边，兰花盆旁的木椅上坐着一个人，清瘦，旧灰蓝中山装，闲闲地望着我进来。您姓李吗？我姓周。李家的人哪里去了？哪里去了？谁知道。兰花是您养的吗？当然是我养的，这院子里花草都是我养的。他的眼睛亮了，坐直了身子。养花草做什么用啊？不做什么用，要做什么用呢？只是养着，好看。

青莲世第也是个闲雅的地方，如今辟为茶书院。既为青莲世第，便处处皆可见莲。天井大缸里种着碗莲，亭亭如举，翠色欲流。墙上挂着木版画，绘的是莲，花叶辉映，明媚生动。茶桌上摆的台灯是莲盏，餐桌上碗碟是莲的样式。青莲世第书院主人爱穿唐装，气质仪态亦有莲的淡雅清和。坐在这里喝茶看书的，也都是天南地北喜清静的人。天色将晚，细雨如尘，暗红的灯光弥散如雾，茶书院里有艺人唱起了阳戏。戏里唱的是一对男女相互爱慕调情，桥段本应滑稽喜乐，不知为何却令人悲不自禁，又不知悲之所来。唱戏与听戏人浑然交错一起，似真似梦，不可拆解。

夜里便投在一个叫“遇见”的民宿，我住的房间恰好命名“从文”，颇叫人忐忑。1934 年初，沈从文因母亲重病赶回湘西，坐车到桃源，又雇船沿沅江逆水而上，十一天后在浦市登岸，再走一天多路才回到凤凰。他那时的心境，虽有新妇安慰，触目绿水青山，却为着母亲的病，为着会明牛保们的挣扎，也是哀愁忧虑为多。那时的浦市已然衰落，古街上砧板大小的红条石依然鲜艳光滑，布铺里却只坐着白发皤然，庄严沉默如一尊古佛的老妇人，街檐下站着两脚成一个“八”字，再无本钱可做生意的老板。虽如此，沈从文的文字笔下，却是对浦市强勃壮美生命力的赞颂：“大帮货船从上而下，摇船人泊船近岸以前，在充满了薄雾的河面，浮荡在黄昏景色中的催橹歌声，正是一种如何壮丽稀有充满欢欣热情的歌声。”

沈从文的湘西笔墨里，那图画般妥帖安放的山水，那长养在风日里在梦里听情歌摘虎耳草的女孩，那吃酸菜牛肉唱荤歌子的水手，这一切都有着深沉的悲悯与哀愁。但是，先生更竭力赞颂湘西人血液里的爱与善，纯与美，力量与自由，生命态度的庄严与神圣。如今的浦市，安安闲闲，融融泄泄。我走在浦市巷陌，看寻常人家门前盛开的三角梅，老宅子台石水坑里倒映的天光，雕傩戏面具的老师傅用画笔给傩面上色，万寿宫里人头挤挤挨挨，我心里也隐隐回荡着歌声，分不清是沈从文笔下浦市码头的催橹歌，还是今天康家洲上的野歌子。

掬一捧笑容慰流年

老　藤

庆祝改革开放四十年，我该拿什么奉献你？这是我参加中国作家采访团前往皖浙湘期间一直在琢磨的事情。是写一部非虚构小说，还是创作一首长诗，或者写一篇游记？我一时拿不定主意。从大别山深处的岳西、霍山，到长三角的淳安、桐庐、安吉，再到湘西的花垣、泸溪、吉首，一路走来，采访团一行如同一队从周代穿越而来的采诗官，在村寨阡陌中游走，在商贾村民间访谈。

众所周知，我国周朝时设有采诗官，他们游走于乡村城邑，采集民间歌谣，体察民俗风情、政治得失。《诗经》中大部分诗歌都是采诗官们从民间收集而来。《汉书·艺文志》曰：“哀乐之心感而歌咏之声发，诵其言谓之诗，咏其声谓之歌。故古有采诗之官，王者所以观风俗、知得失、自考政也。”唐代诗人白居易也有诗曰：“采诗官，采诗听歌导人言。言者无罪闻者诫，下流上通上下泰。”

当然，时光进入现代社会，我们采访团成员没有木铎可振，更没有采诗官的使命，众多文坛大咖和期刊主编、媒体记者参加这个活动没有任何条条框框，更没有主题先行，组织者让大家自己去发现、去感悟，真真切切地去体验皖、浙、湘三省改革开放四十年来所发生的深刻变化，并以此为视角，折射华夏大地进入新时代所发生的沧桑巨变。

尽管我脑子里总在幻觉古时采诗官信马由缰的洒脱，但十余天下来，我并没有采到诗，也没有听到原汁原味的民间歌谣，但让我欣慰的是，我采到了一掬鲜花般的笑容，鲜花中有红山茶，有白玉兰，有石苔花，还有矢车菊等。捧着这一掬笑容花束我感到收获满满，这收获是任何风雅颂都无法比拟的，我想，那些峨冠博带的采诗官要是穿越到今天，十五国的国风恐怕就刮不成了。

桐庐，是隐逸文化的重镇，元代画家黄公望的《富春山居图》就取材于此。其实，在黄公望画富春江的山水前，许多历史文化名人都将桐庐的美镶嵌在了自己的作品中，比如唐朝李白的《古风》，比如宋代范仲淹的《潇洒桐庐郡十绝》，等等。过去，这里虽然山清水秀，但居住于此的老百姓并不富裕，绿水青山没有转化为金山银山。近年来，当地政府转变发展思路，高水平推进新时代美丽乡村建设，多渠道打通“绿水青山”向“金山银山”转化通道，乡村旅游、养生养老、运动健康、电子商务、文化创意等具有鲜明时代特色的美丽业态蓬勃发展起来，让美丽战胜贫困，桐庐变成了著名的康养福地。当地领导介绍的一串串数字我没有记住，尽管我不怀疑它们的真实性、准确性，我知道这些数字都来自相关权威机构，但数字毕竟是抽象的，作家的特长是感受具象。果然，让我眼前一亮的是下姜村展室里一张妇女的照片。照片中的妇女置身栀子花丛，正在采摘栀子花，她笑得很开，露出了并不整齐的牙齿和淡红的牙龈，她的眉眼、颧骨、高高绾起的头发以及蓝色的坎肩上仿佛都带着笑，整张脸都红透了，连毛细血管似乎都激动得要怒放，这是一个把笑容诠释到极致的劳动妇女，她让我联想到春天漫山遍野的红山茶。我钦佩拍摄这张照片的摄影师，我相信他一定被这笑容深深地感染了。我注意到妇女摘花的手很粗大，左手的无名指上一枚亮闪闪的金戒指格外醒目，由此，我知道这笑容的来由了。

似乎没有谁说某一种笑容像苔花，因为苔花太小了，小如米粒，需要仔细辨识才是。在皖东岳西县石关乡茭白合作社交易点，我发现了一个茭白女苔花般的微笑。那是一个正在包装茭白的女人，三十岁左右，个子不高，圆脸，穿着合作社的蓝色工装，一副干练的模样。我没有询问她的名字，悄悄给她起了个很文艺的名字——茭白女。石关乡盛产优质高山茭白，如玉般的茭白可以像水果一样直接食用。采访团的铁凝团长在品尝了茭白后现场脱口说出一句广告词：茭白蘸酱，倍儿棒！引来一片叫好声，这句广告词成了采访团合影时齐声吆喝的号子。大家都在品尝茭白蘸酱的时候，我来到露天茭白交易点，问这个小巧玲珑的茭白女茭白价格如何。茭白女告诉我价格之后，微微笑了一下，这是一个需要仔细观察才能发现的笑，如同细密的苔花，隐藏在眼神、眼角和两腮浅浅的酒窝里。我猜这应该是个不错的价格，否则茭白女不会这样笑。很可惜我没能来得及用手机把这个笑容拍下来，因为这个苔花状的微笑如同含羞草一般瞬间闭合起来，正应了“昙花一现”这个成语。茭白女麻利儿地将茭白码齐、装袋，无暇再抬头看人。离开高山茭白交易点时，我忍不住几次回头，想再捕捉一次茭白女苔花状的微笑，虽然希望落空，但我并不感到失望，因为茭白女短暂的笑容已经告诉我，她是开心的。

不知何时，盲目的怀旧情绪似乎变得时髦起来，有些人很喜欢花费笔墨去美化旧时代的民国，喜欢重温已经烟云般散去的民国梦。怀着某种好奇，我在网上搜索了许多外国人拍摄的民国老照片，在欣赏这些老照片时我发现了一个奇怪的问题，就是照片中的人物很少有人笑，不管是摆拍的达官名流，还是随意街拍的市井人物，其表情大都十分木讷，摆拍的神情冷峻，街拍的面目呆板，笑容哪里去了？我问自己，一个被小资们津津乐道的所谓美好时代，竟然笑容如此匮乏。

浦市，曾经是一个繁华的古镇，明清时有“小南京”美誉。随着公路运输的开通，沅江里樯桅林立的古渡已经不再，进步的潮流似乎与这座古镇擦肩而过。多年来，这里如同一口无人汲水的古井，日夜张望着蓝天流云，变得停滞，甚至有些浑浊。在当地大力发展文化旅游工作思路指导下，古井得以新淘，民俗得以重塑，古井之水变得甘甜清冽起来。我们来到河堤边的万寿宫，这是一座始建于明朝的建筑，原是江西客商会馆，又称豫章馆，当地政府修葺了这一古建筑并对公众开放。万寿宫中的戏台正在表演傩戏，五六个戴着面具、着稻草衣的演员在表演古老的驱鬼节目。这里不收门票，百姓可以自由出入，我看到正殿廊柱旁一位老者看戏很入迷，不时跟着哼上几句。我听不懂方言戏文，便过去请教老者。老人腰背挺直，旧式灰色建设装纽扣扣得十分工整，普通话也顺。老者叫郑必涛，七十二岁，去年刚刚做完肝胆手术，但脸色并无萎黄之色，看来恢复得不错。老人说他在邻县搞物探工作，退休后回到浦市养老，平日里和老友喝喝茶、听听高腔，照顾一下上小学的孙儿，日子过得挺闲适。我说现在人们都进城养老，您怎么还从县城回到乡下居住？老者忽然兴奋起来，说：浦市好呀，水好，空气好，青菜也好，不花钱就能看傩戏听辰河高腔，这样好的家乡咋能不回来？老者说完这段话朝我笑了笑，我被老人的笑瞬间打动了，这笑容像一朵百日菊，让脸上的皱纹如同花瓣一层层泛开来，给人一种幻灯的效果。这是一位老者对故土、对家乡充满骄傲的笑。由此我想，我们常常讲外出的游子生要叶落归根，死要魂归故里，可是，如果乡愁不在，路标皆无，故乡名存实亡，游子们如何回得来？

接下来的参观中，我发现浦市古街——太平街街道两旁有许多茶馆，茶馆里几张灰色方桌，桌子四面横陈着没有靠背的长凳，桌上的白瓷茶壶十分明亮，大小不一的茶碗热气缭绕。这种设施简陋的茶馆凸显出平民特色，每个茶馆里都坐满茶客，或打牌，或闲聊，洋溢着浓郁的市井味儿。街旁店铺里还有许多别处已经罕见的行当，比如加工杆秤的，制作木盆木桶的，还有制作纸伞皮箱的等。与这些店铺主人交谈，我发现每个人的脸上都洋溢着一种郑必涛式的微笑，大有一种“我骄傲，因为我有祖传手艺”的自豪感。从浦市古街这些不同人们的笑容里，我找到了种植在民间的文化自信，这种自信最直接的表现就是对故乡的坚守。浦市，正因为有了这种自信，才延续了传承，彰显了特色，在互联网上拥有了越来越多的“浦粉”。

与郑必涛百日菊般的笑容不同，花垣县十八洞村八十余岁施成富老人的笑则如同向日葵一般灿烂。十八洞村是习近平总书记牵挂的苗寨，2013年11月3日，习近平总书记深入该村访贫问苦，就加快民族地区发展和扶贫开发作出了“实事求是，因地制宜，分类指导，精准扶贫”的重要指示。五年过去了，在上上下下的不懈努力下，该村人均收入翻了五番，不仅摘掉了贫困村的帽子，还成为湖南省脱贫攻坚示范村。施成富老人是当年坐在总书记身旁聆听总书记讲话的村民。“为了能吃点想吃的好东西”，富起来的他特意装了一口假牙，大概没有想到有客人来访，我见到他的时候他没戴假牙，正坐在院中小凳子上晒太阳。我同他打招呼，老人笑眯眯地望着我，把一张眼角下弯嘴角上翘的笑脸呈现给我，我心中一颤：这笑容太像葵花了！老人的笑容一直在持续，直到我用手机将它定格，老人没戴假牙的嘴像一艘月亮船停泊在下颌上面。

韩凤娇的笑则可以成为十八洞村魅力的标志了。韩凤娇本来在西子湖畔生活和工作，因为爱上了十八洞村一个小伙子，毅然远嫁这座千里之外的苗寨。在这里，她很快融入了当地的生活，当起了义务导游员。韩凤娇的讲解很专业，普通话也说得好，给采访团每个人留下深刻印象的是韩凤娇的笑容，尤其是将自己爱人的照片分享给大家的时候，她笑得无半点掩饰，如同一朵阳光下绽放的荷花。这本来是盛开在西子湖里的荷花，是什么让她盛开在了群山深处的十八洞呢？这个答案我想很多人都清楚，如果十八洞依然是五年前的老样子，眼前这个善良又不失聪慧的姑娘恐怕很难下得了决心。

让我联想到矢车菊的笑容是小岗村表演花鼓舞的姑娘们，她们在表演过一段凤阳花鼓后，簇拥着铁凝主席说说笑笑。那一刻，我想到了成片的矢车菊，明亮、幸福，充满运动的快乐。如果时光倒退四十年，一天只能吃两顿稀饭的姑娘们是否会有这样的笑容？有人说，花鼓是当年乞讨的工具，对此我没有考证，但尘封岁月里击打着花鼓沿街乞讨的凤阳人多见于各地谱志。今天，小小的花鼓成了姑娘们演出的道具，由工具到道具，一字之差，天壤之别。我想，在小岗村，那间按下十八个手印的小黑屋，是矢车菊种子最初萌发的地方。

有人用白玉兰来形容女性含蓄的笑，对此我没有体会，但在见到了被称为“豆腐西施”的石清香之后，我认为这个比喻无比贴切。石清香是吉首市矮寨镇坪朗村人，苗族，四年前创办了顺心农副产品加工专业合作社，现在已经拥有一个生态旅游公司及四个豆腐体验店，年销售收入二百五十多万元。当地自古就有“坪朗豆腐河溪醋”一说，石清香的石磨豆腐采用当地青皮豆为原料，泉水泡豆，手工石磨磨浆，柴火铁锅熬浆，这一技艺已经被当地政府列入“非遗”项目加以保护。采访团与村民座谈时，石清香静静地坐在一隅，很端庄地微笑着，她是见过大世面的女性，湖南省主要领导、国家有关部委的领导都亲临过她的豆腐坊，她本人在2016年入选全国“能人带户”旅游扶贫示范项目名单。可以说，石清香的笑含蓄内敛，恬淡自然，有着白玉兰般的气韵，是一种雅而适度的笑。由石清香的笑我忽然悟出了一个道理，精神文明是建立在物质文明基础之上的，正像古人所说：仓廪实而知礼节，如果湘西的土家族、苗族兄弟姐妹不脱贫致富，这雅致的白玉兰怎能绽放在群山深处？

在湘西，我也遇到一个不笑的老人，她是龙大娘，家就在坪朗村文化广场后面几十步远的地方。龙大娘坐在自家的大门前静静地看光景，对我的到来并不诧异，指了指旁边一个小凳子让座，并不说话。她家的房子旧但不破，一看就是老宅。我在老人对面坐下来，问她日子过得怎样，吃穿用看病是不是有困难？老人摇摇头，跟我过来的一位安徽作家提示我，老人可能只会讲苗语。老人听后点点头，看来她能听懂普通话。经过一番手口并用的交流，我得到了如下信息：老人姓龙，八十二岁，儿子在镇上打工，她和孙子住在这栋老宅子里，生活虽不富裕，但吃穿用都不愁。让我疑惑的是龙大娘一直没有笑，黧黑的脸色十分凝重，我问她是不是有什么困难，她看着我的眼睛凝视了好一会儿，才指指自己的小腿说：腿不行了，走不了路。我说腿脚不好就不做农活吧，该享享清福了。老人又看了我好一会儿，很认真地说：腿不好，不能出去走走。我这才明白，老人是为自己不能出去走走而伤心，她也许从电视中看到过近在咫尺的矮寨大桥，也许也知道十八洞村几位与她同龄的苗族老人进了北京，上了电视里的《星光大道》，而她因为腿不好，却不能出去走走。我知道，龙大娘内心也在渴望一种笑，这种笑犹如林地里格桑花的蓓蕾，需要阳光穿过遮挡的关怀与催生。与龙大娘交谈后我在思考一个问题：脱贫之后的下半篇文章该怎样谋篇布局？这是两年后我们要直面的重要课题。

采访归来，在盘点十几天的收获时，那些自然美景和人文景观仿佛云霞流霓一闪而过，脑海里反复浮现这些花一般的笑容，红山茶、白玉兰、石苔花、矢车菊、向日葵、百日菊，还有荷花等，它们带着芳香，带着雨露，也带着希望，构成了一掬绚丽多彩的花束，我懂得应该把这掬花束献给谁，同时，我也悟出了一个道理：最美的风景是笑容。

从茅草棚到作家村

许 辉

20世纪70年代后期一个冬天的寒夜，江淮大地已经坠入沉沉的昏睡之中，这时，在江淮分水岭附近凤阳县小岗村的一间破草棚里，18个衣着破旧的男人，围聚在一盏摇曳欲熄的煤油灯下，冒着可能杀头蹲牢的危险，做出了一个石破天惊的决定：分田到户，实行单干。现在看来十分普通的认知，40年前却是政治上的高压线。在那个“宁要社会主义的草，不要资本主义的苗”的政治挂帅的时代里，这样的举动太出格了！20世纪70年代中后期，我曾在凤阳县一河（淮河）之隔的淮北农村插队3年，政治挂帅、反修防修、农业学大寨是当时农村生产生活的主旋律。我所在的生产队有大片未经改造、十分贫瘠的土地，由于生产队大嗯隆，社员普遍没有责任心，挣到工分了事，生产队的大片土地年年广种薄收，年底社员就靠分到的一份工分粮勉强度日。

或许正是因为生产队集体经济的生产效率太低了，人们实在饿得过不下去了，才会有各种各样突破重围的要求和想法。历史上的凤阳地区的人民，碰到灾难或荒年，过不下去了，就卷上破旧的铺盖，带上毛了边的花鼓，顶着风雨雪霜，或步行，或推着吱呀作响的小车，一家人沿着淮河两岸，走村串乡，用花鼓卖艺的形式，乞讨要饭。小岗村18户农民当时的举动也许没有以后看来的那么高大上，他们也许只是为了一份不被饿死的口粮，他们也许只是为了多生产点粮食养家糊口，但在这个曾经出了农民皇帝明太祖朱元璋的土地上，人们心底里那种敢为天下先的种子还在。1978年年底，改革开放的春风早于自然界的春风吹遍了大江南北，从此在这片广袤的大地上，开始了一场搅动人类历史发展常规的巨大变革。

十几二十年过去了，20世纪90年代，中国的农村改革走进了一个十分困难的境地，农村改革初期蕴含的巨大变革力量已经基本释放完毕，虽然党中央年年还是以一号文件的形式表明对“三农”的重视，但随着改革开放向城市和工业纵深推进，农村的社会和生产形态陷入一种矛盾重重的循环之中。农民税费负担繁重，一家一户的农业生产模式，在飞速发展的时代大潮面前显得滞重迟缓，城市化浪潮也决定性地改变着农村人口的结构和组成，改变着农村和农民的价值观。正是在这种时代背景下，中央决定免去农民农业生产的各项税费，让农民轻装上阵，为农村的腾飞扫清障碍、留下空间。也正是在这种背景下，安徽省委选派省财政厅干部沈浩担任小岗村党委第一书记，为继续种好小岗村这块中国农村改革开放的实验田做出新的努力。

在农村长大的沈浩是安徽萧县人，萧县在淮北地区，与凤阳一河之隔，同在淮河流域。也许正由于沈浩出生成长在风土相近、人情相仿的淮河流域农村，打心底里说，他对小岗村的乡村生态应该并不陌生，也有深深的认同感。沈浩吃苦耐劳，勇于创业，全心奉献，他带领全村群众建葡萄园，搞旅游开发，搞工业生产，搞农业发展合作社。2006年，他又根据当时农村现状，与小岗村群众一起把土地归拢起来，交给专业经贸部门集中开发，农民作为股东入股分红，让小岗人从农民加速向居民过渡。在小岗村干满一届后，沈浩被小岗村的乡亲们留下来再干一届。2009年，沈浩因积劳成疾，在小岗村猝然去世。

凤阳小岗村作为中国改革开放最具代表性的符号，它最大的贡献不是小岗村的富裕程度，而是一种绝境反转、敢为天下先的精神。这种精神，在中国广袤的大地上并不鲜见。浙江，是中国改革开放以来最先富裕起来的省份之一，浙江七山一水两分田的自然地貌，现在已然蜕变成如诗如画全域可游的新样板。浙江省淳安县下姜村是时任浙江省委书记习近平的基层联络点，这个村多年坚持生态发展理念，如今收获了持续不断的环境红利。浙江省安吉县余村，是时任浙江省委书记习近平首次提出“绿水青山就是金山银山”的地方，不是当年忍痛割爱关停污染严重但挣钱赢利的矿山、水泥厂，就没有今天余村的灵山秀水。浙江省安吉县鲁家村更是一个“无中生有”的全国十佳小康村，一到鲁家村，乘上绕村而行的村内小火车，在停靠于绿草茵茵的小车站里的绿皮车厢里喝一杯香咖啡，你能隐约听到中国向前迈进的脚步声，欧美国家令人羡慕的全域风景的画面，正在中国东部沿海省份率先变为现实。

绝境反转，敢为天下先的精神，在中国中西部地区，体现在扶贫攻坚的斗争中，更艰巨，也更有战斗性。湖南省花垣县十八洞村是一个纯苗族村，地处高寒山区，交通不便，生产落后。2013年以来，十八洞村打起了民族地区旅游牌，用“过苗年”“赶秋节”“赶边边场”“山歌传情”等具有苗族特色的民族文化活动吸引来自四面八方的游客，极大地张扬了苗寨民族特色，为当地群众带来了实实在在的收益。湖南省凤凰县菖蒲塘村则是一个依靠科技、开拓市场、脱贫致富的典型，这个村以特色水果为龙头，大力发展连片特色水果等现代农业，猕猴桃、柚子、椪柑、早熟蜜橘、高山葡萄等特色水果不仅为当地群众带来财富，也带来了络绎不绝的游客。

安徽省霍山县东西溪乡位于大别山深处，当地交通不便，没有特色资源，是县里发展居后、不起眼的一个贫困小山乡。2016年初冬，在县委宣传部曹部长推荐下，我到东西溪乡采访，发现东西溪乡秀美能干的乡党委朱书记和乡政府王乡长正为当地已经废弃30年的三线厂老厂房找出路。这些三线厂老厂房建于20世纪60年代中期，当时为了战备需要，国家将许多军工企业迁至大山中，这些军工企业为当时的国家战备打下了坚实的基础。改革开放以后，东西溪乡的军工厂先改转民品，生产飞虎牌小四轮货车，曾经名噪一时，后迁出大山，落户城郊，单留下那些坚固耐用却搬迁不走的巨大厂房独守深山。东西溪乡没有更多别具特色的资源可以利用，但三线厂不就是独具特色、不可复制的历史和时代资源吗？淮海机械厂留下来的那些墩厚高大的旧厂房不就是最富乡愁价值的符号吗？何不将这些老厂房与作家的文化内涵来一次火花电石般的碰撞，或许能硬生生碰撞出一个乡村振兴、文学扶贫的新生命、新舞台、新篇章。

那一次与朱书记可谓相谈甚欢、两厢情愿、一拍即合。我们离去后，信息往来，绵密不绝，都是要为一个即将到来的文化新生命谋划策动，添砖加瓦。2016年12月28日，霍山县东西溪乡中国·月亮湾作家村文学扶贫项目启动仪式，在东西溪乡原淮海机械厂旧址隆重举行，来自各地的作家、诗人、媒体记者百余人参加了启动仪式，当地曾因军工厂的存在而见过大世面的村民热烈地欢迎即将面世的作家村，他们每个人都热切地期待着曾经与外面的世界无缝对接的好时光再次回来！启动仪式之后，当地党委政府开始了艰辛的一期工程建设。筹集资金，规划设计，排除障碍，持续推进。2017 年 10 月 28 日，中国 · 月亮湾作家村举行了盛大的开村仪式，著名作家王蒙先生、安徽省委宣传部和市县领导及来自全国各地的著名作家、诗人及媒体记者数百人莅临开村仪式现场，当地群众数千人围聚在油坊河边，共同见证三线厂的华丽转身。

霍山县东西溪乡中国 · 月亮湾作家村项目得到了全国各地作家的大力支持和帮助，王蒙先生为作家村题写了村名并亲自参加作家村开村仪式。中国作家协会铁凝主席和钱小芊书记也十分关注作家村建设，铁凝主席多次了解作家村建设及文学扶贫效果情况。2018 年 9 月，铁凝主席率中国作协庆祝改革开放 40 周年主题采访团来霍山县东西溪乡中国 · 月亮湾作家村采访、调研，推动中国 · 月亮湾作家村在乡村振兴、文学扶贫道路上更好发展。首批 18 位作家已经入驻中国 · 月亮湾作家村，他们在东西溪乡开展各种义务支文支教活动，为老区的脱贫和发展贡献绵薄的力量。全国各地作家也用赠书、捐书等各种方式，为中国 · 月亮湾作家村这个新生命的健康成长助一臂之力。中国 · 月亮湾作家村的建立，为大别山偏僻老区带来满满的活力，各地游客慕名而来，节假日更是游人如织、人头攒动，他们不仅带来了人气、带来了资金、带来了消费、带走了如诗如画的风景和土特产品，他们更带来了新观念、新思路、新潮流和宽广的眼界。美丽乡村建设，需要的正是绝地反转、敢为天下先的那么一种充满生命活力的人文精神！

那只老秤砣

司敬雪

那只老秤砣，肯定不止40岁了。

40年前，也就是1978年的一个冬夜，安徽凤阳小岗村的一伙农民干了一件“硬事”。他们陆续来到会计严立华家，经过一番商讨，签下了一份“生死”文书：“我们分田到户，每户户主签字盖章，如以后能干，每户保证完成每户的全年上交和公粮，不再向国家伸手要钱要粮。如不成，我们干部坐牢杀头也甘心，大家社员也保证把我们的小孩养活到18岁。”他们或许当时并没有想到，自己的这次“自救”行为竟然点燃了中国农村土地改革的第一声爆竹。

当时的小岗村，是以“吃粮靠返销、用钱靠救济、生产靠贷款”而闻名的“三靠”村。村里经常闹饥荒，农民大多外出乞讨。为了让大人孩子们吃上饱饭，这18个村民摁下红手印，用乡间方式共同起誓，瞒上不瞒下，瞒外不瞒内，把田地分到各家，搞包产到户。说来也够神奇，这简单一“包”还真见效，第二年小岗村粮食总产量一下子跃至13.3万斤，相当于1955年至1970年粮食产量的总和；人均收入达到400元，是上年22元的18倍。小岗村20多年靠国家救济粮的历史就此结束，常年忍饥挨饿的村民终于吃上了饱饭，他们当时的欢喜之情可想而知。

1978年，其实并不遥远。我的故乡吕寨村地处冀南平原，记忆中当时并没有小岗村那样的贫困，但日子也确实不好过。村里人家基本有饭吃，但没多少营养。小的时候，我吃过掺糠的窝头，也到地里挖过野菜。1978年，我考到县城读初中，从家中带去的全是窝头，有玉米面的，还有高粱面的。粮食很金贵，长了毛也舍不得丢，熥一熥接着吃。我们班有个同学叫张俊刚，家里条件好，经常带白面馒头去。他成了班上的“金财主”，经常被大家“打劫”。俊刚人挺好，即使被“打劫”一空也从不跟同学们着急，而是悄悄回家再取。但是时间长了，到底撑不住，不得已从家里带去一个小木箱，把吃的东西锁起来。同学们也觉得不好意思，此后“打劫”的事才少了许多。

我们村 1981 年开始实行包产到户，比小岗村晚了 3 年。村民们先前的日子勉强过得去，要不是省里开会号召，估计还会一直拖下去。我们村包产到户同样立竿见影，家家的粮食一下子多了许多，个个高兴得合不拢嘴儿。那年夏天我升入高中，伙食得到明显改善，可以有馒头吃了。我祖父是 1938 年老党员，新中国成立初期还做过一任村支书，最先感受到时代精神。那年他在 106 国道边开了一爿小饭馆，生意不错，人也精神了许多。我周末回家可以到祖父的小饭馆打牙祭，吃上一盘肉丝焖饼。有时祖父还会把肉皮切成细条，跟咸菜一炒香喷喷，装进罐头瓶里，让我上学带着。那是我一生都会怀念的美味，现在想起来似乎还能闻到那股香味儿。

2018 年秋天，我第一次去小岗村。这注定是一次难忘之旅。小岗村有一处“当年农家”，是 2008 年打造的人文景观。那里的茅草屋和家什、农具都是原来的，设计者只是进行了重新布置与组合，看上去效果不错。它真实地再现了小岗村当年的农家生活场景，也复原了 40 年前那次摁手印的历史场景。那间标着“大包干签字室”的昏暗内屋据说并非历史原址，但置身其中，似乎仍可以感觉到一股悲壮气息扑面而来。我忍不住邀同伴闫宏伟一起坐在矮桌旁，伸手蘸上印泥，秀了一把红手印。食指按到不知被按了多少次早已不白的白纸上，仿佛按住了一块魔布，被牢牢吸住，久久不能抬起。这就是历史吧，沉甸甸的，有苦有甘，有悲有喜。

就在那座茅草屋里，我与那只老秤砣不期而遇。

当一进屋，我便立即注意到它垂挂在门旁的黄土墙上。一根手工打制的铁钎被牢牢楔入土墙里，大概当时用力不小，铁钎周围的土墙被震掉了一片。秤砣就挂在铁钎上。它标重 15 千克，周身布满一层陈年锈斑。看到它，我不觉一怔。这是谁家的秤砣呢？会计严立华家的？队长严俊昌家的？还是副队长严宏昌家的？还是其他什么人的？不知道。布展人为什么把它挂在这里？是简单一挂，还是刻意为之？为什么没有秤杆？是没保存下来吗，还是觉得只挂秤砣就够了？我曾经很想找安徽的朋友帮忙打听一下，这到底是谁家的秤砣？它有着什么样的故事。后来还是打消了这个念头。我决定在心底寻找这样一个布置带给我的到底是一个什么样的暗示或者冲击。

那只老秤砣，越过40年光阴幸运地保存了下来，大概还会这样静静地存在下去。它的秤杆是木头的，经过40年，或者断了，或者朽了，或者用不着了当柴火烧了，消失得似乎很自然。所以，我觉得在那间茅草屋里，单挂这么一个秤砣，不管出于什么原因，都是一个不错的选择。

那只老秤砣，今天所看到的，当然不是它曾经的样子。当年它大概是簇新的，和它的秤杆一起称出一个家庭红火的日子。今天的老秤砣退出了历史，成为既往历史的一份见证。那座茅草屋也是。当年它遮风挡雨，陪伴一个家庭从贫困走向富裕。而今它以荣退的身份，接待来自四面八方的朋友。看着它近乎丑陋的身躯，你大概可以更深刻地体会到，当今确实是一个急剧变化的时代，40年已经把一个地方变成完全不同的另一个模样。若不是刻意保留下这样一座茅草屋，小岗村40年前的面貌，恐怕只能尘封于亲历者的大脑中了。

历史不是假设，这只老秤砣和这座当年的茅草屋穿越时空留在了历史中。它们肯定无意扮演历史，却构成了过往历史景观的一部分。这符合历史正道，也才是有价值的。对待历史，不可以矫情，更不可以作伪。有的人天生一副历史癖，他固执地保存自己的东西，一丝一缕也不肯抛弃，似乎全部关乎历史兴废。岂不知他在那里毕恭毕敬地收存，历史老人却在暗处一直偷偷发笑。更有一些人热痰迷心，伪造所谓历史，那就更加令人不齿了。

那只老秤砣，被自然拣选出来，静静地挂在那面黄土墙上。它沉默不语，却又似乎在诉说着那段乡村岁月的某种隐秘。它到底想告诉我们什么呢？

在垂挂着老秤砣的黄土墙的另一面，茅草屋的外墙上书写的是“文革”时代的标语：“阶级斗争一抓就灵。”老秤砣挂在它的背面，是要告诉我们历史进入一个新时代，“极‘左’路线一抛就灵”吗？

小岗村实行包产到户后，人人都可以用自家的秤称自家的粮食、棉花，家家丰衣足食吃不完、用不完，获得感陡升。在“当年农家”中置放这样一只老秤砣，是要张扬小岗村人率先一步的自豪与喜悦吗？

秤是市场交易赖以运行的基本工具，在纪念小岗村光荣历史的景观中把老秤砣凸显出来，是要暗示市场经济体制是40年快速发展的基本前提吗？

说起小岗村，人们喜欢把它与“包产到户”画等号。这其实是对小岗村经验的过度窄化。这种简单思维曾经束缚了小岗村人的手脚，导致他们“一夜脱离贫困线，20年未进富裕门”。2004年，安徽省委选派省直干部沈浩到小岗村担任支部第一书记。他带领小岗村村民，痛定思痛，再谋改革，通过土地流转，回归“集体化”，发展规模经营，终于扭转了多年徘徊不前的困难局面，村民的生活逐渐富裕起来。所以“包产到户”只是小岗村初期的、技术层面的经验，从根本上说，通过改革让村民过上富裕生活，才是小岗村经验的实质之所在。老秤砣静静地垂挂在黄土墙上，是不是也在告诫人们，改革没有休止符，改革永远在路上呢？

或许这些都是老秤砣想要告诉我们的话。那么还有别的吗？

忽然想到一句俗烂至极的话：“天地之间有杆秤，那秤砣是老百姓。”尘土埋真金，或许，这才是那只老秤砣最想告诉我们的秘密吧。小岗村之所以成为小岗村，老秤砣之所以成为老秤砣，人们之所以络绎不绝赶到那里去围观，是因为今日之时代与以往不同，今日乃是人民的时代。在古代，这一切根本是不可想象的。千百年来中国一直处于帝王的时代，根本不可能出现小岗村神话，有的是凤阳神话，“说凤阳道凤阳，凤阳是个好地方”，为什么？因为凤阳曾经出了个皇帝朱元璋。在封建时代，帝王将相是历史的正朔，帝王的故里当然充满神奇的色彩，才会激发人们无穷的想象。

但是，中国历史在20世纪发生了根本转向。1911年皇帝退位，标志着旧时代结束，新时代到来。1949年中华人民共和国成立，毛泽东主席站在天安门城楼向全世界庄严宣告，“中国人民从此站起来了”。标志着人民终于成为这个国家的新主人。1976年“文革”被终结，拨乱反正，建设人民的幸福生活成为时代的主旋律。正是在这样一个大背景下，小岗村脱颖而出，谱写出一曲老百姓自己的《欢乐颂》。

事实上，那只老秤砣，静静地垂挂在小岗村那面黄土墙上，它一直沉默着什么也没说。

事实上，它也无须多说。你走到它跟前儿，别样的历史画卷自然就会慢慢为你打开。

“涅槃”重生的花朵

钟红明

2018 年 9 月 5 日，中国文联主席、中国作协主席铁凝带领庆祝改革开放 40 周年中国作协采访第三团，来到霍山县东西溪乡。

天气仍然炎热，阳光灼人，但进入大别山腹地，却是青山绿水，草木葱茏。

莽莽苍苍竹海，不时看见一些老旧的房子，青砖、白墙，却刷着褪色的标语，不时提醒着岁月的痕迹。路边忽然出现一个小小广场，山道边稍作停留，看见一个有点儿年纪的女画家支起画板，旁若无人地写生，我静静在她身后驻留，远处的山景，在她涂抹的斑驳油彩下，变成了个人印象。

一种独特的气息，渗入这常见的悠然绿色中，缓缓释放，是什么呢？

太阳冲，一个飘逸的名字。当一棵苍然耸立的古树，出现在我们面前时，此行的目的地到了。古树下是一块石头，刻着：守望树 / 一棵树的守望，/ 盼来一弯月亮。

“月亮湾作家村”展现在我们面前。“三线工厂”“作家村”，这两个名词跨越大半个世纪，在这里相逢。

这是一个在昔日“三线工厂”废墟上，涅槃重生的新型农村综合体，一个融合了文化、扶贫、旅游等多功能的项目。

安徽省作协主席许辉是这个作家村的策划者，他便成了我们的向导。

曾经岁月峥嵘

对上了点儿年纪的上海人来说，“三线”这个词，是格外熟悉的。你的家人、邻居、朋友，拐弯抹角，都会和“三线”有关。20世纪60年代，当时中国70%的工业分布于东北和沿海地区。为了抗御外敌，1964年9月，毛泽东提出三线建设的战略构想：把全国划分为前线、中间地带和战略后方，分别简称为一线、二线和三线。其中，三线指长城以南、广东省韶关以北、京广铁路以西、甘肃乌鞘岭以东的广大地区。三线又有大小之分，西南、西北地区为大三线，全国一、二线地区的腹地为“小三线”。

许多上海人，迁移到安徽等地建设“小三线”工厂。

记得我在编辑金宇澄长篇《繁花》时读到过，特殊时期，骨子里仍旧讲究穿着细节的大妹妹，忽然一天接到高中毕业分配通知去“三线”，顿时引发各种“恐怖”想象：

“上海革命电机厂的安徽代训，即上海户口先迁安徽，留上海培训两年，然后，到安徽贵池军工厂报到。当时上海包建军工厂，地点往往是安徽山中，代号5307厂，做57主体高炮，5327厂，做57高炮瞄具，革命厂负责建设5337厂，负责57高炮电传动。大妹妹哭了一夜。兰兰告诉小毛，现在大妹妹为啥到处跑，到处胡调，也就是轻松这两年，以后迁到安徽，如果穿一条老棉裤爬山，肯定是爬到山顶，跳下去寻死。兰兰劝慰说，到山里去上班，其实穿开裆裤也无所谓。因为山里，只有野猪野鹿，根本无人看。大妹妹哭了。兰兰说，据说这个地方，上海男工最多，爬到厂长办公室阳台里，水塔顶上，灌一只篮球，下面肯定抢得头破血流。……当时中学毕业分配，户口连带了各种生活票证的收发，等于生存判决，十三道金牌下来，必须签字，私人无法抵抗。大妹妹只能认命。”

三线建设的要求是“大分散、小集中”以及“靠山、分散、隐蔽”，1965年初夏，上将许世友来到东西溪乡，在太阳冲周边选址，兴建三线厂，对外名为淮海机械厂，生产高射机枪。代号9356厂。来自五湖四海的6000名建设者，让这个小小的山冲沸腾起来。

最初，人们进山一次要6个小时，还要经过三四十公里的盘山公路。每到冬天，大雪封山，外面的生产材料粮食运不进来，生产的产品运不出去，厂领导就带着厂里的年轻人绕着山沟铲雪。

三线厂内部半军事化管理，厂区、科研楼、生活区、大礼堂、医院、幼儿园、学校和招待所等，宛如构筑起一个微型的小社会。有线大喇叭，每天早上播放起床号，然后转播中央人民广播电台的新闻节目，人们开始吃早饭，骑着自行车奔向车间和学校，最后大喇叭以《运动员进行曲》或《三大纪律八项注意》结束广播。人们和亲友通信，往往没有具体地址，而是一个神秘的信箱号码。

这些工厂的生活，也让皖南地区深山沟的农民们开阔了眼界，见到和用到当时在内地根本看不到的东西。包括那些不用拷贝“跑片”可以一连多日放映的电影。

20世纪70年代，国家调整“军转民”政策，淮海机械厂立足军工技术自主研发，没有模具，没有经验，没有生产线，他们真正从零开始，全部手工制作车上的零件，一锤子一锤子打出来。车上的篷子是缝纫机缝纫出来的。1978年，中国第一辆微型汽车——飞虎诞生了。

1985年底，淮海机械厂整体搬迁至合肥。随着市场经济的发展，飞虎车也渐渐淡出了人们视野。这种稳固的小社会，随着变迁，瞬间就打破了。有一天，它们退出了历史舞台。许多人的命运，再次被改变。

半个世纪过去了，当年的建设者早已离去，曾经一度繁华热闹的东西溪，再次回归深山古村的寂静。厂房空了，路灯不亮了，墙上长满青苔，礼堂的顶，一块一块坍塌，厂区和宿舍，零散地被租住。

衰落中，空留记忆一片。

直到“作家村”规划，重新唤醒和启动了这块热土。

后军工时代的“废墟”重新焕发青春

2016年12月，安徽省文联副主席、安徽省作家协会主席许辉先生发起，与霍山县东西溪乡合作创办月亮湾作家村。

2017年10月30日，原文化部部长、著名作家王蒙先生亲临月亮湾，为作家村开村。

2018年9月5日，我们来到这里。

月亮湾作家村总面积3400亩。一个核心区域，三个拓展区域。

行走在作家村里，只见古树虬枝高逸，松柏挺立，高大的厂房建筑修旧如旧，外貌保持原有风貌，非常整洁；内部进行重新的功能设计和修缮，携带着工业遗产的特殊风格。灰色的瓦片，灰色的墙上，白色大标语犹在，高大的宽敞的空间，高大的窗子，烙印着历史的痕迹。竹壳热水瓶、算盘、方桌、条凳、搪瓷杯子……众多的三线工厂的日常细节，被小心保留着。

枕溪书院是作家村公共服务区域的核心部分，总面积1600平方米，利用原淮海机械厂的大厂房进行设计改造，充分保留原三线建筑风貌，书院内设藏书区、阅读区、陈设区、会议区、休闲区和商务洽谈区6个区域。藏书区可藏书6万册，是目前中国最大的乡村图书馆。

枕溪山房总面积500平方米，是许辉先生的创作室，设创作区、餐厨区和起居区3个区域。采用开放式运营模式，游客可以参观和订居。

一排上下两层的楼房，灰色砖瓦，数了数，一共18个房间，有的房间挂着某某作家工作室的牌子。这里是作家创作室，总面积800平方米。而印象居也分上下两层，有中国作家协会会员的创作室、小型文化交流室，两者都有部分空间作为“三线民宿”对外运营。

作家工作室的公共空间，墙上贴着作家们的涂鸦，非常有趣：“今晚锁坏了，我就当门锁了，我锁了，她们就懂了！”“到了作家村，我便不再说话了，我要张大嘴巴呼吸，然后，微笑！”

溪园总面积2500平方米，利用原淮海机械厂建筑空地，沿月亮湾环溪而建，其一是文化广场，面积2000平方米，建有池塘、步道、花台、坐椅、“一谷一带”微缩景观区等；其二是生态田园，建有木屋、廊道、菜畦等，面积500平方米，让人休闲游憩。

“作家村”的扶贫效应

“月亮湾作家村”并不只是作家单纯的创作基地，实际上，它是一个文化扶贫的综合体。作家村在不断发展壮大，这儿的老百姓也获得更多的发展红利。

在作家村的电商超市里，我们看到香菇、菌类等山野特产、各种养生健康的绿色食品，得到深度加工和标准化的精美包装。

印象·三线展厅的河对面，矗立着并排的两幢两层青砖黛瓦小楼，石板桥下，十几只鸭子在清澈的溪水里觅食。

这里曾经是原淮海机械厂的青工宿舍。重新装修改造后，这里是民宿式宾馆。宾馆的一位卫生服务人员，就是本地的困难户。“工资每月2000，如果效益好还有奖励。我家有生病老人要照顾，乡里安排我在家门口就找到这么好的工作，我很满意。”潘风莲说。

作家村在一期、二期工程的运营时，尽力吸纳了56名贫困户员工。三期工程也展开了美好的图卷。

深度的发展，离不开利益分配机制合理化。他们采取“企业+村级集体经济+贫困户”的运营模式，将周边4个村的扶贫资金按入股的形式投入月亮湾作家村项目，进行资产收益式扶贫，每年按8%的比例对贫困户进行分红。解决了“三无”贫困户的就业增收问题，也增加了重点贫困村的集体经济收入，为贫困户脱贫，探出了一条新路径。

东西溪乡山川相间，地块狭小，人均耕地面积不到1亩，人口11538人，其中青壮人口有4000余人长年在外以打工为生。

文化支教，是驻村作家融入这片土地的方式。而他们所写的大量关于东西溪的文章，也吸引了全国各地的游客。看到商机的当地群众开起了农家乐、建起了民宿。更多的人找到了家门口的致富路子。

在作家村，我们和一直生活在本村，现已82岁高龄的原淮海机械厂老职工王建国老人聊天，他见证了淮海机械厂的历史转变，虽然话语不多，他却自发每天打扫着作家村的卫生，给人深深的感动。

真正使美丽的乡村变成美丽经济，仅靠国家政策的扶持是远远不够的，乡村要实现自身造血，才能可持续发展。

一草一叶总关情，一砖一瓦常牵心。在保护中开发，在整合中发展。只有人和自然和谐共生，只有文化融入发展的血脉，更多的人才会爱上这片土地。

从杭州来的厦门人“湘妹子”

王　手

这一天我们要往十八洞村去，尽管采风团安排的其他点也都不错，像坪朗村有苗鼓苗拳，老司城有完好的老城门，浦市镇有恢宏的江西会馆，矮寨村有世界峡谷跨度最大的桥等，但十八洞村不一样，似乎噱头更足，神秘感更强。

传说，这里就是古夜郎国战败后的栖息地——他们溃退到了湘西大山，到处找吃的找睡的，忽然发现一个十八岔的溶洞，就一头扎了进来。从此，刀枪入库，繁衍生息。

我们的大巴从吉首出发，一会儿就蹿进了大山里。脚下车轮沙沙，迎面浓雾扑来，这阴柔的天气，最是湘西的特色。快看左边，湘西人学明哥不动声色地指点，大家扭头左边，山峦叠翠，山岚缭绕。右边右边，学明哥又诱导了一下，右边似突然拉开了宽阔，漏出天角，戳起一笔奇峰，又急急地隐了回去。我想起闻名遐迩的“土匪”一说，这要是躲到里面，哪里还寻得着的？由此又想到，这些山，这条路，这么深，这么远，要是换了过去，谁还能走得进来？进来做什么呢？

三个多小时的车程，我们到了十八洞村的外围。在标志点上留了影，又几下腰身歇歇脚，又换上村里特有的中巴继续走。山路弯弯，树梢刮车窗。车上的“地陪”不失时机地说起村寨，言语间都是“脱贫后的喜悦”。在村寨的入口处，早有横幅拉了起来，山歌唱了起来，米酒端了出来。学明哥为了显示自己的湘西特色，故作难色，大有不喝完米酒就入不了村寨的意思。早年间行走江湖，常常以酒试胆，但那时候年轻，仗着身体能扛，想喝就喝。现在不同了，英气早已遮蔽，遇事也无端地生出小心，万一被不幸蒙倒，岂不是贻笑大方？但盛情是不能推却的，山歌是不能拒绝的，美女是不能薄面的，就上前接过酒咪了一下，觉得微甜爽口，隐醇潜肺，知道不是蒙药，也绝非烈酒，凭着身体还有些资本，被放倒的可能性不大，就仰脖子大口地喝了，这才入得寨来。

瓦屋依山而建，石阶曲曲弯弯，有负重的骡子与我们抢道，大家赶紧闪过，跳跃着向前。恍惚间，有导游的声音在前面朗朗地响起，定睛望去，是一个姑娘：眉清目秀，略施粉黛，普通的绣衣，精致的打扮。她的讲解像朗诵课文，有语气，有顿挫，有描述，有对话，场景马上就呈现出来了——总书记站在哪个位置，怎样和屋主人握手，怎样问，怎样答，有什么难处，需怎样解决，问了吃水，又问冷暖……姑娘讲得绘声绘色，还领着我们见主人拍照片，这家进，那家出，这里是村办银行，那里是米酒专卖店……

说话间，我们的身边也有了动静，这家在杀鸭，那家在剖鱼，这家洗菜淘米，那家搬柴生火。今天来的人多，需几家一起凑着接待，农家乐就是大家乐。一会儿，米饭香起来了，主人家起了保温，我们钻了头看，嘿，一镬的锅巴，现做现吃，我也抢先掰了一块。这是纯村民纯柴火纯铁镬纯手工的锅巴，一点也不掺假。

毫无疑问，导游姑娘肯定是引起我注意的。她的口音，不是湘西腔；她的容貌，没有大山的野性；她的衣着和身材，虽然有了几分湘西的模样，但那种机警和灵动是沿海的南方的。写作人的好奇，像虫子一样爬出来了，两句三句就把她的身份勾了出来：她是厦门人，跟父母在杭州做生意，平日偶尔去理发店洗头，无意中与一位湘西理发师聊上了。理发店总是会出美丽故事的，眼睛一闭，也都是电影里的镜头。开头也没什么，洗头就洗头，聊天归聊天，见面平平淡淡，别了也无稀奇。但姑娘有心地留意到，在她的微信里，只有这湘西理发师是一直点赞的，这可不得了，明显有居心嘛。之后的事也就是那么回事了，有缘千里来相会、爱是没有道理可讲的、你耕田来我织布、有我一口吃的就绝不会让你饿着，说的都是这个意思，姑娘就随着湘西理发师到十八洞村来了。这也只是这些年才会有的事情！姑娘名叫韩凤娇，“90后”，现在有一个一岁多的孩子，看她一脸的幸福劲儿，就知道小日子过得还不错。

怪不得，怪不得，你看你看，作家的感觉是很准的吧。现在，她已经是十八洞村的村民了，平日里随丈夫做做农活，村里来了客人，她就出来当导游做讲解，关键词是：义务的！她说，这些年村里的发展她都亲历了，不用刻意地准备，都在肚子里，想听什么都有。我也是来自浙江，忽然觉得与姑娘有点亲，就拉着她拍照片。但我心里老有个疑问：这十八洞村的理发师，到底是啥模样呢？居然将一个来自杭州的厦门姑娘带到了这里！姑娘也不避讳，拿出手机给我看老公的头像，哇噻，就是日本动漫里的流川枫和樱木花道嘛，还小她两岁！年轻就有想象，年轻就有力量。

这时候，吃饭的招呼响了，这是一顿地道的农家乐，土灶上铺着，大火里伺候，有娘儿俩现炒的，也有邻居家凑的，都是山里溪里的土货，我们口水猛飙。正想邀姑娘一起吃饭，却已不见了她的身影，也罢，这时候，许是人家老公唤了，许是人家小孩哭了，许是地里的农活还没收拾好，许是赶着要去放蜜蜂了，此时，秋花正浓……

经历扶贫

闫宏伟

一

走过一些地方，和朋友们聊，外省人知道宁夏，一是作家张贤亮，二是贫瘠甲天下的西海固。素有“塞上江南”美誉的宁夏川，似乎经常被这两个符号遮蔽。

宁夏的西海固，与甘肃的河西、定西一起，称作“三西”，国家很早就开始对其实施开发式扶贫了。太多和贫困有关的报道、消息，太多的各种贫困故事，夹杂着一些毁誉参半的言论，还有各种举措、各种建议，不时地闯入我的脑海。而真正了解贫困，还是从自己参与扶贫工作开始的。

2016年春节刚过，单位安排我驻村扶贫，西吉县新营乡大窑滩村，位于西海固，“文学之乡”的一个乡村，紧邻甘肃会宁县老庄村，两山环绕，确切说是一个小山村。

乡村，对现在的我们来说，似乎是一个似近又远的印记。从街上随便拉过来一个人，不出三代，都和乡村有着扯不清的关系。回想自己，出生在甘肃的一个小乡村，那里比我驻村扶贫的地方要小许多，地貌和干旱程度都是相似的。我不到一岁就随父母搬到内蒙古的一个小县城，在那里上学、长大，直到参加工作才算进了大一点的城市——银川，接着结婚生子，奔波于单位和家庭之间，终日忙忙碌碌。偶尔静下来细品一下，好像自己身上的泥土味也还没有完全洗干净。新的工作，忽然间，一下子又拉近了我和乡村的距离，从空间，到感情，也还包括自己说不清的一种情绪。

记得多年前和一位作家聊天，他给我讲了一个亲历扶贫的事情。因着他在自治区政府工作，又是带着作家的眼光，这段故事深刻印入了我的记忆。他在一次下乡调研时，去到西海固一个偏远的山村，那里不通电，山高坡陡，只有一条宽窄不一的自然小路，逢雨雪天极难走，每年都有人摔伤摔残，抑或死亡，交通不便几乎成为横亘在老百姓心头的一座大山。回到固原市，有朋友邀约小酌，其间友人们诸多高谈阔论，他想起那个村里人生活的艰难，忍不住摔杯而去，搞得几个陪同的人莫名不已。

每逢年节，中央领导都会去看望一些贫困户。山西省忻州市岢岚县阳坪乡赵家洼村，固原市泾源县大湾乡杨岭村，定西市渭源县田家河乡元古堆村，湘西花垣县排碧乡十八洞村……这些地方都曾留下了习总书记的脚印。如果不去实地，仅凭想象，是难以了解当地村民的生活，更不会理解扶贫工作之不易的。这些乡村几乎都处在自然环境恶劣、山大沟深之地，绝大多数还不能解决简单的人畜饮水问题，交通、教育、市场、信息、金融等资源更是遥不可及，老百姓们有劲无处使，举步维艰，美好的前景就是早早远离这片土地。

发展，与人相关，与环境更密切相关。时至今日，胡焕庸线不仅仅是人口的地理分界线，而且已经成为经济、社会发展、生态恢复和保护的分界线，如何打破这条分界线，让东西部均衡发展，改变贫困地区的面貌，是全社会都要面对的问题。

二

整整两年，作为扶贫队伍中的一员，扶贫队员、第一书记都干过，用当地话说与村民黏糊了两年，可我始终认为自己还是个不太合格的农村人。

为何致贫？怎样脱贫？怎么扶贫？这是我进入每个贫困户家庭前都想了解的事情。这也是刚进入扶贫队伍的新人面临的第一个难题吧。

“丁零零——”电话铃响了，以往的来电显示，更多的是家人、同事、朋友，或者就是我服务的对象——作家。现在电话里的，经常会是一些陌生的问候：“闫书记吗，你在哪垯咧？”听到这个口语化的方言，我基本明白，这是大窑滩的村民。“额（我）有个事情想和你款一下。”其实，听懂方言，才是我们这些城里人要解决的第一个难题，也是扶贫工作的第一步。

走进贫困户家里，建档立卡，访贫问暖，是乡镇干部和村干部带我最初做的工作。贫困户家庭180户共797人，占到了全村家庭人口的一半多，都需要在尽量短的时间内了解清楚。“只要人勤快，不乱耍赌博，都可以脱贫。”这是乡村干部和老百姓说得最多的一句话。党建工作、村两委换届，危房改造、低保户待遇、退耕还林补偿，扶贫贴息贷款发放、妇女创业贷款申请，养殖补贴、种植补贴、教育补贴政策的宣讲，种植保险、养殖保险从零开始，这些工作如阵雨扑面而来，有时候密集得让我喘不过气来。

有一个贫困家庭，住在村入口处，村支书说一定要多去关心关心。家庭成员是三个老男人，大儿子外出打工，父亲和小儿子在家务农，种点地，养了几只羊。半封闭的小院里，坐东面西盖了两小间砖瓦新房，北面的一间土房子破败不堪，里面圈着几只珍珠鸡，院子里停放着一台旧摩托、两件简单的农用机械。新房子是通过危房改造项目建起来的，进到屋里，一盘热炕以外摆设不多，杂乱无章，让人不知坐哪里，几乎无处下脚。一锅洋芋面放在堆满物品的旧茶几上，这就是他们爷俩一天的饭了。儿子躺在炕上玩手机，也不理我们，我们只好和老爷子简单聊了几句。看到我们操着普通话的陌生面孔，他想要表达的话语除了感谢就是感谢，脸上还带着一种让人难以言表的僵硬的笑容，如同排练过一样。我的扶贫队员面上闪过一丝不屑，一时间我也不知该如何应对，只好打着哈哈先走了出来。

走进另外一个贫困户的家，看到了一院新房子，连洗浴室都盖了，和旁边的邻居反差很大。主人家老两口接近七十了，子女都在外地工作。家里的家具有新有旧，沙发上摆着一个胡琴，看来闲了老爷子还爱娱乐一下。乡上的马副书记问扶贫政策都享受了哪些，没承想老大娘张嘴就说：“没有，啥都没有。”村主任小张的脸上马上就挂不住了，他扭过头和老爷子开始了一段对话：

“你的新房子，危房改造款补了吧？”

“补了补了，自己又花了五万多。”

“低保有吧？”

“有。”

“老伴看病农村医疗保险报了吧？”

“报了。”

“种土豆的种子、地膜、化肥补助有吧？”

“有，都有。”

“那‘啥都没有’是个啥意思？”

“你们不要听老婆子胡说，她的脑子不清醒。”

听到这里我也是哭笑不得了，这偶尔碰到的一件趣事，让我有许多不解。

三

政府在扶贫项目上的连续投入，即使是偏远地区的乡镇和农村，交通、危房改造、医疗、广电网络基本都覆盖到了，农村文化活动中心、党建活动室、农家书屋都建起来了，改变了贫困地区的面貌，也逐渐改善了许多贫困户的生活。但是农村空心化、乡村凋敝，是普遍存在的现象，我们在解决旧问题的同时，又要面对不断涌现的新问题。

在村部西侧不远，就是一所小学，两个村的孩子在这里上学。三个老师，十一个学生，这是一个没有一二年级学生的小学。在六一儿童节前夕，我们组织固原市五中和彭阳中学的十几个中学生来村小学联谊。他们在一起聊天、游戏、活动，仅仅半天时间，就像兄弟姊妹一样快乐地玩耍着。等到要走了，一个个难舍难离，大的拉着小的，小的又是泪眼婆娑，看着着实让人难受。回去的路上一位中学生说道：在那所寥寥数人的小学里，我不仅看到了世间最纯真的笑脸、最清澈的眼神，还体会到了最淳朴的关怀，尝到了一种包含了不舍、期望的泪水，让我听到了生命拔节的声音……

村部没有固定电话，手机网络大多时候保持 2G 的状态，为了方便和乡政府的联系，我们在村部安装了网络和无线路由器，减少以往驱车一趟趟送报表，而且一个来回就是五十公里的山路的奔波。突然有两天，我发现在晌午饭后和晚饭前，会有好多村民在村部院里院外，有抱着孩子的，有三两闲谝的，有坐在门前台阶上的，有倚着墙角圪蹴的。起初没注意，后来发现竟然连卖菜的小贩也来得勤了。一问，原来是附近的村民来蹭网，我才发现他们都在手里抱着一个手机，听说还在玩抖音、快播，让我惊诧不已。

2016年，铁凝主席来到宁夏西吉县，揭开中国作协“文学照亮生活”公益大讲堂的序幕，这件事，既关乎文学，也与扶贫有关。在青年女作家单晓花租住的虽然狭小却收拾得干干净净的房子里，得知她下班后还要照顾四个孩子和一个老人，每天坚持看书、写作到凌晨一两点，铁主席的眼泪禁不住流了下来，伸出双手抱住了这个回族小媳妇。诗词作者马建国将作品“发表”在自家的三面墙上，还在赶集时贴在门板上用小推车推去，期待能有人与之交流。农民作家袁志学为庆祝祖国举办奥运会，写了一部反映农村变化的长篇小说，问他为何不联系出版，他说写出来就代表着完成了心愿，不出版也没关系。

贫困，在这个地方，只是代表着物质的匮乏。这里的精神，是富足的。

四

大窑滩村，2016年年底实现脱贫销号，而依据国家的扶贫政策，有一些优惠政策可以继续享受。虽然我做的事情不多，但我还是看到了扶贫工作给这片土地带来的变化和希望。

我对自己说：我，从这里走过。

喜鹊知有喜事来

魏远峰

岳西石关。中午刚过，太阳还很大，没有一丝风。

扛着“中国作家协会庆祝改革开放40周年专题采访团第三团”旗帜的张泉，于空旷处站立。我站在他身边。安徽国红生态农业发展有限公司的牌子，放着金光。就是这个公司，让石关茭白走向全国。

安徽省委宣传部虞爱华部长，兴致勃勃向铁凝主席推介石关茭白：“铁主席，石关茭白不一样。可当水果吃，也可炒菜吃。炒熟一样雪白，美容效果了得！”

此话一出，团里几个女同志，即刻眼中放光，邵丽、黄咏梅仿佛随时会冲向放茭白的桌子，董宏群、范党辉也有慢慢靠过去的趋势。铁主席拿一支茭白，蘸酱试了一口说：“不错！不错！”女团员们一哄而上，人手一支。彭学明是男团员中最早吃上茭白的，王跃文最后才吃上。场面很快沦陷于一片轻微咔嚓声。

突然我发现一只喜鹊，在国红公司房脊上欢喜地叫着、跳着、舞动着。采访团二十几人，加省市县乡的同志同行，乡长的介绍声、人们的交谈声、吃茭白的咔嚓声、农户与公司的砍价声，加上农用车、摩托车发动机声，汇成生动喧嚣的乡村音乐——那只喜鹊，依然在房脊上，真“人来疯”！我想，它好像知道什么喜事了，所以它在屋顶久久不去，叫着，跳着，舞动着，表达欢喜。

两天后，在“大包干纪念馆”门口，我又想起石关那只好热闹、有意思的喜鹊，也想到在石关我们组采访的李长海夫妇。李长海64岁，老伴儿汪秀兰。老两口生了3个儿子，一个比一个争气，都在外地工作。上岁数了，种种地、开“农家乐”，不用咋忙活，一年收入六七万元，日子不作难，还挺宽绰。农村长大的我知道，曾经在广大农村，不作难就算好户家，宽绰就是“蜜罐人家”。

站在小岗村，让人感慨深：1978年，18位农民，以“风萧萧兮易水寒，壮士一去兮不复还”的悲壮姿态，按下实施“大包干”的手印，拉开中国农村改革序幕。大包干如《易经》复卦的“一阳来复”，是一个开端，是一声春雷，标志着中国农民“冒死”表达并躬身实践自己的想法。人的角度看，小岗村村民勇敢表达并实践想法，解放了中国农民的想法，引出了中国农民越来越多的想法与实践：

在石关，铁主席一边试吃茭白，一边听取茭白产业介绍，我无意中捕捉到，省委宣传部虞部长递给乡党委书记一个眼色，书记不失时机提出，“铁主席，你得给石关茭白说句广告啊！”

铁主席嚼着茭白，脱口而出：“石关茭白，生吃蘸酱，倍儿棒！”

一边有人很快记录下来。

我们在李长海家采访，他也有类似“套路”，“你们作家，是‘文曲星’，来一趟不容易，留几句话吧？”说着就递上一个早有预谋的本子。几个人我看看董宏君，董宏君看看彭学明，彭学明拿起笔想想说，我免不了又要推广湘西口味，写下：“辣椒炒西红柿——很好吃！”李长海说：“我们这儿很少这样搭配。”彭学明生怕湘西口味埋没，赶紧说：“你就这样炒，真的很好吃！”李长海眼睛一闪，又表达了新想法，“再想两句，来一趟不容易”。彭学明只得又写：“岳西娘家菜，谁吃谁都爱。”李长海说：“能不能再想一句，茭白的？”彭学明看看我说：“该魏远峰了。”我接过笔，想了想写下：“石关茭白，好吃您再来！”李长海的想法，这才算煞住了。

浙江安吉鲁家村党委书记朱仁斌，也是个想法出奇的人。他慧眼独具，开创了“鲁家模式”。短短7年，让一个贫穷小村资产上亿元！

2011年，朱仁斌任鲁家村党支部书记，他带领鲁家村开创发展旅游、点绿成金的路子，推出“公司+村+家庭农场”模式，村集体与村民、工商资本与农户共建共享。

朱仁斌的想法链条是这样：2011年，朱仁斌上任伊始就想，美丽乡村，首要村庄美。他们通过政府项目申报、乡贤捐款凑了1700万元，全面整治环境，拿到了“美丽乡村精品示范村”称号。

可建好美丽乡村，不搞活集体经济，没有经济活水，美丽乡村就无法维持、无法延续，怎么办？朱仁斌又有了新想法，他发现搞乡村旅游不错。可没游客怎么办？如何吸引游客？鲁家一没产业，二没名人故居。旅游还真不好办。

2013年，中央提出家庭农场概念，让朱仁斌眼睛一亮。他们迅速提出打造全国首个家庭农场聚集区，出资300万元邀请设计公司规划，与旅游团队合作成立旅游公司，开通4.5公里小火车，引进外来和本地资本，打造18个差异化家庭农场为核心的乡村景区。

过程中，朱仁斌推出“公司+村+家庭农场”的鲁家模式：村集体100%持股的乡土农业发展公司是核心，上连村集体和村民，下连18个家庭农场。集体经济的优越性不会丢，家庭经营的积极性不会挫，二者结合，相得益彰。全村流转土地8000亩，用于家庭农场和旅游项目。从此村民收益分为：土地流转租金、就业工资、股份分红。

在朱仁斌源源不断的新想法推动下，鲁家村从一个人均年收入不足2万元、集体负债150万元，房屋破旧、道路泥泞、垃圾满地，环境卫生全县倒数第一的贫困村，变戏法一样变成了国家首批15个田园综合体项目之一，获得全国农村优秀学习型家庭农场示范点、省级美丽宜居村、省级卫生村、省级森林村庄等荣誉。2017年，鲁家村集体收入335万元，人均收入35600元，集体资产1.2亿元。朱仁斌领导鲁家村，是践行习总书记绿水青山就是金山银山理念，走美丽乡村之路的很有前瞻性的代表。

猛一接触，朱仁斌不苟言笑、有点木讷，大学学武术出身的他，个头儿、身板倒真有点儿练家子。坐小火车前，与他聊一会儿。我说：“你不容易，几年间‘无中生有’，生生建出个新村子。”

他就笑，一脸腼腆、羞涩，笑完说：“也是运气好，党的政策好，赶上好时候。”

我理解，他说“赶上好时候”，是因为距鲁家20公里的余村，是2005年8月时任浙江省委书记习近平，首次提出“绿水青山就是金山银山”理念的地方。当时习近平得知余村关闭矿区、谋求绿色发展，非常高兴。可以说“两山”思想，改变了安吉，改变了浙江，改变了中国。

我说："眼神告诉我，很爱你的鲁家村！"

他说："当然。先人在清末战乱后，从河南光山迁到鲁家、繁衍至今，这是生养了我的土地啊！"

但朱仁斌目光是深邃、深沉的，深邃是他看得深，深沉是他对鲁家的爱，是他踏实干事的作风，是他共产党员的担当。可是他竟然也有幽默感，甚至调侃自己，微信名"二师兄"。

小火车在绿水青山怀抱铿锵前行，我与安吉县委宣传部副部长黄宣华一边闲聊。我说："朱仁斌能透视别人看不到的层面。"

黄副部长说："习总书记在全球倡导构建人类命运共同体。朱仁斌在鲁家的共建共享，是在打造鲁家村村民命运共同体。"

"《孙子兵法》上说，'同舟共济而遇风，其相救也如左右手'，"我说，"同舟共济、遇风，才是稳定结构，才可持续发展。"

他说："说白了，朱仁斌用共享，把村民绑在战车上，'逼'着村民共建。"

我说："是，这是一辆狂奔在美丽乡村之路上的战车！"

鲁家建"两山"学院，将来会是浙江乃至全国学习"两山"思想的基地。全国农村许多地方还在种农产品、售农产品时，朱仁斌就开始输出思想、生产文化产品了，这想法多绝？一个个班来学习，你得吃、你得住、你得消费。这简直是美丽经济中的最美、最绝！

在鲁家村，处处能感到朱仁斌做事的认真、用心，小火车叫"开往春天的火车"，从二十四节气之北方大寒出发，开向春天的雨水、春分，好一个鲁家村、好一个朱仁斌、好一列开往春天的火车！

小火车上，我回想岳西石关、回想最美县城桐庐、回想小岗村大包干纪念馆中鲜红的指印……走向春天的乡村、沐浴春风的农民、满载希望的小火车。我看看前一节车厢的朱仁斌，又预想一下我们将要去采访的湘西花垣十八洞村……我想，一定还有不少感动在等着。

到湘西，你才知道湘西的热情，能化了你！花垣县十八洞村梨子寨，姑娘们捧酒拦门，非得喝下、唱酒歌才能进寨。进得山寨，沿着随高就低的山路，到 77 岁的苗家阿婆龙德成家采访。

龙德成阿婆主动邀我们合影，背景是习总书记与龙德成夫妇的合影。

这几年，阿婆越来越忙，也越来越精神，与来访游者合影，分享总书记来家时的情景，讲述家里、寨子里的变化。

2013 年 11 月 3 日，总书记在龙德成家门口坪地上，与乡亲们开了 1 个多小时座谈会，首提“实事求是、因地制宜、分类指导、精准扶贫”扶贫方针。一下子，龙德成家成了景点，她当起义务解说员、寨子形象大使。为了能胜任解说，只懂苗语的阿婆自学汉话。她高兴地说：“我去过北京，搭了飞机，坐了高铁……”回忆起总书记来家的情景，讲述着北京的见闻，脸上满是幸福，笑得一脸“核桃仁”。

大家最后在一个坪子上歇脚、集体采访。边上有一株百年野生梨树，挺拔雄峻，生命旺盛。瓜果累累的果菜棚下，看着结满葫芦、丝瓜、冬瓜、小瓜，宁夏作家单小花兴奋坏了。

“我是十八洞村村民龙先兰，这是我媳妇吴满金。”十八洞村脱贫明星龙先兰、吴满金夫妇来了。夫妻二人，一金一兰，很有意思。小伙子很帅，面庞黝黑，山一样朴实，眼睛清澈如湘西的江水，鼻梁挺拔像矮寨大桥的主塔。他们在相亲大会上认识，龙先兰做了几十个俯卧撑，真诚感动吴满金。但他们的爱情并不顺。

龙先兰父亲去世、母亲改嫁，他成了孤儿。他说自己“小学八年级毕业”，“像野生小孩”，“从垃圾堆里捡来的”——他曾是三里五寨著名“酒鬼”“马路天使”：从早喝到晚，从晚喝到早，哪里喝多哪里倒。周边寨子的犄角旮旯，他都行者武松一样醉躺过。今朝有酒今朝醉，醉生梦死的他从没想过，也懒得去想什么脱贫奔小康。

吴满金的妈妈，娘家在十八洞村，龙先兰这酒鬼太出名，“马路天使”名号太响亮，吴满金父母不同意，说：“（你）嫁他是自讨苦吃！”

扶贫干部龙秀林听说了，他把龙先兰认成兄弟，亲自去吴满金家，软磨硬泡，说服了老人。龙秀林劝龙先兰：组建家庭，你没产业、没收入，怎么养老婆？建议龙先兰学养蜂，开启了他的甜蜜事业。

龙秀林看来，首要思想脱贫。这让我想起，安徽省委书记李锦斌在介绍安徽精准扶贫时说，“扶贫先扶智，扶贫先扶志”。毕竟思想贫穷，比生活贫困更可怕；扶起倒下的心，比扶起倒下的人难得多。

栽下梧桐树，引得凤凰来。在十八洞村，给我们解说的叫韩凤娇，“90

后”小媳妇儿。总感觉她不太一样，又想不出怎么不一样。她再次开口介绍时，我一下明白了——口音不一样，在湘西能听到的多是很浓湘西味儿的普通话，她却是普通话带着湘西味儿。

我说：你不是本地人?

她说：我是福建人，原在杭州做连锁店。

就这样，我们聊起来，黄咏梅、宋晗也来了。或许都在杭州西湖边常逛，让广西出生、嫁安徽人、居杭州城的黄咏梅，与韩凤娇特别亲近，言谈间几多两眼盛情的泪光。他乡遇见故乡人啊!

韩凤娇老公是十八洞村人，她父母哭着、看着女儿，隔山抬海嫁到湘西。没办法，当爱情狂奔而来，山是挡不住的，河是隔不住的。

习总书记视察十八洞村，梨子寨成了天下名寨。于是她与老公回到村里。她做义务讲解员。她说，嫁到十八洞就是十八洞人，国家花大力气扶贫，全村人都在努力，自己不能做甩手掌柜。

龙先兰说：我们家已有100箱蜜蜂，纯蜂蜜一斤能卖150块钱，我们在县城买了房，补拍了婚纱照，党让我的日子越来越红火了。

伍晓霞副部长说，吴满金性格大方、乐于助人，去年她被选为村妇女主任。

吴满金说：“我力争早日加入党组织!”这是在十八洞村，听到的第二个妇女要入党的案例，还有一个大家肯定猜不到!

是77岁的龙德成阿婆!

吴满金，一个芳华曼妙的小媳妇儿；龙德成，一个77岁的老阿婆。伍晓霞副部长说，村党支部正积极培养她们。我想，一老一少两个妇女争取入党，至少证明了党的魅力!

显然，这离不开党的光辉历史，离不开党的先进性。

就说精准扶贫，从2013年总书记在十八洞村，首谈精准扶贫。一个在全世界前无古人的“贫困歼灭战”就此发端。几年间，党的初心与意志脉动，传递到960万平方公里土地上，每个贫困地区、村庄。全党上下，全国上下，万众一心，一个个扶贫工作队，千千万万党员干部，用实际行动给总书记提出的“精准扶贫”，作了圆满答复。

试问，这世界上哪个国家哪个政党，有如此坚定的初心?

试问，这世界上哪个国家哪个政党，有如此坚定的决心？

试问，这世界上哪个国家哪个政党，有如此强大的动员力？

试问，这世界上哪个国家哪个政党，有如此强大的执行力？

只有中国共产党能做到，且真做到了！！

我又想起国红农贸公司房脊上那只喜鹊，那只欢适地叫着、跳着、舞动着的喜鹊，人来车往、喧闹哄哄都没惊到它——它过年一样欢喜地叫着，跳着，舞动着——万物有灵，或许喜鹊也知道，决胜精准扶贫攻坚战，只是中国农民喜事一桩。十九大报告指引我们踏上建设富强民主文明和谐美丽的社会主义现代化强国的新征程，在新时代里一定还有许许多多喜事，在等着中国农民呢！

改革开放采访行

向 娟

庆祝改革开放四十周年采访活动结束已经有一段时间，这一路走来，总有些细节无法忘记，每次回想起来都有着别样的温暖和激动。

采访团去往湘西自治州十八洞村采访，正赶上修路，到处堆满碎石泥沙，当地陪同的一个“80后”苗族女孩告诉我们，她就是十八洞的村民，从前村民出山全靠走，翻山越岭要大半天时间，孩子们更苦，因为村里的小学只到二年级，三年级就必须到镇上读，那时候上学都靠走，每周五回家，周日下午则背着下周的口粮回学校，无论刮风下雨飘雪，都是如此周而复始，有时候下课迟了还要摸黑走山路，碰上蛇、野猪等也是常有的事……听着她的述说，眼前仿佛看到一个小小的孩子背着跟自己差不多高的背篓，吃力地走在山道上。此时方觉这样的生活对我们来说虽然距离遥远，对他们来说却是如此真实和艰辛且无法逃避。“后来村里开通了公路，坐车只要半小时不到，现在道路正在扩宽，将来回村只需十来分钟了。”女孩的语气很是轻快，“以前村里的年轻人都选择出去打工，现在村里很多事做，根本不需要再出去打工。”我们问她准备从事什么职业，她说现在就在接受导游培训，将来就能在家门口上班。“从前都不敢想呢，现在真是觉得好幸福……”女孩言毕甜甜一笑，“这些都是多亏了共产党，我们才过上了这么好的生活，党是我们的大恩人。”

到了村里碰上另一个带队的女孩，明显的外地口音，一时好奇便问起她的来处，女孩说她是浙江人，因为男朋友是十八洞的，大学毕业后带她回乡创业，现在俩人结婚成家，落地生根也不打算离开了。

“从那么富裕的地方到这里来，自己能接受？心理上没有落差？家里同意吗？”

她笑笑：“开始来的时候多少有点不习惯，不过也只是山区少数民族和我们那边生活习惯不同，其他倒是没有什么。这里人很淳朴，而且习主席来过之后，十八洞发展很快，我父母都来看过，说这里将来会比我们那边还好，他们赞成我留下的。”

“从前我们这里的女孩都是外嫁的多，现在好些县城的女孩都愿意嫁进来，外省来的也有两个，一个是她，”一旁的村干部指着半山的一座占地不小的长条木屋补充道，“另一个是那个农家乐的女主人，她男人是本地人，以前在广东打工，夫妻俩回来三年多了。”

“外面来的女孩就是不一样，有文化，见过的世面多，给我们村里带来了很多新思维，一般我们都让她们做接待，那个农家乐的女主人还是妇女主任呢。”村干部呵呵笑着一拍手，转向女孩，“擅长什么的就去搞什么，这叫……专业化管理是吧？”浙江女孩嘻嘻地笑：“大伯，这就叫人尽其才。”“哦，又学了一个新词！”村干部爽朗地笑起来，我们也都忍不住笑了。

说笑间隙，忽然听见不远处传来歌声，过了一会儿，不知谁喊起来：“那不是石大姐家么？”众人都吃了一惊，习主席叫的石大姐，那可是六十好几的人了，刚才去到她家，看她还是很腼腆的样子，我们停留大半个小时，她只说了三句话，迎我们进门的时候，拉住我们的手连说了两句“共产党好”，最后告别时她还不肯松开，只说：“再坐一下……”这会儿竟然是她在唱歌，大家都吃了一惊。村干部说，她已经很多年没有唱过山歌了。

“她唱的啥？”同伴好奇地问。

“苗语。”村干部说，“大致意思就是，天上晴了，日子好过了，姑娘回来了，花儿都开了，共产党来了就不要走了。”他默然片刻，忽然说，“她想你们不要走。”

这才想起道别时石大姐紧紧拉住我们的手，还有那红红的眼眶，不由一怔，村干部似乎猜中了我们的疑问，解释说：“她只有两个女儿，因为家里穷都远嫁了，习主席来过之后，家里经济条件好了，还迁回来个女儿照顾她。她虽然话不多，心里明白着呢，知道这些改变都是怎么来的。她就认定了，只要扛着红旗，都是共产党，只要是共产党，那就是来扶贫，来做好事的，所以在我们十八洞，或者整个湘西，看到红旗，老百姓觉得可亲了……”

第二天到凤凰县菖蒲塘村采访，这是个依托水果栽种较早实现脱贫的村落，座谈后去参观果园，已近黄昏。我们一行人顺着水泥大道在果山上走了一圈，下山时路过猕猴桃园，远远望见还有两三个人在摘果子，看见我们鲜红的团旗飘扬而过，有人高声喊“共产党好”，大家也冲园子里挥手。

时候不早，大巴车还在山脚等候，团员们都走得飞快，我和两个伙伴因为拍果园全景耽搁了时间，落在后面。正急着追赶队伍，有人远远地从果园里跑出来，喊着等一下。我们停下脚步，背篓大姐到了跟前，喘着气将抱着的猕猴桃往同伴手里一塞，麻利儿地放下背篓，又拣出些大个头的猕猴桃来，往我手里塞，我赶紧摆手：“谢谢大姐，那些就够了，我给你钱吧。”

“不要钱。”她看我不接，又往另一个同伴手里塞，“多拿点！”

同伴一直扛着团旗，这会儿赶紧伸手来接，忙不迭地说：“拿一个就行，尝尝味道就行……”

“大家都吃，每个人都有……”大姐说着，示意我们把衣服下摆扯起来，尽量多装点猕猴桃。

抱着一堆猕猴桃来到大巴车前，领队和当地宣传部干事正在车边站着，就等我们了。匆忙为迟到做解释，宣传部干事摆摆手，一副了然的笑容，又抬手指了指同伴手中的团旗。瞬间想起了十八洞村干部的话，“看到红旗，老百姓觉得可亲了”……在他们的眼里，红旗都是代表党，都是温暖和希望，都是可亲和可爱。我们就这样，时常被这片土地上人们的淳朴感染并感动着。

采访归来彻夜难眠，脑海里总是浮现出所经之处遇见的人们，不管是村民还是干部，抑或是旅游者、过路人，迎面都是一张张笑脸，那种发自内心的快乐和满足总是不自觉地从眼角眉梢漫出。农村改革开放是一条幸福之路，这次庆祝改革开放四十周年采访活动，让我们见证了他们的幸福。作为一个网络作家，我是头一次在网络之外如此真实地触摸到改革开放的脉搏，如此真切地感受到生活的魅力，感到身为一个党员的光荣，同时也对自己的创作有了反思。改革开放在农村取得的成就，改革开放过程中在农村发生的故事，是现实中取之不尽用之不竭的题材库，我们应该回到生活当中，书写当代，做这个伟大时代的记录者，让我们的感动成为全体读者的感动，让我们的热爱成为所有人的热爱，让党的丰功伟绩被历史铭记，这才是我们身在当下、身为作家的使命所在。

我有一张村民证

许若齐

那次到霍山县东西溪乡，乡领导很郑重地说，作家村的村民（指驻村作家），都要发村民证的。我听了很兴奋。这不，我已经展开想象的翅膀了：它应该设计成什么模样，有哪些栏目？姓名肯定会有的，总不会很俗气地列出年龄、婚否、工作经历……

我已拥有几十张证书了，从纸页泛黄一脸稚气的小学毕业证到模样青春的第一张工作证到垂垂老矣的出国护照……这张村民证究竟有什么实用价值呢？或许什么都不是，啥也不管用；当然，也可能是一张最有意思和最有情趣的证书。我笃信后者。

我们“苟且”在城市的一隅，常常向往“诗与远方”。远方到底有多远呢？海子说：远在远方的风比远方更远。我们没那么浪漫，断然成不了追风一族，但在一定的空间里，还是想寻一个有些诗意的地方，搭乘相对便捷的交通工具抵达。用一句时尚的话说：说走就走。

基于此，大别山深处的霍山县东西溪乡作家村就引发我极浓的兴趣。当然，事情的内涵远远不止如此。我做过一个朴素的调查，并得出了初步的、或许片面的结论：人是情绪动物，常因环境的变化而切换转移自己的心情；一个受控于沮丧抑郁困境中者，大抵需要两小时的时空变换而“华丽转身”为豁达乐观之人。

从合肥到东西溪乡150公里，至少要两小时的路程，于是我们出发。别了，林立的高楼、拥堵的道路、嘈杂的人群。车出城后，江淮分水岭的景色扑面而来，路两边成排的白杨树在秋天的风里已开始删繁就简，树叶慢慢飘落下来，把灰青色的路面铺成金黄。丢却吧，升职的烦恼、上班的纠结、最近接踵而来的不开心……到六安时，路程过半，估计基本能“洗心革面”了：胸怀渐开，面露喜色。若还眉头紧锁，恐怕是无可救药了。

高速路宽且直，与此时的心境相得益彰。一小时后，抵单龙寺镇，开始进山，有人开始大呼小叫，手机不停拍照。山道弯弯，小溪潺潺，炊烟袅袅，鸡鸣狗吠……对一些城市焦虑综合征间歇性发作者来说，这无疑是一帖良药；当然，也会有人倚着车窗触景深思：山穷水尽疑无路，柳暗花明又一村，现实又何曾不是如此？事业、婚姻、家庭、教育子女、买卖股票……什么事情都会峰回路转的啊！正沉湎于近乎哲学的思考，车戛然停住了，东西溪乡到了。

迎面是一株水柳树。它弯曲着身躯，伫立在小河边，当地人说它在这里已300余年了，有一个很诗意的名字—“守望树”。它可见证了当年这里的红火：这一带那时是著名的三线厂——淮海机械厂所在，许世友将军亲自选定的。先军工后民用，厂里光职工就有5000人，当年的繁华喧闹在周边的山区乡镇中首屈一指。

然而，随着1985年老三线厂停产搬迁，大量人、财、物的撤离，这里沉寂了，寥落了，曾经的热闹与辉煌成了昨夜的星辰昨夜的风；人去楼空，繁华不再，唯有这株老树孤苦伶仃，春风秋雨，年年守望……

树很老，树下站着的人很年轻：朱书记、王乡长、陈副书记……他们肩上的担子不轻哦：地处大别山腹地，没有主导产业，2016年初建档立卡的贫困户达805户，2257人，贫困人口和贫困率居高不下……

“中国月亮湾作家村项目的启动，为东西溪乡独辟蹊径、快步发展提供了前所未有的契机。文化扶贫，绿色减贫，推进乡村振兴。”朱书记和我们边走边说，信心满满，用乡里木匠老毕的话说：这下月亮湾作家村搞起来，我们以后就又有盼头了！贫困户老程凭着电工手艺，参加作家村建设，每月有了几千块钱的收入；而在外打工多年的老项夫妇则干脆回来了，自己投了100多万元，在作家村里建起了民宿农家乐……

作家村坐落在太阳冲这个庄里，群山环抱，有一湾溪水缓缓流淌过，在作家的眼里，便是好看的月亮湾了。白天太阳，夜晚月亮，岁月静好，每人的想法也不尽相同。

许辉先生是大作家，他已经想好写一本这个地方的书了。他观察得很细致，“山冲里的梯田都是金黄色的，与皖北皖南的不一样”，“一草一木都可能成为你创作的源泉”。

驻村作家闫红女士和姚云女士在村里的屋子名为“归去来兮宅”，很有些陶渊明的味道。姚云觉得这里的风景和故事都可以看两遍：一遍用来回忆火红的年代，一遍用来期待新的沸腾。

“合肥姐妹”作家群很浪漫。写作之余，热衷去山上摘采野花闲草，置屋里陶罐里水养，并且偏好清晨出门。我说霜重草湿花冷，多有不便。她们很不以为然，如此，是为了聆听到霜在阳光下融化的声音，真是文青情怀满满！

作家村开村仪式场面恢宏，激动人心。王蒙先生来了，刘醒龙先生来了，各级领导来了……周边四村八里的乡亲们则闻风而至，人山人海。作为发起人的许辉先生的致辞更是文采斐然，情感充沛。那一句：大别山，我们来了！让我怦然心动。许先生平日沉稳安静，此刻是动了真感情。

然后发村民证。证很别致，拙中见巧。一长方形木板刻着名字编号，我为002。可作装饰物挂在工作室里，相当有情趣。若干年后，月亮湾作家村火爆，不排除有保安立于村口维持秩序。我一亮牌，立马放行，我是资深村民，大摇大摆进出。1号证花落谁家呢？据说已被人偷偷收藏，我得要好生揣着自己这块。

在作家村，我的任务之一就是买菜烧饭，做大厨。这里是“露水集”，每天上午7点到8点，约定俗成。我们去已8点半，只剩葱姜摊几个，肉菜已罄。有一村妇携一刀五花肉欲走。一问，买来中午做菜的。见我一筹莫展，竟热情地要将肉送我：你们是城里的文化人，来一趟不容易，山里水剐，要多吃肉。我实在不能无功受禄，推让了好一番，最终勉强让我按市价买了。至于萝卜青菜、南瓜豆角，尽可到地里径直取了。我们恪守“三大纪律八项注意”，群众的一针一线是不能拿的，感情却是与乡亲们日益鱼水：串门儿、聊天、过年杀年猪，一起喝酒吃杀猪饭、联欢……每每端详那张村民证，亦愈加觉得沉甸甸的。

于是我和驻村作家们商量，除了写作外，该给乡亲们做点什么。要知道，我们里面可有若干小学校长、资深教育工作者，他们已经在摩拳擦掌，跃跃欲试了！大家一拍即合，决定支教一次，给乡里小学的孩子上一课。

都是老教师了，可为准备这一课，可没少下功夫。绘画、摄影、读书，众人潜心备课，我作为协调人，尽管在高校工作了好些年头，也没敢有一点懈怠。“六一”那天，当我们戴着红领巾，站在讲台上，望着下面小朋友一排排明亮纯净的眼睛，一种久违了的感动充溢全身，幸福就是那么的质朴和突如其来！

下课离开学校，走到大门口，我下意识地回望教学楼。哇！每一层楼的走廊上，黑压压地站满了学生。他们一动不动，只是鸦雀无声地目送。刹那间，我泪水夺眶而出：多好的孩子啊，这几十分钟的课倘若能给你们心灵打开一扇小小的窗户，就是我们最大的慰藉了！

金秋九月，月亮湾作家村又一次沸腾，迎来了铁凝主席为团长的中国作协庆祝改革开放40周年主题采访活动第三团。行程紧，活动多，返回霍山县城吃完饭已近夜9点。在宾馆走廊昏暗的灯光下，我看见东西溪乡的书记乡长们正拎着一口袋一口袋的书，在走道上徘徊再三，在房间门口欲敲又止。他们刚刚从乡里急匆匆地赶来，为的是完成作家村图书馆的一项任务：请采访团的作家在自己的作品上签名，作为永久的“馆藏”。无论出于礼貌还是其他什么，都不能打扰已奔波一天的作家们了，可又不愿放弃这最后的机会，明天一早采访团就要启程去凤阳了。

我被深深地感动，居然答应明天一早和他们一起行动，统统“搞定”。作为一个作者，我随团，毕竟与众名家只有一天的接触，还没能混个“脸熟”，确实没弄清王跃文老师、陈世旭老师分别是谁；彭学明老师、彭见明老师在相貌上有什么差异，俩人都是湖南口音，该不会是兄弟吧？恐怕只有刘醒龙老师不会弄错，他算是作家村的常客了。若张冠李戴，岂不尴尬？好在餐厅开饭早，且只有一个进口，把住了，可望“一网打尽”，更何况书里有作者照片，基本能对号入座的。

如此“守株待兔”，第二天怎能不一一得逞？作家老师们很热情，早饭都顾不上吃，签得认真诚恳；书记乡长则喜笑颜开，我前前后后跑得一身汗，心情却是愉悦快乐。想想也应该：我是村民呐！

十八洞的故事

单小花

九月是收获、感恩的季节。在这个美好的季节里，9月11日，我有幸随中国作家协会彭学明主任一行，前往湖南省花垣县双龙镇十八洞村采访。

十八洞的故事很多很多，唯独这几个故事让我难以忘怀。它给了我身心的沉稳与力量，激发我勇往直前，让我感动，记忆一生。

我们在大巴车上见到了讲解员施芳丽，她穿着漂亮的苗族服装，笑容甜美得如一弯明月，热情好客的她给大家唱了一首苗族歌曲，歌声悦耳动听，文友们听得如痴如醉，在如此美妙的歌声中我们开始了十八洞的采访之旅。

传说很久以前，古夜郎国打败仗后，便翻山越岭来到湘西深山老林，发现了一个能容纳几万人的大溶洞，且洞内有18叉溶洞，洞洞相连，于是便定居下来，休养生息，繁衍后代，故名夜郎十八洞，简称十八洞。当时，十八洞在飞虫村与竹子村中间，为了让两村更加和谐与发展，在2005年时，两村合并，当时有28户人家，108人。

施芳丽站在车厢里生动地讲着，我们入神地听着，不知不觉已到了村口。

一下车，周围站满了人，一群苗族妇女手里提着西兰卡普歌唱起来：远方的朋友远方的客，请到我们苗家来，苗家来做客……清脆悦耳的歌声响彻村口，让人心身愉悦。施芳丽也跟歌唱者站在一起，面对着我们幽默地说，大家想进苗寨首先要听苗歌喝苗酒。紧接着她们双手敬酒，几位能喝酒的男士迎上去端住埋头喝起来，姑娘们开心地笑了。

歌唱队的中间站着一位苗族老大妈，她身着一身苗服，清瘦，精神面貌很好。彭主任给我们介绍，说这位大妈是习总书记在十八洞村走访的第一个人，大家听后便和老人家一一握手问好。我们来到这位大妈家，一踏进她的家门，屋里正前方挂着习总书记与大妈一家的合影，照片上的习总书记满脸笑容，慈祥和蔼，身子侧向大妈，大妈和老伴儿坐在总书记的两侧。相框上面搭着一条红色的布条，布条的两头垂在相框两边，相框的两边挂着五星红旗，相框下面是入党誓词。

施芳丽给大家介绍说，屋子里现在摆着的电视、冰箱、冰柜等都是习总书记来过之后，中国人民解放军某部队给她家送来的。屋子左侧的正上方摆着几把陈旧的木头小板凳，正中间的那把凳子上裹着红色的布条。施芳丽指着那把裹着红色布条的凳子对我们说，这把凳子是习总书记曾经来石大姐家坐过的，石大姐特意做了标志。大家听后围在大妈身旁，请她讲讲见到习总书记时的情景。

在我们家乡，像大妈这样的年龄，我们都叫她为阿姨，叫大姐似乎不合适。听所有人都将大妈叫石大姐，我心生好奇与不解，就拽着施芳丽的手向她咨询详细情况。

施芳丽给我绘声绘色地讲述：2013 年 11 月 3 日下午 4 点 18 分，习近平总书记来到湘西花垣县十八洞村走访调研，嘘寒问暖拉家常。这位大妈名叫石拔山，她家住在村口，是村里的第一户人家。习总书记来到村口时，石大妈正好坐在家门口晒太阳。由于家境贫寒，她家里没有电视，所以不认识习总书记，当总书记到她身边时她无动于衷。习总书记就主动走向石大妈向她问好，当时，石大妈跟习总书记说的第一句话是：我不知怎么称呼您。这时习总书记问她有多大，当总书记知道石大妈比他大时，笑着说：您比我大 4 岁，您是大姐，我是人民的勤务员。从那以后，所有人都叫石大妈为石大姐。当时，对于没念过书的石大姐来说，对“勤务员”三个字不能理解。她望着习总书记目光呆滞，僵在那里不知说什么。村主任跑过去给石大姐解释，说，这位是习总书记，就是中国最大的官，和毛主席一样大。石大姐才反应过来，她激动地握住习总书记的手说：没想到在我家里遇见了您，简直跟做梦一样。

习总书记亲切地问石大姐家的生活状况，粮食够不够吃？种不种果树？养不养猪？石大姐质朴真诚，她实话实说，没有种果树，养了两头猪，粮食收成好了够吃，不好不够吃。

习总书记随着石大姐去猪圈看她家养的两头猪，猪听到脚步声，以为有人过来给它们喂食物，一头猪激动得跳了起来。这个镜头被当时来的新闻记者拍了下来，在电视上播放时引爆，有一位外地老板看到了，从遥远的地方来到石大姐家，说他想买石大姐家这头见了习总书记跳起来的猪，每斤出20元的价格，你看行不行？当时十八洞村很偏僻，1斤猪肉才卖8块钱。石大姐很朴实，她说：我们这里1斤猪肉8块钱，你就按这个价买走，多余的钱我不要。老板幽默地说：我出这么高的价买你家的这头猪，那是因为这是目前唯一见过习总书记的猪，花高价我值，你肯卖给我我已很高兴。当时那头猪称了100多斤，老板从包里掏出来一沓整齐崭新的红钞票，放到石大姐的手里。石大姐家的一头猪卖了两头猪的价钱。左邻右舍看到石大姐一下子就收入了2000多元，羡慕地说，石大姐真幸运，太阳当空照，在家数钞票，真是天上掉馅儿饼。石大姐从来都没见过这么多的钱，她激动地说：别人坐在北京都见不到习总书记，我坐在家里却见到习总书记了，真是福从天降，感谢习总书记给我家带来的好运，感谢党的好政策。自此以后，石大姐家的日子越来越好。

现在，石大姐家也种了果树，家里的粮食吃的吃，放的放，并且已经脱贫。施芳丽还补充说，那位买石大姐家猪的老板，回家后没有舍得杀那头猪，现在那头猪繁殖了600多头猪崽。

听了施芳丽的讲解，我挤进人群，拉着石大姐的手与她拍照，虽然我没有亲眼见过习总书记，但我觉得见了石大姐跟见了习总书记一样高兴、自豪、骄傲。

告别了石大姐后，我们随着施芳丽的带领向十八洞村内走去。呈现在我眼前的是一派忙碌的景象，到处充满了希望和生机，盖房子的、运材料的、劈柴的、洗菜的，牵着骡子驮货的，背篓里背着水果去镇上做买卖的……我环视了一下四周，看不到一个年轻人在村里游荡，眼前是一群热情善良努力上进的精神面貌，大家借党的好政策，依靠自己的力量创造财富和幸福，看到他们吃苦耐劳、充满激情的场景，给了我一种积极向上的动力。

施芳丽将我们引领到一家农户家，这家大门上贴着的一副对联很显眼：将我们深深地吸引住了，拥挤在门前，一齐将目光落在这副对联中，门正上方横贴着四个大字：幸福人家，门右侧竖贴着九个大字“习主席握手温暖人心”，左侧贴着“共产党领导福泽万代”。主人见我们拥在门前，从屋里跑出来，给大家介绍说：我叫杨东仕，门上的对联是我写的，当时我见到习总书记时太激动了，脑子僵住了，不知该说些什么，做什么。习总书记走后，我才如梦初醒，特别后悔习总书记没喝一盅茶，没拍张照，悔得肠子都青了，一夜无眠，想了一晚上写下了这副对联，以此来表示对习总书记的挂念。自从习总书记来了我家之后，一家人和和美美，万事如意。这好兆头是习总书记给我家带来的福音，从此，我就给家起了个名字“幸福人家”。习总书记来到十八洞村后，当天在这里首次提出了“精准扶贫”的扶贫工作重要思想。从此，十八洞村成了精准扶贫发源地，全国人民关注的焦点，一下子声名远播。

十八洞村，在党的惠民政策的扶持下，在习总书记的关注与“绿水青山就是金山银山”的思想的指引下，在十八洞人民艰苦的奋斗下，现在被推进了一个崭新的时代！杨老师给我们讲的时候，脸上洋溢着幸福的微笑。采访中王选老师询问了一下十八洞的相亲会的状况。花垣县委宣传部工作人员伍晓霞笑着说：关于十八洞相亲大会我们这里还有一个感人的故事呢。接着她出去叫故事中的人出来给我们讲故事。

不一会儿，俩人来到了现场，男的高大帅气，长得像电视剧中的男明星，只是见了人有点儿腼腆，不住地挠头搓手。女的长得很丰满，大眼睛，浓眉毛，圆脸，阳光开朗。伍晓霞说，这位男的叫龙先兰，女的叫吴满金，现在是十八洞村的妇联主任。

伍晓霞让龙先兰给大家讲讲他的故事。他像个害羞的小姑娘，坐在板凳上不住地扳着手指头，将脸侧向媳妇吴满金，用眼神跟她交流，示意让媳妇给大家先讲。

吴满金聪明机智，立马领悟了丈夫的意思。她抬头看了大家一眼，笑呵呵地说：“我与龙先兰是一个镇，两个村的，我家住在双龙镇排碧板栗村。我们是2015年的冬天在十八洞举行的相亲大会上认识的，龙先兰跟我说，他没有钱，也没有手艺，但他有力气，说话期间龙先兰当着那么多人的面俯下身子，两手掌立在地上做起了俯卧撑。看着他的身子俯下去挺起来，起来又俯下去的样子，当时不知为什么，我的心会隐隐作痛，我觉得他说的话很诚实，便对他有了好感。此后，我们常常在QQ上聊天，聊了一年多。龙先兰时常约我去他家看蜜蜂，起初我很怕蜜蜂不敢去，龙先兰说有他保护我，后来渐渐地我也就不怕蜜蜂了。有时还约我去山林散步，日久生情，渐渐地我们相爱了，彼此到不可分离的地步。

“当我高兴地把我们相爱的事告诉家里人时，父母极力反对，尤其是母亲，她之前是十八洞的姑娘，深知十八洞村人生活的艰辛，她说她不能眼睁睁地看着自己的姑娘跳进火坑。家里人对龙先兰的背景很了解，说他是一个不务正业的流浪汉，穷得一贫如洗。看到父母心意已定，我觉得好像世界末日到了，悲痛欲绝。

“后来，在十八洞龙秀林队长以及其他好心人的帮助下，给我父母做了思想工作，父母勉强答应了。我们在2017年举行了婚礼。婚礼那天，中国作协的彭学明主任正好来这里采访，他与花垣县委书记彭学康来给我们贺喜送礼，彭学明主任还帮我们申请了“十八洞金兰土蜂蜜”商标，这个有纪念意义的商标是他帮我们起的。龙先兰现在几乎不喝酒，只有逢年过节时才喝点，人变得勤快多了，将家里的活干完，还到村里打工，有时去河里抓鱼，忙得不可开交。我现在是这个村的妇联主任，感谢党对我的信任与栽培，感激习总书记对我们村的关注，感恩彭学明主任对我们夫妻的关照与厚爱，才使我们有了今天的幸福生活。”

听了吴满金的一番讲话，我很受感动。在这个物欲横流的世界，像这样的女孩为数不多，她的良善、单纯、勇敢、阳光深深地印在我的脑海。

吴满金的大胆给了丈夫很大的鼓舞，龙先兰一下子没了之前的胆怯，他感慨地说：“我是一个孤儿，也是一个酒鬼，从小到大一直没人管我，也没人管得了。我常常是独来独往，四处漂泊，也没有一技之长。每天不管是在田地里，还是在打工的地方，我吃几顿饭就喝几次酒，除非没有酒了。哪里喝哪里醉，哪里醉哪里睡。就像被别人扔出去的一堆垃圾，常常被风吹日晒，四海为家，白天和黑夜对我来说都一个样，过着猪狗不如的生活。起初，也有好心人来相劝，让我不要再喝，说：你这个娃娃五官不差，不好好活人，你看你，成天喝得醉醺醺的，把自己糟蹋了。可我心已死，对别人的好言相劝，置之不理。时间长了，别人也对我绝望了，再也没人来理睬。我就破罐子破摔，陷得越来越深，最后不可自拔。别人见了我如见了魔鬼，早早逃离。

“后来，听村里人说习总书记来我们村搞扶贫攻坚项目，我就从外面跑回来，领扶贫资金。令我没有想到的是，习总书记的到来改变了我的人生，我有幸娶来了一位漂亮贤惠能干的媳妇儿，她来时还带来了很多嫁妆，我空荡荡的家如今摆得满满堂堂，我一下子如掉进了蜜罐，被甜蜜浸泡着，被幸福笼罩着。我感谢习总书记来到我们十八洞，感谢党的好政策，感激彭学明主任对我的关照，他每次来十八洞都来看我，如一位远到的兄长，给我关爱与支持。我是大家从垃圾堆里捡出来的一个人，在大家的帮衬下才使我有了今天的幸福生活。我要好好地努力，珍惜这来之不易的生活，不辜负党的好政策，不辜负大家对我的期望。”

龙先兰的诉说深深地打动了我，原来人生最大的敌人是孤独与寂寞。同时，我觉得教育一个人，光靠说好话是不够的，最重要的是用爱心去感化。

如今的十八洞村在蜿蜒滴翠的大山里，清一色的木板房高高低低，错落有致地坐落在公路的两旁。村民们不仅生活幸福了，情操和品位也大大上了台阶。他们依然在拼搏中，日出而作、日落而息的民俗风情依旧发扬光大，处处都能感受到欣欣向上的力量。十八洞山水奇丽，不仅哺育了勤劳智慧、热爱家乡的十八洞人民，也吸引来了天南地北之客。

又见三线

孔海蓉

车辆在9月的秋风中蜿蜒穿梭，幻变的云彩笼罩一座座青山，蔚蓝的天空守望一道道河流；大多树叶都绿着，有些却耐不住寂寞，悄悄地变黄、变红，扭捏地跳跃、旋转，聆听大地母亲的温情呢喃；树干笔直、枝叶茂盛的梧桐以伟岸身躯遮挡住风雨烈日；黛墨环绕、流水汩汩的沟渠用满布苔藓奉献盎然绿意……沿途的一切是那么的让人亲切，像青葱岁月的朦胧，又似魂牵梦萦的第二故乡。

“霍山县月亮湾作家村到了。”突如其来的笑语喧声把我即将飘逸出壳的心脏拉回现实。

月亮湾作家村的前身是个三线军工厂。20世纪80年代中期，随着国际国内形势的转变，这个堪称军工典范、微汽先驱的三线厂走出大山，迁至省城，于是，火热的山乡沉寂了。

为拓展产业路径，带动贫困群众“绿色减贫”，安徽省作家协会主席许辉牵头，当地政府策划建设东西溪特色文创小镇。应势而起的月亮湾作家村以“三线文化”为契机，吸引作家走进这个花开满园的乡村汲取创作营养，让作家的灵感倾泻在小山冲，用文学的力量促进经济发展。

作家村的那个书院包含阅读、会议、商务等多个区域，比过去厂区的图书室大了许多，功能更是齐全。在黔北的三线军工厂里，虽然家里有许多书籍，年幼的我们却依然喜欢结伴走进图书室，读着各类报刊书籍。一晃时间都溜走了，本以为看过即过，其实不然，它们早已印进脑海，潜入内心。读书终究让我们成为一个个快乐的人，一个个有独立思想的人。

穿过作家村齐楼高的松柏，我的心伴随越来越蓝的天空舒展起来，思维不停地跳跃着。那一排排、一间间作家工作室，酷似我从小生活的那个三线军工厂家属区。

那时的三线军工厂，就是一个封闭的小社会。住房、托儿所、幼儿园、学校、医务室、食堂、商店、菜店、粮店、邮局、洗澡堂、电影院、俱乐部、车队、消防队、派出所、农办（做豆腐、年糕、月饼，养猪等）……基本解决了生活需要，而且每家的桌椅家具几乎一模一样，只能根据上面的编号区分出来；不定时的车皮捎带着糖果糕点、鱼虾水果、衣物鞋类，成就了我们满满的幸福；篮球场、足球场时常热闹非凡，各种竞赛接连不断；锣鼓队、腰鼓队、舞蹈队、合唱队在系统内和黔北地区小有名气，当地的庆典活动总是出现着他们的身影；厂区高音喇叭长年累月在每个固定时间播放着相同的旋律：清晨6∶30的“东方红”叫早起床，8∶00、13∶00“三大纪律八项注意”催促上班上学，12∶00、17∶30“五星红旗高高飘扬”，似警钟敲醒玩得忘乎所以的顽童，待十来分钟后，下班的父母回家，看到的是书桌前装模作样做作业，抑或烧饭、烧开水、择菜、扫地的乖乖。不大的厂子，处处都有眼睛盯着你，你若一不小心做了让大人心烦的事，别以为可以瞒天过海，妈妈早就拿着尺子等着你进家挨揍。

从大城市来到山高、路窄、坡大、弯多的偏远落后地区，有着许多的无奈。父辈们却说：“当时我们国家四面围敌，不搞三线是不行的。”国家的需要就是他们默默奉献青春的唯一理由。于是，在激情燃烧的岁月，五湖四海的建设者们在崇山峻岭之中扎下了根。他们将矗立的厂房、神秘的山洞、红色的砖房、转动的机器、完美的产品绘成一幅幅最亮丽的时代之画，谱写一曲曲最感人的三线之歌。

由于国家保密单位的性质，许多人甚至都没有近距离见证自己生产的成品模样。但他们明白，设计的每张图纸，加工的每个零件，连接的每根导线，制作的每块印制板……所有的点点滴滴都是为了祖国的国防事业，军功章里浸透着三线人的智慧与艰辛。

局势在变，战略也跟着变。20世纪90年代，军品锐减，军工厂被要求利用多余或闲置的生产能力，开发民用产品。曾经战备第一的“三线建设”，开始考虑经济效益。为更好地贯彻中央“军民结合、平战结合、军品优先、以民养军”的方针，尽快融入社会主义市场经济的商海之中，面对人才流失、设施老化的问题，一些三线军工企业开始陆续搬往大中城区。它们在峥嵘岁月中改善环境、引进人才、稳定队伍、积累经验、总结教训、改革创新、荡涤精神、贡献社会，在千帆竞渡的新时代中焕发出前所未有的生机与活力，在跌落之后又一次升腾。

而老厂区曾经轰隆作响的车间却早已鸦雀无声，散落的物件七零八落；灰色墙壁上，那颗曾经熠熠生辉的红星已不再明亮耀眼，“备战备荒为人民”“好人好马上三线”“工业学大庆”的大红字也被岁月的尘封拂去光泽；家属区人去楼空，杂草丛生，门窗在风雨中晃荡摇曳；马路上无人修剪的梧桐恣意生长。似乎三线痕迹正逐渐被大自然吞没，被时代遗忘。

然而往事并不如烟。社会不会忘记，也不能忘记，那些融入历史和责任的精神。

“每个时代都有每个时代的精神，每个时代都有每个时代的价值观念。”曾经无数铁血男儿、妙龄女郎满怀革命激情，融入三线军工建设之中。他们怀揣着一颗颗赤诚之心，付诸着一次次具体行动，在中国历史上留下“艰苦创业、敢于拼搏、团结协作、无私奉献”的三线精神，正是这种精神让共和国的巨轮乘风破浪，高歌猛进。

时过境迁，承载三线精神与三线情结的霍山县，建立了“三线军工博物馆”，保护、修缮了一批“三线”遗产。在这座由原址、原貌、原状建立的“三线军工博物馆”的面前，我仿佛回到了当年热火朝天的生产场面，体会到军工建设者的那份无上荣耀、那种奉献精神。再看看那些采用废旧材料筑成的机器人、盆景、动物、车辆、时钟、人物等融入了艺术气息，更是感受到传统与现代的结合、三线的今昔回望所形成的强烈的视觉冲击。

三线人有精神、有生活，三线地，有风景、有故事。皖西大别山腹地的三线与黔北大娄山脉的三线如出一辙。曾经，父母带着坚定的信念，带着对事业的忠诚，牵着我们的手走进三线，一路上风雨兼程，再回首已过万水千山。如今，我们牵着父母的手，迎着时代的疾风劲雨，沿着父辈们的脚步延伸，追寻那片属于自己的海阔天空，奋力开拓春华秋实的新篇章。

江淮之滨有华章

王　选

茭白的白

去岳西石关，是午后。阳光清亮，灯盏一般，照耀着大地的窗台。

最先引起采访团注意的，并非道路两侧长着修长叶片形似芦苇的一种绿色植物。而是遮阳棚下，一群朴素如母亲的妇女，和她们手中剥了绿皮后慢慢探出那种白。那白、嫩、鲜，带着微弱的鹅黄，甚至某种植物苏醒后的淡甜。

这白，便是茭白。

我们围着干活的妇女，看她们把茭白葱绿的外皮快速剥掉，如同母亲剥掉玉米皮一般，发出着窸窸窣窣的声音。她们剥啊剥啊，剥掉好几层，然后将尺把长的藏起来的茭白放在盆子里，整整齐齐地码好，像一群光屁股的婴儿，沐浴着阳光，有种细微的奶香，在明亮的空气中浮游。

咬一口茭白，还是嫩、鲜，微甜，像某种南方水果，说不上来。茭白生吃，甚至比炒菜上桌后，味道更美，植物自身所带有的那种清香，依然存在，依然让人留恋。

石关种茭白，只有十六七年时间。

石关之前不种茭白，种水稻。但当地的田块受高山冷水影响，不适合长水稻。水稻喜高温，石关的水温低，水稻难以分蘖、抽穗、灌浆，割去的水稻，多是空壳。和水稻的空壳一样，空落落的还有当地老百姓的心。他们不是不勤快，不是不会种稻子，是地域、气候、水温，让一粒稻子难以孕育出一粒白皙的大米，更难孕育出一个好日子。好在这是南方，物产丰富，才不至于挨饿。

石关种茭白，不得不提到一个叫徐善新的人。十八年前，他带着自己的技术团队和茭白品种来到岳西，开始试验种植茭白，历时三年，他结合当地冷浸田特点，探索出了一套成熟的高山茭白种植技术，并将这门技术传授给了当地老百姓。从这时起，石关人才拿到了一把开启致富大门的金钥匙。

徐善新，有善行。

采访团分几组，去村里。走在路上，微风把蝴蝶交给九月的手指，金黄的丝瓜花把羞怯交给栅栏的肩膀，禾本科的菰把怀里的茭白交给收获的门槛。那个头顶草帽的人，在菰丛中划着小船的人，把背影留给了时光的纸张。

小垅村，干净，清爽，二层小洋楼，几乎家家开着农家乐。

我们去的那户，一家三口，儿子在外工作，留着两口子，五十出头的年龄，跟我父母差不多，衣着、说话，都很朴素，跟大门口的小菜园一般。我们坐下，女主人忙着端茶倒水，茶是自家山上茶园种的。玻璃杯，开水下去，墨绿的茶叶腾起，侠客般，穿着素袍，怀抱虚无之剑，一个个立于红尘深处，却不显山露水。桌上摆着花生、猕猴桃、青枣、葵花子，都是自家产的。花生香，猕猴桃甜，青枣脆，葵花子跟我们家一样，也很好，哈哈。

在和男主人的闲聊中，他告诉我们，自家也种几亩茭白，采收后，会交给合作社，统一销售，一年也挣好几万元，家里还种一些小规模的作物，自给自足即可。靠着茭白，日子好过多了。有了收入基础，村上各种硬件也跟上了，和别家一样，开起了农家乐。农活并不是很忙，大多时候，经营着自家的农家乐。客人来了，想吃什么，在菜园子一拔，进厨房操弄起来即可。要是觉着麻烦，完全可以和他们一起吃，农家饭，不讲究排场，没有什么腥荤鱼肉，吃的就是一种农家味，一种随意闲适。菜是自家种的，无公害。吃饭的人，如乡亲一般。院外，鸡冠花正开得烈，青石榴正怀孕，风正扫着院子。这人间，一切美好的，不就是如此吗？而所谓乡愁，也不就是此情此景吗？

我们问，在这儿吃住一天多少钱？

女主人带着其他人刚参观完二楼的客房，笑着说，便宜，八十元。

八十元，我们都很吃惊。吃惊之余，还有一种温暖。

在石关，像我们所到访的这样的人家，还有很多。大家靠着茭白，把日子过好了，但内心的那份素净依然坚守着，不曾丢弃。看着他们黑黑的脸庞和粗布衣裳，何尝不是我父母的模样。

如今，石关已成为我国重要的高山反季节茭白基地之一，亩产收入万元左右，跟当初种水稻比，天壤之别。

九月，正是茭白的采收期。那些葱绿的植物，在水塘里，密密实实地长着，它们用细长的叶片，修饰着岳西大地，也用鲜嫩的茭白，馈赠着那些粗糙而勤劳的手。每当想起白，便想起茭白，轻轻念着：茭白——多么恬静，多么风轻云淡，多么美好如画，甚至唇齿间都泛着一丝丝的甜。而这甜，也就是石关人日子的味道。

月亮湾

九月的大别山，清风浩荡，绿意澎湃，草木以秀拔之躯站满山岗。

沿着公路前行，马头墙挑着一方方清澈的蓝天，坐在门口藤椅上的人，和怀抱孩子的人，拉着家常，他们眼前，是簸箩里晾晒的菜干，和午后散漫的光景，以及一株沿着树枝攀爬而上，开成紫色谜团般的喇叭花。

到月亮湾作家村时，已是午后三时许。太阳微斜，被竹林托着。风吹，一些细碎的光斑便簌簌落下来，它们会落到月亮的口袋里吗？

月亮湾作家村位于霍山县东西溪乡。两侧群山逶迤展开，像两道臂弯，把小山冲紧紧地抱在怀里。而在2017年之前，它还是一座破败不堪、人迹罕至的三线废弃工厂——淮海机械厂。20世纪60年代，我国开始三线建设，1965年夏，许世友将军亲临东西溪，在这里选定了一块厂址，开始建设淮海机械厂。从那时候起，这个不足三百人的小山冲热闹了起来，它的热闹，一直持续到1985年，淮海机械厂迁入合肥而终止。1980年，这里还生产出了中国第一辆微型汽车，堪称军工典范，微汽先驱。

一夜间，随着人去楼空，这里只剩下了一排排厂房，一段段记忆，只剩下了流水潺潺，鸟鸣悠悠。曾经的燃情岁月，被时光反复打磨后，只留下了满腔的过往，像河流一般，激荡着，流逝着。然而这毕竟是一块生满红色基因的土地，是一块遍布绿意的土地，是一块在山水之间写着诗意的土地。它注定不会被遗忘，也注定不会被废弃。这几十年，虽然破败着，沉默着，但它的每一块砖，依然在闪烁着时代的光泽，它的每一株草木，依然流淌着不屈的血液。

它准备着，从沉睡中醒来。

2016年，在安徽省作协主席许辉的倡议奔走之下，“中国·月亮湾作家村”动工。而在这之前，他曾多次来到这里，走访村庄，寻找往事，谋求出路。最后，他产生了在这里建一个作家村的想法。这样，既可以为写作者提供一方书案，扎根生活，也可以让闲置荒芜的三线老厂得以留存，并再次利用，焕发生机。更可以通过文化带动当地扶贫，让这里的群众就地就业，并在文化中得以浸润。可谓一举多得。经过一年时间的建设，在保持工厂原貌不变的基础上，建成了一批包括作家工作室、图书馆、书院、会议室、餐饮住宿在内的基础设施。如果符合相关条件，经过申请，作家入驻作家村，这里有近百米的房子可供其使用三十年。这是月亮湾作家村最大的亮点。

在国内，作家村不少，但像霍山这样的，与山水比邻，与时代为伴，与当地群众的生活息息相关，或许独此一家。

在这次采访活动中，许辉先生也和我们一道同行。虽已花甲，但精神矍铄。喜欢和我坐在大巴最后一排，聊着闲话，让人深感安详。一个温文尔雅的人，一个有想法有行动的人，一个试图在大别山重新点燃文字火焰的人。让人尊重。当我们在作家村参观时，他会作何感想呢？

行走在厂区，苏联建筑风格的厂房，敦厚而稳重，甚至在简单中透着某种亲切。灰瓦青砖、水泥电线杆、铁皮电表箱，都是那个火热年代的标签，它们在无声地讲述着过往。但此刻，它们并不落寞。一株紫薇为它们点亮季节的灯盏，一些蔬菜装饰着它们的梦境，还有一些人，用文字修补着它们的故事。在作家工作室，屋子亮堂，按照各自的喜好装修过，带卧室和独立卫生间。当然，少不了一方书桌，一个书架。同行的人，心生羡慕之情。图书馆，分上下两层，大幅著名作家肖像，数万册图书，在灯光的照射下，每一颗汉字都生着光芒。还有陈列在室内的老物件，诸如电壶、搪瓷缸、铅笔盒、老报纸、座钟、加重自行车、铁皮手电等，以及一些用老旧螺丝、钢管、铰链、铁钉、阀门做成的艺术品，让这里在新与旧、过往与当下、白纸和铁锈的两端找到了命运的重合点和出发点。

参观完作家村，还去了画家村。画家村是安徽省唯一一个全国第三批“中国乡村旅游创客示范基地”。

如今，东西溪乡借助作家村的成功范例，正整合三线厂资源，打造集吃、住、游、购、娱为一体的大别山“印象三线”创意文化产业园。产业园的建设，跟作家村一样，一举多得。用文化守住了记忆，也用文化搭起了当地群众致富的桥梁。

东西溪乡因东溪、西溪在此交汇而得名，溪水相扣，犹如月亮。当我们离开时，天色将暮，群山起伏，草木生烟。我们没有看到月亮。但我们谁又能说，我们没有看到月亮呢？在大别山腹地，有一枚月亮，它不会升落，它正用清亮的光泽，照耀着一个民族的脊背，也照耀着一个时代的侧脸。

夜听花鼓

在西北听秦腔。在江淮之畔听花鼓。

听秦腔，得是碧云天、黄叶地，或者大雪封山、江河混沌时，有人满脸烟尘，干咳一阵，挺直脊梁，一嗓子吼道“喝喊一声绑帐外，不由得豪杰泪下来”，顿时，黄土翻滚，尘埃浩荡，抑或风雪如幕，寒冷刺骨，皆让人胆战心惊，惆怅不堪。秦腔多苦音。

听凤阳花鼓，就没必要这么壮怀激烈了。得静下来，从大明王朝的背影里，听起。最早的花鼓曲，也多苦音。

跟着采访团听凤阳花鼓，是一个晚上，也是第一次听。秋风细微，南方的夜竟有一丝寒意。节目是一场群众文化惠民演出，在一个广场。舞台布置相对简单，但也用心，以后面的雕塑为背景，显得庄重。观众是不用愁的，音箱响起，人就围了过来。用我们的话说，“打起鼓，神自然就来了”。

节目一个接着一个，主题只有一个：花鼓。花鼓小锣、花鼓灯、花鼓戏，悉数上场。从孩子到老人，表演虽不专业，但很尽力。群众文化，乐趣也正在此，群众演员，群众玩法，自得其乐，就很好。搞得一本正经、阳春白雪，就无趣了。

十多个节目里，印象最深的，其一是两个老人唱《花鼓曲》。朴素的衣着，简单的表演，甚至唱腔里还带着当地口音，显得质朴而温厚，像两朵旧棉花，在台上释放着温暖。而她们唱的《花鼓曲》，有着熟悉的旋律——《茉莉花》。《茉莉花》最初称《花鼓曲》，唱词最早刊印在乾隆年间的戏曲剧本选集《缀白裘·花鼓》中。只是她们更适合在村头巷尾或者庭前檐下，把这首曲子唱起：

好一朵鲜花，好一朵鲜花，有朝一日落在我家。你若不开放，对着鲜花儿骂，对着鲜花儿骂；好一朵茉莉花，好一朵茉莉花，满园的花开赛不过它。本待要摘一朵戴，又恐怕看花的骂。本待要摘一朵戴，又恐怕看花的骂。

……

其二是带有情节的花鼓戏。夫妻俩因家贫，在外乞讨维持生计，靠唱花鼓戏求得一餐一钱。一日，到一地主家乞讨，地主家傻儿子不但不予施舍，更是千般刁难，还不停地调戏乞讨者的妻子。最后夫妻二人设计暴打了这个好色之徒，解了心头之恨后，离开了。虽然情节简单，里面竭力加入了一些诙谐戏谑的成分，但让人还是笑里带泪。我们不曾经历他们夫妻二人的生活，但看花鼓戏的历史，便知，他们二人的遭遇，是数百年里一代代唱着花鼓戏，在外乞讨求生的人的共同遭遇。

说凤阳，道凤阳，凤阳本是个好地方。
自从出了朱皇帝，十年倒有九年荒。
大户人家卖骡马，小户人家卖儿郎。
奴家没有儿郎卖，身背花鼓走四方。

也正是这首悲惨凄恻的《花鼓曲》道尽了旧社会凤阳人的不易和辛

酸，虽是短短数语，但字字含血。而大多数人了解凤阳，或许也就是从这首词里开始的。六百五十年前，大明王朝的序幕刚刚开启，朱元璋为了改变家乡凤阳面貌，干了两件事：大量移民和营建中都。据史料记载："洪武三年六月，徙苏州、松江、嘉兴、湖州、杭州无业农民四千多户到濠州种田，给农民种子，三年不征其税。后又移江南富民十四万户于凤阳。"（见吴晗《朱元璋传》）在营建中都时，他又将全国的移民、工匠、罪犯数十万之众，从四面八方调来凤阳。这项工程十分浩大，从开工到罢建长达六年之久。

逢年过节，移民们思乡心切，或以乞讨或以装扮成卖唱艺人，离开凤阳，千里迢迢返回故里。清赵翼《陔余丛考》云："江苏诸郡，每岁冬必有凤阳人来，老幼男妇，散入村落乞食，至明春二三月返回。其唱歌则曰：家住庐州并凤阳，凤阳原是好地方，自从出了朱皇帝，十年倒有九年荒。"移民途中的乞讨卖唱中的音调孕育了《凤阳花鼓》。此外，由于自然灾害频繁，凤阳本地灾民踏上了流浪乞讨的求生之路，多以母女、姑嫂、兄妹、妯娌等结伴而行。"敲起花鼓离家乡，天涯海角去卖唱，走一步啊一回头，泪水伴着淮水淌……"他们的歌声里，同样流淌出了《凤阳花鼓》的雏形。

当初朱元璋或许没有想到他处心积虑对汉朝移民的模仿，对故土的强制充实，会落得如此结局，如此名声。他以天子之心是难以知晓草民们卑微而飘蓬般的求生之路的，他也难以知晓草民们背井离乡之后对故乡难以斩断的情愫。好在苦难之花没有在生活的废墟中生锈，而是在文化的撞击、磨砺和融合中，结出了凤阳花鼓这颗果实。即便苦涩，但在漂泊之路上也能慰藉内心。

岁月变迁，社会发展，曾经背着背篓，手持鼓条和鼓筒，沿门乞讨的日子早已沉淀在了往事深处。凤阳花鼓也以崭新的方式被时代重新定义，人们唱花鼓，不再是为了温饱，不再是为了踏上回乡之路，而是成了一种娱乐，一种精神深处对于根性东西的坚守。人们除了唱《凤阳是个好地方》《没有老婆想老婆》之外，更多地在唱着《百鸟朝凤凤朝阳》《淮河边有个小岗村》《红伞一举出彩云》。在这些民歌里，是欢快，是喜庆，是对美好日子的期盼。

早已没有人再走上那条凤阳花鼓渡长江、泪花却比浪花多的凄苦之路了。就如此刻，我已不能完全理解祖先那一声“喝喊一声绑帐外，不由得豪杰泪下来”吼出来后的天崩地裂、肝胆俱焚。我们的血液已经宁静，骨肉已经钙化。

演出一个半小时后结束了。花鼓戏的各种形态，一一呈现，耳畔余音不绝。

夜色厚重，能听到淮河拍打岸边的声响。这声响，何尝不是一种凤阳花鼓，她轻轻地唱，从不停歇，从不迟钝。在这歌声里，她用清洌之躯，渡人，渡命，渡无数个时代的去路。凤阳城，雅静而整洁，人们或跳或唱，或者闲聊，过安稳的日子，灯火在远处明灭，照着光阴的侧脸。此刻，似乎明洪武年间很远，似乎远下江南的步伐很远，似乎空空如也的背篓很远。这就够了，老百姓，要的还不是小日子。小日子过好了，唱一曲花鼓戏，足矣。

凤阳城，正在大搞建设。中都遗址，犹如石虎，卧在空旷的原野。时光在它身上剔掉了喧哗和苦难，只怀揣一颗泥土之心，沉稳地睡着。即便醒来，它也是想听听花鼓戏了。那毕竟是一代帝王虚构的梦境。但它，会听到什么呢？

南海，那面飘扬的国旗

王 松

我最先看到的，是两只小手。她们的五指认真地、紧紧地并拢着，高高地、庄严地举过头顶。背景是纯净得令人心颤的蓝天。这两只小手，就像两只飞翔在蓝天上的鸽子，又像是两架骁勇的小战机，似乎随时都会腾空而起，在蓝天上呼啸着，划出两道耀眼的闪电。我看到，还有两只小手，这两只小手更加坚定，它们正缓缓地、有节奏地一下一下拉动着绳索。雄壮的国歌响起来了。一面五星红旗，就这样随着铿锵有力的国歌，在这双小手的拉动下，徐徐地升起来了。

是的，她们正在升旗。

这三个小升旗手，大的不过九岁。小的就更小了，不过七八岁。她们脸上的表情是稚嫩的认真，又凝着与年龄不相符的庄严。此时，她们一定知道，自己是在做着一件多么了不起的事情。

在这三个小升旗手的对面，还整整齐齐地站着一排孩子，大的也不过六七岁，小的，看样子只有四五岁。他们也都仰着头，看着徐徐升起的国旗。戴了红领巾的孩子，也把小手高高地举过头顶。老师一定给他们讲过，这个少先队队礼的含义是，人民的利益高于一切。也许，小一点的孩子还不能完全理解此时在这里做这件事的真正意义。但显然，他们至少知道，这件事对于我们的国家，对于我们国家的每一个人，是多么的重要。所以，他们都使劲睁大眼，看着那面升起来的国旗。我看到，有的孩子还在扯开喉咙，跟随音乐唱起了国歌。

这是三沙市的永兴岛，一个小学校在举行升旗仪式。南海向来以风平浪静著称。但这片风平浪静的海域却并不平静。这所学校离海边很近。此时，海浪正拍打着礁石，哗哗的涛声伴着国歌……

我曾经参加过很多升旗仪式。在祖国的大西南，腾冲的国门；在大西北，戈壁滩上最边远的蒜井子边防哨所；在东北满洲里的国门；在二连浩特的国门……参加这些升旗仪式，都是和边防军人在一起。我甚至还曾穿上了真正制式的军装，向升起的国旗举起右手，敬着庄严但并不标准的军礼。可是在南海，在祖国的西沙群岛，参加这样一个独特的升旗仪式，还真的是第一次。

学校的老师告诉我，这些孩子，都是驻在岛上的军、警、民的孩子。他们的爸爸妈妈，有的是在岛上的企业工作，有的是驻守部队的官兵，还有的是岛上的渔民。老师感慨地说，他们在这样的年龄，就已经像他们的爸爸妈妈一样，自己住在岛上，为国家做着贡献。

这面国旗，还在缓缓地向上升着……

不知为什么，五星红旗在南海的蓝天映衬下，显得更加鲜艳。

我第一次看到五星红旗在南海的蓝天上飘扬，还是几十年前。当然不是来西沙群岛，是在电影上看到的。那时我还在农村插队。一次，村里晚上要放露天电影。那个时候放露天电影是大事，提前几天，全村人就都盼着。但那天下午，村里的放映员从县里把胶片拉回来，在大队一试才发现，电影放映机坏了。当时村里是一台 8.75 毫米的放映机，是我们国家独有的一种窄片机，性能很不稳定。生产队队长急坏了，我正在田里干农活儿，就赶紧把我叫回来，让我给修放映机。我用了大半天儿时间，好容易才把那台放映机修好了。当时由于地震，大家还都住防震棚。我就在防震棚里的墙上试着放了一下。那部电影叫《南海风云》，讲的就是我们的海军捍卫西沙群岛的故事。防震棚里的墙是泥巴的，时间一长都已开裂了。但这并不妨碍电影的画面质量。当时有一个镜头，我的记忆很深，主演唐国强站在一艘炮艇的船头，海风吹着他的头发。在他的身边，就是一面迎风招展的五星红旗。这红旗在南海蓝天的背景映衬下，就是这样格外的鲜艳……

这时，这面五星红旗已经升到了杆顶。

我看到，那个小升旗手把手里的绳索一点一点仔细地、一丝不苟地缠绕在旗杆上。然后。她和另外两个小护旗手，一起排着队走回来。我好奇，特意走过去看了一下。这个小升旗手缠绕在旗杆上的绳索不仅整齐、牢固，也看出很熟练。

此时，我忽然冒出一个想法。再过若干年，这几位小升旗手，她们都已长大成人，她们会在什么地方？从事什么职业？无论她们到了哪里，也无论从事了什么工作，有一点可以肯定，当她们想起今天的这段经历，对家人、对朋友或同事说起来，自己曾在祖国的南海，在美丽的西沙群岛，作为升旗手，为祖国升过旗，这是一件多么令人自豪的事情啊！

我这样想着，看着这些孩子，不禁由衷地羡慕她们……

登上永兴岛

李西岳

“在那云飞浪卷的南海上，有一串明珠闪耀着光芒……”从感性上认识西沙群岛，缘于这首歌，这首歌是20世纪70年代的电影《南海风云》插曲，电影画面至今历历在目：辽阔的蓝色海水向天际延伸，海水的颜色层次分明：浅蓝、碧蓝、湛蓝、深蓝……一排排洁白的海浪把辽阔无垠的大海切割成层层段面，岛礁犹如银色的丝带镶嵌在碧波之中，珊瑚像花一样在清澈海水中绽放，成群的海鸥在惊艳的晚霞中低吟着飞向遥远的深蓝，落日余晖中，张网的小船凝结成渔舟唱晚的油画。感性认识的强烈记忆是：南海好美，西沙真美！

西沙给我增加感性与理性双重认识，是这次随中国作协庆祝改革开放40周年主题采风团第四团登上永兴岛。永兴岛是西沙群岛最大的岛屿。2012年6月21日，中华人民共和国民政部公告宣布，经国务院批准，建立地级三沙市，市委市政府设在永兴岛，永兴岛从此便成为西沙、南沙、中沙三岛的经济、政治、军事、文化中心，也是向世界宣布三沙领土、领海主权意义的象征。

从未到过西沙群岛的我对这个神秘的永兴岛充满了敬畏与好奇：总面积2.6平方公里，有户籍的人口602人，但这里已是麻雀虽小，五脏俱全：政府大楼、学校、机场、邮局、宾馆、医院、图书馆、电影院、银行、气象站、码头港口、驻军基地等，最最令人好奇的是，还有一条北京路，它的长度未曾考证，它以“北京”的名字命名，其内涵不难看出是告诉人们，岛屿虽小，虽地域偏远，却连着祖国的心脏，它是中华人民共和国领土不可割的一部分。岛上的风光比电影《南海风云》里的画面更美更真实更亲近，但作为一名军旅作家，我更想尽快走进它的历史，它的战争史，因为远离大陆的西沙群岛在中国全面抗战8年的历史灾难中也未幸免。果然，岛上还有日本、法国侵略军留下的炮楼，日军炮楼下有一块石碑，简介中写道："第二次世界大战爆发后，日本趁机入侵我南海诸岛，于1939年3月20日占领西沙群岛，并在岛上构筑工事，企图长期占用，同时疯狂攫取我磷矿资源，仅在永兴岛盗采鸟粪就达20万吨。鸟粪是世界上最优质的有机肥料，1879年至1883年，智利、秘鲁、玻利维亚三国曾打了长达4年的鸟粪战争，而'以战养战'的日军更深知鸟粪的价值，现地存活，自给自足，在岛礁上，鸟粪自然是重要的资源。但此时永兴岛已被日军占领，就不用'盗采'了，就像满洲国的木材、煤炭等资源一样，明目张胆地运回日本老家就行了。炮楼右面不远处，有一座水泥纪念碑，正面刻有'南海屏藩'四个大字，背面刻有'海军收复西沙群岛纪念碑'字样，旁边署'中华民国三十五年十一月二十四日张君然立'。以个人名义为收复西沙群岛立碑，好不气派，张君然何许人也？"

我的思绪、情感和笔触都要顺着历史的脉络往前延伸。

1945年8月日本宣布无条件投降后，根据《开罗宣言》的决定，台湾、西沙和南沙等岛屿回归中国，日军撤离后，南海诸岛无人驻守，时隔半年多之后，法新社西贡专电称，法国海军陆战队于1946年5月曾在西沙登岛，逗留15天，同年8月，又传来消息，菲律宾表示将南沙岛群并入其本国版图，国民政府当即作出决定：由海军司令部组织舰队，协助广东省政府接收西沙、南沙群岛，并由海军派出兵力进驻各岛。命令下达后，海军司令部迅速调集护航驱逐舰太平号、驱潜舰永兴号、坦克登陆舰中建号及中业号，组成编队南下收复西沙、南沙主权，编队指挥官、副指挥官分别由海军上校林遵和海军上校科长姚汝钰担任，时任海军总司令部海事处参谋张君然和上尉林焕章任编队参谋。1946年10月25日，编队在上海集结，29日晚各舰队秘密出港。11月24日，姚汝钰指挥永兴舰和中兴舰抢先到达永兴岛，张君然指挥一个战斗小组乘汽艇从礁岛登陆，环岛搜索，未见有人，经过5昼夜奋斗，进驻工作大体完成。国民党海军收复西沙后，张君然被任命为第一任西沙群岛管理处主任，他在行使管理职权的同时，还为西沙的建设，向国人宣传海洋权益做出了积极的贡献，其中，他立下的纪念碑，已成为西沙群岛回归中国的历史见证，而永兴岛也是以永兴号军舰而命名。

1947年1月6日，法国一架飞机飞临永兴岛上空侦察，18日下午，法国一艘军舰驶抵永兴岛，要求我岛人员撤离。当时驻岛电台台长李必珍向在广州的张君然请示如何处置，张君然果断命令：坚决抵抗，捍卫主权！法军见无隙可乘，只好撤离。

1949年6月，张君然从西沙换防下岛，即在香港秘密加入中国人民解放军，并受命返广州策反国民党海军起义和投诚。新中国成立后，张君然回华东军区海军工作。若干年后退役回上海工作，曾任长宁区政协委员。2003年在上海逝世。

从1946年到1995年，张君然三下南沙，四下西沙，成为海峡两岸进驻南海诸岛唯一一位全程亲历者、见证人。同时那座收复西沙群岛的纪念碑，也让张君然的名字和永兴岛紧紧地连在一起。

如今，驻岛人民海军每年新兵入伍都要在张君然立下的纪念碑前进行一次爱国主义教育课，官兵们每年都要在碑文上涂加红漆，让其更加醒目。

张君然先生在天之灵应该感到欣慰。

如果说1946年国民党海军收复西沙群岛是恢复主权的象征，那么，28年之后，发生在这里的一场海战，则堪称中国人民解放军捍卫祖国领土领海主权的英雄壮举。

1974年1月，中国人民解放军南海舰队与陆军分队、民兵协同，对入侵南海之敌进行反击作战，击沉敌护卫舰一艘，击伤驱逐舰3艘，毙俘伤敌100余人，此次战斗的胜利，牢牢地控制了永兴岛群核心区，为后来控制西沙边缘岛礁及进军南沙群岛奠定了基础。西沙海战胜利的重大意义还在于，中国海军历史上一直与“胜利”二字无缘，从甲午战争北洋水师的全军覆没，到国民党海军在抗战中的一击即溃，战斗力丧失殆尽，是中国人民解放军改变了海军百年屈辱的历史，同时也使中国有海无防的历史宣告结束。

历史发展到今天，从战争废墟里站起来的新中国发生了翻天覆地的变化，尤其改革开放40年来，中国经济腾飞，综合国力大大提升，国防和军队建设取得了长足发展，被称为“兵岛”的永兴岛已让世界刮目相看。1991年4月，人民海军又在西沙军港上矗立起一尊巨大石碑，朝海方向是浇铸的一幅《中国南海诸岛图》，朝岛方向是《中国南海诸岛工程纪念碑》，并写有碑文：“南海诸岛沧桑历史，炎黄子孙创业今朝，今于永兴岛立碑咏志，以昭千秋……”

永兴岛上看升旗

刘仁前

这原本极其寻常、普通的一刻，因为你们而变得庄严、神圣，我可爱的孩子！

一双还很稚嫩的小手，牵引着扣有国旗的绳子，一把，一把，伴随着雄壮的国歌声，将原本低垂着的五星红旗，沿着旗杆缓缓地向上升起。

这每一次的牵引，都让我怦然心动，我可爱的孩子！

在祖国的最南端，陆地面积仅 2.6 平方公里的小岛上，我的心灵得到一次洗礼。那冉冉升起的五星红旗在告诉我，不论距离祖国的心脏多么遥远，她和我们的祖国永远心连着心；不论其陆地面积多么狭小，她始终是祖国领土神圣不可分割的一部分。

是的，当我乘坐着“三沙一号”，经过 10 多个小时的航行，登临永兴岛时，我亲身感受到了她海域的广袤与辽阔。“我爱这蓝色的海洋，祖国的海疆壮丽宽广……”孩提时耳熟能详的旋律，在脑海回荡。可别小看三沙市仅 10 多平方公里的陆地，那 200 多万平方公里的宽广海域，可是有着无穷无尽的宝藏呢。这，也强化着我的祖国疆土的概念。我们在拥有 960 万平方公里陆地的同时，还拥有着 470 多万平方公里的海域面积，这才构成我们伟大祖国神圣的国土。

永兴岛，堤岸边湛蓝色的海水清澈见底，远处海浪翻滚起一朵朵“雪浪花”，鲣鸟展开长长的双翼在空中翱翔，低矮的防风桐在海风中摇曳生姿。最是老龙头嶙峋的礁石吸引我们的眼球，那份奇特，那份斑驳，透露出沧海桑田之况味。“老龙头”石碑，字迹已然模糊难辨。然，礁石一侧，“祖国万岁”4 个大字，赤红鲜艳，令采访团的成员们惊喜万分，纷纷抢占最佳位置，合影留念。

我可爱的孩子！短短几分钟的升旗仪式，我怎么觉得那么漫长？时间似乎在这一刻凝固。2018 年 12 月 3 日，清晨 8 点。这个时间节点，注定要在我的记忆里凝固成永恒。

永兴岛，自然也有着自己凝固着的时间。一座 9 米高的 3 层炮楼，依然保存着。这枚刺入我南海版图的“钢针”，如今已经成为日本帝国主义曾经入侵我西沙群岛的有力罪证。那是在 1939 年 3 月 20 日。在距离日本炮楼不远处，一块石碑赫然矗立。石碑正面刻有“南海屏藩”4 个大字，其背面镌有“海军收复西沙群岛纪念碑”字样。这块碑，无疑是中国军队收复疆土之见证。立碑的时间为 1946 年 11 月 24 日。

值得一提的是，1950 年 5 月 15 日，我英勇的中国人民解放军在攻占海南岛后，便进驻了永兴岛。此后，守护祖国的疆土并不是一帆风顺。1974 年 1 月 19 日，我南海军民奋起反击来犯之敌，10 多名官兵血洒疆场，他们用鲜血和生命维护和捍卫了祖国领土完整和领海主权。

历史掀开崭新一页，具有特殊意义的地级三沙市正式成立，永兴岛成为三沙市市政府所在地。这一天，是 2012 年 7 月 24 日。重达 68 吨的金黄色巨大石碑上，镌有 169 字碑文，阐释了“立府永兴，睦邻四方，固我海疆”的政治主张。时代的发展，让我们走向了蓝色大海。我们在拥有黄河文明、长江文明的同时，也应当拥有海洋文明。这是时代之呼唤，祖国强盛之必需。

我可爱的孩子！看着你们一张张充满稚气的脸庞，翘首仰望着在旗杆顶端高高飘扬的国旗，清晨的阳光洒落在你们的脸上，既那么生动，又那么恬静。我知道，你们是永兴岛上“爱国”的接棒人。

是的，“爱国”。此时此刻，这种情愫在我们观看升旗的每一个采访团成员心中奔涌着，翻腾着。我知道，是你们的稚嫩，触及了我们心底那一块柔软。作为一个写作者，我愿意保持着心底的柔软，书写出更多的美好。为我们伟大的祖国，为我眼前这些可爱的孩子们！

我可爱的孩子！通过你们的张勇校长，我给你们快递了几本自己的散文集《爱上远方》《那时，月夜如昼》等，此时已经在路上。但愿你们能够尽快读到，并且喜欢。

风从海上来

严英秀

在巨大的感动面前，人会莫名地陷入失语的境地。

原本，那些繁复精妙的修辞，那些重峦叠嶂活色生香的词语，是盘踞在你脑海中的，像一枚枚整装待发的箭镞，随时准备捕捉那些需要被命名的事物，那些等待被描述的生活。但突然间，它们毫无预兆地遁形，一哄而散，了无踪影。没有了语词的屏障，你会感到自己被一件件褪离了夸饰的虚浮的包裹，一层层袒露出原初的混沌，本真的澄净。遍顾四野，天地浩渺，无所栖倚，但你分明感到了抚慰之手停在脸颊的温热。

是的，正是这样——当我立在“三沙一号”的甲板上，当比辽阔更辽阔的大海涌向我的眼睛，当比激荡更激荡的大风吹起我的头发，当比孤独更孤独的风景靠近我的足迹，我突然遭遇了一种突如其来的被掳掠。我已经两手空空，但在那一刻，我再次失去了仅有的言说。我惶恐难言，只能久久地缄默着。我用全部的心灵感受着一双无处不在的抚慰之手。那样的手，那样的温热，此生已然别过，为何会在这一刻悄然相逢？

大海，无边无际，消释一切，包容所有。大海让一个刚刚痛失母亲的人，失而复得了唯有在母亲面前才能感到的大欢喜、大善意和大委屈。

海岸线上，万道霞光，一轮崭新的日出。生命的登场有着如此磅礴的欢喜，如同它谢幕时庄严的静穆。我仿佛就这样谛听到了我的真实。抖落纷纷扰扰的言说，沉没到缄默的深处，意念的深处，我终于触摸到了我的真实。我的真实和我面面相觑，如赤子晤面，天籁交响。一个声音说，孩子啊，你怎么敢说你饱经沧桑？你正在路上，你失去了太多，必将还要失去，你必将不断地被馈赠，被壮大，被丰盈。

海纷至沓来。好风景纷至沓来。是的，我正在路上，我注定还要和更多的将来、更多的感动狭路相逢。譬如，在永兴岛，观摩中国最南端只有27名孩子的永兴学校升国旗。当7个高低不齐的小学生向着朝阳中冉冉升起的五星红旗举手行礼，20个学龄前幼童仰起的粉嘟嘟的小脸随着嘹亮的国歌声越仰越高时，我的泪水，是以撞击般的力度喷涌而出的。譬如，徜徉在新中国成立以来总面积最大、年龄最小的地级市三沙，海南收复西沙纪念碑、日本炮楼、设市纪念碑、将军林、石岛老龙头这些别样的景点接踵而至，总是让人心血滚沸。譬如，在永兴社区的渔民定居点，听老伯细述往日沧桑，看渔女描绘未来愿景，实地考察海南30年来在经济发展、文化建设、生态保护上突飞猛进的变化，从而深刻领略中国作协庆祝改革开放40周年主题采访活动的重大意义和深远影响。譬如，与一名年轻的执勤战士无言相视，他的后面，天高海阔，椰林婆娑，他的前面，三角梅的艳红蓬勃得就像要泼洒出去一样，仙人掌撑着一蓬蓬傲人的绿，而鸡蛋花兀自安静着，一瓣一瓣地绽放着馥郁的洁白。小战士的脊梁是笔挺的，目光是沉静的，脸色是黧黑的，黑得像是所有的阳光都灿烂在他的眉眼间。那一刻，他是一幅画，镶出了我心中的岁月静好。

巨大的感动如潮汹涌，退去又来。海湾。峭岩。那波浪的闪光和阴影。那海鸟的低飞和高鸣。那野花般四处斑斓的珊瑚石，我捡到了最笨拙最美丽的一只。我终于让全部的风朝向自己，不再躲闪。

我见过的海很多，从北中国到南太平洋，从胶东半岛到三亚湾的椰风丽日，我欢呼过，沉醉过，肆意过，但从来没有哪一处像眼前之海，只让我潸然无语。我经历过的泪水很多，但没有哪一次像此刻一样让我壮阔，让我宏大，让我如此深切地感受到作为一个中国人的血脉搏动：这是我国家的领土，这是我祖国的疆域，无论我生在何方水土，无论我身受何地滋养，眼前这一片海，海上的这每一座岛，岛上的这每一片礁，都与我痛痒相关。

西沙。中沙。南沙。陷入无可救药的失语的境地，我只能一遍遍喃喃这些简单的地名。又一阵猎猎大风中我身姿摇曳如一缕水草，又一波浪花打湿了我的裙裾，一块尖耸的礁石在我的白衫上留下了苔绿的印迹，恍惚中，我终于确证了我的到来。这一片天，这一片海，这星子般璀璨风情的群岛，在恍如隔世的童年记忆里，它们是老师布置背诵的课文，是放学路上高声吟唱的歌曲。如今，当我乘风破浪来到它们面前，当我以中年的声音再次念出它们时，我呢喃的样子分明是在细数家珍。

灯塔。雷达。岗哨。当港口慢慢驶离，此岸又成彼岸。一棵高高的椰子树，以最经典的南海姿势定格到了我的眼睛中。我面向前方之海，不再回望那些寂寞的挺立，坚强的守卫。离别即是天涯，我知道我已把这片海天不凋的容颜，不屈的宣言，一笔一画都镌刻进了眷恋的心版。从此，纵是万里遥望，心亦归人。

很大风。风从海上来，吹起了无穷大无穷远的蔚蓝。海蓝到剔透如镜，蓝到深不见底，仿佛全世界的蓝都集中在这里，仿佛这无边无际的海域也盛不下如此多的蓝，眼看着这蓝冲溢到了天边，眼看着这蓝侵占了全部的天空，海天终于一色，海天终于蓝到让我轻轻哭泣。

2018 年 10 月的痛。11 月的痛。我已经历的，还要经历的，此生此世所有的痛啊，终于在南中国一碧万顷的长风中，哭出了海也似的泪。

南海之蓝，这倾世绝色的蓝，难道除了泪水，还会有什么词语，什么修辞，能描摹对你的膜拜和感恩？南海之风，这母亲的手一般的抚慰和庇佑，难道除了泪水，还会有什么语言，什么表达，能尽述对你的热爱和信念？

仙人果

郑彦英

1988年11月的亚龙湾是难忘的，更难忘的是那个穿着黑色宽大短衣裤的大眼睛沙滩女。

我和朋友林布谷开着一辆桑塔纳，到达亚龙湾的时候是下午四点多钟，那时候亚龙湾上是一望无际的沙滩和成片成片的仙人掌，沙滩边缘，偶尔有几棵木麻黄树。我们在弯曲的小道上行驶，突然看见前面有一个戴着尖顶斗笠的女子，拿着一把镰刀在仙人掌丛旁边劳作，林布谷便一打方向盘，驶出小道，驶进沙滩，直奔沙滩女子而去。

我们怎么也没有想到，汽车轮子突然一滑，陷进沙滩，林布谷猛踩油门，汽车不但没有上来，反倒下陷得更厉害了。

我赶紧下了车，林布谷也下了车，他把着方向盘在车前面推，我在车后面使劲推，车还是纹丝儿不动。

虽然是11月，刚刚立冬，北方已经是寒风凛冽了，但这里依然炎热，我和林布谷穿着短袖，出了一身大汗又一身大汗，但是车还是动不了。

我就说林布谷："看见一个女的能那么激动嘛？看陷成啥了？！"

林布谷干脆不推车了，也不回应我，抬起胳膊擦汗，突然对我说："你看，那个女的朝我们走来了。"

之所以说是那个女的，因为那一身黑色打扮，几乎是所有海南妇女的衣着，加上戴着斗笠，根本不能判断出年龄。

我也直起腰来，就朝沙滩女望去，便见她把一个藤条篮子放到仙人掌丛旁边，手里提着镰刀朝我们走来。沙滩的风吹着，那宽大短的衣裤在风中摆动，勾勒出她的身形，高高低低的。

我在心里便说："绝对是少女！"

林布谷竟然也在看着，我们两个甚至忘记了打个招呼。

直到她已经离我们只有十几步的距离，林布谷才笑着说："女士你好！"

那个时候，用"女士"称呼是很少的，也不知道沙滩女听明白了没有，但是她回应了，说了一句什么话我们没听懂，但意思明白了，是问车是不是陷下去了。

这还用问吗？林布谷指着车，笑着说："麻烦你帮我们推一下。"

沙滩女点了点头，下面的一句话我听明白了："噢。"

于是她走过来，把手里的镰刀放到地上，和我站到一起，说："推嘛！"

我和林布谷立即还过神儿来，一起往外推。

怎么也没有想到，就多这么一个沙滩女，车竟然推上来了，我们又一鼓作气，把车推到小路上，这才直起腰来。

我连忙说："谢谢你。"

她把低着的头微微一抬，瞥了我一眼。

我怎么也没有想到，她的眼睛是那么大，这一瞥瞥得我惊心动魄。

这是典型的马来种族美女啊，大嘴，大鼻子，高额头，而她的眼睛大过一般人，更重要的是眼光清澈纯净，让人过目不忘。

林布谷手在额头上一抹，一甩，一地汗珠子。他朝沙滩女伸出手："太感谢你了，晚上一起吃饭吧！"

沙滩女抿嘴一笑，摆摆手："不了，我还要采仙人果呢。"说着跑到陷车的地方，拿起镰刀，朝她来的地方走去。

林布谷跟着跑过去，还是说着感谢，说着要请她吃饭，还说在她最方便的地方，或者家门口等等，但是她只是摇头，不答应，两个人说着说着就到了她在劳作的仙人掌丛旁边。

林布谷朝我一招手，我走了过去。

原来她是在采仙人果，篮子里已经有许多仙人果了。

我问："你采这是吃的吗？"

她又瞥了我一眼，没吭声。

但这一瞥又让我心潮涌动，不由自主、没话找话地说："是……卖的。"

林布谷立马说："这一篮子我买了，多少钱？"

她又摇摇头，又去采仙人果，左手指掐住仙人果，右手用镰刀在仙人果下面一割，就有红色的汁液流下来，她再一弯腰，把果子放到篮子里。

我微笑着凑近她，问："这是吃的呢，还是药用？"

她低了一下头，没有吭声，又割下一个仙人果，削掉外面的皮，便剩下一个红色的果肉团，然后低着头递给我："吃吧。"

我立即接过来吃了，我真没想到，仙人果是这么好吃。

就在我赞不绝口的时候，她又削了一个递给林布谷。

林布谷一吃，连说："哪有这么好吃的水果呢！"说着掏钱："一百块，这一篮子我们全买了。"

那时候一百块是很大的钱，沙滩女看着林布谷，眼睛里有怀疑了，甚至下意识地、警惕地往后退了一步。

我马上打圆场："好了，我们合个影纪念一下，谢谢你。"

林布谷赶紧拿出照相机，沙滩女却躲藏到仙人掌丛后面不让照。林布谷不失时机地按下快门。后来我知道，他只照了我半个人，把沙滩女和仙人掌丛照全了。

快门的咔嚓声让沙滩女不悦，她迅速蹲下来。

这是最有效的逐客令，我和林布谷相视无语，只好上车，离开了沙滩女。

这次沙滩邂逅，虽然时间很短，却是我人生经验中最奇特的，所以，在以后的几年里，我时常想起沙滩女，和林布谷见了两面，每次都提起沙滩女。

记得是1991年年底，长春电影制片厂约我写一下改革开放最前沿的一部电影剧本，我到深圳去过几次，而到海南就上一次，并且遇到了沙滩女。

于是我决定去海南，自然给林布谷通知了一声。因为上一次就是他拉着我去的，他那时候担任郑州某个银行的信贷科科长，他要赶到刚刚建省的特区海南，看看有没有发展业务的机会。也就是这次考察，他回去给行领导汇报后，立即奔赴海南，成立办事处，进入房地产信贷，而且业务量飞速上行，得到行里通报表扬，他也得以不断来往海南。

林布谷是我的钢粉，是那种纯欣赏型的，自己不写任何文学作品，所以对文学的发烧程度与日俱增，我的一些作品，他能背诵许多章节。行里让出差考察，只要让他带银行外专家，他都想尽办法带我去，上次去海南就是这样。

林布谷的办事处在海口，他到机场接到我，就递给我一张照片。

我一看，正是上次在三亚亚龙湾沙滩上照的仙人掌和沙滩女。

他说："我已经请三亚银行的朋友寻了，还真不容易，但是寻到了。"

我不禁捶了他一拳："你咋知道我想见她？"

他诡异地一笑："不幸的是，她已经结婚了。"

我心里吭腾一声，吸了一口气："丈夫是弄啥的？"

"咱们明天去，明天就知道了。"

第二天下午，三亚银行的朋友开车送我们去一条小街，说："她开始死活不同意，说你俩有点流氓气，她帮你们推车了，你们还想这想那。"

林布谷连忙解释说是为了感谢她。

三亚银行的朋友说："好在郑老师是作家，我给她说了你的电影《秦川情》，她一下子来了兴趣，说她看过，是写老夫少妻的故事。"说着看看我，笑了，"这才同意见你们"。

她的家在小街一侧，门口摆着一摞蒸笼，不断有人来买馒头，甚至有人开车来买，一下子就能买三笼。

她见到我们，脸一下子红了，躲到店里面不出来，店本来就小，又摆着海南各种水果，很难进去，当然，我们也不能贸然进去。

她丈夫站在笼旁边卖馍，正好这会儿没人来，便朝我笑笑，很憨厚的样子。说了两个字："欢迎。"

林布谷眼睛一亮："你是甘肃人？"

他一笑："嘿。"点点头。

银行的朋友已经探查过了，便向我们介绍他俩的结合过程。

沙滩女丈夫高考落榜，正失落着，遇到海南立省，和一帮落榜生跑到海南寻求发展，到三亚快半年后，想吃馒头想疯了，到街上到处寻卖馍的。却没有卖的。但是，他发现，到每一个店门口，都有人招揽生意，只有沙滩女在店门口一声不吭，他就觉着这是个老实人，就问她有馍卖不，她不懂，他就说了几种名称，最后说到馒头，她懂了，说在电影上看过，但还是说没有。他失望地离开时，她小声问了一句："你会做吗？"

"会会。"他连忙应。

“我这儿有锅有灶，你可以做。”

他喜出望外，一下子激动得说不出话，只是连连点头。

下午，他就拿来面粉，没有酵子，就买了酵母粉，一下子蒸了两笼，拿到他们一帮人居住的地方，大家幸福得号叫起来。

就这样，大家就让他每天来蒸馒头，她也很欢迎。

说到这儿，我忍不住接了一句：“慢慢地，你俩好上了？”

他又憨厚地一笑：“挨打了。”

“谁打你？”

“她对象。”

其实沙滩女一直在屋里听着，这时候禁不住闪出门。“不是对象，”她斩钉截铁，“他想好我，我根本不愿意好他。”

银行的朋友笑了，说：“这事在这儿已经成佳话了，那人一拳把蒸馒头的小伙子打倒了，后面还有一帮人要上来打，没想到沙滩女大喊着过来，猛然扑到蒸馒头小伙子身上，把那男的和一帮人镇住了，大骂她胳膊肘往外拐，护外乡人，说着就拉她起来，她这时候不顾一切了，大吼：‘他是我男人！’”

说到这里，我正听得感动，却有人来买馒头。

两口子立即红着脸去打理，手忙脚乱的。

看着这两个善良的年轻人，我心里很高兴，问她：“卖馒头比卖水果，哪个更赚钱？”

她一边给人家装馒头，一边说：“馒头，我们是这一片第一家，当然影响大，利也大。”说着递给林布谷一个馒头：“你尝尝。”

林布谷一尝，连说：“好好。”

我也尝了一口，确实好呢，暄软而又筋道。

我们离开的时候她给我们装了许多水果，我坚持要付钱，林布谷把钱拍在收银的小桌子上。

她急了：“你真要付钱，干脆帮个事。”

林布谷看着她：“说，啥事我都能办。”

她却转脸向我，眼却不看我，从收银台下拿出我的小说集《太阳》，说：“能不能给我签个名。”

“能能。”我连忙说。

我确实被感动了，不但签了，而且写了很长一段手札。

一晃二十多年过去了。

2018年年末，中国作协成立了纪念改革开放四十周年采风团，邀请我参加，我欣然前往，经过一个礼拜的活动后，我拟从三亚返回郑州，在三亚有半天的时间。

我自然想见沙滩女和她的丈夫，便想到了他们那个卖馒头的小店，好在我换了几次手机，丢失了不少号码，沙滩女的电话我却保留着。

当然是直线电话，一拨，却说是空号。连拨几次，值班机器人都这样回复。

我只好打给林布谷。

林布谷已经在北京总行工作了，他立即联系了，然后给我电话说：“他们一会儿就来。”

我刚说了声：“谢谢。”他却对我说：“你要有思想准备。”

我急问：“什么准备？”

他说了句：“一会儿就见到了，别问了。”

我怎么也没有想到，来了一个小伙子和一个长者。从长者的花白头发和一双已经散开鱼尾纹的眼睛，我认出了他是沙滩女的丈夫。

我连忙拉住他的手：“出什么事了？”

长者忍不住哭了起来。

还是小伙子对我说了母亲的事情。

他们两口子挣了点钱，就把儿子送到德国留学，一年后两口子去德国看孩子，沙滩女却在飞机上心肌梗死，飞机虽然紧急降落，但还是没保住。

我的泪也流了下来。

小伙子递给我纸巾，也哭了，说：“我就剩下爸爸一个亲人了，毕业后德国两个公司要我，工资也高，但爸爸说我妈的坟在三亚，他不能去德国。我一想，我也不能离开母亲的坟呀，我就回来了。”

我擦了泪，为了控制住情绪，改了话题：“还开那个店吗？”

小伙子用手掌擦了泪，吸一下鼻子：“没有，我和人合伙开了个贸易公司，把海南的特产卖出去，把外国的产品，特别是我熟悉的德国的产品进口回来。”

“收益怎样？”

“还行。”

“比你爸妈的店呢？”

长者实诚地吸吸鼻子：“不能比，这个在天上，小店在地上。”

“噢。”我很高兴，问长者，“那你颐养天年啦。”

“没有，”他摸了一下脑袋，“我给娃开车。”

小伙子连忙说：“我想让他清闲些，他说一闲就闲出病了。”他看着父亲：“还说别人开车他不放心。”

我禁不住拍拍小伙子的肩膀：“你就是你爸妈的一切，他不放心是必然的。”

他们给我带来一篮子水果，我打开盖子一看，全是仙人果。

“太好了，仙人果！”我大声说。

小伙子说：“妈常用你激励我，现在我家里最大的宝贝，就是你在那本书上写的一段话。”

长者看着我：“最重要一句话我都会背。”

“哪一句？”

“难忘的仙人果，永远的沙滩女。”

回到郑州，已经是冰天雪地，我把仙人果拿给家里人吃。

母亲吃了一个，咂咂嘴：“好得很。”又感叹：“大冬天能吃到这稀罕物。”

我说：“要遇，遇到好时候，啥好事都能来。”

在海南聆听历史的诉说

王力平

序

2018 年冬，赴海南参加中国作协庆祝改革开放 40 周年主题采访活动。一路所见、所闻，绿水青山，蓝天白云，宏图伟业，碧海丹心。而当夜幕垂下，月朗星稀，涛声阵阵，也有一些掩入历史皱褶中的物事和细节，在思绪的相互撞击中被激活，无声却又深情地为我诉说着海南，诉说着海南的开放与变革……

载酒堂

载酒堂坐落在海南省儋州市，是东坡书院的主体建筑。当然，关于“载酒堂”的始建年代，学界意见不一。有人说贬谪海南的苏轼，在儋州友人帮助下，于宋元符元年（公元 1098）建成“载酒堂”。也有人说，苏轼谪居海南时，“载酒堂”只是他的一个美丽的设想，真实的“载酒堂”迟至元泰定年间（公元 1324—1328），才由儋州军判彭震卿主持建成。

然而，这很重要吗？

北宋绍圣四年（公元 1097）四月，以“讽斥先朝”罪名谪居惠州的苏东坡厄运未消，一纸诰命，再贬海南儋州。

900 年前的海南岛是蛮荒瘴疠之地，教育落后，民智未开，农业生产还处于刀耕火种的原始时代。62 岁的苏东坡，虽深感“垂老投荒，无复生还之望”，也只能一叶孤舟渡海，去往海南儋州。

稍稍安顿，一日，苏轼拜会儋州诗友、学子，座中有人倡议“醵钱作屋”，作为大家游学交流、雅集唱和之所，苏轼欣然赞同，并取《汉书·扬雄传》“载酒肴从游学”的“勤学”典故，为这间倡议中的大屋取名为“载酒堂”。

“载酒堂”是否即刻破土兴建，可以存疑。然而，苏轼在儋州开坛讲学、著书立说、授业解惑，传播中原文化不虚；琼崖学子追随受教、游学请益，诗文唱和不虚。苏轼以贬谪之身，自觉担起“美教化，移风俗”的责任，儋州县志称他是“以诗书礼教转化其风俗，变化其人心”。这样看来，苏轼对“载酒堂”的命名，正是他谪居海南“学为人师，行为世范”的一个宣言和象征，也不啻为海南文明进程中的一座里程碑。

海南文化昌明的历史，与中原文化的传播密不可分。在这个文化传播过程中，“贬官文化”是一个极具历史特色的重要因素。历代贬谪海南的官吏难以计数，有人统计，截至明末，贬谪海南的名臣便有 15 人之多，其中声名显赫者当数苏东坡。海南五公祠始建于明万历年间，以缅怀唐、宋两朝贬谪海南的 5 位名相。祠内有一副楹联：“唐宋君王非寡德，琼台人士有奇缘。”海南张开臂膀，接纳、庇护了这些“贬官”，也敞开襟怀，学习、融入了中原文化版图。

苏轼北归不久，他的儋州弟子姜唐佐举乡贡。苏轼为他题诗曰：“沧海何曾断地脉，珠崖从此破天荒。”“破天荒”三字并非虚言，《琼台纪事录》这样评价苏轼：“宋苏文忠公之谪儋耳，讲学明道，教化日兴，琼州人文之盛，实自公启之。”

从中原文化在海南岛的传播来看，贬官文化的发生，其实是基于贬官个人的文化自觉，是个人命运的“副产品”，是一种“偶然”。然而，这种个人的文化自觉，最终能够成为一种文化实践，并在历史上留下印记，又恰恰是海南开放、变革与发展的历史必然。

骑　楼

在海口看骑楼，想象骑楼，理解骑楼。

依靠柱子的支撑，将二层以上的楼房“骑”在临街便道上，形成行人廊道，谓之“骑楼”。几座、十几座骑楼比邻连排，便形成骑楼街衢。

骑楼是“下南洋”与“回故乡”两种生命冲动的奇妙融合。康熙二十三年（公元1684），清政府解除了海禁，这为发展海运创造了条件。咸丰八年（公元1858），清政府分别与英、法政府签订《天津条约》，开放琼州（今海口）为通商口岸。在这百年之间，“下南洋”的生命冲动和社会风气在海南渐渐养成，而洋溢着南洋风情的第一座骑楼，也于1849年在海口四牌楼街（今博爱北街）竣工。

1924年，粤军第一军独立旅旅长兼琼崖善后处处长邓本殷下令拆除海口城墙，拓宽道路，扩大市政建设，并邀请海外侨胞回乡投资，共襄盛举。史料记载，“仅二年，争相修建有骑楼的新式楼房计800多幢”。可以这样说，凭借“下南洋”赚得的“血汗钱”，凭借“下南洋”收获的“开眼界”，琼籍华侨“落叶归根”或“衣锦荣归”的情感，实现了一次集中爆发。

骑楼的特点是商、居合一，内里背后，则是商业文化与农耕文化的融会。

从商铺的角度看过去，骑楼底层部分为街面商铺，是商业文化和城市街衢的标志性景观，柱廊之设，无疑体现着统一的城市规划和建筑规制设计。同时，可以发挥便利行人顾客遮阳避雨的功能，也是商业文化中顾客至上原则的体现。

从居家的角度看过去，骑楼进深通常达20至40米，楼层通常为2至5层，可以充分满足前店后居的功能需要。起居、祭祀各安其位，门前柱廊可作家人邻里品茗、纳凉、会客以及儿童嬉戏空间，殷实之家甚至在骑楼背后辟有后花园和戏楼，俨然一幅浸润着农耕文化神韵的天伦之乐图。

这是一种融合，温润而深刻。

如果说，“贬官文化”是面向中原、融入中原农耕文化的努力，那么，“骑楼文化”则是面向海外，汲取海外商业文化的结晶。

临高灯塔

临高灯塔位于海南岛西北部临高县临高角，其地理方位突入琼州海峡，三面环水，与雷州半岛隔海相望。是船舶来往琼州海峡及通往北部湾、东南亚的重要引导标志。

临高灯塔为全钢板结构，直径 1.88 米，塔高 22 米，以 82 级螺旋式楼梯直通塔顶。由法国人始建于清光绪十九年（公元 1893 年），是海南最古老的灯塔之一。1997 年 5 月，临高灯塔被国际航标协会列为“世界 100 座历史文物灯塔”之一。

从航海航标的角度看，辑录这些资料就足见说明临高灯塔的重要与重大。但今晚想起它，说起它，却因为它标志、记录着海南乃至中国历史发展中的两次巨变。这样说来，在历史的长河中，它也是一座“灯塔”。

第一次“巨变”，构成了临高灯塔的“前史”。

1856 年（清咸丰六年）10 月 23 日，英军炮击广州，第二次鸦片战争爆发。这次战火重燃，其本质是西方列强决意施行炮舰政策，以达到进一步扩大和攫取在华权益的目的。

战火自 1856 年持续燃烧到 1860 年。在此期间，英、法联军先后攻陷广州，攻陷大沽口进逼天津，攻陷舟山，攻陷大连湾，攻陷烟台封锁渤海湾，登陆北塘攻陷天津，攻陷大沽口，攻陷通州，攻陷北京，火烧圆明园……

战争的结果是英法俄美列强迫使清政府签订《天津条约》和《北京条约》，进一步加深了中国社会半殖民地化程度。在《天津条约》诸多不平等条款中，包括了开放琼州（海口）等 11 处通商口岸，聘用英国人帮办海关税务。据此，1876 年英法列强在海口成立琼州海关；1893 年法国人以“琼海关”的名义，修建了临高灯塔。

鸦片战争是一面镜子，它让中国人看清了西方列强帝国主义、殖民主义侵略与掠夺的本质，看清了他们所谓“自由贸易”“公平正义”，不过是刀鞘上的雕花纹饰。同时，它也让中国人看清了清王朝专制腐朽的本质，看清了“落后就要挨打”的残酷现实。这种“落后”，不仅表现在“船坚炮利”上技不如人，更表现为政治腐败、民生凋敝、文化蒙昧。

从那时起，为了民族独立、解放和复兴，多少仁人志士，变法变革，改良改造，流血牺牲，求索奋进。海南岛孤悬海外，但琼崖儿女何曾置身事外。漫长的苦难、牺牲和坚守之后，终于等到那个血色黎明的降临……

1950 年 4 月 16 日 19 时 30 分，中国人民解放军第四野战军发起海南岛战役。渡海部队分西、东两路，利用木帆船强渡琼州海峡。临高角以其独特的地理位置，被选定为滩头阵地。17日凌晨，渡海部队在临高灯塔引导下抢滩登陆，在先期偷渡部队和琼崖纵队的接应配合下，登岛部队前赴后继，奋勇当先。白浪细沙的临高角，此时枪炮声、军号声、海潮声响成一片，国民党薛岳部精心构筑的海陆空立体防御体系“伯陵防线”迅速土崩瓦解。5月1日，海南岛全岛解放。

第二次“巨变”，开启了临高灯塔的“今生”。

“南海屏藩”碑

傍晚时分，海风轻拂，晚霞绚烂，甲板上满载着欢乐。登上“三沙一号”，我们此刻都是三沙人。

长笛一声起航，犁开万顷碧波。今晚的南海温柔体贴，善解人意。海浪起伏，轻轻摇碎了原本对晕船的忧虑和恐惧。一夜无梦。早上醒来，昨晚在文昌落下的夕阳，此时正在永兴岛升起，迎接我们的上岸。

“南海屏藩”纪念碑，位于永兴岛一座日军遗留的炮楼旁。纪念碑正面镌刻：“南海屏藩”，背面镌刻：“海军收复西沙群岛纪念碑　中华民国三十五年十一月二十四日张君然立”。

张君然，时任国民政府海军部上尉参谋，1946年11月24日，张君然随国民政府海军“前进”舰队副指挥官姚汝钰登上永兴岛，执行收复南海诸岛任务。

但彼时的国民政府无力建设南海诸岛。

史料记载：1947年2月，在国民党六届三中全会上，陆幼刚等34人联名提议建设西沙、南沙群岛，以固国防；1947年5月，在四届三次国民参政会上，胡木兰等36人倡议建设西沙、南沙群岛，力保主权；1947年5月，张君然被任命为西沙群岛管理处首任主任，他草拟了管理和开发西沙群岛的意见书，提出修建岛屿码头，发展海上交通，开发磷矿和水产资源，加强气象和航标工作等，但均未见诸行动。

张君然主任能做的是，重立已经损毁的海军收复西沙群岛纪念碑。重立纪念碑正面镌刻“南海屏藩”，原碑正面碑文为“卫我南疆”；背面镌刻“海军收复西沙群岛纪念碑，中华民国三十五年十一月二十四日张君然立”，原碑落款时间后无张君然署名。

所幸者，历史翻开了新的一页。当年有“心”无“力”，或者就是“心”不在焉的一切，都变成了现实。

三沙永兴学校正在举行升国旗仪式，20余位小学师生肃立注目，国歌声中，小旗手缓缓拉动旗绳，鲜艳的五星红旗冉冉升起……

三沙永兴岛银龙电影院每天一场电影，周末每天放映三场，档期与北京院线同步……

三沙永兴岛图书馆藏书规模不大，但种类丰富，现当代文学、古典文学、外国文学门类齐全；阅览室空间不大，但窗明几净，并且实现了借阅、归还的自动化管理……

三沙永兴岛已建成垃圾收集转运站、污水处理厂、海水淡化厂、居民供水配套管网并投入运行……

永兴岛的渔民告别了木板房，住进了崭新的二层小楼，再不怕台风袭扰……

三沙永兴社区绿草如茵，鲜花盛开。社区中心广场上，社区干部正在准备“宪法日”普法宣传活动……

永兴岛海岸礁石上，“祖国万岁”四个大字鲜红夺目，是守岛战士的手笔，是守岛战士的心声……

今天的永兴岛，是美丽之岛，希望之岛，和平之岛，也是国防之岛，国门锁钥，南海屏藩。

跋

改革开放的40年，是中华民族在复兴之路上高歌猛进的40年。“40年”的现实，是从新中国70年的历史中走来的，是从党领导中国革命的百年历史中走来的，是从自鸦片战争以来，中国人民反帝反封建、“睁开眼睛看世界”的历史中走来的，是从中华民族5000年文明自强不息的历史中走来的。

现实中的我们因历史而充满自信，历史也因为现实的辉煌而自豪。

霸王岭上

绿　窗

一

地球的生机取决于生物多样性，因人类的荒谬行为导致大批物种灭绝是自掘坟墓。我们能用半个多世纪再造一个塞罕坝森林，但我们无法恢复原始森林曾经富饶的野生动植物，永远丧失感知那片森林秘境的机会。

环保史上震惊世界的事件之一是北美鸽灭绝。北美大陆有一种鸽类，数量多达50亿只，迁徙时遮天蔽日，连续几天呈现宽2公里绵延500公里的辽阔鸟团。17世纪欧洲人踏上北美大陆，开始大肆杀戮北美鸽，有时一天能吃掉5万只，1914年地球上最后一只北美鸽死亡。齿亡唇寒，人们开始意识到要保护生物多样性。然而两次世界大战让更多的原始森林消失，更多的物种灭绝。

世界半数以上的物种活跃在热带雨林，但环境破坏及疯狂狩猎行为造成食物链中断，物种灭绝一直在加速，现在地球每天有75个物种灭绝，每小时有3个物种绝迹。《地球生命力报告》指出：全球野生动物因人为因素在40多年内减少了60%。这是什么概念？世界自然基金会主任巴雷特解释：“如果地球人口减少60%，那相当于把美洲、非洲、欧洲、中国和大洋洲的人都清空。”无比惊愕了，我们赖以生存的生态系统正面临崩溃边缘。

保护迫在眉睫。世界建立了许多自然保护区和基因文库，我国因没有受到第四季冰期破坏，许多古老物种幸存下来，从20世纪50年代开始已建立了1500多个自然保护区，并积极参与1992年在联合国环境与发展大会上，由153个国家共同签署的《保护生物多样性公约》，我国更率先提出“绿水青山才是金山银山”的先进理念，引领全球探索生态系统多样性维护。

二

在海南昌江黎族自治县霸王岭上，我们见识了保护最好的热带雨林非凡秘境。霸王岭是20世纪80年代成立的国家级自然保护区，由于海南岛与内陆分隔，独立进化出许多独特物种和珍贵亚种。

岛上奇树峥嵘，蕨类繁盛，是野生动植物的温暖老家。有世界罕见的千年古荔枝王，多种名贵热带兰花如五唇兰等，珍稀动物树鼩、睑虎、丽棘蜥等，尤其是世界独有的黑冠长臂猿。雨林层次丰富，从山麓到山顶分布着低山雨林、沟谷雨林、山地雨林、山地常绿乔木、山顶苔藓矮林。温度舒适，空气湿润、鲜冽。低山雨林生长着青梅、野荔枝、红罗等，能看到榕树、藤类植物绞杀现象，鸟巢蕨、崖姜蕨、书带蕨、石仙桃附生奇观；沟谷雨林长有母生、加冬、鸡毛松等；山地雨林是主体植被，密生着陆均松、油丹、海南油松等大量植物。

我跟着森林卫士一起走，他们都有一张诚挚的脸和敏锐的眼睛，原来父辈是伐木工，或自己从前就是伐木工，他们那时对自然保护懵懂，现在视自然为眼珠，深为从前的砍伐行为忏悔，“2米直径的老树，哐哐砍倒了，现在想起来就心疼，这种债一辈子还不完，看到长臂猿跑了老远的路吃不上果实心里特难受”。他们的体验最有说服力，砍伐过的荒地再长出新树也与原始森林差别极大。

海南黑冠长臂猿被列为最濒危的灵长类动物之首，1950年还有2000只，驻林人员每天早晨都在它们清脆的鸣叫声中醒来，但到1970年仅剩下7只！百姓迷信长臂猿的肉有强大保护作用，骨头做成的筷子能辨识毒性，爪子可以辟邪，就会砍下它的爪子装在红布包里，挂在孩子胸前。可怜长臂猿生活在高处，除了人没有天敌。

刚开发原生林时，夜里进山能见到许多树上都趴着四五只飞狸（鼯鼠），动物非常多，每天用炸药炸树林，水鹿四处逃窜。在快速发展的建设大潮中，成立保护区十分艰难，努力了10年时间。改革开放40年，也是长臂猿得到有效恢复的时间，从最初7只到20多只，是世界仅存，猴形，臂长，无尾，雄体黑色，顶有竖斑，雌体黄色，头顶黑斑，它们在保护区斧头岭原始丛林快活地鸣叫。

“一听到雄性长臂猿晨鸣，我们立刻就要在丛林奔跑，在第二次鸣叫之前找到它，看它安然无恙才放心。”护林员随时关注它们的数量，有没有危险靠近，不管露水多、连雨天、晚上冰冷、草丛藏着眼镜蛇，都要在丛林中以最快的速度行走，这是最起码的功夫和责任。

保护现有丛林，也要拓宽觅食领域。他们收集长臂猿喜欢的植物种子，在重要山体的退化生境地带种下肖蒲桃、鱼尾葵、黄榄、秋枫、黄桐、毛荔枝等树，长臂猿喜欢这些肉厚多汁的果实和嫩叶。新树连接沟谷雨林，以期恢复霸王岭保护区低海拔森林，增加活动地带就是增加繁衍机会。

三

到海南才知道，除了花梨木、沉香木外还有许多名贵树木，坡垒、母生、青皮、子京、野荔枝木等，都曾是历代皇帝贡品。其中坡垒木也叫海梅，热带树种龙脑香科，国家一级保护植物，黄花梨没火之前，坡垒是老大。其树干挺直，高达30余米，木质棕褐，结构致密坚硬，耐腐、耐浸、耐日晒，不易开裂，埋地下40年不朽，是造船与桥梁的“绿色钢材”。但野生坡垒已濒于绝迹，仅在霸王岭沟谷雨林地带尚存100余株。

坡垒生长极慢，良木的生长都刻意放慢了尺寸，需要每分每秒的细致磨砺，靠近它时间就拉长了。

坡垒成活力低，种子寿命短，生有赭红色萼翅的种子飘到枯枝败叶堆，接触泥土机会少，繁殖不易，即使长出来，如果得不到足够的阳光与空间，还会夭折，所以百年老树下很难见到新生的坡垒树苗。人们惊喜地发现，在一棵300年坡垒树下，已自然长出一棵坡垒小苗，只有几枚长卵形叶片，在透射的阳光下随风抖动，十分精神，周围都是前辈，它不示弱，不卑不亢，盯紧自己的光和养料。成长之路漫漫长远，必须上下求索努力向上，古老的丛林会给它许多挫折，也会尽力护佑它长成年轻力壮的大坡垒，回馈丛林。

然而前几年起获一个偷盗团伙，竟然一次性盗窃6棵老坡垒树，给坡垒的生态部落造成不可弥补的损伤。护林员们更加紧巡逻外，也会模仿老坡垒的生存环境帮助其繁衍，在椰棕碎屑中贮存种子，选择山谷和山腰下温湿肥沃的地种下，而后移植到相应地界。这无疑会增加坡垒团体的生长信心，江湖四处，相信它们心有灵犀，互相鼓励。

每一个树种都这样努力地长好并繁衍下去，雨林就会完好，逐年扩大，珍稀动物就会有更多的空间活动，充满生机。

四

他点燃烟斗，对着被称为树王和树神的两棵树深深吸了一口，“得思考一下为什么叫神和王”。说的是陆均松。

陆均松因格外粗壮腰身挺拔，在丛林中豪气冲天，是当之无愧的将军，每一棵都让人惊呼。属罗汉松科，砍伤内皮会泌出红汁，又称泪柏。

最粗最高的树并不在山顶。树也知道高处不胜寒，最佳位置是近山顶的山腰处，背后的山峦丛林如同稳妥的座椅。不得不说一王一神两棵树，2000多年的称树王，2600年的称树神。

王有雄奇之气，神因更多皱褶散放母性之息，一王一后相距300米，每棵树有几十个板根协助支撑庞大的树冠。板根，榕属等植物高大，但根系浅，一种根从基部斜出，入土，像木板一样，撑住主干，是树的智慧。

两棵奇树周围无别树生长，小草亦少。大雨砸向致密的枝叶下来变小雨，小雨到地上变微雨，阳光也一样，筛下来的是星星之火。树神与树王各据江湖，根茎纵横，之间一定有过细致的切磋，这一较量就是上千年，多年对手成知心，唯有和谐是共生共赢。一山不容二虎，一个为王，另一个只能不为王，不甘居小，只好抻抻脸上的褶子为神，神得罩着王和山，五指神树向天空抻开庞大的五指，像祈祷，像宣誓，像拥抱王和子孙后辈。

而它们都是霸王岭的孩子，是昌江的子孙，是黎族儿女赖以生存的伴侣。而霸王岭亦是大地的一个绿色皱褶，自然才是真正的王与神。

五

霸王岭野生树种密集，一步一换，目不暇接。黄叶树，长柄梭罗，琼楠，黄枸，密脉蒲桃，小叶胭脂，野生普洱，拟密花树，尖峰润楠，凸脉冬青，倒卵红淡比，割舌罗，毛锦杜鹃，厚壳桂……2213 种野生植物，365 种野生动物。你听不到它们叫唤或低语，但它们就在身边，过着最自然的日子，维护了完好的生态群落。

你还可以看到许多小品式热带雨林风情。长势蓬勃的密齿露兜，就是野菠萝，生有支柱根，原来生存环境是海，保存有祖先的习性，是活化石。老茎生花，花朵开在主干和大枝上，那里养分多，输送便捷，消耗少，是生存智慧。空中花篮，一些大树枝被藤本缠绕，截住鸟类粪便，里面的野花种子生根发芽，花朵四处伸展攀升，形成独特奇观，有的花篮则是鸟巢蕨。

往低处看，海芋巨大的叶片支过来，有的叶片布满了圆形孔洞，扑闪幽绿的眼睛，那是一种叶甲虫的杰作。海芋具有特殊的细胞“乳管”，受到攻击时会分泌毒素，顺着叶脉系统快速运输至受伤部位，以驱赶食草生物。叶甲必须疾速在叶片下表面啃出一圈浅沟，切断海芋叶片的输送系统，而后就大啖圈内肉汁了。丛林植物与食草动物的竞争或互惠，使丛林生机勃勃。

当加拿大小伙拿着落基山脉的罐装空气卖到北京后，北京一家公司和海南霸王岭联系，要将岭上“中国好空气”输送到北京。霸王岭原始森林覆盖率达 98%，光合作用释放的空气饱含氧负离子，新鲜程度高于落基山脉。

海南昌江核电站更给力，一期每年生产 100 亿度电清洁能源，减排效应相当于一年植树造林 2.2 万公顷，等同于再造两个五指山国家级自然保护区，二期工程就要投产，“要再造三个霸王岭，两个五指山”，这是多大的气魄。

霸王岭上，我享受着原始丛林赐予的舒适呼吸，感受海南人民为绿色地球做出的巨大贡献。霸王岭上牛气的不是人，是古树，是野生动物，人类只是它们的朋友，自然的守护者。

从西湖到海南的一段札记

瞿　炜

一

走在苏堤上，想起林语堂写的《苏东坡传》，似乎知道苏东坡为什么要筑此堤，却忘了他为什么要筑此堤。

大概，是为了防洪与灌溉吧。

再走是白堤。苏堤白堤，两个诗人构筑了西湖，于是西湖才有了诗意，而那些莺歌燕舞的帝王妖姬，早已如空碗——那不过是易碎的骷髅，埋入西湖的波光里，也就算了吧。

堤岸，杨柳依依，柳树的枝条就像葬礼上的纸幡在飘。今夜，冬天的前脚刚刚来到苏堤上，我的后脚就跟着来了，风过处，确实有点冷。

我一直把苏东坡看作诗人的最高典范，他是应该和屈原、李白并列的那一类诗人。诗人有很多类型，我喜欢苏东坡这一类，也喜欢李贺、李商隐那一类。我的爱好比较偏执，也就是说，这两者中间的类型，我承认他们肯定很好，但我不喜欢，或者说，我根本就不知道他们的好，这是没有办法的事。宋代的诗歌，最后以文天祥为终结，这是它从苏东坡身上就已经开始的宿命。

我是一个与世无争的人，在这世上我只爱两样：诗歌和美人。我认为上帝创造的世界，只有这两样是值得人称颂的。至于小说里或真实生活中被美人诱惑而命运悲惨的故事，在我看来都是上帝故意制造的喜剧，其作为对美的追求的警示，也好过死于金钱与权力的贪欲。

在我还是少年的时光，我就将诗歌的注意力投向了苏轼，也投向了他跌宕起伏的人生。以他的高才与情怀，他本应在人世拥有最高的荣誉，享有最富丽的生活，而他偏偏被权力贬斥到最荒凉的边缘城市，过一种屈辱的生活。他是皇太后的偶像，又是皇帝与权臣的眼中钉子。这是怎样的一种悖论？

于是每一次到西子湖畔，我就想起苏轼。他不仅是杰出的诗人，还是优秀的画家、建筑师和音乐家。他看起来与中世纪的波斯诗人颇有相似，而相比于脾气古怪的米开朗基罗，他更像温和的达·芬奇。苏轼是中国古代少有的真正具有人文主义情怀的诗人。他的批判精神也使他走向了厄运，或者说，走向了人生寂寞的道路。我之不喜欢王安石，也是基于对苏轼的热爱，而看到了王安石给宋代乃至给后世的中国所造成的灾难。

苏轼给予杭州的，比他给予诗歌的好处，其实要多得多。人们似乎可以忘记他的诗句，却不能忘记他设计并亲自参与建造的西湖长堤。只要他曾待过的地方，都能获得他的实惠，甚至在他的流放地海南儋州。

二

我有过两次去海南的经历。对于这苏轼的流放地，我一直心存敬畏。当苏东坡获知自己要被流放到这孤悬海外的岛上时，即便豁达如他，也甚至想过死。在九百多年前的时候，那是蛮荒而恐怖的地方：茂密的热带雨林里，长臂猿的啼声就像月夜的哭泣，而台风肆虐的夏天，狂风可以将整座茅草屋连根拔起，海啸巨浪伴着龙王的震怒和鱼虾的哀鸣，叫生民无处可逃。

这一次我是作为中国作协“庆祝改革开放四十周年”主题采访团的成员来到这里，有幸得到海南省作协的热情接待而走访了许多以前未曾到过的地方。在我的心里，当然还是挂念着苏东坡。苏东坡即便是作为流放者，依旧会受到许多当地官员的关爱和照顾，这是他的人格魅力——他的魅力还表现在，当他位极人臣的时候，人们并不嫉妒他，反而认为理所当然；而当他遭受贬谪时，人们却怜惜他，尊敬他。但他之被流放海南，却是因为自己当年的好友章惇的迫害与捉弄，认为他在广东的流放地太舒服了，而让他继续南迁。我不想在这里评论作为“变法派”的章惇其人，因与题旨无关。但他的严刑峻法、控制言论，其傲慢与冷酷，甚于赵高之流，确是有文献记载的。

海南因为有了苏东坡，也就有了我深深的挂念。我一再地来到这“天涯海角”，试图追寻他的足迹。苏东坡上了岛之后，是到了海南西边的儋州，但海口的文昌，我猜想应该是他的必经之路。

文昌实际上是海南文化的发祥之地，这里的骑楼鳞次栉比。

骑楼是一种起源于欧洲，流行于近代印度、新加坡等东南亚地区的美丽建筑群，具有遮风挡雨、阴凉避暑的功能，造型独特，对沿街的商铺可谓入门利市。海南人多出洋经商，回来后当然就带回了这种建筑风格。我在海口的骑楼老街上参观，可以体会到这种商业兴旺的福过笑喜之情致。骑楼下，除了商铺，还有茶馆、咖啡馆，甚至妈祖庙。我走进一家“自在咖啡”，屋后却是一个典型的南方小院落，尤其是院落里还有一座小小的戏台，据说如今依然会有琼剧在台上演出。这是一种有意识地保留传统生活的方式。我由此写了一首称颂骑楼的十四行诗《骑楼老街》，诗是这样写的：

这骑楼，颇有点儿像搁浅的船
在历史的沧海里摆动了一下身躯
然后就不由自主地在城楼下抛锚靠岸
说是南洋归来的男人们就爱这样沿街而居

楼下于是摆开老爸茶，铁观音的香韵
能让那些匆忙的脚步停一停，望一望
正在落雨的天空，骑楼正好可以遮挡
满街的叫卖声，双皮奶用的是闽南的口音

骑楼下的店铺里，应有尽有
修葺如新的老字号，托着从前的福气
屋后的戏台上，琴音柔曼，悲喜交集

在这里，百年的故事如这骑楼般层层叠叠

就像一个快乐的人与更快乐的人相遇
欢快的节奏也如同那忽来忽去的阵雨

文昌的骑楼当然不输别人，而文昌的文庙，实在是更值得称颂的地方。苏东坡来海南时，骑楼建筑群尚不曾存在，但文庙是早已有了的。这座始建于北宋的文庙，与当时整个中国的文庙大体一样，只是规模各有不同。相比于开封汴梁的文庙，文昌的肯定只是一座小庙。可是在经历九百多年的风云变幻，各地的文庙差不多都倾圮毁迹了吧，而文昌却保留至今，反而成了一座古老的、上规模的古代建筑遗迹，也是一个地方的文脉之所在。我要说的是，有文庙的地方，其文化传统一定深厚而能流传久远，像我所居的城市温州，文庙早已不见踪迹，那遗址上的巨大建筑不过是一座冷漠的商业府库。这让我由衷地羡慕文昌。

苏轼到海南，是一定会在文庙里拜见一下孔夫子的，这是古代中国文人的传统。在苏轼的传记里有他到一座小庙里祈祷平安的记载，他初到这荒岛上，估计心情是惶恐的。但他到文昌的文庙里祭拜，并不见于文献记载，只是我的猜想。这是海南的第一座祭祀孔子的文庙，有文昌宫、明伦堂、尊经阁等，布局严谨对称，庭院宽阔。我在参观文庙时，看到展览板上的海南历代进士，果不其然，第一位进士就是宋代的符确，他是苏东坡贬谪儋州三年期间收下的弟子，在苏东坡北归并去世八年后的大观三年（公元 1109）赴京城会试，登己丑科进士，填补了自隋朝科考以来海南无进士的空白。自符确始，才有海南之蔚然学风，使这荒岛有了刻苦好学的文脉绵长，苏轼之功不可没，原来流放也可以成为美谈，这大约是当局者不曾想到的。

三

在杭州，登高望西湖，所见的是，人如同在画中走动。西湖虽开阔，而沿岸的山、石、林、寺，亭台楼阁，繁复折叠在景色中，充满了江南的奇幻之柔美。而在海南，登高处所见便是海，弯弯的海岸线就像美人袒露的领口，让人遐想联翩。更不与西湖同的是，无论是海湾，还是航行于海上，人是孤独的，海湾是孤独的，海，更是孤独的。偶尔有鹭鸟飞过远处线条细腻的大桥，或停息在笕桥上，它优雅的身姿与笕桥的颜色一起融进海浪里，这份孤独也就有了些许希望，会让人想起海之外的异国他乡，也会想起，沿着海岸可以走回家园。

走着走着，或许就走进了休眠的火山，黑色的山岭上到处是火山喷发后留下的黑色的火山石，石头很轻，布满气孔，可是漫山遍野都是。翻开岩石还是岩石，没有土壤可以种植粮食。生活在这种地方的人，只有过贫穷的日子，村民要么出海谋生，不再回来；要么守着贫瘠的山坡，看着寸草在石头缝里冒出，让希望在夏日寂静的黑夜里燃烧。

但今日的海南人却在石头缝里真的找到了希望。我们在参观海口施茶村时发现，那些黑色的火山石里，生长着淡绿色的石斛，漫山遍野都是。这些喜欢从石头缝里生长的植物，反而变得珍贵了，因为火山石里有其他地方所不具备的微量元素，可以滋养这种药材。曾经在夏日寂静的黑夜里燃烧的希望，现在凤凰涅槃了。这些八千年前形成的火山石，原来一直在等待，它们各就各位，就等着这一天，等着石斛翠绿的枝条触摸着它们坚硬的体表，将根须深入它们的孔里，那储备了数千年的养分，于是就汩汩地伴随着枝叶生长。

人们说，石斛就是人间的仙草。那么，这些火山石，从它们开始喷发之日起，就带着诸神的使命而来的吧？

四

从文昌到昌江，途经儋州。那里有东坡书院，就是苏轼当年的故居遗址。苏轼的坎坷在于，他几次在自己的流放地营建居舍，总以为自己将老死此处，第一次是在黄州，第二次是在惠州，第三次就在儋州。结果是，每当他准备安居乐业，花了巨大的精力建屋构舍，结果没过多久便又要被迫迁徙，或因大赦而北归京都。

在苏轼的时代或更早以前，儋州之名乃儋耳。苏轼于宋哲宗绍圣四年（公元 1097）被贬到海南岛，六月十一日渡海，七月十三日到达儋耳，路上整整走了一个月。现在我也正是沿着他的足迹一路西行。想起他在路上曾写了一首诗，发出了初到儋耳的感慨——那正是雨季来临之时，风雨交加的儋耳估计是极为潮湿溽热：

霹雳收威暮雨开，独凭栏槛倚崔嵬。
垂天雌霓云端下，快意雄风海上来。
野老已歌丰岁语，除书欲放逐臣回。
残年饱饭东坡老，一壑能专万事灰。

这首题目就叫《儋耳》的七律，表达了他的心灰意冷，因为他当年已经六十二岁，他估计自己将老死在这荒岛上了。但他即便是在心灰意冷之际，他的豪迈与豁达还是遮掩不住地焕发出来，那种快意雄风在他的胸怀激荡，那是无论在怎样的屈辱与磨难下都始终伴随他的。没过多久，转眼到了第二年的春天，诗人的心情就已变得欢快，他又写了一首词《减字木兰花·己卯儋耳春词》：

春牛春杖。无限春风来海上。便与春工。染得桃红似肉红。
春幡春胜。一阵春风吹酒醒。不似天涯。卷起杨花似雪花。

这首咏春词，诗人以欢快的笔触描写了海岛西部绚丽的春光，也表达了他随遇而安的达观思想。

儋州以西，就是昌江，原始热带雨林覆盖下的山岭高耸，是长臂猿的栖息地。《吴越春秋》里曾记载，有长臂猿传授越女以神奇的剑术，而海南本就是越族的栖息地，那么这里的长臂猿，当与两千多年前它们的祖先有着密切的渊源。

在历经九百余年后，原始森林遭到破坏，树木被砍伐，森林面积迅速萎缩。据说森林中原有长臂猿两千余只，后仅存七只。如今，这里是作为国家级自然保护区而得到了良好的保护，七只长臂猿又繁衍了二十多只。在海南作协和当地林业局的帮助下，我们得以进入霸王岭，一观其美。热带雨林的神奇在于，那种传说中的“老茎生花”“空中花园”“独木成林”等热带奇观随处可见。走进霸王岭，你会看到巨大的陆均松参天高耸，粗壮的丁公藤缠绕着大树，几乎将它绞杀，而五列木的树干上被潮湿的泥土环绕，又长出了花花草草，就像空中的花盆。据说森林里除了长臂猿，还有蟒蛇、云豹、穿山甲。但这么一大群人进了森林，大概它们闻声早已避而远之，不见身影了。

山中有五指神树，高耸入云，其干六人不能合抱，据说已有两千六百余岁，想来刚好就是白猿下山传授越女剑术的时代，那么此神树莫非就是当年的见证者乎？可惜树不能言，它的沉默就像两千六百年的光阴荏苒，对于人类来说是漫长而神秘的时空隧道，黑暗中乃有暗物质呼啸而去的呜咽声，可是对于宇宙来说，却不过是倏忽一瞬而已。

霸王岭中葳蕤的草木创造了一个潮湿而凉爽的空间，但霸王岭外，正是艳阳高照，时令虽已过十二月，作为热带的海南依然还是夏天的光景。出霸王岭，可观沧海。棋子湾头，黑白的玉石遍布沙滩，果然是神奇之境。当地的传说是，有仙人在海滩对弈，为一决输赢而面红耳赤，忽见海湾夕阳西下，迷人的景色让他们忽然醒悟，胜负的快意怎可相较这天地的胜景，噫吁兮，不如归，于是将满盘棋子挥洒于海滨，化为形状各异的石头。我伫立在棋子湾中，此时海上正落日，一轮红日在云头渐渐隐去它的光芒，鲜红的霞光如新娘的脸庞，令人陶醉。

五

海湾波浪翻滚，离别在即，而伴着海浪的离别是最有诗意的。在苏轼的诗词中，离别可以说是贯穿了始终，他的哀伤与缠绵，他的离愁与牵挂，最让人动容。我曾在南海之上航行，眼见满天的星光垂于四野，就想起他著名的诗句："明月几时有，把酒问青天。不知天上宫阙，今夕是何年？"这也是大多数人最喜欢的诗句吧？

我从西湖去海南时，江浙尚依偎在深秋的衣襟里。那一夜从苏堤走过，两岸灯火通明，银杏树的黄叶在风中摇曳，甚为壮观。而忽然间，便寒流南下，一切都倏忽成为遥远的记忆。想起数天前在海口湿地公园里，看到荷花盛开，艳丽如西天的蔷薇，而此刻的西湖，却是大雪纷飞，断桥孤山，天地好一片白茫茫。

我曾在昌江的棋子湾看到，许多新人在海湾拍婚纱照，当然这番情景在西湖边也是随处可见的。西湖可以是伤心地，也可以是初恋的胜地。断桥边有苏小小墓，人说那里埋葬着美丽哀愁而才华横溢的苏轼之妹，这当然只是一个传说，苏轼从不曾有这样一个妹妹，那么这孤立湖畔的坟茔里所埋藏的，只是一个美丽而虚幻的传说了。其实，历朝历代，又有多少殉情者，将自己的生命交付给了冰凉的湖水，这西湖底下，可埋葬着多少这样的灵魂？冬日的午后，这样的故事是可以说很久的。但在海南昌江棋子湾，我没有这样的感念。我觉得，倘若驾舟驶出开阔的海湾，便是苍茫的大海，孤独的大海，寂寞无比的大海，那是可以许愿的地方，绝不是殉情的地方。而且，无论你抛下怎样的心愿，海浪终将它带回来，也或许，就带到了遥远的彼岸，夏威夷，或毛里求斯的海滩。

那么，就写一首诗，留给即将离别的海湾吧，因为诗歌，最美不过离别的咏叹：

海上夜幕低垂，像钢铁般沉睡
而星光却像苏醒着的鱼的眼睛
时光在汪洋中不会流逝
它涌动、沉淀、永在
它能吞没一切浮华虚荣
它也能从虚无中生出有来

在海南，寻找一个旧渔村

李进祥

一

在海南采访一周，日程紧凑，点多面广，深入海口、文昌、三沙、昌江等地，科技、文化、环保、民生、基础设施建设等领域，充分感受到改革开放40年，海南建省30年取得的伟大成就。曾经的天涯离岛，已经变成最开放、最具活力的地区之一。我们看到的是一个绿水青山、碧海蓝天的海南，一个繁荣、开放、富裕、宜居的海南，可以说处处新奇、时时感动。

尤其是采访文昌卫星发射中心、昌江核电站和三沙永兴岛，更感到深深的震撼。改革开放40年，我国的科技实力日益强大，天宫、天眼、悟空、墨子、核电等重大科技成果相继问世，已经开启了向深空、深核探索的新时代。与此同时，我们的国力已经延伸到深蓝海域，祖国的南海疆域得到有效管控和保护。深空、深核、深蓝，这三个维度，也正是大国崛起的标志。这让我们同行的几十名作家都深感自信和自豪！

对我来说，还有着特别的意义。我上小学的时候，正是改革开放之初，陈景润最火，我就想当个科学家，后来又想当个军人，可这两个梦想都没能实现。能近距离参观卫星发射场、核电站，与守岛的官兵交流，对儿时的梦想也算是种安慰。

二

没能当成科学家、军人，阴差阳错地成了一名作家，视角和关注点也就发生了变化。作家更关注的是人，人的生活、人的内心、人的命运。我是农村出生的，这些年也大多写农村题材的小说，所以，我更关注农村，也包括渔村。生活在西部干旱地区，没有见过真正的渔村，非常希望看到渔民生活的状态。去海南之前，我就想，一个四面环海的岛屿，肯定有许多的小渔村。每个渔村都面向大海，四季花开。村头儿是渔船渔网，渔民们迎着阳光出海，披着晚霞回村，船舱里满是银光闪闪的鱼儿。村子里是高大的椰子树，木制的吊脚楼，茅草压顶的房子，充满古朴的气息，渔民古铜色的脸上也带着质朴的微笑。

我知道这样的想法是很可笑的，但人往往都对老旧的东西感兴趣，尤其是作家，更容易有怀旧情结。因为这样的想法，我一路上都在寻找农村，或者渔村。

然而，在海南，想找到一个村庄是非常困难的。

我所在的西北视野开阔，几乎一览无余，远远就能看到农田阡陌交通、村庄星罗棋布。海南的村庄却都掩映在高大的椰子树、棕榈树和一些不知名的热带林木后面，很少能看到村庄的全貌，偶有几户人家的房子在绿树红花间稍露一角。道路两旁竖立着一些指示牌，有铁皮制作的，还有大理石制作的，上面刻写着村名：茶山、侨南、力崖、军屯、屋基、白南、石屋、罗马、香港、海头、海尾、上河、下河之类的。每一个村名都大有故事，每一个指示牌后面都有个鲜活生动的村庄，我却一点儿都看不到。只看到散放在草地上的黄牛、漂浮在水塘里的鸭鹅、在树丛间啄食的鸡，一个农民在整理菜畦，又一个农人在收拾苗圃。这样的景象与北方的农村非常相似，看着亲切。完整的村庄却还是没能看到。

好在，采访日程中安排了一个村庄，海口市秀英区石山镇施茶村。村名就很古典，村名的来历更具有中华传统文化的特色。据说是村里一位老奶奶专门摆个茶摊，为往来商旅行人免费施茶而得名。千百年前的故事流传至今，感人至深。而万年前的一次火山喷发，给村子周围带来肥沃的火山灰和火山岩。改革开放以来，村民们利用得天独厚的自然资源，种植石斛、养殖雍羊、建设美丽乡村、开发旅游，还利用“互联网+”的形式，让农产品搭上信息高速公路。村子也走上发展的快车道，成为远近闻名的样板村。习近平总书记曾到村里视察，留下关怀和嘱托。

还安排采访一个渔村，三沙市永兴社区的渔民定居点。听说是去看渔民定居点，作家们的兴致都很高。紧跟着海南作协的同志，走到定居点，看到的却根本不像是渔村，而是很现代化的社区，十几栋独立的楼房，一楼一户，村街上干净整洁，绿树红花。渔民也与我们想象的完全不一样，西装革履的，除了脸色还黑一些，其他与城市市民没有区别。与一个胖胖的老渔民交谈，问他还出海打鱼吗，他说，年轻人还出海，他已经不出海了。还笑着说，现在出海打鱼都是机械大船，老年人弄不来了，就在家里养老。问他日子过得好吗，他说，好，好，真的太好了！

没能看到古老的渔村，多少有些遗憾，但听到渔民们说日子过好了，还是由衷地欣慰。作家一方面想看到传统的渔村，但另一方面，都希望村民、渔民过上好日子。

更重要的是，改革开放是从农村开始的，40 年来，农村，包括渔村，为改革开放提供了巨大的人力物力支持。改革开放也重新塑造了农村，改变了农村，农村的变化也是改革开放伟大成就的一部分，需要作家用历史的眼光去体会和把握，更真实地表现农村，塑造新的农民形象。

三

从三沙坐船返回海口的途中，在甲板上与一个小伙子攀谈。我以为他是换防的战士，他说不是，是搞建设的。我问，是建营房吗？他说也不是，是建渔村。国家资助，给住在南海岛屿上的渔民改建住房，全建成钢筋混凝土的楼房。我问，过去的旧渔村还有吗？他说基本上都没有了。大概是感觉到我的意思，他翻了一阵手机，翻出一张照片来，是岛上一户渔民的院子。石头砌筑的房子，石块铺就的院子，传统的牌楼大门，大门两边贴着一副对联。我对那个旧院子，尤其是那副对联很感兴趣，对着小伙子的手机翻拍下来。因为甲板上光线模糊，照片很不清晰，房子还能看出来，对联的内容却看不清了，只记得大意是驻在海岛，守卫海疆。

我忽然明白了，在海南、在南海，渔村不仅是渔村，渔民不光是渔民。

每一个渔村，都是一个根据地，一艘军舰；每一个渔民都是一个海疆守卫者，一个战士；每一次出海打鱼，都是在宣示祖国的南海主权。

在海南，我没有找到一个旧渔村，但却找到了每一个渔村、渔民存在的特殊意义，更找到了整个海南建设的特别意义。

南海，祖国蓝天上的一片流云

毛晓春

一

南海，从小就是一个梦，梦里的南海大得无边无际。

西沙群岛，从小就是一个梦里的美丽群岛，美得人窒息，美得人把许多美好的向往都给了她。

自从小学课本里学了《美丽的西沙群岛》这篇文章后，就把这个美梦寄托给了她，梦想将来能靠近她、接近她、脸贴着她、用手轻轻抚摸她。

有时候，梦是那么遥远，有时候梦又是那么现实。

不料，这一切都成了真的。

11 月底，我来到了海南，踏上了这座离赤道最近，遍地是椰树的美丽海岛。这里，依然是花团锦簇，依然是绿树成荫，依然充满着夏季的炽热，依然满大街看到的是短袖成群的男男女女。而这时我的家乡已经是北国风光，冰封大地，白雪皑皑，一片银装素裹了。

放下行李，第一时间便是匆匆去了海边，踩着沙滩，去看大海，不知为什么，我对海老是看不够，从大连、秦皇岛、青岛、宁波、珠海、湛江、汕头……去过的地方，我第一时间要跑到大海边去看大海，尤其，喜欢一个人，对着大海，静静坐在那儿，心与海对话。这时不希望有人打扰，不希望有声音，哪怕轻微的响动，只想用心贴着大海，感受大海涛声的此起彼伏。

在巨轮上，躺在船上犹如躺在一望无际的大海上，感受南海的海，更不一样。

我们是从文昌清澜港上的船，“三沙一号”，一艘永济岛的补济船。只有她可以把我载向更深蓝的大海，才可以把我载向我梦中美丽的西沙群岛。才可以把我儿时的梦实现。

其实，我没来海南之前在网上查了许多去西沙、去永兴岛的路线，飞机、游轮、渔船等，但都不是我希望坐的，既不想飞到天上看地面一片模糊的飞机，也不希望坐那一扫而过的游轮，更不希望甲板上到处是人，连脚都没处落的乱乱哄哄的游人，也许是上年纪了，也许是成熟了，喜欢静，喜欢一个很安静的环境，独处在那里。

“三沙一号”是工作补济船，只载岛上少量的工作人员和部队家属，偌大的船，并没有多少人，偌大的甲板上，都是采访团熟悉的面孔，打消了那种喧闹和陌生面孔的顾虑，上了偌大的船，突然有了离家远行的感觉，突然觉得离家是那么的远，也有了从未有的孤独和离愁。突然眼前闪现出老母亲那白发苍苍的面容，突然闪现出小女儿稚嫩喊爸爸的声音和妻子关切的眼神。也许，我这个西北人，在陆地上待惯了，一踏上这大海，心里总觉得不是很踏实，有点儿走到了天涯、走到了尽头的感觉。

其实，真正走到尽头了吗？

一声鸣笛，船在夕阳下驶离了海港，不一会儿船便驶出港，漂浮在这茫茫的南海上。夕阳的余光慢慢退去，黑夜渐渐袭来，终于将这大海和我们这艘巨轮都吞没在黑暗中，只有船上的灯光使你在甲板上近距离看到船行走过程划开海水的波浪外，远处黑魆魆的，什么也看不清楚，远处黑夜中一闪一闪鬼火一般的东西，也许那是渔船，也许那是航行中的灯塔，也许是美人鱼的眼睛，让人禁不住猜想。此时，除了感受大海的空旷和夜晚的深邃、神秘外，就是机器马达机械式的轰鸣。

回到船舱。同行的队友却在和儿子手机视频，儿子在电话那头用稚嫩的声音给他在背诵着《美丽的西沙群岛》，我的心又回到了小时候坐在学校的泥桌前背《美丽的西沙群岛》课文的情景。

明天我就能踏上这美丽的群岛，这究竟是梦还是现实？

二

船的鸣笛，不但把我从睡梦中惊醒，也惊醒了我从小向往西沙的梦，船舱广播员通知三沙市政府所在地，西沙永兴岛到了。

船还在慢慢靠岸，人们已经在船舱门口排起了长队，等待下船。激动、不安的心不可能使我排到只看到头和背影的后面，我要用眼睛，把我的第一感觉告诉远方的我的亲人、同事、朋友，还有祖国大陆每个人，我来到了祖国的最南端地级城市三沙，来到了陆地的尽头，海的胸怀中的一个美丽群岛，这就是三沙永兴岛。

我是第一个从船上冲下岛的人，我是船上第一个踏上祖国最南端海岛土地的人。

有时候梦和现实是那么差距大，大多时候是梦美，现实残酷，梦做醒来都是痛苦和不幸，但是，有时候，现实给你的惊喜要超过梦想，人们往往主观臆想的和现实也是不一样，这就是惊喜和意想不到。

我想象中的小渔村，渔民的小帆船，渔村的小房屋，男的坐在船头吧嗒吧嗒吸着旱烟，婆娘在岸边沙滩上晒着海货，坐在房前补着渔网……岛上新渔村的一位大哥渔民笑着告诉我说：兄弟，你的那想象是上百年的想象，我的祖爷爷、我的祖父、我的父亲就过的那样的生活。那时从大陆漂洋过海来到这小岛是为了谋生，是拿命在和大海赌，一个浪打来，人就全都没了，岛上淡水少，就靠雨水活命，房子不叫房子，搭个窝棚钻进去，命就看大海高兴不高兴，随时都可拿去，你在永兴岛上想象中的那一切都看不到了。他说：你看，我们现在住的这别墅样的房屋，是政府给我们渔民修的，打鱼船都是机动大船了。走内陆也方便多了，我们一个礼拜可以跑几回内陆，要坐船就船，飞机就飞机，尤其，我们永兴岛有了自己的政府、自己的学校，我们渔民同等享受国家福利待遇，我们这岛上电影院，你们北京看什么大片，我们在岛上同样就能看到。

永兴岛面积不足三平方公里的陆地，却有着三百多万平方公里的海洋面积，这就是我国最大的海洋流动国土。

西沙的水是清澈的，清得让人窒息，清得让人不敢碰，清得你可以随时看到海洋中游动的生物，清得你想将脸贴近她，清得你真想纵身跳入她的怀抱。

西沙的海是蓝的，蓝得和草原的天空一样蓝，蓝得你向往、激动、心潮澎湃。

登上日本曾经侵占我国领土西沙群岛时所遗留下来的炮楼，虽然成了历史的遗迹，但却是我们屈辱历史不可忘记的一段伤痕。站在收复西沙群岛的主权碑前，想起在永兴岛小学，看到几岁大的孩子们举着稚嫩的小手，排成一排长队，虔诚地看着五星红旗在永兴岛上冉冉升起，在三沙永兴岛高高飘扬，从他们稚嫩的眼神中，我读出的是，美丽的祖国永远是祖国儿女心中的港湾。还有他们热爱家园的坚定，对祖国明天的繁荣昌盛更大的希望。

南海，你是我们祖国流动的国土，是我们祖国大国崛起的未来。

三

昌江的棋子湾，海南原生态保护最美的港湾；霸王林生态森林公园，南海的生态标本。

棋子湾据当地人传说是神仙下过棋的地方，我知道，这只是当地人对美好事物的寄托。这里的礁石、沙滩，都保留着原生态，一条栈道架空铺在礁石上，延海岸线的礁石起起落落，大大小小，星罗棋布般在那里，有着蓝色大海潮起潮落的亲吻、陪伴，相信不会寂寞。

霸王林修了一条长长的栈道，在原始森林的尽头，据说在那里有两棵两千年以上的神树，据说树成了仙是通人性的，中国神话传说里柳树精就给董永和七仙女保媒。能活到两千年的树本来就说明一个道理，周围生态肯定好，如果天天在雾霾中，它活两千多年，恐怕有些难。

霸王岭的原始森林是安静的，安静得你在树林吼一声可以传得很远，安静得落叶在树下就像睡着的宝宝，谁都不想惊醒它们。

霸王岭的原始森林是美丽的，美丽的她就似一个亭亭玉立的美女，静静站在那里让人如痴如醉。

别了，海南，美丽的沃土，大海的深蓝，椰树的美，椰汁的甜，西沙群岛的静，海岛上孩子稚嫩的小手，稚气的眼睛，永兴岛三沙市政府大楼的雄壮，新型渔民村的富庶、悠闲，还有那高高飘扬的五星红旗，我将回去告诉我的女儿。让这一切作为来海南、来西沙实现的下一个梦。

您的牵挂温暖着数千万民众

刘仁前

虽然距离您来的时间已逾半年，在这里，我依然能感受到民众内心的那份喜悦与激切。向我们采访团介绍起您到来的情形，依然是那么亲切，点点滴滴，如在昨日。

“乡村振兴要靠产业，产业发展要有特色，要走出一条人无我有、科学发展、符合自身实际的道路。”这是您来这里时发表的重要讲话，现在已经镌刻在一块巨大的石碑之上，赤红的大字，醒目耀眼。而这块石碑，在绿树红花掩映之中，巍峨矗立，亦已成为步入施茶村所见到的一道亮丽风景。

“让广大农民都过上幸福美满的好日子，一个都不能少，一户都不能落。”您始终把解决“三农”问题作为全党工作的重中之重。“我最牵挂的还是困难群众”，您风尘仆仆，不辞辛劳，走村寨，访农家，坐炕头，拉家常，不止一次地向地方党政领导、广大群众流露自己的心声。2018 年 4 月 13 日中午，您在海口市秀英区石山镇施茶村，与当地农民嘘寒问暖时，再次向他们道出了您的心里话。

您的这份牵挂，温暖着数以千万计的广大民众。在施茶村，我听到了这样的故事。一个名叫肖月娟的村民，在您那次视察施茶村时，前后和您握了 3 次手。第一次握手时，她和其他村民正在石斛园中锄草，您见到她们时主动伸出了手。肖月娟那份激动就别提啦，连忙摘下自己的手套，紧紧握着您温暖的大手，一股暖流在周身流淌。

4 月的海口，骄阳似火。几百村民与您围拢在一起，那场面够得上“火爆”二字。您不停地询问，村民们生活过得好不好？收入怎么样？全然不顾天气的炎热。肖月娟告诉您，她家共有 5 口人，过去远在海口打工，自从2015年村里引进了石斛产业，她家就把6亩多地入股种植起石斛，自己也成了石斛园的一名员工。现在，不仅不再离开家门，生活比打工时方便了许多，而且收入较打工有大幅增加。月工资达2500元，年底还有3000多元的分红，加上其他方面收入，全家年收入亦已超过10万元。

听着肖月娟的介绍，知道乡亲们的日子越过越好，您的脸上露出了欣慰的笑容。您的大手，再次和肖月娟握在了一起。与您分别时，施茶村的村民们自觉地排起了长队。当您的大手第三次和肖月娟握在一起时，她和现场许许多多村民一样，眼眶湿润了，两行热泪止不住地流了下来。这是激动的泪，也是幸福的泪。

在施茶村，我们沿着您视察的路线，了解了石山镇发展农业互联网的情况，参观了施茶村村史馆，现场考察了火山石斛的生长环境。作为一名写作者，采访团成员们都对“施茶村”村名的来历，颇感兴趣。一番询问之后，我们自然知道了被誉为海南四大才子之一的丘濬，知道了身为明代文渊阁大学士的丘濬在返乡途中，于石山连接府城与澄迈一带的官道中设茶亭施茶于路人之善举。于是乎，对“丘濬施茶”的故事多了一份了解。我们自然也就知道了“施茶村”村名的来历。让我们一行感到颇有意味的是，您在视察施茶村时，也曾向施茶村党支部书记洪义乾详细询问过“施茶”村名之来历。这不禁让我心生感动，一个国家领导人，日理万机，胸怀天下，对一个小小村落的来历竟也如此关注。这是怎样的人文情怀呀！

沿着石斛园蜿蜒的小径慢行，但见那林间仪态万千的火山石上，一株株翠绿的石斛苗盘石而生，可谓千姿百态。这无疑给当地村民们带来了绿色的希望，当然也成就了村民们致富的梦想。仅500多亩火山石斛，就让施茶村村民去年的人均可支配收入达到了14500元，真是个不小的贡献哟。

我相信，当您听到这样的数据时，内心是欣慰的。然，在幅员辽阔的祖国大地上，小小的施茶村差不多只是70万分之一，那些似群星散落的村村寨寨，每一处都有着您的一份牵挂，这份牵挂温暖着数以千万计的民众。

海岛的颜色

吕 翼

北国寒风凛冽之时，海南岛却一片春色。到海口那天，已是暮色苍茫，觉得暖和，脱了厚厚的外衣，便有如释重负之感。迷迷糊糊地看不清车窗外的景致，树木一般的景致一晃而过，知道是椰林了。因为累，吃了晚饭，进了酒店，便躺下睡了。夜里老觉得是空调在响，轰轰隆隆，似乎又是楼下有高速路过境，车辆也夜不能寐，还日夜兼程。夜益深沉，响声愈大，不绝不尽，有撼天动地之势。凭感觉，所有的响动，应该是来自大地深处。我把扣紧的梭门推开，把双层的落地窗帘拉开，半钩月亮在天空挂着，若有若无的白云，淡淡地贴在蓝得发黑的天空。往下看去，没有边际的墨黑，弥漫到更远的地方。次日早起，再次拉开宽大的窗帘，看见了楼下是一片绿。起伏参差，高矮错落，原来是很多植物。椰子树、龙血树、棕榈、榕树、桄榔、番木瓜……这些我是知道的。再往远看，却不是绿，而是蓝，深蓝，在清晨明澈生动的阳光下，由近而远，铺陈开来，远至天边。

我知道了，那是海！准确点，那是太平洋！地球上最大那一片蓝色！细碎的海浪在翻滚，一夜的声音就是从这里涌出来的。无边无际的大海，与天相接的大海，让我无限渺小的大海！我惊呆了。原来，是它，陪了我一夜。原来，夜里的声音，是海潮起伏的声音，是海浪拍岸的声音。

我居然就置身于此，我想，这是不是在梦中啊？我张大嘴巴，猛吸了一口气，空气清新，凉爽，略有咸腥。我睁大眼睛看去，在海与岸的交接处，一阵又一阵的浪花袭来，在与礁石、与海岸碰撞之后，一次又一次地推出白色的浪花，仿佛白色的绸带，或者舞蹈者洁净的裙裾。我迫不及待地奔下楼，跑出酒店，转弯抹角，来到了大海边。一步跳进海滩，让海水淹没我的脚，让浪花轻舐我的脚。抬眼望去，海从脚下，徐徐铺陈，一直铺到与天相接的地方。白色的浪花，簇拥着，一次又一次扑过来，一次又一次消退，永不停歇，让人胸襟大开。很少见到海的我，难以抑制的兴奋。我家居云南，在乌蒙山区，我们也有海，但那只是一池浅水。那是大山里的人，对海无比向往的表达。面对大海，突然就觉得自己的小。是，很小。小如尘埃，小若沙粒，小若蝼蚁。博大的，是宝岛，是海洋，是祖国。

这一行程，我看了很多次海，无数次相逢于海，又无数次与之告别。有时与它相守感受它的近。有时，我则坐在阳台上，看月影消逝，看日光浮出，看海水在明与暗、天与地之间的变化与不变。好纯的蓝，沉着而冷静。它在我面前表现出一种美丽、冷静、理智、安详、博大与广阔。在海南，我听到了这首歌：星星都亮了，看着你的眼；数着一颗一颗，掠过天空，照亮我的心。海风吹起了，轻拂我的脸，数着一缕一缕，掠过海面，潮湿我的心……

那些天，我醉了。我先是因海而醉。再是因山着迷。来海南之前，以为这里多是荒山野岭，礁石林立，多是沙滩恶浪，酷暑难耐。很意外，这里居然是如此的美，如此的迷人。其间，非常有幸，到了一次霸王岭。这山岭高拔峻秀，满山苍翠。这里是满世界的绿。山岭绿，原野绿。大树绿，小草绿，潮湿的空气里弥漫着绿。还有，苔痕绿，藤萝绿，溪流绿，村庄绿。这里有绿的山，绿的水，绿的路，绿的原野，绿的天空。一年四季有着绿，这绿湿了心，蚀了骨。有了绿，就有生命。绿的深处，一种力量不可遏制，一天天，一年年，潜滋暗长，为满世界增添锦绣。我在绿中迷失了方向，对色彩的辨别变得单一，听到的声音也多了清脆。夜里做过一个梦，也是绿的。自己以一个小椰子的身份出现，伏在绿色椰子树上，被风吹着，被绿色所养育，慢慢长大。

对于海南，对于绿，我没有看够，我没有领会完全。如果有足够的时间，有足够的辨识力，应该会发现，这里有着千万种的绿，绿得异彩纷呈，绿得千姿百态，绿得云起云落，绿得山清水秀。这种绿，让人生更丰富，让生命更多彩。

这里不仅有着无限的绿，还有让人惊心动魄的红。海南生长着一种普通而繁多的树，叫作木棉树，冬春开花，红艳无比。据说是黎族人的神树。

黎族人出生之后，便会在房前屋后，或者路边溪旁，种下一棵属于自己的树。岁岁年年，日积月累，海南的木棉树便成为岛屿上不可或缺的天下奇观。木棉树蓬勃生长，枝繁叶茂，种树人便会如意吉祥，身体安康，前程似锦。木棉树花开妍红，每至年末岁初，海南万绿丛中红妍突起，繁华满天，惊心动魄。昌江有一首歌曾经这样唱过：清晨的太阳照在那小山冈，悠悠的船儿在大海里游荡；远处走来黎家的小阿妹，她那棵木棉种在山梁；小小的木棉慢慢长大，花开的时候红得像阳光；黎家阿妹越来越美丽，我想牵着你的手，请你跟我回家乡……

海南还有另一种红，红得庄严，红得高贵。活动期间，有幸去了一次三沙。三沙市是我们国家位置最南、总面积最大、陆地面积最小和人口最少的地级市。下辖西沙群岛、南沙群岛、中沙群岛等。去三沙时，我们坐的是船——大名鼎鼎的“三沙一号”。暮色苍茫时，我们登船，晚霞中，我幸福得像大海里一尾鱼。此后我很长时间里，我站在甲板上，看黄昏的海天，看入梦的海天，看黎明中的海天。一步踏上永兴岛时，阳光像金子一样倾倒下来，将我们罩住。幸福，是那样的突然。在明媚的阳光下，感受一望无际海域的万般风情，很自豪，也很自足。记得刚踏上宝岛时，随行的朋友立即邀请我们参加三沙市小学的升旗仪式。这是多么好的仪式，太令人惊喜了！在嘹亮的国歌声中，我们与全校 27 名学生和 7 名老师，满心敬畏，凝心静气，缓缓抬头。鲜红的国旗，在海岛上冉冉升起，迎风招展。我再一次沉醉。那应该是，中国最南端、最有生命力的一抹红，蕴藏着无与伦比的生命力，这生命力来自祖国。

在海南吃兰州拉面

少 一

出门随团旅游，诸多都好。住得好，看得好，玩得也好。只一样不好——吃不好。不是说人家的东西不好吃，而是说那些好吃的东西都是人家的，不属于旅人。一个人在一个地方长期生活，已经习惯了家乡口味，在吃的问题上一般和异地风味合不来，又不能离开团队单独行动，就只好委屈肚腹了。

这是个问题。

参加中国作协“庆祝改革开放四十周年主题采访活动”，去海南又碰到了同样的问题。对我们普通人来说只是个问题，可对同行的宁夏作协副主席李进祥来说，还成了大问题。进祥兄是回族，一个忠实的穆斯林信徒，吃清真餐长大的。每每和我们坐在一起进餐，他都是一副踌躇的表情。他端详着餐桌上丰盛的菜肴，就像老专家在鉴定一堆刚刚出土的历史文物那样神态凝重，脸上的肌肉一点也不活泛。进祥兄是个厚道人，我是先读他的小说再见他的人。他的小说写得好，这是业界公认的。我和他有幸入选2018 年度“中国少数民族文学之星”。他是这个团里唯一的回族作家。每到一个参访点，他都显得兴奋，脸上是怡然带笑的。但只要坐在餐桌边，他那些笑就收起了，跟海南的天气一样。文友们聚一起很热闹，觥筹交错中，唯他寡言少语，只盯着馒头和米饭，或者碟盘里的基围虾，匆匆对付一阵，然后不声不响地离席。记得访问海口市秀英区石山镇归来，他没进晚餐，说是胃不舒服，独自在外面院子里溜达、抽烟。我知道，他“胃不舒服”的缘起来自他的民族信仰。我心里惦念这位仁兄，餐桌边不敢恋战，三两下扒拉完饭，抓起碟子里仅剩的几只虾去大门口找他。斯时，他正把一支寂寂燃烧的烟头在铝皮垃圾桶上摁灭……

关于回民的饮食习惯，一直是我的知识盲区。我是在2015年鲁院少数民族班学习期间才有所了解的。我们那个班有来自新疆、宁夏、河南等地的穆斯林同学，食堂是分开的。他们的男性不仅在周五的中午要去清真寺做集体礼拜，在吃的问题上也有严格规矩，从食材的采买到做工都讲究“清洁”，厨师自然也是专业的。我出于好奇，曾经很想去他们餐厅参观一下，看他们到底吃些什么好东西，有同学私下里叮嘱我，不要随便去，那样不好。我问为什么，人家也没说出个所以然来。看来，这里面包含着太多的学问，不是三两句话能说得清楚的，以至于一起生活、学习一个月，我们的餐厅一墙之隔，我却始终没能踏进清真食堂。那个神秘的所在在我心中一直充满着好奇和念想。后来，好几次参加全国性文学活动，都碰到河南周口店市的散文家阿慧同学。她也面临着进祥兄同样的饮食难题，随身携带着饭盒走。有一次，在去一个景点的大巴车上，阿慧还请我品尝过她在家亲手制作并随带的牛肉，说实话，我没怎么吃出味道，只是出于对她的尊重，在嘴上一个劲儿夸好。2017年去辽宁参加笔会，满族作家关捷兄听说我和阿慧到了，非要请同学搓一顿。为照顾阿慧，关兄父子俩开车载着我们转了小半个沈阳城，总算寻到一家像样的清真饭馆。我们几个大男人很是绅士了一把，陪着阿慧吃清真餐。我那是第一次品尝清真味。我还听说过更虔诚的故事。《民族文学》的石彦伟老师也是回族，有次去贵州参加文学活动，可是全程背着一口锅去的。经历得多了，这样的故事在我心里生出一份满满的敬仰——不是对某个人，而是对一个兄弟民族，对一个民族心中那份坚如磐石的信仰！信仰能让人意志坚定，有时候，它也会让人变得痛苦。

比如说，进祥兄这般的“胃痛”……

从文昌航天城参观回宾馆的那个晚上，进祥兄的痛苦被临时解除。我们在一家路边店就餐。进祥兄兴致勃勃地把我拽到一边，问我身上带没带现钱，有就借一点儿给他。他一定是碰到了什么好事。我发现他问话的时候，表情一扫这些天来饭局前的阴郁，脸上生动多了，连眸子里也闪烁出亮光。他果然告诉我，通过手机搜索，发现就在餐馆附近两百米的地方，有家兰州清真拉面馆，他要去吃“独食”。

“我能去吗？”有了鲁院的经历，我小心翼翼地问。

说这话不是玩深沉，我真不知道一个异族人能不能随便踏进清真饭馆。那次陪阿慧，本想问一问的，担心说出来犯忌，没敢煞风景。许多时候，一个随意的行为会冒犯民族尊严，我真怕自己做错什么。

“当然欢迎呀，走吧。”进祥兄有点急不可耐的样子。

手机导航引领着我们往北走，走一段右拐，过马路，顺着巷子进去，远远地就看见一块“兰州拉面馆”招牌。进祥兄扫一眼，指着上面的清真标志说：“放心，正宗的，包你好吃。”

时间有点晚了，就餐的高峰期已然过去，餐馆里显得稍许清静。见我俩进去，一个戴白色礼拜帽的年轻老板迎出来，进祥和他道了“色俩目”，点了两碗大份的兰州拉面。老板吩咐进去，里面一个小伙子便忙碌起来。连州拉面都是现做现卖，一团揉好的面切下来，在小伙子手里欢快地舞动，啪啪啪，下面的案板成了面团敲打节奏的鼓皮。面团触到案板后弹跳起来，在小伙子手里翻转、腾挪、折叠、纠缠，再落到板面上，如是反复，发酵的面团变戏法似的就成了一把拉面。面条根根粗细均匀，柔韧筋道，色泽黄里带白，丢进开水里煮熟，捞进碗里，佐以调制好的面料，上面放两片薄薄的牛肉，再撒一些香菜，放一勺辣椒油，看上去有红有白，嗅起来清香盈鼻。别说吃，单是见识一番拉面的制作工艺，抑或是闻一闻它的香气，就会让你满口生津，撩起大快朵颐的胃口了。

十元钱一碗，青花大瓷碗盛装，并不贵。我和进祥兄边呼啦呼啦地吃，边夸赞兰州拉面的风味。他鼓励我把汤喝下去，说兰州拉面的精华都沉淀在汤里。已经吃得够饱了，为了不拂他的美意，我还是按照他的意思一小口一小口地啜饮、品咂，让兰州拉面的美味长长久久地营养我的肠胃。从拉面馆出来，进祥兄的话多起来，话题当然绕不开兰州拉面。他告诉我，有次到上海出差，也是手机引路，把他带到一家清真面馆。老板得知他是兰州人，自己的回族兄弟，非要请客，拒收他的面钱。他们像打架一样，推来攘去许久最终以买卖成交作罢。我充分理解两个回族兄弟那份“同在异乡为异客”的心境。他们相遇的欢欣里，不仅包含着一般意义的“他乡遇故知”，更有超越人伦情感的民族信仰让他们对这样的缘分倍感珍惜。还有一次，他出差某地，找到一家清真餐馆就餐。老板知道他是回族兄弟，问他住哪家宾馆，他们可以每餐按时给他送到房间，而且免费服务。可惜进祥兄随团活动，打一枪换个地方，只得婉谢了人家的盛情。

那天晚上回到宾馆，我满脑子里都是兰州拉面的回味。感谢进祥兄，让我在远离家乡的海南再一次体验了穆斯林民族的传统风味。它属于大中华餐饮文化的一脉，源远流长的一脉，属于舌尖上的中国！我只是不明白，在孤悬海外的海南为什么会有回族人？他们在这儿开兰州拉面馆会有多少人来吃？生意做得下去吗？查阅资料方知，海南回民的历史要从宋元时期算起，主要有两支：一是蒲氏家族。蒲氏回族家族是名门望族，宋、元时期在粤闽地区久负盛誉，对我国东南沿海地区的政治、经济、航运都产生过重要影响。后来，他们中的一支经海南贸易，迁居今海南儋州，就此安居乐业，繁衍生息。二是海氏家族中的一支于明朝洪武年间从军驻海南岛。海氏家族至清康熙时，“一门之内，才德彬彬，为海内鼎族”。一代名臣海瑞就是海南海氏五世祖。

毫无疑问，海南是个移民大省，最早是历代朝廷流放犯人的地方，后来，由于地理位置显要，它成为兵家和外国侵略者的必争之地。翻开中华民族的苦难历史，我们在海南随处可以找到回族先民为争取自由独立和反抗外侮的不屈身影。改革开放后的海南，更成为全国多民族争相投奔和拥抱的热土。我由此想到，这些年来去全国每个地方，你若是想吃家乡口味的饭菜，其实也不难。湘菜、川菜、粤菜……各种菜系的餐馆随处可见。扩而大之，改革开放四十年之后的今天，在中国每一寸土地上，不管你是哪个民族，无论你走到哪里，都能见到你的同胞。由五十六个民族组成的和睦大家庭里，我们每个人都是不可或缺的一员。那么，在海口某条巷子里飘出兰州拉面的香味儿，又有什么好奇怪的呢？

前不久，我有事去常德，入住的酒店旁边就有一家兰州拉面馆。我问朋友是否一饱口福，她欣欣然。吃面时，我不由得想起进祥兄，在海南吃兰州拉面的情景，我心头一热，连忙拿出手机拍了照片微信给他，聊做一份问候吧。

报告文学

生在无人区

李春雷

基因，是上帝之手。

在植物拟南芥上培入萤火虫基因，再上太空探测，拟南芥遇矿物能发光；用转基因羊奶织布，那布条可以拉停一架将要升空的飞机；基因治病，猪器官的气温、脉搏可与人接近，移植到人身上，变猪头猪脑，甚至还“狼心狗肺”。这并非骂娘，是冲健康而来……

基因像搭七巧板，拼接出前所未见的存在。

大惊失色的世界

2017 年 7 月 14 日，深交所，上市的钟声正要敲响。临时却被告知，钟要挂低半截。工作人员满怀纳闷。敲钟时刻到了，众目睽睽之下，一位“唐宝宝”，迈着小碎步，像童话里的小矮人，挥起鼓槌！和他一起的，还有罕见的肿瘤病患者、地贫患者……台下大跌眼镜。

上市敲钟，是一个喜庆而庄严的仪式。这次不是企业老总，不是达官贵人，而是 6 位“特殊人群”。他们是曾经的病患者，以及在相关领域突出贡献者。

华大，敲的是什么钟呢？

当天上市的，是深交所冲破 2000 大关后的首位——2001 家上市公司，正是深圳华大基因股份有限公司。

有人说，华大敲的是宝钟，是警钟。

华大说，敲的是丧钟，是关于生命、健康，甚至是死亡的主题。

没错，华大自面世起，便关乎生生死死。华大是研究基因的，基因是生命密码。基因组，是生物细胞内所有核酸分子的总和。人类基因组测序，则是破解人类生命密码这神秘天书！

这本天书引发无数“天问”。

我从哪里来，将往哪里去？——人类永恒的追问。生命从哪里来，将往哪里去——基因给你答案。

1997 年，英国科学家克隆了一只叫多莉的羊，全世界大惊失色。

是的，种瓜得瓜种豆得豆。如今不用种，也得瓜得豆了！基因话题，不可回避地出现在人类面前。这是一门古老而年轻的科学，从孟德尔发现遗传的“分离和自由组合”定律算来，已 118 年。

1865 年，孟德尔拿豌豆做了 8 年实验，写出划时代的论文《植物杂交试验》，在会上宣读，没人能听懂。划时代的高曲，没有和者。最终，隐性性状的论断在故纸堆中埋没了 35 年！

从自然科学专家听不懂孟德尔的报告，到基因科技造福人类，这过程就像长跑，前段是慢跑，后段是冲刺。如今，高通量测序仪恍如一列快车，车头上标注“中国造”，开往“人人测序”的世界。深圳国家基因库，超过 1500 万份生物样本资源。在基因库的墙根，踮起脚，可窥见生物经济时代的七彩斑斓——联手英特尔、阿里云，搭起大规模生物信息分析平台，24 小时完成一个人全基因组测序的目标，也踮起脚看得见。

未来，或者一阵风般刮来，迅猛得让您猝不及防：“提供 240 种以上疾病和健康状况的报告；在科学进步的时候，得到关于你的 DNA 的更新报告。”

往试剂盒里吐一点唾沫，没几天，基因组的详细报告就出来了。甚至建议：你准备要孩子吗？你的基因会让孩子有得如下遗传病的风险；你会用某种药物吗？你的基因决定你会比一般人更可能发生药物副作用……

这不是预言，也不是科幻小说。

华大基因，带你走进这样一个不是科幻胜似科幻的世界！

砸锅卖铁也要圈个 1%

1990 年，美国宣布实施“人类基因组计划”，预计用 15 年的时间，耗资30亿美元，把人体内约10万个基因的密码全部解开，同时绘制出人类基因的谱图。美国，还欢迎同行者。

于无声处，一声惊雷。人们意识到，人类基因组计划，与“曼哈顿原子弹计划”“阿波罗登月计划”一起，将是20世纪科学史上3个里程碑事件。事实验证，这是真的。

1991年，美国建立了第一批基因组研究中心。1993年，英国的桑格研究中心在剑桥附近成立。1997年，法国国家基因组测序中心成立……惊心动魄的圈地运动！

这圈地运动，让汪建心里怦怦跳。其时，他正在华盛顿大学从事研究工作，近水楼台，嗅出良机，也察觉到事态紧急：“前面两个计划都没有中国的参与，这个无论如何不能掉队。”

汪建一腔热血回国，掏心掏肺地宣讲基因计划，寻找支持者。迎来的是一瓢冷水：“基因也能弄明白？不是瞎折腾么。”

火没有灭，汪建看到了曙光。

1997年11月20日，中国遗传学会青年委员会第一次会议在张家界召开。这次会议，有了知音。杨焕明、于军等几位科学家举手支持汪建，表示要快马加鞭，加入人类基因组计划，驱动中国基因组科学这辆车，跑上快车道。

几条四十不惑的汉子，吼一声“要干就干大的”，就挥着膀子上阵了。杨焕明、汪建、于军拿出了自己的全部身家200多万元，购买了华大的首台测序仪。测序仪边上放了三根玉米棒子，写了一句：“穷棒子精神永放光芒！”

“就算砸锅卖铁，也要圈个1%。”汪建有个“宏伟目标”。

幸好他们的想法得到了中科院领导和国家南、北方基因组中心同行的支持，进而得到了国际主流科学家的支持。在中科院遗传所的大力支持下，他们在1998年8月成立了中科院遗传所人类基因组中心，并向美国国立卫生研究院提出了加入人类基因组计划的申请。1999年7月8日，人类基因组计划网站公布了中国1%申请成功的消息。这是继美、英、德、法、日之后的第6张入场券。

中国，作为唯一的发展中国家，进入了世界顶尖的“科学俱乐部”，开始了“中国基因”的起跑。

由于中科院遗传所提供的场地有限，他们把工作地点搬到了位于北京顺义空港开发区的一座空厂房里。1999 年 7 月 14 日，北京华大基因研究中心在北京顺义空港注册成立。

要将厂房改造成实验室，并添置设备，困难重重。在多方帮助下，实验室顺利建成，并购置了 14 台测序仪。

1999 年 9 月 9 日 9 时 9 分，华大基因正式成立，同时召开了 1% 任务的全体员工动员暨誓师大会。

在华大正式成立之前就入职的员工，都有个 AEBB（An Employee Before BGI）的前缀。这批最早的 AEBB 员工，都曾为华大的成立洒下过汗水和泪水。

2000 年 6 月 26 日，参与国际人类基因组计划的美国、英国、德国、日本、法国和中国联合宣布，人类有史以来第一个基因组工作框架图已经绘制完成。这，是值得载入史册的一天。

时任美国总统克林顿、英国首相布莱尔代表美英政府，共同宣布人类基因组工作框架图的绘制完成，并向各国科学家表示祝贺，同时也特别提到感谢中国科学家的参与。

次日，时任国家主席江泽民就人类基因组计划工作框架图完成发表讲话，指出人类基因组计划是人类科学史上的伟大科学工程，向我国参与这一工作并做出杰出贡献的科学家和技术人员表示衷心的感谢。不久，江泽民在中南海接见了参加人类基因组计划的各国科学家代表。

2000 年，中国科学家成功破译人类 3 号染色体遗传密码的事迹，被刻在了中华世纪坛的青铜甬道上。

鞋厂·梦工厂

深圳市盐田区北山工业区，一栋 8 层小楼。

这，便是华大基因总部。

小楼并不气派，由旧鞋厂改造而成。这老鞋厂，是一座梦工厂，关于生命科学的梦工厂。

默默的梦，散发斑斓的光芒。8 层小楼辐射出来的研究分支机构，遍布

60多个国家和地区，人员规模近5000人，且多次入选世界顶级学术期刊《自然》排名中国科研机构前5名，仅次于中国科学院、中国科技大学和清华、北大！

2007年，华大基因南下深圳。深圳有肥沃的创新土壤，头上冠冕华丽：国家自主创新示范区、国家创新型城市、全国战略性新兴产业集聚力最强的城市。

年轻的深圳，年轻的华大，年轻的华大人。在华大，39岁被称为元老。

8层小楼，基因梦工厂。

汪建，人称“汪老师”。800平方米的开放式大平面被隔成了200多个工位，汪建占了其中一个，大约5平方米，和其他员工没有区别。没有人穿西装、打领带，大家来来往往见到汪建既不驻足，也不打招呼。想理就理，不想理就不理。

华大上班不打卡，一伙年轻人仿佛沉迷在有趣的游戏里。行为没束缚，思想才解放。生物技术和产业指向未来，最需要的是激情和创造力。宽松自由的氛围，成就梦想的舞台，华大基因成就了一批优秀的人才。

李英睿在大二暑假到华大实习，参与了研究猪的基因。闭关两个星期，他居然做出了一个重要参数。很快，华大交给他一个大项目——关于亚洲人基因组的课题。他中止了北大生科院的学业，追随华大来到深圳，关进实验室，关掉手机，开始了向科研峰顶的冲锋。2008年，这项研究获得成功，李英睿罕见地以本科生身份成为《科学》杂志论文的第一作者。自此，他接连在《自然》《科学》等顶级科学杂志上“井喷式”地发表了50多篇论文，与世界顶尖高手“论剑”。28岁的他成为华大基因的首席科学家，为世界各国科研机构和全球20强药厂提供全套基因技术解决方案。

39岁的“元老”级人物、华大基因CEO王俊，16岁考入北大，23岁加入华大，现在已经是有国际影响力的科学家，正引领着这艘5000人的“基因航母”开疆拓土，攻城夺寨。在《自然》杂志评选的科学界年度十大人物中，他成为唯一入选的中国人。

当李英睿领导着华大年轻人科海游弋时，王俊找到李英睿：“你们这半年多怎么什么错都没犯！”对，没犯错说明没有创新，得心应手时可能是原地踏步。

华大“85后”“90后”们，尽情“刷”存在感、成就感，也在深圳刷新“中国基因”的传奇。

深圳是华大的福地。深圳把生物产业、生命健康产业作为重点来培育扶持，对华大拿出的是“不问产业、不逼税收、全力保障”的政策。喝着源头活水，沐着阳光雨露，华大等创新企业出落成俏姑娘壮小伙。产学研上了跑道，飞奔起来。

这是个关于基因的梦：自疫苗问世以来，基因检测技术成为疾病预防最重要的科技突破。研究基因与生物表征之间的关系，可大大降低遗传相关的疾病发生率、减少出生缺陷，还可对复杂性疾病进行预测、预防、预警、个体化诊疗，潜力巨大。生命科学家断言，基因科技推动生物产业发展，将成为中国未来重要的增长极。

华大是野生的秃鹰，胆识过人，不跟着先进国家的屁股跑，而是闯出不一样的道路。这一走，就是18年，长成大人——全球最大的基因组学研发中心。

大耳扇风者

采访汪建，我特地看看他的耳朵。

他说过，他们是造风者，大耳朵扇。

1990年，美国启动人类基因组计划，在华盛顿大学设基因组研究中心。碰巧汪建和他的伙伴都在那儿。他敏感的神经颤动了：生命科学和物质科学的发展处于不同的历史时期。我们没有地理发现，那就争基因大发现！

把基因测序“搬回来”？不啻于当年启动“两弹一星”一样伟大！但他很快被现实泼了凉水。

1986年3月，中国启动了“863计划”。此计划基于“关于跟踪研究外国战略性高技术发展的建议”之上，定位是“跟踪”。“跟踪”与90年代初中期提出的“参与”打架了。

更大的声音是：走中国特色的发展道路，不跟随帝国主义。再加之，战略定位、主流科学家设想、过高的困难估计、经济力量计算过低……一道道坎，列入国家项目是无望了！

若没有大耳朵，汪建就噤声了。他们却偏偏犯了拧：“说白了，对基因的认识是人类社会发展的必由之路，你绕不过去的。我们是在走向一个新的时代，从工业革命时代跳跃进入生命科学的时代。生命科学时代的基础的基础、源头的源头是基因，还有比这更源头的东西吗？没有。我们做一个。”

汪建年过四旬，家境较殷实，趁年轻能不能为社会发展做点贡献？能不能为自己未来开创一条全新的道路？能不能不跟着别人走了？能不能不等着人家的风吹了？一连串的天问，等天来回答。汪建没想那么多，自顾自冲上去。

一步步地，华大基因争取到中国科学院和北京市顺义区政府的支持，正式成立。后来，汪建称支持者为“贵人”。正是贵人们的扶持，华大才得以开展原创性的研究，加入世界最前沿的大潮中，去合作、去竞争、去成长，闯进无人区。

“这是一个时代的悲剧，也是我们的幸运。”汪建冷静得像在讲别人的故事。

汪建批“风口论”毫不留情面：“在长长的工业革命的过程中，中国对知识的认知和科学探索是不够的。回想这200年，我们的工业在哪里？我们所有东西基本上都是处于追赶的状态。所以整个民族有一个很不好的心理状态，就是借别人的势往前走，所谓猪都能飞得起来，这是典型的投机取巧。

“这个风是谁造的？”他很激愤，“即使做个猪你也要拿耳朵去扇风呀！猪怎么能插上翅膀呢？这种违背生物学根本规则的东西，还在中国成为热议！我就觉得莫名其妙。”

汪建有一套“嫁接论”：将教育、产业等嫁接在科技体系上，前沿科技迅速让教育和产业拿走，让科研来引领教育和产业的发展。“花3至5年就能够长出新的增长模式，新的创新模式，新的产业模式。”汪建认为，哈佛、斯坦福、北大、清华花了几十年到上百年的时间成为教育圣地，这条路不是走不通，但要一个漫长的过程。可是如果在科技体系上嫁接教育，这个时间能大大缩短。

赵柏闻就是华大嫁接出来的。

赵柏闻 1992 年出生于北京，高中辍学加入深圳华大基因，后成为华大基因一个重点实验室科研项目的团队带头人。2014 年，赵柏闻离开华大基因，创办北京量化健康科技有限公司。2017 年 2 月，赵柏闻入选《福布斯》杂志在亚洲范围内评选的“30 位 30 岁以下亚洲人物榜”。

互联网时代让人可自学，大数据时代让人可创造。一切皆有可能！

英国伦敦帝国理工学院的校长两次来华大，给华大的评价是：“你们不是在创新，你们在改变创新之路，你们在创造新的创新之路。”

是的，华大把科研、科技发展的范式给改变了。他们是造风者，大耳朵扇。

这位大耳扇风者，爱挑战，爱冒险，爱登山、滑雪、风帆等极限运动。他曾成功登顶珠穆朗玛峰，且在 56 岁“高龄”！

62 岁了，汪建仍在登生命科学的“珠穆朗玛峰”：远离遗传性出生缺陷、远离肿瘤或早防早治肿瘤、远离“三高”和心脑血管死亡。10 年后，把聋哑学校关掉！把盲人学校关掉！把出生的智障学校关掉！把妇女的两癌降下去！因为，聋哑和盲孩子是基因决定的。

邓小平在南海边画了一个圈，绘出中国改革开放的蓝图。汪建也要画一个圈，给中国画出健康蓝图：未来城市、生命乐园、新的活法。追求生命的本源，病得少、活得长、活得高兴。给社会做有用的事，死得安详、死得快乐。

汪建随身带着一个水晶碑，碑刻上写着“1954—2074”。汪建 60 岁生日那天，有朋友交给他一个任务，要他“折返跑”，从 60 岁往回跑。他硬着头皮领了这个任务，做了这个碑。碑下面这几个洞，象征生命精华的保存，实际上是把细胞、数据保存在基因库里面。

这位湘西汉子朝着快乐的方向走。他和他的团队，完成人类基因组计划 1% 任务后，2007 年完成绘制第一个中国人基因组图谱，2008 年后陆续启动炎黄计划、千人基因组计划及人类胃肠道菌群元基因组等研究工作。2010 年，华大基因斥巨资购建全球最大基因组平台，测序业务进入大扩张时期，当年营收超过 10 亿元。同时与盖茨基金会、自闭症之声等公益机构开展科研合作，关注环境及弱势群体的健康问题。

2011 年，汪建快乐地获得 CCTV 中国经济年度人物创新奖，并获中国科学院杰出科技成就奖。

中国的“诺亚方舟”

洪水来了，诺亚造一叶方舟，赶牲畜、鸟类上船，平安度过“世界末日”——这是西方神话。

在中国南海边，也泊着一艘“诺亚方舟”——国家基因库。这“诺亚方舟”，满满载着人类及其他生物的遗传样本和密码。

国家基因库位于深圳市大鹏新区观音山脚下，一期占地面积4.75万平方米。这里几乎与外界隔离，恍若世外桃源。走进建在层层梯田之上、室内绿意盎然的建筑，从一层上三层，依次会看到庞大的高通量基因测序房、超级计算房以及冷冻资源房。

一粒种子、一个细胞、一管血液、一口唾沫、一段脱氧核糖核酸、一条数据……这些不起眼的“现在”，就是生物科技和产业的“未来”，掌握生命经济时代的战略性资源。国家基因库背负“留存现在、缔造未来”的使命！

华大在开辟，在领跑。“三库两平台”是国家基因库的关键词。美国、欧盟、日本其他三大世界级的基因库，储存的是数据库。但中国国家基因库不仅仅是数据库，还是国际上现有的各类生物样本库、数据库、生物多样性库、疾病库等的综合升级版。由“干库”和“湿库”构成。“干库”即物种遗传资源库。“湿库”也叫“活库”，即生物活体库，含动物资源、植物资源、微生物资源和海洋资源……

“两平台”则是数字化平台和合成与编辑平台。华大把全球的生物资源都收集起来，用测序仪读取万物的遗传数据，用超级计算机算出结果，用合成与编辑平台写出生命代码，最终服务人类。

从出生时的干细胞，到20岁时的免疫细胞，到30岁时的生殖细胞……国家基因库，是个“生命银行”储存人类不同阶段样本和数据的地方。

目前，国家基因库已存储多种生物资源样本1000万份；初步建立基因信息数据和生物样本采集、存储、管理相关标准和技术规范，发布深圳市地方标准5项，申请国际、国内标准10项，申请国内外专利46项，出版基因资源专著 8 本。

在基因时代，未来可期：到医院看病，把自己的基因作为“身份证”和病历；想“返老还童”，保存完好的干细胞就能轻松搞定；憨态可掬的大熊猫不再稀奇，就在你家庭院里懒洋洋伸着腰。

基因库是生命科学的“国库”，比银行的金库还要宝贵。农耕时代，耕地是金子；工业时代，能源是金子；生命科学时代，基因是金子。未来精准医学方面的发展和竞争，争夺的是基因资源及其解析。

生、老、病、死、衣、食、住、行每个节点上，生物技术都能起更好的作用。

天 网

2015 年 2 月，襄阳市。

产妇王梅抱着健康的新生儿，一家人喜极而泣。

这不是她怀的第一个孩子。两年前，初次怀孕的王梅接受唐氏综合征筛查，检测结果为临界值。唐氏综合征俗称“先天愚儿”。

在以往，临界值被作为低风险处理。而有研究证明，临界值的漏筛率最大，很多在临界值的孕妇最后生下了唐氏儿。可能生下痴呆儿，王梅内心忐忑。医生建议她做无创产前基因检测，结果为高风险，即腹中宝宝有很大概率是唐氏儿。王梅最终选择了人流。

时隔两年，当她再次怀孕后，想也没想，第一时间做无创产前基因检测，结果显示是低风险。一家人悬着的心才放下。

回想这段经历，王梅有些后怕：“如果当初没有做基因检测，很可能生下一个‘唐娃娃’，给孩子和家庭带来巨大的痛苦。”

无独有偶。麻城市民谢慧的儿子被临床诊断为先天性肾上腺脑白质营养不良。夫妻为儿子四处寻医却未果，准备再生一个小孩。

谢慧很纠结：下个孩子会健康吗？医生推荐她去做基因检测，指导二胎怀孕。“先是给儿子做了针对病因的基因检测，却没发现相关的基因缺陷。”谢慧拿着检测结果，百思不得其解。直到做了全面基因检测，才发现儿子患的其实是先天性肌营养不良 1A 型。“这是一种常见染色体隐性遗传病，虽然夫妻双方表型都是健康的，但其实都携带患该病的缺陷基因，所以他们的小孩有25%的可能性患病。”专家说。

在得出这一结论后，谢慧夫妇最后选择做试管婴儿，通过对囊胚的检测，可喜地发现这个囊胚完全正常，他们近期准备做囊胚移植。

类似的故事，每天都发生在你我身边。以往，关于生、老、病、死的问题，只能听天由命。

而今，替代上天给出答案的，是基因。

基因，是人体内最基本的遗传因子，存储着生命孕育、生长、凋亡过程的全部信息。基因检测则是通过少量血液或唾液，捕捉、测量人体中某些特定的基因片段，预知疾病风险或早期诊断疾病，甚至，发现癌症滋生的蛛丝马迹。基因检测，像一兜天网，把疾病基因筛出来。

借问瘟君欲何藏，测序照妖全扫光。

在深圳，在黔西南、新乡长垣、重庆渝北、安徽阜阳及青岛、威海等，华大以低成本对产妇进行无创产前全覆盖检测，有望在近两年内率先杜绝唐氏综合征患儿的出生。

华大累计完成了200多万例无创产前检测，检出了1.5万多个“唐氏胎儿”，准确率在99%以上。还完成了上百万例耳聋相关基因筛查，几十万例的遗传性基因病排查，200多万例妇女宫颈癌HPV病毒分型检测，600多万例的肿瘤标志物筛查。

华大6000名职工，都要遵守“三大纪律八项注意”。

三大纪律，是指远离出生缺陷，远离肿瘤和心脑血管疾病。八项注意，一是注意“能量平衡”，管住嘴，迈开腿；二是注意“营养平衡”，不能偏食，从均衡营养到精准营养；三是注意“激素平衡”，及时矫正激素失调；四是注意保持和提高免疫力；五是注意维护耳聪目明；六是注意保持头脑清晰，积极预防神经退行性病变、老年痴呆；七是注意预防骨关节肌肉退行性病变；八是注意维持好身体微生态系统，最重要的是肠道微生态。

治未病

2013年5月，好莱坞影星朱莉做了血液筛查，发现自身携带了一种

“错误”基因，导致有87%的概率罹患乳腺癌，50%的概率罹患卵巢癌，于是她预防性地施行双侧乳腺切除术。

新闻一出，舆论哗然。谁都知道，乳房对女人，尤其是好莱坞女星，意味着什么。是什么推着朱莉迈出勇敢一步，是精准医疗。

科学的步伐，像飞毛腿，像无影脚，快得晃眼。精准医疗让你定下神来看，精准食品又来了。2015年5月，华大基因和中国农业大学，华大农大，“大大”携手，开发精准食品。

从对症下药，到对症下饭，着眼“治未病”，又晃着你的眼。

菊芋、芦荟、黑枸杞等药食同源产品，华大基因已检测分析了100多种，用基因科学诠释经验科学。

摸清肠道菌群，很大程度上等于摸清健康。

肠道有2000多种微生物，肠道神经元比脑先出褶皱，先衰老。而每周喝菊芋等果蔬汁3次以上，患病风险减少60%。2400万的北京人中，60岁以上的老年痴呆比例占10%。寻找影响肠道微生物变化的果蔬汁，通过营养干预，靶向预防老年痴呆问题。健康的世界里，华大农大在“望春风”，给人类带来暖暖的福流。

“如果10年前看到Nature，如果早几年结识华大基因，现在应该已经形成产品了。”农大校长胡小松感慨与华大基因相见恨晚，“3至5年内首个‘精准食品’产品必须落地！”胡小松拍胸口。

战 虫

我没去过西藏，西藏于我，是布达拉宫，是雪域高原，圣洁而美丽。

但美与恶并存。

在西藏，包虫病是个恶者，狰狞了千百年。

2018年1月，西藏自治区疾控中心主任李斌接受了我的电话采访。

2012年，西藏把包虫病列入防治项目，但面很窄，只对4个县开展调查治疗。大的动作在2016年，时任国家政协主席俞正声获知这一情况，说不能再让藏民陷入人虫大战了，于是有了全国专题会议，有了地方政府的立马行动，全国防虫大幕拉开。这是一场硬仗，包虫病流行范围广，涉全区 74 个县；程度重，患病率 1.66%，其中的左贡县达 7.6%！早超过 1% 的重流行线；危害广，患者年龄在 2 岁至 79 岁之间，青壮劳动力、女牧民，更容易染病。其中泡型包虫病患者，10 年死亡率达 94%，人称“虫癌”。

日喀则市，我国西南边陲，离拉萨 1000 公里。这里有一户人全家得病，爷爷、妈妈和儿子。儿子 6 岁，肝上拖了大大的囊肿，营养不良，身子弱小，不能跑不能跳，自然也没办法上学。普查发现了这病例，送到北京做了手术，妈妈能干活儿了，儿子能上学了。李斌主任回访他们，这户人家流下感激的泪。

有的患者，术后没有脱离感染源，三四次反复感染，肚皮上三四条手术疤痕，触目惊心。三五万元的开销，令他们“一夜回到解放前”。

2016 年，普查结果出来。西藏包虫病患者，保守估计达 5 万人。

2017 年，政府牵头，17 个成员单位联盟，成立指挥部，打一场民生的仗，全面防治的仗。全人群免费筛查，清理感染源，管理狗只……在西藏，牛羊染上包虫病，牧民拿牛羊肝脏喂狗，狗吞食了幼虫，成虫后随粪便排出，草地、水源和皮毛都被污染了，人碰到狗，或喝下水，都可能被感染。牛羊吃了草，再被污染……包虫病的黑幕，重重罩住西藏。

黑幕扯开了一角。2017 年，西藏筛查人群达 300 万人。

这个时候，华大闻讯而来。汪建多次进藏，表示提供技术力量支持。2017 年之前，西藏采用的是 B 超检查方法，难度显而易见，哪来那么多 B 超机呢？

华大奋战在西藏，成立快速检测区，探索新的检测方式——全基因血液检测。还和北京成立联合实验室。这回，检测时间缩短了，效率提高了。更重要的是，B 超能测出时，病灶已较大，而全基因法，测病患于细微处。华大还捐赠 50 万支针管，供抽血用，再拿到北京检测。抽血了，还要运输、保存，低温冰箱短缺。又是一座横亘眼前的大山，深圳国家基因库、华大基因、华大基因北方中心、澳柯玛集团、宅急送，齐齐联手，横跨 4000 公里，向西藏分批运送了 130 台 -86 度超低温专业冷冻冰箱。一台可储存一两万个血样。保存、整理、管理、编号，有条不紊。

新的诊断方法，带动检测能力提高。

这场举全国之力，16 个援藏地区和单位，内地省市 500 多名专家，加上西藏3000多的医疗力量，成立800多个医疗小组。这场没有硝烟的战役捷报频频。至2017年12月25日，华大基因协助西藏自治区疾病预防控制中心，完成了83万人份包虫病IgG抗体检测，“战虫”任务提前超量完成。

人类在抢夺基因资源，形成“新世纪”“圈地运动”。转基因食品安全吗？还是助力地球人丰衣足食？转基因花粉，飘落在土耳其玉米妈妈的花柱上，产生基因漂流。基因武器，可让人畜患病，可损伤敌人智力，可造成妇女绝育。花5000万美元建的基因武器库，杀伤力超50亿美元造的核武器库。克隆人，技术没问题，但过得了道德伦理关吗？……

无数的基因问题，是横亘在汪建们心头的白山黑水，是难题，是资源，是无人区。

哪脚是福，哪脚是祸，孰知！

站稳上帝之脚，才好舞动上帝之手。

穿行深圳“二线插花地”

杨黎光

乍一听，深圳的“二线插花地”这个名词还有点烂漫的色彩。

世纪之交的那几年，深圳对市区的“插花地”进行了调查摸底，经过认真地调查核实，发现深圳“二线”沿线共有“插花地”22处，分别是罗湖区与龙岗区交界的沙湾大望厦村、布心山庄等17处，福田区与宝安区交界的梅林关口西南侧、中康北路二线南侧2处，南山区与宝安区交界的留仙洞村和西丽白芒牛城村、西丽白芒村2处，盐田区与龙岗区交界的三洲田水库的背仔角1处。而这22处“插花地”中，规模最大的无疑就是交给罗湖区主导改造的这一块了，它包括木棉岭、玉龙和布心3个片区，面积约62万平方米。

“二线插花地”或许只是历史的“潦草之处”，但对于许多人来说，这样的存在，却成就了他们描摹生命图案中别具意味的起笔。

在为时一年多的采访中，我和我的助手曾对民政部门认定的这22处“插花地”进行了不同深度的踏访，见证了这些“插花地”的沧桑变化，也感受着坚韧生活其上的万千以生命之名演绎的种种故事。

我相信，这样的踏访，是一种向深圳深处的走进，更是一种对于深圳一段历史的别样观察，颇有一种历史沧桑感。

走完这22处“插花地”以后，我发现一个特别有意思的现象，那就是除了罗湖龙岗交界处的这一块“插花地”外，在人口规模和建筑密度上，几乎没有任何一块“插花地”可以与之比肩。更为重要的是，我认为对于这个现象的深度挖掘，肯定会发现一些长久以来被遮盖的某种东西，而这些东西对于我们理解中国的城市、理解深圳的成长，是具有非同一般意义的。

对于一个思考者而言，我更感兴趣的是这块占地面积62万多平方米，建成的各类楼宇1300多栋，建筑面积达130多万平方米，居住人口为93000多人，相当于内地一个县城规模的“插花地”，是如何从一片蛮荒之中，生成如此这般密集的聚居区的？

从后来采访了解到的情况来看，至少在深圳建立经济特区之前，这里是一片非人居的荒野。在这座被笼统称为“蚊帐山”的山脚下，此前村民对它的记忆绝大部分是与捡拾柴火有关。我在采访一些上了年纪的本土老人中得知，这里连果树都极少，基本上都是一些荆棘、茅草和杂树，“没水没电没路，山路崎岖，蚊虫也多，一般人是不会在这里建房的”。

没有任何理由可以怀疑当地居民的说法，这里过往的历史与现实，简单而且清晰，简单得仿佛时间已经静止，清晰得恍若一张白纸。

那么在建立经济特区之后呢？人们是从什么时候开始顶着种种不确定的危险，铤而走险地迁入此地，并在短短十几年时间里，演绎成如此这般的繁闹呢？

从事后的采访来看，最快也不早于20世纪80年代末，才开始陆续有人迁居此地，当时的人们为什么愿意迁居到这块并不适宜人居住的地方呢？

这里面大概有两个原因，其一，是有市场需求，离此不远处的罗湖区内的水贝、田贝等地，开始有人开设“三来一补”的工厂，基于就近便利的原则，收入微薄的外来工，需要一块落脚地居住，而这里处于管理盲区的特性，恰恰给需求者提供了某种可能；其二，也正是看到这种市场需求，某些铤而走险者勾结当地的权势者，违法违规开发一些廉价住房，专供都市的低收入人群居住，牟取非法利润。

那时在这样管理权属处于模糊地带的地方，构建简易住房并不是一件特别困难的事情，除了向土地的名义所有者、当地不明所以的权势者，缴纳数额不等的“管理费”外，成本低，且不需要太多的手续，一切都在“睁一只眼闭一只眼”的默许下，在这片似乎已成“法外之地”的地方肆意蔓延。

现在我们要从宏观探讨的空间，回到地面上来，看一看深圳的“二线插花地”到底是一个什么样的现实存在。

从安徽迁居深圳，26年了，这样的时间长度不算短，足够让一个人对于他所生活的城市，拥有一切必要的了解。此外，又因为自己一直在深圳从事传媒工作和文学创作，自认为对于深圳大大小小的角落还是比较熟悉的，工作上的需要是一个方面，更因为无论是作为一个记者，还是作为一个作家，了解社会，了解人，都是自己的职业要求。因此，我经常到社会的各个层面去走走，感受一下人间烟火，润泽一下个体心灵，寻找创作灵感和细节，所以仅就深圳境内而言，我从没去过的地方很少。

但，“二线插花地”却是一个例外，此前在我还没有接手写作此书时，我还真的还没有走访过这样的一个现实存在。地处偏僻肯定是一个主要原因，但也有一些隐隐绰绰的传说，让我对此地心存回避。记得还是很久以前，我因为要写一个案件，涉及的一个人就住在木棉岭的一个小区里。那是个傍晚，我从报社吃完饭出来招了一个出租车，司机问我去哪儿，我说了这个地名，没想到，司机突然说，对不起，这个地方他去不了。说着一个劲儿地道歉，请我下车。当时，我还真有点火，说：我要投诉你拒载。他说：你就是投诉我，我也去不了。接着，我又拦了一辆出租车，没想到，这个司机听说我去的地方，也找了个理由，说不认路。我说，你是出租车司机怎么会不认路，他说，那儿在山边太偏僻。他说了，我也犹豫了，站在路边正纳闷儿，一位报社跑公安线的记者走过来，问了缘由后他告诉我，那儿是“二线插花地”，很乱，治安不太好，劝我晚上就别去了。我想，司机是否也是这个原因呢？后来，我就没有去了。这件事，在我印象中很深刻。后来，我要找的这个采访对象第二天来了报社，“二线插花地”也就一直没有去了。

有天吃过午饭后，妻子与女儿仍在厨房里忙着准备年夜饭，正在书房里看“二线插花地”资料的我，突然想到应该再到实地去看一看。今天是个特别的日子，明年的今天随着改造工程的全面展开，“二线插花地”肯定就不存在了。于是，我起身出了门。

出了门，叫了一辆的士，司机没有犹豫就载着我，朝着那片“插花地”开去了。

虽仍然叫“二线插花地”，但“二线”早已没了，“插花地”也没见到什么花。

入口真的不好找，绕了好几圈，才巡沿曲折的山道走到了小区的入口处，找到了傍山铺开的这片土地。我知道“二线插花地”改造工作已经全面铺开了，有相当多的当事人已经签约搬离了，还有一些虽暂未搬离，但也如万千深圳人一样，在这个除夕的日子里，早已迫不及待地踏上了返乡探亲的路途，曾经的喧闹与繁华，随着人迹的稀疏远去，已经消减了很多。

由于即将就要进行改造了，“插花地”内大量的居民已经开始搬迁，区内到处是废弃的桌椅和破沙发，以及垂吊而下的各类招牌广告，各种废弃的布条纸张，在深圳初冬凉风的吹袭下，随风扬起后又随地落下。这自然是一片棚户区的景象，与远处深圳林立的高楼有点儿格格不入。

还没有搬迁也未回乡探亲的部分人家，也早早地在自家门口摆出香案、祭品，以及种种叫得出叫不出名字的民俗供品，几伙小孩兴奋地在逼仄的小巷里冲来闯去，将多少已有些落寞的巷道，催生出一份难得的热烈与生动。

希望与祝福，即使在辞别来临之际，也依然表达得如此真切浓烈。

缭绕的香火中，那一张张掩映在烟雾中的脸庞，时近时远，却不改往昔的那种熟悉与亲切。是的，必须承认，那些蛰伏已久的幼时记忆，散发甜美的光泽，在这里，在此时，从此间渐次飘出。

倏尔之间，竟有点情难自已起来了。这毕竟是人间烟火，你无论在哪里居住，高档的小区，或低档的棚户区，你都是人，都有着人的亲情和人的寄托，尤其在除夕这个容易引人思乡的日子。无论在什么样的居住区里，只要有人的居住，就会有人文特色的文化表现。比如，现在面前祭奠先人的香案，比如，尽管就要搬迁了，残旧的门楣上，仍然贴着大红的祝福春联。

因为政府所主导的“棚户区改造工程”的全面展开，签约搬迁的“空楼行动”已经开始实施了，也还有几栋楼房底层有几间房门是开着的，往里头看了看，由于楼与楼之间的距离太近，房间采光不好，又没有开灯的缘故，里面一片暗淡，若不是定睛细看，几乎辨识不出里面的空间格局了。

道路上随处可见的裂缝，逶迤弯曲不知所终，在被油烟与岁月熏黑的墙壁上，不时出现的拇指般宽裂隙，更是给人一种随时就可能分崩离析的骇人感觉。

下午的阳光洒照在触手可及的楼群间，穿越杂乱的电线杂绳投影在地，将几乎每一条巷道都切割成龟裂的碎片，涂抹着厚厚油渍的沟槛儿，更是无声地诉说着过往的曾经与故旧。

作为它们共同背景的蚊帐山，山顶上，荆莽丛丛，在微风的吹拂下，蓬蓬抖动。千古如此，静默，却又执拗，俯瞰山下众生，熙攘往来，日月穿梭。

必须承认，这样的穿行，是一次悲欣交加的穿行，是一种五味杂陈的漫步，莫衷一是。

山道上，坡梯间，百转千回的巷陌里，我穿行在写满人生故事的楼群中，慢慢地走，细细地看，两个半小时的徜徉给了我太多的感触与思考。

痛彻心扉地理解了——改造的必要。

形象深刻地明白了——都市里的另一种存在，与另一种坚韧的人生。

天渐渐地暗下来了，除夕夜越来越临近，从罗湖、龙岗交界这片“二线插花地”狭窄的巷道里，独立往山下走的时候，我就在思考一个问题：为了公共安全和适宜人居，这里即将发生的改变是理所当然的。对于政府方面来说，是一项泽及千秋的德政，但从另一方面讲，我们也需要认同这些都市里的“边缘地带”，对于城市发展的深刻意义。

无论是作为深圳边缘地带的一个片区，还是作为生活在城市边缘地带里每一个怀抱城市梦的人，它们迈向中心的努力，事实上从未停步。

具体到“二线插花地”而言，这片土地其实也有几个关键时刻：比如1980年深圳经济特区的建立，“二线插花地”后来发生的一切，都来源于经济特区的建立和一个现代都市的起步对人们的吸引；比如1986年某一个已经不可考据的清晨或者午后，一班建设工人在这里开始架设“二线”铁丝网（即正式称谓为“特区管理线”），它与其他地方的区分开始划分，独特的生命形态由此渐渐显露；再比如2003年的10月8日，罗湖区政府全面接管这片“二线插花地”……

这是一个很重要的日子，它是改变这块土地面貌的开始，原先的“两不管地区”终于明确了行政管辖权。

由于时间久远，“二线插花地”管辖权的厘定仪式，到底是一种怎么样的场景，已经无从考证，但我想它不会是一个有着太多戏剧情节的场面。

在我的想象里，这样的历史时刻也不外乎是来了几位领导，一通讲话后，挂上一两个管理部门的牌匾就是了。

后来，在 2003 年 10 月 9 日的《深圳特区报》二版上，我果真找到了关于这个历史时刻的报道，标题就叫作《罗湖全权接管二线关“插花地”》。

通过报道中的那些文字，我们只能约略知道，从 2003 年 10月起，位于罗湖、龙岗交界处的这块方圆 15.11 平方公里的“二线插花地”，从此结束了“无娘家”的时代，罗湖区全权负责这块“二线插花地”的行政管理工作，成为他们的“新管家”。

此外，经过省市有关部门的审核，为具体负责这块深圳市内面积最大的“插花地”，有关部门还决定成立了东晓和清水河两个新设的街道办事处，他们将与原先就存在的东湖街道办事处一起，承担起二线关“插花地”的管辖工作。

据报道，罗湖区和龙岗区的主要领导，当天都出席了此次正式的交接仪式。我特别留意到报道中还使用了“正式宣告‘插花地’两不管时代的终结”这样的评语。

文字是记录历史的，没有文字，我们对于过去的那些动人时刻，根本无从了解。但文字又是刻板与干枯的，历史丰富鲜活的人性细节，却是很少能够凭借文字存留下来。

好在当时经历此事的，还有不少人依旧生活在这里，他们的讲述或许有助于我们更好地理解这里发生的一切，复活了沉淀在时光河床上的昔日细节。

我找到了一位采访对象，她在这儿已经居住了 20 多年，名叫罗香梅，一开口我就听出了她的客家人口音。果然她告诉我，她来自广东河源市的东源县，那里主要是客家人居住地区。

改革开放伊始，身处粤北山区经济落后的很多客家人，拖家带口，来到深圳。他们从最底层干起，什么活儿都做，什么苦都能吃，蚂蚁搬家似的一点一点地积累着财富，一步一步地朝着美好生活移动。

罗香梅说，20 世纪 80 年代末期他们就来到深圳了，开个小店做点儿小买卖。最初的时候，她和老公孩子是住在罗湖东湖公园附近的。“租的房子，是深圳原村民的老祖屋，地方不大，又破又旧，下雨天有时还会漏雨。”但是她很满足，她说，“好在一家人能住在一起，虽然辛苦，辛苦之余也会有开心的时候，毕竟日子过得比老家好”。后来房东涨房租，“本来也没有想搬到这里来，只是房租涨得有点儿狠，老公的朋友介绍说，这里的房子便宜”。

20世纪80年代末至90年代初，“二线插花地”内的房价，由于没有合法的手续，也没有房产证，更不用缴税，所以一平方米也就1000多块钱。而市里其他地方的房价，至少也要比这儿贵四五倍。所以罗香梅和老公商量了一下，觉得“反正每月的房租也要交1000多块钱，不如咬咬牙到这儿来买一套，后来东借西凑，凑够了四五万块钱，就到了这里买了一房一厅40多平方米的一套房，总算是在深圳有了自己的房子”。

“住下来后，对这儿最大的感受是什么呢？”我问。

罗香梅想了想，蹦出了一个让我感到有点意外的字——乱。这个“乱”字，是罗香梅多年居住在这儿，最深刻的体会。她讲的时候，语言也有点儿乱，但清楚明白地表达了，那个岁月最大的心里感受。我归纳如下：

首先是，治安乱。

由于是“两不管地带”，中间又隔着一道“二线”铁线网，没有派出所，就没有常驻警察，也就没有治安管理者。山上无老虎，猴子充大王，一些无业人员、社会混混儿、地痞流氓在这儿成群结伙，占山为王。这儿就成了许多流氓地痞聚集的地方，而流氓地痞又分成了好多伙，经常无缘无故地结伙打架，划分势力范围。

罗香梅说：“常常看到有人在这里打架，有一言不合单打独斗的，也有成群结队打群架的，几乎天天可以或远或近听到有人在打架的声音。有时晚上还不是一单两单，这边的声音刚刚消停，那里吆三喝五的又有人打起来了，甚至拿刀挥棒，无法无天。有些人到我店里买东西也不给钱，看他那样一副凶神恶煞的样子，我也不太敢向他要。还有的士司机也在这里被打，有一次几个小流氓坐霸王车，司机朝他们要车费，他们占着自己人多，就在我家店门口把那个司机打得满脸都是血。我老公看不下去想出来劝几句，被我拉住了。看那阵势，一言不合一定会过来打我老公。后来一些的士司机都不愿意载客到这儿来。更为夸张的是，我老公的一个也在这儿买了房的老乡，甚至还为自己专门买了‘意外伤害保险’。”

再就是管网乱，没有市政配套。

这也是罗香梅感受比较深的地方，她说：“地下管网、消防管道、排水设施等这些市政配套，对我们来说还是有点儿远。就我个人而言，感受最深的还是小区里没有路灯。主要道路上有路灯，但里面的小路，基本上都是没有路灯的，晚上回家，黑黝黝的，都要靠各个小门店的自用灯照明。没有灯，到了晚上到处都是黑黑的，除了回家外出都不方便，还有就是没有安全感。正是这个原因，虽然会多支出一点电费，我老公还是让我的店打烊了，也要把门口的灯打开，说是让晚归者留盏灯照照亮，这是行善的事嘛，我听后自然是乐意的。”

还有一个乱，就是小区内卫生脏、差、乱。

罗香梅用自己的逻辑，形容小区的卫生情况。她把人们习惯性讲的“脏乱差”，说成是“脏差乱”。她坦言自己是从农村来的，对于卫生状况本来也不是像城里人那样特别讲究。但到了这里住下来以后，屋前房后以及区内巷道内的卫生情况，还是让她也看不下去了。

她说：“由于区内没有物业管理，没有环卫部门，人们也就没有养成卫生习惯，加上住的人也杂，随手乱倒剩饭剩菜垃圾不说，就是有人很不自觉，一个用过的妇女用品，也经常是随处乱丢。”

罗香梅在这儿住了 20 来年，她的介绍都是亲身经历，所以，说得通俗而形象。她所说的这些“乱”，足以让我们对当年的“两不管地带”的“二线插花地”是如何的一个存在，心里已经非常清楚了。

2003 年那次交接仪式，罗香梅因为要看店，并没有到过现场。但自那次罗湖区接管后，区内点点滴滴的变化，她却是真真切切地感受到了。

很快，罗香梅就发现区内安设了写有“罗湖公安”的治安岗亭了，“顶上安有一盏警灯，360 度转，虽然照射的范围也有限，但远远看着，心里头还是安心了许多，终于有警察管了”。很快罗香梅又从报纸上看到了，这一带新设了一个派出所——清水河派出所。有了派出所以后，警察经常出现了，保安也多了。山上有老虎了，猴子就跑远了，警察出现多了，小流氓就收敛多了，区内的治安明显好转了。

接着城管环卫部门也上山了，街道有人打扫了，垃圾有人收集了，卫生状况有了明显的改变。物业管理慢慢地也引进来了。有了物业管理，这儿的环境慢慢地好转了。

2006年前后，罗湖区工商部门也上山了，在“插花地”内开展了大规模的整顿行动。原来在“二线插花地”内的门店、饭馆、超市、发廊、服装店等，基本都是无照经营，经商环境十分混乱，产品质量得不到监督和管理，如今这种现状得到了很大改善。借着这股整治无证经营的东风，罗香梅也办下了自家的日用品店的营业执照，结束了自己无证经营的生涯。

罗香梅说：“其实刚开小店的时候，不是没有想过去办执照，但是问来问去都不知道去哪里办，因为这儿是‘两不管地区’。再后来，看到左邻右舍大家都不办，也就断了去办的念头了。能办，我当然去办，办了我的小店就是合法经营了，哪个开店的不想合法经营？”

2008年北京“奥运会”召开前夕，罗香梅还看到了山下入口处开设了一个儿童游乐场，“其实游乐玩具并不多，也就是在空地摆了几个旋转木马、跷跷板什么的，虽然自家的小孩，已经过了玩这些东西的年龄了，但看到小区其他小孩在那儿玩，欢笑声不断，心里还是挺热乎的。终于，我们家住的地方，像是一个城市里的小区了。我们来深圳这么多年，终于生活得像个城里人了”。

一点一点的改善，一点一点的变化，对于已经将这里当成自己家的人来说，“插花地”内的变化，也一样在他们的心里静静地累积起来了。

即使在现实里的认知，深圳依然是两个泾渭分明的“我的深圳”和“他们的深圳”，但对于居住在“二线插花地”里的人们来说，此时此刻的他们，心情就如当初离家出发时那样，心怀忐忑却没有犹豫。

因为他们同样相信，出发了，就会有抵达的一天，心在，梦就在。

只是，正如千千万万如罗香梅这样的一些“都市里边缘地带”的住户，在他们的心里，依然希望自己能早日融入“我们的深圳”，成为这座城市温暖母体的一部分，而不是一个例外的“边缘”的存在，这是他们的渴望，十几二十年的渴望。

在深圳，应该说，无论是深圳市政府，还是完成管辖交接的罗湖区政府，在这方面的努力也一直是持续的，一切都在往好的方向演进，而且是看得见摸得着的进步。但由于各种各样的原因，关于这片土地的某种可以称之为质的飞跃，即彻底的改造，却在随后的十几年里延宕了。

罗香梅和其他居住在这里的人们一样，都在期盼这一天的到来……

远去的山神

陈谨之

现在看来，那一天也许是山神对他最后的召唤。

薄雾冥冥，呼玛河上游的山林充盈着深邃、静谧的氤氲。

满脸沧桑的孟金福不顾家人的劝阻，拖着被岁月压弯的身躯，划着桦树皮做成的小船，独自一人来到熟悉的山林，他要祭奠山神。

在一棵高耸入云的大树前，孟金福虔诚地跪了下去。

嚓、嚓……孟金福舞动猎刀，在差不多离地面30厘米高的地方小心翼翼地削着树皮，锋利的刀刃，在阳光的照射下，闪烁着一道道耀眼的白光。

不一会儿，孟金福就在树身上削出一个平面，然后，他用黑黑的木炭在白茬儿上画出眼睛、鼻子、嘴巴、胡子……转眼间，一尊肃穆、慈祥的男性长者头像便栩栩如生。

这是鄂伦春族人的山神——“白那恰”。

孟金福是山神“白那恰”和鄂伦春人沟通的“使者”，被称为“萨满”。孟金福是鄂伦春人最后一位正式的萨满。

刻完神像，拜祭开始。

孟金福用松树枝堆起一个小小的祭台，置于神像前，然后从怀里掏出一个桦树皮做成的酒壶，倒在手心里，用手指蘸着酒，在“山神”面前弹了3下，便开始叩头致礼，嘴里用鄂伦春语唱着神曲。

神曲大意是：

久居山林的山神“白那恰”，
司掌着万山林中的百兽百禽，

我们来到您的神圣领地。
请您用双手撒给我们金子，
请您用双手撒给我们银子。
让我们的家庭得到幸福美满，
让我们的后代儿孙，
健壮得如蹦跳的小鹿。
待我们狩猎归来，
将最好的猎物奉献。

鄂伦春的先民，崇信萨满教。萨满教是原始的自然宗教，以自然万物为神灵——日、月、水、火、山、林、草、木都可以成为他们膜拜的对象。

众神之中，山神是主管山林狩猎的神灵，在他们的心中有着特殊的地位。孟金福每到一片山林，先要选一棵高大粗直的松树，雕刻一尊神像。他觉得这样他就与这片山林共同沐浴在神灵的庇护之中了。

每次打到猎物，他都认为是山神的赐予。打不到猎物，孟金福就会到山神面前诉说委屈和乞求："什么祭品也没有打到，就给山神敬支烟吧。"

然而，这次山神并没有给孟金福带来福佑。身手明显迟缓的孟金福一个人住在"撮罗子"里，已经没有了当年跨马持枪驰骋山林的骁勇。

阳光透过耸立的大树，在林海中洒下斑驳陆离的光芒。孟金福步履蹒跚，眼睛里看不到往日通达山神的光泽。

直到第三天中午，他才用他那杆老掉牙的枪打中了一只戏水的野鸭子。可就在他走过去捡鸭子的时候，他的腿像是被焊住了一样，一点儿力气也没有……人倒在了山林的草丛中。

不知道是过了多久，孟金福醒了过来。他知道自己不行了，半边身子不听使唤，应该是中风了。

野鸭子还在前面，孟金福咬着牙，一步一步地爬向前方，爬向奔腾湍急的呼玛河，他要回十八站，他要回家！

已经快两天没有吃东西了，孟金福趴在地上，用锋利的猎刀把野鸭子宰杀完毕，把身边的树枝收集起来，他要尝尝野外"烤鸭"的滋味。这就是鄂伦春人的坚强与隐忍：大事临头不变色，泰山压顶不弯腰。

吃完“烤鸭”，孟金福感觉身上有了力气，双手抓着野草，一步一步地爬到了呼玛河边，他的桦皮船就在河边拴着。

就这样，孟金福拼劲了全身的力气，硬是爬进了他的一叶扁舟。

一、高高的兴安岭

“高高的兴安岭，一片大森林，森林里面住着勇敢的鄂伦春，一人一匹马，一人一杆枪，打得獐狍……”

这支脍炙人口的《鄂伦春小调》，曾经红遍大江南北，让鄂伦春这个北方“五小”民族的形象高大无比。

关于鄂伦春人的先祖，已经无据可考，他们自称“猎鹿人”。一直到元代、明代，汉人还把他们叫作“林木百姓”“北山野人”“树中人”。

“鄂伦春”是本民族自称，有两种解释，一种是“使用驯鹿的人”，另一种是“山岭上的人”。鄂伦春族又称为“玛涅克尔”“毕拉尔”“满珲”“奇勒尔”等。主要居住在内蒙古呼伦贝尔盟鄂伦春自治旗，黑龙江省呼玛、逊克、黑河、塔河、漠河等地。清代文献曾把鄂伦春族归入“索伦部”，有时也称之为“打牲部”。17世纪，鄂伦春族被编入满洲八旗。黑龙江流域是鄂伦春族的历史摇篮。

新中国成立前夕，鄂伦春族的社会处于保留氏族外壳的原始社会末期家族公社阶段，主要生产活动是狩猎，辅之以捕鱼、采集和手工业。鄂伦春族的家族公社叫“乌力楞”（意为“子孙们”），它是鄂伦春族社会的基本经济单位，其内部生产资料公有，共同劳动，猎获物按户分配。

鄂伦春族被称为最后的狩猎民族，他们的衣、食、住、行、歌舞等都显示了狩猎民族的特点，穿的是兽皮制成的衣服。

在密林深处用树枝搭成伞状的“撮罗子”（也叫仙人柱），夏季用覆盖桦皮围裹，冬季用狍子皮围裹。“仙人柱”内三面住人，一面是门，当中有一火堆，上面吊一口带耳的小铁锅，以便煮肉。屋顶开一小孔出烟透气。

鄂伦春族是一个能歌善舞的民族，无论男女老少，都会唱歌跳舞。每当打猎归来或是喜庆节日，都要歌舞狂欢。鄂伦春族民歌都是自编自唱，节奏明快、曲调悠扬。内容多是歌颂大自然和爱情、叙述狩猎生活和反抗斗争。鄂伦春族善于用舞蹈表达对生活的憧憬。民间流行的舞蹈有模仿动物和飞禽的、表现劳动场面的，还有仪式性的。鄂伦春族的乐器有“朋奴化”（口琴）和“文土文”（手鼓）等。

鄂伦春族只有语言，没有文字。但他们的民间文学十分丰富，有神话、故事、谚语、谜语，流传很广。

随着森林的衰弱，那些曾经叱咤山林的鄂伦春猎人，渐渐失去了往日的勇猛。

“刻着白那恰的大树已经几乎看不到了。”漠河市文联主席孙喜春是一位鄂伦春民俗文化专家，孙喜春告诉我，“鄂伦春从1953年就不再纵横山林。如果想看他们的狩猎文化，就去北极村的民俗风情园吧。”

1953年，中国总共只有2251名鄂伦春人。那时候，共产党派干部走遍了大小兴安岭，找遍了一个个“撮罗子”，登记、动员、组织、下山。到2000年，鄂伦春人增加到8196人。

那片大山，不仅是鄂伦春人的福地，还养育了汉、满、达斡尔等民族的先人。历史学家翦伯赞称之为“中国历史一个幽静的后院”。

鄂伦春虽然离开了山林，但是狩猎民族的文化基因还在。

他们与森林血肉相融，从不乱砍滥伐树木，不打繁殖期和成双成对的动物。用过火后，都小心翼翼地把烟火头、火柴头埋在含有水分的土里，再用脚结结实实地踩好。

20世纪初，俄国学者史禄国曾说：当一个未带武器的人遇到虎、熊时，它们通常并不伤害他。在一头熊吃浆果时，鄂伦春妇女就常常同它肩并肩地进行采集果实。

清朝的《柳边纪略》记载道：“鄂伦春，射生为业，然得一兽，即还家，使妇取之，不贪多。”

他们将自己完全交付给了山林。

1953年秋天，鄂伦春人一步跨过千年，走下高高的兴安岭，走进了汉式的村庄。

下山后的鄂伦春人并没有如想象中安然享受定居的幸福。孙喜春说，有很长一段日子，鄂伦春人对村庄生活不适应。有的人家又在院子里搭起了“撮罗子”，很多老人住在平房里根本睡不着。

在北极村，鄂伦春民族博物馆，鄂伦春人的故事在模型、灯光的演绎中，向远方的客人讲述着这个民族的文化和渊源。馆内有一艘用桦皮制作的船，它被称作鄂伦春族的“诺亚方舟”。

身临此景，你会感受到鄂伦春的山林文化迎面扑来。

二、最后的猎人

哗啦啦，哗啦啦……

阳光打在脸上，小船顺流而下。

呼玛河像头凶猛的林中走兽，在大兴安岭的怀抱中左奔右突、时缓时急。孟金福在呼玛河漂了3天3夜，漂了60公里地才被人救起，送进了医院。

孟金福醒了过来！他创造了生命的奇迹，但是他再也无法回到山林中去了，无法用猎刀为山神画像，更无法虔诚地祭拜山神。

孟金福不仅仅是鄂伦春人最后的一位正式萨满，也是鄂伦春最后的老猎人。

1992年，中央电视台的孙曾田导演扛着摄像机，在黑龙江塔河县十八站找到了孟金福。那年孟金福67岁。孙曾田跟着孟金福进山狩猎，看他祈祷。孟金福和老伴儿成了纪录片《最后的山神》的男女主角，几近原始风貌的鄂伦春人狩猎的画面震撼人心，成为鄂伦春最后一位萨满的永恒记忆和绝唱。

黑龙江塔河县十八站乡，以清代设置的驿站得名。清初，1685年（清康熙二十四年）开辟墨尔根至雅克萨的驿道，这是第18站，隶属黑龙江副都统管辖。

1947年3月，划归呼玛县管辖。

1953年由政府拨款建立新村，安置游猎的鄂伦春族定居。

1957年11月，设置十八站鄂伦春族乡。

1958年9月，改称十八站人民公社。

1981年8月，划归塔河县管辖。

1984年初，政社分开，改为十八站鄂伦春族乡，是黑龙江省鄂伦春族聚居区之一，现在有鄂伦春人600余人，占全国鄂伦春总人口的1/14。

2013年，由政府拨款，将十八站鄂伦春族村搬迁至十八站西入口处新址，并统一修建民族房屋。

被人救起后，孟金福再也没有能力回到山林，回到朝思暮想的大自然。

他常常坐在红色的砖房里发呆。那些个日子，他浑身无力，有一种无可依托的孤独。

他沉浸在往日对山神的敬畏之中。

每次打猎前，孟金福都要向山神祈祷，他从来不用套索、夹子去狩猎，他认为那样不分老幼地猎杀，山神是会不高兴的。孟金福捕鱼用的是一张大眼的渔网，他要让小鱼漏过去，打一两条大点的也就够了。

有一次，他发现一棵雕有山神的松树被砍伐了，孟金福见到时，有一种自己被砍伐了的感觉。那以后的很多日子，孟金福再没有出去狩猎和捕鱼。

孟金福说："山上舒服，在家里不行，三天两头就感冒。在山林里不感冒。"

有人问过孟金福："你家孩子愿意在家里还是愿意在山上？"

"愿意在家。我这个老家伙，在外面待惯了。小孩不行。小孩愿意在家。"

就在过年的时候，孟金福硬是把放寒假的小儿子带上了大兴安岭。

孟金福知道儿子这一代已经不属于山林，但他还想让儿子知道鄂伦春人的山林和父母赖以生存的栖息之地。

儿子一来，做母亲的就多了份牵挂。"山神啊，山神，赐给我们幸运吧；请保佑我们的后代，保佑他们的吉祥如意。"孟小庆无法理解父亲在山神面前的虔诚之心，更不相信母亲的祈祷能带来好运。

他看到的仅仅是一棵树。

《最后的山神》留下了鄂伦春猎人最后的影像，却无法阻挡狩猎生存方式消失的步伐。

1996年大兴安岭全面禁猎收枪。

收枪那天，孟金福老人抚摸着他的那杆老枪，魂不守舍，泪珠子在眼角滚动。

对于习惯了大森林，习惯了敬拜山神，习惯了与自然赐予的一切和谐相处的孟金福老人来讲，他无法再返回他热爱的大自然中，而不得不去适应新的生活方式，适应砖瓦房和络绎不绝的游客好奇的参观。

他的失落、伤感可想而知。想必那时他很清楚，山神已经走了，他已经失去了山神的护佑。

2000 年 10 月 3 日，孟金福大萨满带着对山林的缱绻离开了人世，走完人生的全程，享年 73 岁。

去世之前，乡亲们劝他穿上神衣，敲起神秘的萨满鼓，为自己驱鬼治病。孟金福伤心地摇摇头说："神走了，不灵了，治不了。"

孟金福定居前生活在呼玛河流域一带，是鄂伦春族玛拉依尔氏族人，从小跟随父母狩猎，是当时著名的猎人。在孟金福 16 岁时，他的姐姐、弟弟相继死亡，他自己也像是魔怔了一样，疯疯癫癫。

当时的大萨满关乌力彦几次驱邪招魂后，也没有明显好转。

关乌力彦告知孟金福家人，孟金福要学萨满，否则病情难愈。自此孟金福成为小萨满。

丁秀琴 18 岁那年嫁给了孟金福，他们相差 17 岁。以后他们夫妻相随游猎，共同育有三儿一女。孟金福很孝顺，他的母亲郭金波与他们共同生活，直到 1996 年去世，终年 92 岁。这样的高寿，在以游猎为主的鄂伦春人中是十分罕见的。

孟金福的去世，宣布了这个民族千百年来自然信仰的结束，而孟金福萨满的最后一次跳神，也只是以表演的形式，永远留存在《最后的山神》之中。

一年又一年，呼玛河还是勇往直前，奔涌豪放。

飞溅的浪花散发着新时代的气息，一朵接一朵不停地簇拥着盛开着，向前，向前……

三、大河之舞

开江了！开江了！

2018 年 4 月 28 日，呼玛县第五届开江文化周在"跑冰排"的轰鸣中拉开序幕。

呼玛县位于大兴安岭东麓，黑龙江上游西南岸，隶属于黑龙江省大兴安岭地区。因呼玛河得名，又名“呼玛尔”，达斡尔语“高山峡谷不见日光的激流”，是黑龙江省18个边境县（市）中边界线最长的县。黑龙江呼玛县城段江道弯曲，江水在此减速，让冰块大滞留，因而形成了黑龙江跑冰排最壮观、最美丽的地段。

在春风的拥抱下，被束缚了整个冬季的冰河渐渐苏醒，轰然炸裂的冰块在暖阳的照耀下，万马奔腾，顺流而下，一泻千里，这一天然景象，被当地人称为“跑冰排”。

南有钱江观潮，北有呼玛开江。

开江祭江是我国古代的一种仪式，祭江的那一天，人们会在江边摆上香案，供上美味的食品，如猪肉、羊肉、牛肉、鸡、鸭、鱼等。

呼玛祭江仪式由84岁的关扣尼老人家主持。

关扣尼老人家在孟金福去世后，“上镜率”越来越高，被称为是中国鄂伦春族唯一在世的“萨满”，也是国内已知“萨满”中最后的一位，她是中国国家级萨满文化代表性传承人。

严格来说，关扣尼还不是正式的萨满，当年她只是见习萨满。

按鄂伦春萨满规定，学习萨满仪式满3年后，才能得到神的认可，成为正式的萨满。

1952年，在人民政府的劝说下，赵立本、关乌力彦、孟金福等萨满，在呼玛河畔举行了盛大的送神仪式。关扣尼虽然还没来得及得到神的认可，也被邀请参与了那场隆重的送神仪式，十几个大小萨满，跳了3天3夜的萨满舞，人们喊着“神走了！神走了！”

响铃震天，鼓声雷鸣，萨满随着激烈的萨满鼓声，穿越茫茫的林海雪原，就此走向历史的深处。

如今，萨满和萨满民俗终于摆脱了封建迷信的定位，开始被越来越多的学者和普通人关注，人们也渴望了解这种堪称“文化活化石”的原生态民间文化。

白云苍狗，岁月如梭。

今天，萨满的神鼓响彻山岗，驯鹿的银铃回荡林海。

古老的鄂伦春人似乎找到了与时代同步的韵律。

十八站的郭宝林和葛小华夫妇是定居后出生长大的第一代鄂伦春人，受过学校教育，有固定工作。

桦树皮手工艺品是鄂伦春族和鄂温克族的传统手艺，初夏时节，桦树灌浆水分充足，村民们就剥下成年光洁、树身无枝丫段的树皮，制作成碗、盆、盒、桶、篓等，用于当时山上的生产生活。现在用不着了，就当作一种民俗的纪念品出售给远道而来的游客们。

河滩上支着很多简易的“撮罗子”。

郭宝林正在招呼游客们骑马。这两匹马是全村仅剩的两匹猎马，属于矮种马，在山上奔走非常迅速，曾经是多少年鄂伦春猎人们必不可少的。但是，现在猎物越来越少，打猎的人也越来越少，猎马闲置起来，渐渐全被卖掉了。

不过为了保护鄂伦春人的狩猎基因，十八站鄂伦春乡派出所在每年大雪封山的时候，重新给猎手们发放猎枪，准许在一定的区域内狩猎。当然，受保护的濒危动物是不能猎杀的。但是不管怎么样，对崇尚狩猎的鄂伦春人来说是一件天大的好事。

今天，从内蒙古到黑龙江，神秘的鄂伦春人和萨满文化成为一个重要的地域性文化符号。

一个又一个的鄂伦春风情园成为鄂伦春人新的谋生之地。

在漠河北极村，70多岁的戈福连大爷带领儿子、儿媳妇开了一家“鄂伦春人饭店”，推出的“清炖狍子肉”“生吃狍肝”成为天南地北游客年夜饭的首选。

郭宝林现在也偶尔拜拜山神，他希望山神能保佑他们生意兴隆。

2017年12月15日晚上，沉寂多时的北京国家大剧院沸腾了！

原汁原味的鄂伦春民族歌舞诗剧《山岭上的人——鄂伦春》一亮相，就引起了现场观众的瞩目，赢来了阵阵热烈掌声。

《山岭上的人——鄂伦春》是由内蒙古鄂伦春自治旗乌兰牧骑继舞台剧《勇敢的鄂伦春》后推出的又一部反映鄂伦春民族文化的舞台力作。该剧将古朴凝重的民族文化与当今的艺术元素结合在一起，艺术地展示了鄂伦春民族勤劳勇敢、崇尚自然、豁达开放、自强不息的民族精神和性格特征。

听：走出那道山谷，
大自然教会我们成长。
大山和森林的交响，
辉映着我们个性的刚强。
感念着上苍的丰厚赐予，
我们要执着地走向前方。
——啊，鄂伦春，永远的鄂伦春！
走过四季，地久天长。
——啊，鄂伦春，永远的鄂伦春！
天宇之间，我们歌唱。

鄂伦春，永远的鄂伦春，这个从历史深处走来的弱小民族，用勇敢、善良和忠诚诠释着对天地的敬畏，对大山和森林的挚爱。

“二合一”的男人

东 紫

有个男人，他叫主义。陈主义。

男人，是个名词，但也可以用作形容词。当它是名词的时候，它主要指人的生理性别。当它是形容词的时候，则附着了正义、勇敢、担当、智慧和悲悯等，这些人类发展过程中，筛选并留存下来的，有助于人类延续的品质。或许，在某个或某几个年代里，人们用到“男人”一词时，它是二合一的，或大部分属于二合一的。但在当下，它已严重分裂，泾渭分明。

北大教授钱理群曾说过一句被广泛认同和传播的话——我们的一些大学，正在培养“精致的利己主义者”，他们高智商，世俗，老到，善于表演，懂得配合，更善于利用体制达到自己的目的。

大学，是高智商高情商者的集合地，曾经是民族发展和民族精神的生发之地，留存之所。象牙之塔。是社会大机体上，最优质的部位。当它沦为精致的利己主义者的生产线时，社会这个大机体的其他部位早已是“粗糙的利己主义者”的培养皿。太多性别意义上的男人和女人，沉湎在浮华的追求中，急功近利，被金钱主义裹挟着，以糖稀鸡的姿态，四处狂奔、粘取。连表演都省略掉。产下遍地的假冒伪劣之蛋，损人利己之粪便。只肥硕了自己，只为肥硕自己。

看多了这样的男人和女人，再在福建安溪的深山里见到“二合一”的陈主义，不由心生怀疑。他作为男人的“二合一”，形容词那部分有几成是真实的？有多少是演绎的？有多少是天生的？又有多少是后天的环境造就的？谁能保证不是为了私利而设计包装出来的？就像广告词，像产品的包装盒。

作为一个有二十年写作经历的人，在产生怀疑的瞬间即产生了鉴定的心态。作为一个有二十年写作经验的人，我也深信自己有能力完成这份鉴定。毕竟，作家，是专门研究人的。人，再复杂，研究上二十年，虽未炼成“火眼金睛”，但也能在对方的言谈举止中，像中医一样完成“望闻问切”，胆经、肝经、心经藏没藏邪火还是能断定的。

无疑，陈主义在安溪、在泉州、在福建乃至在全国已是名人，我对他的第一了解途径就是看中央 7 台的专题报道——横竖都赚钱。加了陈主义的微信后，他又发给我各个电视台报道他的链接。反复看着影像资料里的陈主义，观察着他在镜头下的表情，举手投足，他对同一问题或不同问题的回答，我决定避开所有记者曾涉及的问题。

你的童年是怎样度过的?

次日面对陈主义，简单的寒暄后，我向他提出了第一个问题。我知道，如何创业如何带领村民发家致富等，这样的如何，无法帮助我完成对他形容词部分的鉴定，它们只是形容词的表象体现，被媒体反复宣传过的完美。我要从他精神的经脉源头开始查看，那是所有记者疏忽的，包括陈主义本人都不曾重视的。在疏忽里沉淀着的，才是原汁原味的。

陈主义愣了一下，看得出来，这个问题对他来说太出乎意料，也太遥远，他需要回忆，需要话语的牵引。

你小学就在村子里上吗？兄妹几个？你的父母亲，你比较亲谁？我用看起来非常小儿科的，跟他的创业丝毫无关的问题，去牵拽他的童年，牵拽他精神经脉的源头。

陈主义的人生画卷徐徐展开。

有种死亡最绚丽也最残酷

陈主义 1973 年出生在福建省安溪县长坑村山格庄。

这是一个有着四百多年鞭炮制造史的山村。六千多口人的大村。六千亩山地，地又多为沙质，致使贫穷始终困扰着世世代代的山格庄人。

制作鞭炮，是在贫穷里抵抗贫穷的冒险手段。

没有人统计过，这个山村因为鞭炮死去了多少人。但每个山格庄人，都清楚地知道他们是距离死亡最近的。都清楚地知道，他们是见识死亡最多的。他们见识过的死亡，也是世上最轻易最残酷的。只要金属物品微微相碰，只要人的鞋底稍稍用力，只要一根用来紧实引线的铁钉掉落，只要……一家人的性命和累积了一生的财富，就会在瞬间灰飞烟灭。以绚丽的爆炸方式。

活着的人，在肝肠寸断的悲痛里，或在兔死狐悲的哀伤里，寻找着死者的残肢碎体，尽量在棺材里摆出人的形状，然后集体号哭着将他们埋葬。再然后，活着的人，仍旧继续做鞭炮，继续恐惧死亡，也继续与死亡零距离接触，继续着得过且过的日子。

有人试图抗拒这种生活。他们躲避炸药，躲避制作鞭炮的祖传糊口之道。但，最终，他们又在饥饿和贫穷的咬噬下，不得不重新回归。毕竟，饿死是个更漫长更难以忍受的死亡方式。毕竟，攀比的心理难以根除，侥幸的心理又总能跳脱出恐惧的围剿。毕竟，每一个为人父母者，都不愿在寒冬里，让子女无暖衣，在逢年过节的喜庆里，在新衣集体亮相的时刻，让子女瑟缩在破旧的衣衫里，更不愿在肉香飘荡的空气里，让子女眼巴巴地抽动着鼻涕咽口水。

反正，都是个死，宁愿炸死也不能饿死！成为山格庄人说服自己从事鞭炮制作的理由。

一辈辈。一代代。一年年。

没有别的致富门路的山格庄人，只得在春节，用三碗清汤山药——

敬玉皇大帝。

敬观世音菩萨。

敬祖宗。

敬一切能敬的。

求佑护。

求平安。

没有人能说清楚，淮山药在山格庄的种植史，也没有人能说清楚单用清汤山药敬祭的来由。山格庄人不追究这些文化，他们也不关心文化。毕竟，死亡一旦来临，“朝不保夕”这样形容情况危急的词语，相对于他们的灾难来说都过于漫长。山格庄人的灾难是论秒的，上一秒不保下一秒。

这样的日子，让山格庄人只注重活。只注重能让他们活着的鞭炮。他们根本想不起让女孩子读书，女孩四五岁时已经能坐在桌前，熟练地往炮筒里放置引线。他们的男孩子可以读书，但并不关心男孩子的书读得好不好。读书，只是男尊女卑思想下的一个优待而已。放了学的男孩子，暂时的优待也就结束了，各家父母的吆喝声是一致的——赶紧放下书包，来放引线。

陈主义，像所有的男孩子一样，在放下书包放引线的生活里成长着。小学三年级的时候，常常相伴上学的同学小 A 和他的家人一起被炸死了。陈主义从大人的身体缝隙里看着小 A 在爆竹皮里被翻出来，浑身血肉已模糊不清，亲戚大声哭喊着，抱着往乡卫生院跑。陈主义本能地跟着跑，他想救小 A。救他的同学。救每天和他一起上学一起玩耍的朋友。

小 A 死了。

白天，陈主义再也听不到小 A 喊——主义，主义，走了，上学去。夜晚的梦里，小 A 却总是喊他，血肉模糊地跟他说，主义，我很疼，快疼死了。

此前，村里发生灾难时，陈主义作为小孩子大都被大人拦在家里，不准前往。他看到的是那些幸存者，身体残缺的，被烧伤的疤痕扭曲了面目和肢体的人。他们是山格庄的伤疤，是人们求取生存的明证，却不是山格庄的警钟，不能让山格庄人改寻道路。他们仅仅是沦为贫困的让人不忍侧目的乡邻或亲戚，让小孩子不敢面对的“鬼”。

小 A，让陈主义第一次真正体会到死亡的残酷和痛楚。他不敢进教室。不敢看小 A 的座位。不敢走曾经和小 A 一起走过的路。在梦里，他总是焦急地想不让小 A 疼的办法。办法只有一个，那就是不再做鞭炮。他对小 A 说：只要不做鞭炮就不会被炸，那你就不疼了！咱们不做鞭炮了，全村的人都不做了。小 A 问：他们听你的话吗？你有办法让他们听吗？陈主义说：我有，我使劲儿想，我就有。

我想让母亲们不再哭泣

一个九岁的孩子能做的就是哀求自己的父母不再做鞭炮了。陈主义的父亲收起了做鞭炮的工具，开始四处打零工。像山格庄所有曾放弃做鞭炮的人一样，不过二年，生活的困苦再次让陈主义的父亲重操旧业。陈主义也重新过上小A死前的那种生活——放下书包放引线。他也像所有的山格庄人一样，被每年发生的死亡事件磨砺着神经。像所有的暂时幸存的山格庄人一样，在爆炸发生的瞬间，奔出自己的家，朝着火光的地方跑，去尽可能地救助。去收敛死者的残肢，尽量把他们摆成人形，然后，流着泪去安葬。

每一次的灾难发生，都似是小A的一次诘问——主义，你想出办法没有？你到底想出来没有啊？！

陈主义没有想出来。

他像所有山格庄的男孩子一样，读到初中毕业就别离了校门，十七岁就在父母的主张下结了婚。新婚的妻子和他的姐妹一样，没有读过书，她像所有的山格庄女子一样，成为山格庄鞭炮的制造者，小心翼翼地与炸药为伍，帮婆婆洗衣做饭喂养牲畜。（陈主义是家里唯一的男孩，根据山格庄的风俗，结了婚也和父母同住）

这年初夏，母亲养的小猪崽生病了，不吃不喝，瘫软在圈窝里。母亲一面让父亲赶紧去请村里的兽医，一面拿了平日里只给人吃的粥去唤猪崽。猪崽随着母亲的呼唤，使劲儿睁开眼睛，看看，又无力地闭上。父亲回来了，一家人急切地问——兽医呢？父亲说，兽医让他先回来，人家一会儿就过来。一家人时不时地瞅着门口，等待着。等不及了，再去请，又是同样的答复。整半天过去了，兽医才姗姗而来，小猪崽却已停止了呼吸。母亲心疼地失声大哭。陈主义知道，小猪崽是母亲一年的希望，母亲一日三餐地照顾着它，像对待孩子似的嘱咐它吃食不要呛着，要听话，要长壮。

陈主义说，在父母亲间，他更亲母亲，从小就愿意跟母亲出门，跟母亲做事。因为，母亲人缘好，村里不管是年长至奶奶婆婆辈的，还是姑姑嫂嫂甚至姐姐辈的，都亲他的母亲，都喜欢围着她，每个人家里有事情都喜欢跟母亲说，母亲也总能帮助劝解。母亲还特别舍得东西，即使在家里最穷困的时候，只要做点好的吃食，就会东家一碗西家一盘地分，让年幼的陈主义端着，送了这家送那家。有时候，送得陈主义心急，眼看着锅里的吃食越来越少，母亲却还要他送，他都担心自己没得吃。看透他心思的母亲，就会念叨——有好东西大家一起吃，心才踏实，口才香。他们年纪大了，没得力气挣，不送他们，他们哪里吃得到？你小孩子，将来有的力气挣，挣了和大家一起吃，吃得心里踏实，口里香。

年纪小小的陈主义，特别喜欢跟母亲一起出门，走在村里，处处都能感受到别人对母亲的敬重和喜爱。傍在母亲身边的他，小胸膛里就会有种说不清的感觉让他高兴。

这样的母亲，却在猪崽的疾病面前无能为力。

闻讯而来的婶婶大娘们，也无能为力，她们跟着母亲一起抹眼泪，一起叹气，一起声讨兽医——他总是这样，说一点三点也到不了，架子大着呢，反正不是他自家的从来不着急。

1991 年的陈主义，听着母亲的哭声，听着婶婶大娘们的抱怨，看着层层的山峦，看着山格庄人世代为生的沙土地，有了一个决心——去学兽医，到时候，随叫随到，跑着去，一刻也不耽误！

那样，母亲就不会再因为猪崽哭！全村的母亲们都不再因为猪崽哭！

陈主义有了坚定的目标。

女人，在山格庄比男人更辛苦。她们要做鞭炮，要下地，要养育孩子，要伺候公婆，要喂养牲畜。母亲曾说，累不怕，只要有个希望在，就不觉得苦。

希望是辛苦之外的糖浆，可以勾兑掉生活的苦涩。

思想了一夜，打定主意不再让母亲流泪的陈主义，想不到自己先流泪了——父亲断然拒绝了他。在早晨新生的阳光里，父亲对他怒吼——山格庄人，祖祖辈辈就没见过结婚了还上学的！胡思乱想！你就乖乖地做鞭炮过日子！祖祖辈辈都是这么活过来的！你还想活出新花样？要上学，别想从家里拿一分钱！

陈主义已经不是九岁的陈主义了，他十八岁了，他第一次清醒地认识到——生活需要反抗。陈主义流着泪从山格庄往汽车站走，他决心先去二十里外的湖头农业学校报名，再想办法借钱交学费。他的泪，有因为父亲不支持而生出的委屈；有怕没钱交学费被学校拒收的恐惧；更有因为反抗而生出的激动——他清晰地意识到自己流泪的头是仰着的。

走到庄头，遇见了堂兄陈全省。堂兄问明他流泪的原因后，说：我支持你，我借钱给你，年轻人有想法好，大胆去做！

有了堂兄借钱的承诺，陈主义怕被学校拒收的惶恐散开了，他反复重复着堂兄的话激励自己——年轻人有想法好，大胆去做！

父子间的衰老和成长，进与退，往往都是在某场突发的事件里，在双方的角力中呈现并完成。陈主义父子亦然。当陈主义从学校报了名再回到家时已是深夜。母亲和妻子妹妹皆已入睡，只有父亲坐在堂屋的板凳上。陈主义进门，父亲眼皮都没翻一下。陈主义说：我借全省哥的钱读书。父亲没有想象中的爆发，依旧沉默地不理他。在长时间的沉默中，父子俩的内心里都泛起了不曾体验的感受。父亲第一次正视儿子的成人，尽管他已经在半年前为他娶了妻，但他从未在内心里确认他的独立——儿子长大了！有自己的主意了！

陈主义感受到，自己和父亲之间，有一根看不见的皮筋被抻到极限，他忐忑而坦然地等待着父亲的反应——忐忑是担心父亲再用别的方式反对，大半夜地打闹得四邻不安。坦然是因为内心的决定不可动摇——他低头瞅着自己绞在一起的手，用眼角的余光警惕着父亲的动静，心里反复默念全省哥的肯定——年轻人有想法好，大胆去做！

父亲的脚步走过来，陈主义有些警惕地抬起头，却看见父亲手里拿着一沓钱——好好学，别糟践了钱。陈主义稍稍一愣，接过钱，眼泪突地流出来。与上午的泪不同，里面满是酸涩。他知道，每年一千元的学费，对父亲来说，对全家人来说，都是个沉重的负担。一千元，要卷多少个炮筒，装多少管炸药，放多少根引线……小心翼翼地熬多少个夜晚。泪光中，他看向父亲。父亲已向卧室走去。他第一次注意父亲的背影，竟然如初中课本里描写的那样，有些佝偻有些迟缓有些臃肿。父亲老了。他突然意识到父亲的妥协里，有衰老的无奈，有贫穷的折磨，也有支持——毕竟父亲也是怕鞭炮的，父亲曾经远离过鞭炮——那种远离也是一种寻求——希望有别的路子活。父亲到底是支持他另寻路子的。

学成回村的陈主义，发现情况并不如他当初的想象，那些牲畜生了病的人家，认为他年轻没有经验。他们还是去找那个说一点三点也到不了的老兽医。

一天，B 上门请他了。原来老兽医出门去了。陈主义兴奋地把整理过无数次的医疗箱背到肩上，跑到 B 家的猪圈。一头胖大的老母猪趴在地上呼哧呼哧地喘气，喉咙里发着咝咝的哮鸣音，陈主义断定母猪得了肺炎。他给猪打了针，嘱咐B说，这种病至少要打三天针，明后天都需要打针。B避过陈主义的目光说，等明天见好了再说吧。

夜晚，躺在床上的陈主义琢磨着B的话，知道那是句不信任的应酬之语，话外音是——明天老兽医就回来了。陈主义相信自己的诊断，也相信口碑是最好的宣传。他决心抓住这次创造信任的机会。陈主义挨到半夜，把药抽到针管里，偷偷地潜入B家的猪圈。

次日一大早，陈主义就到B家猪圈观察，发现猪的病大有好转，然后到B家说：我来看看你家猪怎么样了。B抱着试试看的态度，拿了猪食去猪圈，发现老母猪竟然能站起来吃食了。B顿时眉开眼笑，答应让陈主义继续给猪治病。

陈主义的好技术和好态度，从B一家人的舌尖开始传播。

陈主义开始了他的兽医生涯。也开始兑现不让山格庄的母亲们再流泪的诺言。他把医疗箱带在身边，随叫随到，诊断明确，医治及时，价格合理公道。他，始终如一地守护着山格庄的牲畜，保护着山格庄母亲们的希望。

时时想起的那个承诺

好兽医陈主义让山格庄人看到了他的真诚、善良、能力和担当。在他行医的六年后，村民们把他选为村委委员。又过了四年，2003年，陈主义三十岁的时候，又被推选为村委主任。

鞭炮爆炸，大大小小的事件，一如既往地在发生。不同的是，陈主义面对灾难的心态。让山格庄人远离鞭炮远离灾难，在之前的日子里，是他藏于心底的一个悲悯的愿望。现在，作为村主任，它已不仅仅是个愿望，它更是个责任，是他的工作目标。他白天忙碌，夜晚总是思绪万千，琢磨带领村人发家致富的法子。一个个，不是被自己否定，就是被别人否定。正应了古人的话——晚上琢磨千条路，晨起挑担卖豆腐。

2004年，政府下令取缔鞭炮小作坊，作为村主任的陈主义被推到两难的境地。他挨家挨户苦口婆心地劝说，村民大会说——希望山格庄人能放弃鞭炮，共同想办法想计策，另寻发家致富的门路。每每，总被村民堵得哑口无言——不做鞭炮，我们能干啥？你村主任都想不出法子来，我们咋有法子，只能做鞭炮么！你不做，那是你有兽医的手艺！

上级部门时常下村检查，被没收了鞭炮的村民，如丧考妣，痛不欲生。躲过了检查的人家开始了鞭炮制作游击战，他们到山洞里做，或凌晨做，一有风吹草动就格外慌乱。死神比任何时候都更贴近山格庄。

两场大的灾难在2005年腊月和转年的三月，接连发生。

2005年腊月的一个夜晚，C家爆炸了。像以往一样，爆炸声就是山格庄人的集结号。陈主义和其他的村人，匆匆地披了棉衣，往外跑，循着声音和火光跑。在烟雾中，在火光里，村人绝望地哭喊着，捡拾出主妇和三个帮工者的尸体。他们并不知道粉身碎骨的四个身躯，并不是死神给山格庄唯一的死亡形式，很快就有人从楼上发现了C家的一儿一女，大的十三岁，小的十一岁，两个豆蔻之龄的孩子，还没来得及绽放还没有经历真正的人生，就在睡梦里被死神顺带着用烟雾掳走了性命……在外地联系鞭炮生意的男主人C，次日回到山格庄时，其悲其痛是任何人都不忍目睹的，也是此刻的我不忍描写的。

山格庄人一面悲痛，一面担心消息外传惹来政府部门的深层查封，毁了他们四百多年来的生存之道。深夜，全村人陪着C和另外三户的亲人，用手电照着狭窄黑暗的山路，把他们匆匆埋葬了。

C在另一个次日被逮捕，判刑五年。

在C被戴上手铐的瞬间，陈主义低下了头，他不忍看。他的眼里是控制不住的泪。已被悲痛击倒的C，像捆行李卷一样任人拖拽着，塞进执法车后，陈主义才抬起头，看着绝尘而去的车，在心里一遍一遍发誓——我一定要想出办法来，让山格庄再也不以鞭炮为生了！

这个夜晚，陈主义被久未入梦的小A问醒了——主义，主义，你还没想出主意来吗？到底用啥法子替代鞭炮赚钱呀？

啥法子呢？醒了的陈主义辗转反侧。种植、养殖他都考虑过，也都和村委的成员商谈过，计算过。不管是种植山药还是水稻，一亩地的年产值都只有四千元左右，平均每个月最多三百多元，刨掉人工肥料农药等花费，几乎没有剩余。养殖，没有外销渠道，全村大量养殖既不现实也很难动员村民……陈主义的叹息在冬天湿冷的空气里久久不散。

村委会同事看陈主义天天琢磨，动不动就扭着眉毛陷入沉思，开玩笑说：主义你得悠着点，这样会把脑壳想破的。陈主义说，想破脑壳只要能想出好法子来，也值。

陈主义希望C是山格庄灾难的句号。但那只是他的愿望。

几十天之后的初春凌晨，D在家偷偷搅拌炸药时发生了爆炸。半栋房子直接炸飞。D只有上半身是相对完整的，头和四肢都飞了。飞了的还有，几十天前，曾被D用三碗清汤山药，虔诚地供奉过的玉皇大帝和观世音菩萨的塑像。

陈主义看着D的半栋房子，看着D肝肠寸断的亲人，既悲又痛还恨！悲和痛，是从小就经常体验的人生况味，恨则是新鲜而强烈的！他恨自己无能！他干村主任已经三年了。三年，一千多个日夜，他竟然没能想出一个好法子！恨从小A去世时，在心里立下的那个愿望无法实现！恨造物主把山格庄放置在群山之间，远离城市，远离发展！恨山格庄的沙土地！恨那年年被供奉而没有佑护山格庄人的玉皇大帝和观世音菩萨！恨山格庄人的侥幸心理！

恨过之后，又是深深的无奈。他知道恨解决不了问题。

在这远离城市远离发展的深山里能有啥法子呢？陈主义几乎快想破的脑壳忽然有一丝光亮闪过——去接近城市，说不定能找到发展的路子。

接近城市。陈主义的方法是变成亲朋的“跟屁虫”，有去城市里走亲戚会朋友的，陈主义就跟着去，去听城市人说话，去和城市人说话。陈主义渴望着从城市人的交谈里，得到让山格庄人富裕的方法。

灵感永远只绽放在求索的大脑里

2007年冬，眼看又快到三碗清汤山药敬神的日子，眼看一年又要结尾，陈主义苦思冥想的致富之路仍没找到。一股挫败感席卷了他——是不是自己这辈子都没办法实现那个愿望，是不是自己就真的没本事带领山格庄人走出——不做鞭炮就陷入贫困的魔咒。这些念头使他心神不宁，在村委办公室和家里都坐不住，常在村里走来走去。这天，当他在村里走的时候，遇到堂兄说要去泉州市里看朋友E。陈主义说：带我一起。说着就跨到了堂兄的摩托后座上，俩人到镇上坐去县城的车，再从县城转去泉州市的车。

城市人E用火锅招待客人。一道道菜和肉下了锅，酒至半酣，E说：要说吃火锅，最好的下锅菜还是你们山格的淮山，就是皮太难处理了，山药汁沾到手上让人痒，女人不愿干，男人更嫌烦，如果山药不需要削皮就好了。E说着起身去了厨房。他不知道自己随口说出的话，进到陈主义的耳朵里，爆发出炸药才有的威力！使得他脑海里一阵电闪雷鸣！那堵久久无法跨越的厚墙轰然倒塌，一条宽阔的路闪着灿烂的金光出现了。

城里人不愿削山药皮！！！

城里人喜欢我们山格庄的淮山！！！

我们种！！！

我们削皮！！！

我们开山格淮山药加工厂！！！

我们让所有的城里人吃淮山不再费劲，让全村的人都围绕着淮山忙起来！！！让全村的人凭借山药就能赚钱，就能发家致富！！！让山格庄人再也不沾鞭炮！！！

三碗清汤山药！这是在几百年前，玉皇大帝和观世音菩萨给山格庄祖先的启示吗？是他们没有领会才做成供品吗？或者是祖宗用山药敬神来提示一代代山格庄的子孙吗？！

这些念头在陈主义的脑海里像浪头一样翻涌，开出波动的花，在陈主义脸上一层层地绽放。他决定在泉州多待两天，去调查一下超市和菜市场的情况和需求。他要带着一个完整的方案，带着一个可信可行的方案，回去劝说山格庄人。他要在两个月后的春节，让三碗清汤山药具有从未有过的新的意义！

陈主义在泉州的市场了解到，去皮的山药能卖到6.5元一斤，而农民自己挑到集市上的带皮山药只能卖1.1元一斤。

陈主义决定把收购价提到2.4元一斤。有朋友善意地提醒陈主义，收购价格没必要定那么高！比市场价高几毛钱就保准大受欢迎。朋友说：你这样利润太薄。陈主义说：必须2.4元一斤，这是我测算了的。我们宁愿少赚，甚至不赚也不能低于这个价！朋友不知道，山格庄人制作鞭炮，每年每人的平均收入在一万元左右，山药的亩产是四千多斤，只有每斤达到

2.4 元，才能让每亩地有一万元的收入，和制作鞭炮的收入持平！只有持平，或高出，才能把村人从鞭炮那边吸引过来。

两天后，陈主义赶回村里，直奔村支书陈文杰的家。

这找寻了太久才寻见的路！

必须马上开始走！大步走！必须让山格庄人马上看到鞭炮之外的致富希望！

在全体村民的大会上，就在陈主义逐渐把人的心思说活泛的时候，村里德高望重的老先生 F 用拐棍敲响了地面——主义！你这是不想让大家好呀，制作鞭炮是祖宗留给我们的手艺，你说丢就丢了？！我可告诉你们，丢了的手艺是很难找回来的！如果你这招不灵，你让全村人跟你讨饭去吗？！

是呀，是呀！做鞭炮是危险，可只要小心就能赚到钱！是年年有出事的，那是他们不够小心……人们在 F 的提醒下，开始窃窃私语，心思摇动。一直控制着山格庄人的侥幸心理又跑出来作祟。

陈主义知道此刻只有坚定不移的态度才能稳住大家，一向在长者面前谦恭有礼的他，强硬地回答道——我家祖祖辈辈是山格庄人，不是外面来打游击的，我要是没把握把全村的人往好的路子上领，我这张脸往哪里搁？！我这一家人怎么有脸在山格庄活！你们很多人是看着我长大的，应该了解我的性格脾气，做事风格！我跟大家保证！这条路子绝对没问题！我保证让大家通过种淮山加工淮山就能和鞭炮收入持平，而且，以后收入会越来越多！

老者瞪着陈主义，用拐杖捣了三下地，说：你们听陈主义的，有你们后悔的那一天！说完，踟蹰而去。

聚拢了村民的心思，统一了思想。陈主义和陈文杰立马向乡政府汇报，并获得支撑，得到五万元的“转型转行转业”帮扶资金，另又拼凑了五万，用这十万元开始了山格淮山的加工。

离开炸药的山格庄人，第一次体会到撒开手脚做事挣钱的快乐。他们不再担心无意的碰触，不再担心脚底的碾搓，不再恐惧金属物品……他们挥舞着手里的削皮刀切割刀，利落地手起刀落，嚓嚓嚓的声音伴随着谈笑声，如鼓点伴着古筝。

在乡政府和县扶贫办的帮助宣传下，“山格淮山”逐渐被市场接受，客户日益增多。毕竟，富裕起来的城市人早已从“吃好”发展到“吃出健康”的时代，民众们知道山药对人有很好的滋养功能。

陈主义根据一个月的盈利测算出，一斤带皮山药能出0.63斤净淮山，去掉包装材料费、人工费、储存费、推广费、运输费、租赁费等，成本价要5元多，不出意外，每卖掉一斤净淮山能剩1元多的利润。

这个测算结果给了陈主义充足的信心。他决定加大加工力度，为春节的市场准备库存。5万斤，不出意外的话，纯利就能达到5万多块，就能购买切片机，扩大发展。

前途一片光明。

真正的彩虹要在风雨后

陈主义没有想到，任何光明的背面都有阴影。意外总是紧跟着意愿的脚后跟，当人不设防时，它冷不丁地就咬上来。

5吨真空包装的山格淮山药片，整齐地码放在冷库里，等待着春节的到来。等待着给山格庄人创造第一桶金。陈主义和陈文杰每天3次仔细地核对冷库的温度显示。

每天如常。只待城市人备年货的时机。

交货的头天夜里，颇有些激动的陈主义又进到冷库里，看着包装盒上的“山格淮山”商标，像看即将出阁的女儿，既喜悦又爱怜。

山格淮山。全村人就靠你了！

陈主义嘴角挂笑，想到炸药和山药，一字之差，却天地之别。一个要人命，一个滋养人命。两个极端之物，在自己手里完成支撑山格庄生存的交接棒。内心感慨，顺手捏了下包装盒。这一捏，让他心里一愣。

他快速地打开包装。原本瘪瘪的袋子明显膨胀了！

怎么可能？！他跑到温度表前查看。温度表是正常的！他飞快地打开另一个包装盒。再打，再打，上层的，中间的，底层的。

每一个包装盒的打开，都是希望的一次破灭。

陈主义浑身被冷汗湿透，一屁股坐在地上，脑袋里万千只飞虫在嗡。

怎么回事？怎么回事？

怎么办?！怎么办?！

不但眼看到手的一万块利润没了，六七万的成本也打水漂了。第一炮哑了，村民肯定没了信心，又会去偷偷摸摸做鞭炮……人，做点事怎么就这么难……眼泪悄悄地滑出眼眶，热热地流经面颊，抵达嘴唇。陈主义把泪抿进嘴里，咽下去。把失败的苦涩和巨大的压力咽下去。他知道，自己出了冷库的门就不能再流一滴泪。

一滴泪，就能坏掉整个山格庄人种植山药的信心。

陈主义擦干眼泪，拿了两袋山药，锁好冷库门回家。他要用母亲的猪崽实验，看看它们是否还愿意吃。如果猪愿意吃，他就第二天分发给各家喂猪。猪吃了，也比浪费了强。

母亲看着陈主义手里的山药，惊讶地睁大了眼——什么?！喂猪?！那么贵的山药喂猪?！是不是坏了?！主义！！你到底有没有能耐带领大家开厂子?！

母亲的焦虑和担忧，让她的声音迅速高上去。陈主义没想到母亲的反应会如此强烈。他已明白喂猪的决定是错的。只要山药到了猪的嘴边，他们，全山格庄的人，都会像母亲一样怀疑他，怀疑这条路。他压低声音请求母亲——小声点，小声点！陈主义缩回了伸向母亲的手，恳求母亲保密后，向陈文杰家走去。

两个人想出的办法是——骗过大家，偷偷埋掉！

腊月的零点，夜黑风高。正是作案的好时机。陈主义和陈文杰用板车把胀袋的 5 万斤山药拉向村外溪边的凹坑埋葬。从零点到四点，整整 4 个小时，40 多趟。每有摩托车灯光，两个人就赶紧把罩布盖上，低头蹲到路边。

做贼一样的 4 小时。

做贼一样的 40 车。

原来他们半夜里也埋葬，埋的是失亲的悲痛和重复。

现在，一趟趟，埋葬的是暂时的挫折和教训。陈主义知道，他带领山格庄人靠山药发家致富的路是绝对埋葬不掉的。它是一条必须勇敢向前的路。也是一条需要别人帮助的路。

凌晨四时，筋疲力尽的陈主义，心里五味杂陈，他不知道以后的路能不能走得顺畅。他只知道太阳一升起，他就不能有任何的感伤、悲伤、消极、后退等情绪表现出来。一村人，六千口子，依靠着他，指望着他。他用一瓶白酒把自己送进睡眠里。4个小时后，他来到厂里，对工人关于冷库已空的询问，他挤出笑容说，昨晚一个大客户一下全拉走了！

工人们先是惊讶，紧接着就是兴奋，纷纷表示新年里要多多地种淮山。陈主义在大家兴高采烈的交谈中，蹬上自行车，他的包里有昨晚未能递到母亲手里的山药，他要带着它们去乡政府，寻求帮助。

农业大学毕业的乡长带着陈主义当即赶往福州农业大学，去请教从事净菜保鲜技术的教授。在教授那里，陈主义知道了农产品也是有生命的，会呼吸。在3℃—-3℃，休眠，相当于人在睡觉。3℃—7℃，处于活跃期，呼吸，松骨，相当于人准备起床。10℃—13℃，会发芽，生长，像人起了床。陈主义的冷库温度定在3℃—10℃，让山药处于能呼吸的温度中，才出现了胀袋，变质。要把温度控制在3℃—-3℃，让山药休眠，睡觉。

想不到教授一句话就把问题给解决了。陈主义心头的阴霾顿时散尽。

福州之行，让陈主义认识到科研知识的重要。他相信自己只要肯钻研，山格庄的沙土地肯定还有额外的能力供山格庄人使用。

像媒体报道的那样，陈主义通过钻研，研制出了山药横种和打洞竖种的技术，不但增加了亩产量还解决了山药挖掘难的问题。针对于土地只能隔年种植一次的问题，研究出在山药收获后，在田里施加上农肥，用水把地泡起来的方法，能让土地连续两年种植山药。陈主义为了扩大山格淮山的知名度和文化影响，在县扶贫办的援助下，设立了山药节——每年评选山药王，设立了山格淮山美食节——遍请名厨创作山药美食。他和福州农业大学的教授合作，开发了十几款淮山药产品，他们生产的山格淮山面线、淮山面条、淮山米粉、淮山茶、淮山薯片等，已经遍销全国，并深受消费者喜欢。

山格庄富了起来。

山格庄人永远地脱离了炸药的危害。

山格庄人说，现在没人做鞭炮了，现在是淮山时代！

大家一起吃才心里踏实口里香

小 A 已经不再入梦。母亲让他端着碗盘，一家家分送吃食的梦又常常搅扰陈主义的睡眠。每次梦醒后，他都琢磨这梦的原因。

有一天，厂里开员工大会，陈主义让大家畅谈感想，有人说，咱们山格庄早都是明星了，那些外村的，都巴不得变成咱山格庄的人。此话一开头，大家都把自己听到的羡慕赞美之语说给陈主义听。

他们埋怨老天爷没给他们生个陈主义呢。

陈主义是老天爷生的么？哈哈哈。

这十里八乡的人，听到“陈主义”三个字，都竖大拇指。

陈主义憨笑着听着村人的肯定，他想起 F，那个德高望重的老人，常常拄着拐杖在厂门口周围溜达，见到外地人或外村的人，就笑眯眯地告诉人家——我们山格庄的淮山最好！

说到底，别的村根本羡慕不来，谁让他们村里没有陈主义呢。

……

这赞美的话语，再次落进陈主义的耳朵里时，他脑子里一阵小规模的电闪雷鸣——我为什么仅仅是山格庄的陈主义？我也可以是外村的陈主义啊！我们山格庄富了，可山格庄周围的人还贫穷着。他抿紧嘴唇，为自己常做的梦找到了答案。或许这就是启示，是让他帮助更多人的启示。

陈主义决定先带着周围的村富起来，然后带着周围的乡镇富起来。

他开始跑邻村，查看他们的土地和水源，并租了土地进行试种。一旦试种成功，就赊给每户 4 千斤淮山种子，免费提供技术指导，并保底收购，每年山药收成后再收种子钱。他并不要求他们一定把山药卖给山格淮山加工厂，他鼓励他们外销，销不掉的再卖给他。对于贫困户，陈主义免费赠送山药种子。

陈主义在帮助外村发展的过程中研究出，只要是海拔在 500—800 米之间的沙土地，水源是山泉水的，出产的山药品质就和山格庄的一样。

就这样，由村到镇。陈主义已经带领着安溪县八个乡镇的人进入了“淮山时代”。帮助一万多家庭，5 万多人口，脱离了贫困。使淮山的种植面积达到一万五千亩，产值超过3亿元。为了保护淮山种植的热情，陈主义一直本着创业初期的原则——宁愿少挣甚至不挣，也要保证高价收购！至2017年冬，陈主义的收购价已达到每斤淮山12元。

对于海拔不适合种植淮山的村庄，陈主义给那些困难户送牛，让牛给他们带去生活的希望。

陈主义说，下一步，他计划把万亩淮山种植地变成淮山“森林”，建成森林公园的模式，有亭台有回廊，有五色灯亮化，将荷花和淮山轮种，增加观赏性。人们可以到淮山种植园里观光，休闲，品淮山美食，可以参与淮山的种植和采挖等。陈主义说，要使淮山事业年轻化，吸引在外打工的年轻人回家，减少留守儿童和留守老人，让大家因为淮山就能团团圆圆地生活。

提到家人，我顺嘴问他的子女。一直侃侃而谈的陈主义卡壳了，好几秒后，才叹口气，颇为难地说——儿子在别的企业里打工，他看不上我，觉得我挣不了大钱。他说：你看看人家用不了几年就能发大财，你忙活那么多年才挣几个钱。他不肯跟着我干。

采访中唯一的沉默出现了。我试图安慰他。但也理解他的孩子，毕竟他们年轻，又都生活在盛产利己主义者的时代里。

还没等我想出安慰的词语，陈主义把低垂的目光抬起来，看向远方说，我不怪他，我自己有时候也迷茫。同学朋友聚会的时候，看他们都开着豪车，穿着名牌，在厦门等地有大别墅，娃娃送到国外……我也觉得自己寒碜，人家也笑话我傻，他们觉得我不懂生活，不懂生意，不懂利益最大化……我也觉得对不住家里人……这种时候就心酸得很。从这种场合离开，我就让自己回办公室，一个人坐半夜，翻政府发给我的证书，一本一本地看，这么厚一大摞。看着那些证书，就能重新想起那些日子是怎么走过来的，就觉得自己这么做，值！

陈主义的语调沉缓得让人心酸。我感受到他类似于唐·吉诃德式的孤独。在利己的风气里，努力成长为利他的人，犹如在一片稗子地里长成一株稻米。

翻看陈主义从抽屉里拿出来的那摞红彤彤的证书，有“福建好人”“泉州市第五层次人才”“科普惠农兴村带头人”“农民讲师宣讲团成员”……

有一部分证书是授予山格淮山专业合作社的，“国家农业部无公害农产品产地认证”“福建省名牌产品”“海峡两岸订货会创新金奖”“全国名特优农产品”“国家示范合作社”……

抚触着高达三四十厘米的证书，回味着陈主义的话，想象着他一人深夜独坐的五味，突然就意识到了证书的重要——那是对利他行为的肯定，是隐藏的利他群体的使者，是利己主义时代里用利他者的高尚竖起的小旗帜。这些旗帜，虽然被陈主义锁在抽屉里，虽然只在被利己者伤害的夜晚用来疗伤，但它们毕竟是存在的。是正在努力生长的，也是我们国家在努力发扬和褒奖的。

结　语

顺着陈主义的精神静脉一路查看下来，验证了“男人”作为形容词在陈主义身上的真实存在，也就有了这篇文章。更有了一种信心——“二合一”的男人还是存在的，尽管不太多。但，存在就好！

人类优良品质的延续，其实也像山药，只要存在，哪怕只是一小截块茎，就能以种子的方式进入人的心灵，发芽，生长，惠及众生。就像陈主义母亲在他幼小的心里种下的——有好吃的，大家一起吃，才心里踏实口里香。

临别，我对陈主义说：耳濡目染是最重要的，您儿子再成长几年就能理解您，尊敬您。您身边的人，包括知道您故事的人，也都会理解您，尊敬您。

陈主义很腼腆地笑着说，但愿吧。

我也但愿陈主义永远是我所见的陈主义。

但愿这样的“主义”能遍布人群，越多越好。

但愿，我们再使用“男人”一词时，不用再考察它作为形容词的真伪。

诗歌

泉州笔记

林　雪

刺桐城、马可和可汗

——仿卡尔维诺

一公里之内的海岸分布了五个码头
“到泰克拉来的旅客只能看见城的小部分……”
他在讲述你——刺桐城终年被四季地毯包裹
谁是幸运的，谁才能看到真容
“我一到达琵拉就会忘掉过去”
马可巷曾有百米长，如今变身为道路
马可井已掩埋在石板下
曾直通蜿蜒的海岸，聚集沙丘后的海水
直通向上又向下伸展
他在讲述：商人如织，来自波斯、印度
在东方第一大港，他可以从泉州三个地方
前往波斯。一是从后渚港出发
二是从文兴渡头下海
三是从南关渡头出洋

等到风季，十四艘船将一起远航
每船有四根桅杆，能扬九帆
他描述着赛德茜丽亚城的进口。你一定

以为逐渐接近城门的时候
会看见一列城墙从多尘的平原升起
守在墙外的海关人员已经在斜起眼睛
望着你的行李包裹……
他会讲隐蔽的、公正的城贝尔妮丝……
几百年反反复复的侵略，使希奥朵拉吃尽了苦头
一个敌人刚刚被赶走，另一个敌人
马上就强盛起来，威胁劫后余生的居民
他用克拉莉指代你，光荣又痛苦的城市
没有一个城市比得上那里的人向于享受无忧无虑的生活……
有一个代代相传的信念
有高尚的情感和美德
“我每年经过珀萝可琵亚都会停留一阵子”
他一停留就是十七年。土坑、桥、植树、玉米田
荆棘、信使、战乱与和平
“在莱莎，生活是不快乐的”
人们一边走路一边咒骂，靠住河旁的铁栏

他会用赛德茜丽亚城的故事回答
城墙从多尘的平原升起，墙外的战士
已经抓紧了长矛

他以女人的名字称呼那些城市
在《看不见的城市》中，马可·波罗给忽必烈
讲了，天就要亮了
他说：“陛下，我已
把我所知道的所有城市都讲给你听了”
“还有一个你从未没有讲过”
马可·波罗低下头来。
“刺桐城”可汗说。

马可笑了，“你以为我一直在讲什么？”
皇帝不动声色：“你提到了德化窑白瓷和色釉
你寂寞的小花插。可我从未听你提及他的名字”
“是刺桐城。波罗说：‘每次描述一座城市时
都有一部分刺桐。’”

在泉州，兼致爱丽丝·门罗

“战争一开打，欧洲的香料就涨价”
她文集中少有与中国有关
这几乎唯一的一句，出自无足轻重的小人物
我摘录为记，视为亲人

一粒胡椒被阿拉伯商人文创
赛过黄金并把欧洲熏倒熏香
《一千零一夜》真该增印香料版
加进毒蛇篇：他们说印度胡椒树林
有许多毒蛇，当地人得放火烧赶
胡椒也因此焦煳干瘪
加进鸟巢篇：他们又说肉桂
长在阿拉伯高山之巅
高飞的鸟儿能把小棍子模样的肉桂捡来筑巢
于是阿拉伯人在山脚下摆一堆肉块
引诱飞鸟叼起带回巢中，肉块太重致鸟巢坠落
肉桂才能捡到。加进风浪篇疯狂篇
香料曾在泉州聚拢也曾在泉州出发
水手和骆驼队在漫长寂寞而危险的路上经常错乱
把波浪认作戈壁，把沙丘认成海岸
在海市蜃楼的幻境中跪倒哭泣认错家乡
加进馈赠篇：这来自伊甸园好地方的香料

代表财富、豪爽和身份
飨宴之后，香料被包成小袋礼品
送给客人

如今生活中的旧气息已渐行渐推
如今那些人事久远，声名模糊
我咀嚼一粒胡椒
这贸易的骄子、史册的主角
仍然辛辣不衰，仍然等待后人杜撰

龙江水，北极光

曹有云

题记：2018 年 8 月 6 日至 13 日，随中国作家协会庆祝改革开放 40 周年主题采访团至黑龙江哈尔滨、大兴安岭等地进行采访实践活动。采访为期一周，一路北上，行程匆促，但收获颇丰，感慨良多，遂将感触思绪片段点滴诉诸文字，勉强为诗。

1. 哈尔滨之晨

北方早起的太阳
照亮那些早起的人
那些心存善念
一意前行的人

他们必将抵达
他们已经抵达
看哪，他们浑身披上了阳光豪奢的黄金织物
他们温暖，阳光，充满力量
总是热情似火，总是信心满满

2. 哈尔滨电机厂[①]

共和国坚挺的骨架和脊梁
就这样在我眼前
如山耸立
如风呼啸
如潮呐喊
实业兴邦
技术强国

3. 侵华日军731遗址[②]

那些被严重侮辱被损害者说
我们悲惨的境遇已被时光
绵长的风雨磨洗成深邃的巨镜
既可照见过往昏暗的长夜
也可鉴知前方光明的未来
可资治家国天下
也可激励你们
亲爱的子孙后代

---

① 哈尔滨电机厂：哈尔滨电机厂有限责任公司（原哈尔滨电机厂），中国生产大中型发电设备的重点骨干企业。公司制造的大型水电机组，约占国内生产的大型水电机组总装机容量的1/2，汽轮发电机约占国内生产的大型火电机组总装机容量的1/3。产品遍布全国各地，并出口到美国、加拿大、日本、印度、巴西、俄罗斯等30多个国家。几十年来，公司坚持自主开发与引进技术相结合，创造了我国发电设备制造史上众多“第一”，为我国电力事业发展做出了卓越贡献。

② 侵华日军731部队遗址：位于哈尔滨郊区的平房区，离市区20多公里。731部队遗址陈列馆现存遗址有：731部队东部大楼、特设监狱、四方楼、冷冻实验室、焚尸炉、菌种地下储存室和兵器库等11处残迹，成为历史见证。陈列馆还陈列有大量供词、图片、影印文件及实物资料。

奋发有为，图强不息
生死存亡，咸其自取，怒者其谁

4. 萧红故居[①]

才华之光划过时代动荡的星空
照亮几个人凝重的表情和多舛的命途
漂泊的背影已然远去
呼兰河依旧呼啸不息
还在召唤她早逝的女儿早日回家
对镜梳妆，读书写作
过上人世间平静无忧的幸福生活

5. 北纬53度的漠河

北纬53度
漠河之晨犹如蝉翼
在我眼前突然打开
仰观而望天体轰鸣，星辰飞旋
俯察而见林海苍莽，百鸟飞渡
踮起脚尖仰望你
高高的额头
巍峨的冠冕
我就这样贪婪地领受了漠河之光慷慨的摸顶隆恩

① 萧红故居：位于黑龙江省哈尔滨市呼兰区，是中国著名左翼女作家萧红的出生地，现辟为萧红纪念馆，1986年定为省级文物保护单位。故居为清末传统八旗式住宅，青砖青瓦，土木建造，修复后的萧红故居青砖院墙，院门面东而开，正门门楣上悬“萧红故居”横匾，乃陈雷题写，院内五间正房，东两间陈列萧红祖母用过的部分物品；西两间屋展出萧红生前照片、中外名人留影、题词、信函，迎门堂屋摆放着萧红故居原貌沙盘，院内有一座2米高汉白玉的萧红塑像，后花园西侧有碾房一座。

我就这样肆意地享受着漠河之水圣洁的终极关怀

黄昏，行走在高耸的北极星广场[①]
我一直在念祷史蒂文斯[②]不朽诗篇中
那阵强劲、迷幻的极光焰火蓦然重现
让我灵光一现，文思滔滔，留下痕迹
但这里白昼很长，苦夜很短
我已赚回了好多无端丢失的昂贵光阴
知足是福

6. 在“五·六”火灾[③]纪念馆

来年，天边就吹来了春风和春雨
吹涤了厚厚的灰烬
吹合了深深的伤口
吹绿了高高的兴安岭
那只曾经焦头烂额，黑不溜秋
危在旦夕的五彩凤凰

7. 向着北方

沿着奔腾不息的龙江之水
溯源而上

---

① 北极星广场：建于漠河城西一小高坡处。位于153个台阶之上广场东侧中央的北极星雕塑是漠河市的标志性建筑，名为“腾飞”。左面是一只展翅欲飞的天鹅，右面是一只引吭高歌的金鸡，意为漠河是“金鸡之冠、天鹅之首”，最顶端的星为北极星，意为漠河是祖国北陲的一颗璀璨明星。

② 华莱士·史蒂文斯（1879—1955），美国著名现代诗人，写有诗篇《秋天的极光》。

③ “五·六”火灾：1987年5月6日至6月2日，黑龙江省大兴安岭地区发生特大火灾，是新中国成立以来最严重的一次森林火灾。

迎着燃烧不熄的星辰之光
攀缘而上
寻找北极星光明的眼睛
寻找梅花鹿湿漉漉的眼睛

8. 鄂伦春人[①]

他们头戴狍头帽
身着狍皮苏恩
驾大驯鹿
乘桦皮船
穿过茫茫林海雪原
在萨满诵经声声中
如风而来
如风而去
年年岁岁
生生不息

9. 神鹿岛[②]

千年后

---

① 鄂伦春人：鄂伦春族是中国东北部地区人口最少的少数民族之一，主要居住在大兴安岭山林地带。为了适应寒冷气候和狩猎生活鄂伦春人创制了狍皮衣和狍皮帽，狍皮衣，鄂伦春语叫“苏恩”。用狍皮制作的帽子，戴上去很像一个狍子头，故名“狍头帽”。传统的交通工具主要有驯鹿、马、桦皮船、兽皮船、木筏、滑雪板和雪橇等。鄂伦春族有“风葬”习俗。

② 神鹿岛：据传鲜卑王拓跋诘汾南迁途中，被困大鲜卑山（即大兴安岭），神鹿岛即出神鹿，带领他们走出了大鲜卑山。其中鲜卑慕容部一支于西晋至唐时期（公元313—663年）在今青海、甘肃一带建立长达300余年强大的吐谷浑王国；东晋隆安元年（公元397），鲜卑族一支河西鲜卑秃发氏首领秃发乌孤于青海湟水流域建立南凉政权。

向着不朽的星光和神话指引的道路
我们来到北方最北
终究遇见了你
神鹿
虽然没看见你矫健的体魄
但感知到了你忠贞的魂魄
一直萦绕山河林海，没有离去
你天赋的灵性
你神授的智慧
有力地引导他们
剽悍勇武，壮心不已的鲜卑人
走出重重迷困
走向辽阔澄明
走向远方，更远方
甚至高原
甚至遥远的湟水河畔
在那里开疆拓土
在那里立国安邦

10. 北斗七星

昨夜
安坐在最高的窗台
最高的夜晚
凝望北斗七星
多么灿烂
多么清澈地摆放在星辰大海
摇荡，闪烁
多像童年时代睡梦中
拥有过的一把魔幻银勺

11. 北极村[①]

北极村
北方以北小小的村庄
安坐在高高的维度之梯
凝望着北斗七星
静静呼吸，冥想
怀揣着高高的磅礴梦想

昨夜
在北极村神奇的梦里
我和逝去的亲人们一一通话
告诉他们我幸福的生活
他们也告诉我别后的时光
没有劳碌，没有忧伤

他们就在身边，就在耳畔
多么清澈，多么热情
犹如北斗七星在眼前闪耀
莫非，这里就是天堂的近邻
距离远去的灵魂也最为真切

① 北极村：北极村位于黑龙江省大兴安岭地区漠河市漠河乡，地处北纬53° 33′ 30″、东经122° 20′ 27.14″，是国家AAAAA级旅游景区，中国观测北极光最佳地点，中国“北方第一哨”所在地，也是中国最北的城镇。

12. 图强林业博物馆[①]

伐木者醒来
开动飞转的链锯
百千高树如百千壮士轰然倒下
苦汁四溢
伐木者醒来
捧起嫩绿的幼苗
百千花木如百千少女亭亭玉立
清香四溢

① 图强林业博物馆：位于黑龙江省大兴安岭图强林业局文化街北 200 米处，距离漠河 27 公里，始建于 2005 年 10 月，占地 6000 余平方米，其中布展 1600 平方米。博物馆再现图强林业动植物资源之丰富，自然风光之秀美，创业步伐之艰难和图强人民转变发展模式，创建美好家园的奋斗历程。

北极之北

王妹英

在北极村老街的墙上，
不知是谁，
写下这样一句话：
“我知道你会来，
所以我等。”
像是说出所有旅人的心情。
是的，虽然我是第一次来，
亲切之心，
却仿佛由来已久。
漠河之北，
国之最北，
如此平凡、安静，
奔腾的龙江，
在此逶迤盘旋，
沉默不语，
却如此激荡人心。
北极古驿，
黄金古道上的第三十站，
也是漠河北极影响最早、最有名气的地方。
我们采风的行程
在北极村停留的时间最长，

这使我们变得更加美好和从容。
那个午后风和日丽，
伙伴们没有停歇，
而是在深邃的龙江边上徒步慢行。
北极村，
它并不是一个村庄，
不是一个传说
而是奔腾不息的龙江身上
一颗闪耀的明珠。
游人徜徉，
却像是
“一个人的心灵史”，
它带着一条河水全部的浪漫，
荡涤
荡涤那些废墟的根系。
很怪，
能感觉到人生的浪漫之时，
往往都是游走时分，
或许不经意的游走
能听见大地的声音，
大约也是快乐的另一种表达。
八月的北极龙江
一改春天破冰奔腾时的澎湃，
一下子
在岸边
安静下来。
淡淡地流淌，
静静地永恒。
行走在北极之北，
一条古老河流的岸边，

即便是最理性低沉的人
也会心潮难平。
这天不出所料，
我创造了自己单天徒步的纪录，
却并不感觉到很累。
北极村的日出
自然不能错过。
我们住的酒店，
就在龙江岸边，
清晨早起，
步出酒店大门
就能看到火一般的朝霞，
把一整条矫健的龙江，
染得火红，
像是燃烧的感觉。
那一刻，
我不知该如何表达这样的美，
遥远的太阳，
正以触手可及的姿态和距离
在我身边升起。
如同一场梦幻，
因为，
“你知道我会来”。
亲切的北极老街，
像是为了证明我们来过，
家家门前的那些花草，
大丽花、土豆花，
像是儿时小院里的风景，
还有那土坯抹泥的墙，
都是那么称心快意。

街边的老树，
挂满红果。
北极之北的早市，
卖菜的老乡，
稳坐在龙江的朝霞里。
北极村现在的耕地，
已经全部实现了机械化。
当地的农户和染着龙江露珠的蔬菜，
以他们独有的姿态，
向着游人
绽放。
北极古驿路第三十站，
便是漠河站，
就在此刻的北极村，
默默无闻，
却一毫不差，
记录着时间的斑驳。
驿站向东一公里，
便是古漠河县的遗址，
追根溯源，
人流往来，
商号繁华，
时光常新。
历史在岁月的风尘中，
留下的痕迹如风烟一般飘远，
如今我们再走这条古驿新道，
已难寻到它留下的声音和气息，
而只是要记住这段旧路的时光渊源，
感受它的美好变迁，
和那些守护者、建设者的艰辛，

重赏这北方之北的大美风光和平凡世界。
和那穿越亘古的最北一家、
最北哨所、最北邮局、老街记忆、七星广场。
最北之北，
夜晚如期来临，
与漠河的明月相遇，
我们在此相遇，
北极之北，
如此澄澈，
如此忘我。

有雪和驯鹿的风景（外一首）

冉　冉

夜空明亮
浴火重生的森林藏着驯鹿和星辰

鹅毛雪还在下
大地越来越干净越来越宽广

松鼠偷窥花楸树
鳜鱼仰望大冰层

道路跑进雪爬犁
天籁还在小木屋

鄂伦春母亲的袍子
裹着极地的北　黑龙江的血

在北极村

八月　江水静谧
小酒馆潮湿清凉
朋友们品尝着蓝莓葡萄马林果
一边欢歌　一边举起兴安岭的美酒

致贺刚刚获奖的友人

大丽花在门前的花圃提前备好
星光在皓皓夜空提前备好
北极村知道
见过爱过且祝福过
这方水土的每一个人　都将凯旋
并在这里欣悦相逢

林海遐想

劲　草

漠河的秋千

一座秋千
在白桦树林间
死去的桦木做了秋千
前世曾是谁的爱人
在这素白的小世界
桦树睁开繁星的眼睛，一眨一闪
透下的光灼热着木板
我选择忍受，坐下
温热曾经冰冻的心弦
双手握住紧绷的长绳
让秋千尽量飞，远离它的故园
越过清冽的北极泉水
越过森林的九曲十八道弯
当秋千悠向另一端
我便眯着眼睛仰起头
让太阳亲吻发丝
看蓝天上白云真变幻——
尖角的麋鹿、小嘴的鹦鹉
螃蟹挥舞着巨钳

蹦蹦跳跳的是雪兔……
我开心地笑，眼波流转
大家都夸我是个美人
像刺玫的浆果馥郁又饱满
在这之前，我独自林间游荡
柳兰一簇簇燃烧着紫色火焰
五彩的碧冬茄小伞般绽放
（完全信赖地敞开了所有）
接骨木捧出一把把妖艳的红果子
我把她们涂在了嘴唇上
后来遇到这座秋千
我坐在上面
裙裾飞扬，笑声荡漾
等待峰岭后方，最后的天光褪去
林中再无声响

林海腹地

姐姐曾说，她的前世
是一条安静平缓的河流
今生一遍遍，在万水千山中寻找
我名字里有个“草”字
我的前世或许是一棵树
对，一棵树。隐匿在茫茫林海
挂着棕熊蹭掉的绒毛
马蜂在枝丫下挂巢
清晨布谷鸟送来一颗蛋
又把别人的孩子摔碎在我的脚边
当太阳从峰岭后面露出
我便使劲儿地长高

争夺更多的养料
至于我是金色的美人松
还是汲满甜汁反浆的白桦树
至于我是哪一种
我不得而知也不去计较
关于转世的机缘
也许被刀砍斧劈或电锯飞旋
被山火吞噬变作一具焦炭
或许是只顾长高
却纤身材细被大风腰斩
若是幸运，我仍是一棵树
隐匿在辽阔林海
感知世间万物的奥秘
当相逢变为一种可能
树木举起沾满露水的叶
期待地颤颤抖动
可我在飞驰的车窗里
只见窗外茫茫的绿

在沧海（组诗）

高　凯

当一只军舰鸟成为一艘军舰

守在岛上
一草一木都很警惕
草绿得庄严
花开得坚强
当一只军舰鸟成为一艘军舰
或者当一艘军舰成为一只军舰鸟
所有的草木都锋芒在手
比如那些为一只蝴蝶出手的仙人掌
比如那些果敢亮剑的剑麻
比如一棵铁树的骨骼
甚至一颗椰子
攥起来的
大拳头

海水都是跑到岸边开花的

我远远地看见
海水都是跑到岸边开花的
而且朝着我边跑边开

大海爱一个小岛
和爱一个人
都是一样的
浪花雪白

我的孤独是一座孤岛

孤独
是一种骨头
硬若灯塔
在海上
我的孤独
和一座孤岛的孤独
忽然有了关联
我的孤独是一座孤岛
比大海小
比大海深

观棋子湾

潮起潮落
黑与白在海边狭路相逢

此岸对弈彼岸
今生博弈来生

棋盘不语
进退喧腾

当十万粒黑白石子走成了棋子

天底下就没了输赢

谒永兴岛

一个名字
把自己筑成了
一群英雄

一群英雄
把自己筑成了
一段历史

一段历史
把自己筑成了
一座孤岛

一座孤岛
把自己筑成了
一艘战舰

在天涯海角

浪到天涯海角
突然想起一个自己爱过的人

在天涯海角想那个人
就是打算用一个大海继续去爱

曾经惊涛骇浪
从此风平浪静

一个人浪到天涯海角
才知爱与不爱

过昌江黎族自治县海尾湿地

大海的尾巴
像一条鳄鱼在岸边戏水

叶绿花红水清百鸟争鸣
人在画中分不清上下哪个是自己的倒影

深埋的沙滩里
储备着今世的黄金和白银

澎湃的大海
就是黎族人的肺活量呀

一架飞机
在蓝天上画了一道白粉笔印儿——

眼底下这块生机勃勃的源头活水
就是地球村的肝肺

在霸王岭拜访长臂猿

霸王岭上无霸王
猿与人已经没有关系
感情太淡

此行没有见到长臂猿
是因为这些活着的老先人
不愿相见

这一次就这样了
遍地的野木耳听一群野兽
来了又去了

什么鸟儿在送行呀
始终只会说一句生硬的话儿
一点也不婉转

地球上的大海都是一样的

抵达南海之后
我突然发现地球上的大海
都是一样的
风口浪尖总是惊涛拍岸
远方的海平线
一半肃穆
一半苍茫

我正躺在大海上

此时此刻
我正躺在大海上
我当然是躺在一只船上
但我躺着躺着就感到自己
躺在大海上了
船躺在大海的怀里

而船的怀里
又是诗歌
和我

海水都是纯净水

在三沙
我内心的垃圾
无处扔了
天空有多蓝
大海就有多蓝
蓝蓝的海水
要多干净有多干净
海水都是纯净水
想喝就喝

海南记

徐 峙

棋子湾

棋还没下完，棋手已隐身幕后
在幽微的高处，他们沉默地打量
这个世界

他们只是中场休息，我们已
等待千年
黑与白，终须一个了结

棋子散落，如那些
辽远的星辰
世事如棋，宇宙又何尝不是

日头落入大海，又升起，
人们出生，又死亡
这连环之劫，世间终究无人可解

下一手棋下在哪里？
没有起点的开始
没有终点的结束

没有胜负的胜负手

东郊椰林

静静的椰林，一颗椰子从
高空坠落，在我前方摔成三瓣
巧妙地避开所有的行人

他们说，椰子长着眼睛
它从来不掉在
人的头上，除非它
看到了罪恶

剖开椰子，我看到了那双眼睛
眼圈漆黑，眼神倔强
多像年少时的我

我终于明白，不管在哪里
总有一双眼睛在高处
盯着你，有时候是上帝，
有时候是椰子

霸王岭

1

阳光越过群山，沿着山谷
盘旋而下
到达丛林时，和我交换了眼神

这热带的草木里，藏着多少
天地的秘密
离地三尺，到处都是神灵

而我是一个形色可疑的人
越往里走，就越心虚
阳光在树叶间闪烁不定
大地上响彻寂静的回声

2

树叶是森林的语言
他们荡漾在枝头，散发出
词语的绿光

我们到达时，他们开始朗诵诗篇
阳光是他们的名词
风是动词
雨水是形容词

他们拥有大地所有的修辞
跟他们相比
我的语言多么苍白
而可笑

3

多像一个老人的名字，陆均松
他活到了
令人尊敬的年龄
或者，这尊敬跟年龄无关

他体内同时住着闪电和风暴
阳光和雨露
他让它们和平相处，像一家人

他曾经长久地逃出时间
现在，又回到了这永恒的居所
宁静而安详

在它身上，我依次看到
现在的我，多年前的我
以及
多年后的我

4

青草淹没青草
鲜花踩着鲜花的尸体
疯长

他们来到大地上
不是为了安静地活着
而是为了
壮烈地死去

每死去一次，他们就
重生一次

永兴岛

“祖国”这个词过于宏大，此刻
我更愿意从海边的一颗石头爱起

爱它的坚硬与执拗，与大地的厮守
还可以从一朵浪花爱起
爱它一次次粉身碎骨，又一次次冲向岸边
也可以爱一棵仙人掌
爱它的尖锐和决绝，永远不留情面
爱一只凭空而来的海鸟，它的翅膀
扇动太平洋的心事
爱一个从海上漂来的椰子
它被时间掏空，干瘪如我的心脏
爱一双被岁月雕刻的渔民的手
它曾经握紧风浪中生存的希望
爱一所房子
一块石碑
一朵开在风中的三角梅
最后，我要把它们放到一个汉字里来爱
就像蝴蝶爱上玫瑰
哪怕这爱里有刺
哪怕这爱里有毒

蔚蓝之路（组诗）

曹立光

蔚蓝之路

1

嘿佳啦……嘿佳啦……
古老的渔歌号子
缓缓地，缓缓地把中国渔网
升起在科钦古堡入海口
八百年前的太阳没有衰老
粗大的手指划过绸缎般的海平面
被汗水抚摸的汉子目光望向

东方。东方。日出东方
船队此刻正被阳光橙黄的针脚
细密地把思乡的伤口缝合
晨雾轻盈，海鸥盘旋
郑和在船头沉默，沉默里低诵国书：
“天之所覆，地之所载
一视同仁，不能众欺寡，强凌弱”

2

我无数次在潭门港凝望
倾听海浪拍打海浪的声音
多少商船在视线里起航
又有多少男人被命运压弯了腰
缆绳，沉重而悠远
船帆挂满呜呜咽咽不舍的泪水
远方。远方轻盈如蝶鱼

往来的观光客，手机里留下涛声
美图里的屋顶上
有茅草袅袅，和若有若无的青烟
真正的历史又咸又硬
落叶归根在《更路簿》里唏嘘
静穆的夕阳烈酒里黄昏

3

海口港在鸣笛
洋浦、八所港正在调度仓位
三亚港干净
水洗过的码头有盐的寂静
而蓝，是清澜港永恒的背景

指南针、牵星术退休在博物馆
北斗星通把亚洲、大洋洲搂在怀里
看太平洋和印度洋手牵手
东南亚与东北亚联姻
货通万国，船行蔚蓝之路

4

此时海南大学，椰子树正青春
三角梅眉眼清秀
树荫下的长椅上，你用流利的汉语
对我说起曾祖的乡愁
父亲一代的东南亚
说起曾祖母的小楷和闽南语

海不会变色，文化不能漂白
短暂的沉默之后
你拉住来自琼海的男朋友
涨红着脸给我描述
你和他毕业论文里提起的
共商共建共享
交通设施，能源管道，通信干线
参加博鳌亚洲论坛的感受

5

手机里的五星红旗在上升
盛开的国歌海风中猎猎
南海湾在每个人心里激荡
浪花中起伏，涛声中振翅
深度不用计算
天然气管道是竖起的拇指

置身水的博大和蔚蓝之中
钻井平台自带编年史
祖先的主权碑上，横平竖直地
錾写下唐冠螺的西沙

海百合一样盛开的南沙
红珊瑚里梦想飞翔的中沙

6

大海能承载什么又能抒写什么
伏波铁戟刚刚靠岸
惠灵顿号已经踏上旅途
二十一条航线此时正写着唐诗
哼着宋词，押着元曲的韵

必须俯身，必须拨开海水
让沉默的丝绸说话，让瓷器睁眼
让镀亮的茶叶长出嫩芽
让被遮蔽的历史大白天下
让承诺兑现承诺，爱情相守白发

7

我无数次听人说起九乳螺州
秦时桑，汉时蚕
郭守敬的高表、简仪
郑和图册，月光下的费信
张君然的河山故国

不要轻易说起热爱
被风吹远的白云在天蓝和海蓝之间
放牧真草隶篆，四书五经
古老的港口留存史诗的乐章
珊瑚为岛屿和暗礁按上戳记

8

船在航行，蓝天在发呆
黏稠的海水没有起伏
刚拖过的甲板有风在蒸发
一直追寻面包屑的鸥鸟哪里去了
集装箱无语
只有海风一浪高过一浪

看不见的航线，需要内心指引
背靠船舷那个埋头与家人视频的男人
正深情地把泪喊出声来
一百二十天，四个月，马来西亚、泰国
新加坡、印度尼西亚、老挝、柬埔寨
让他眼里含盐，喉咙里过火

9

起航。大海必将更加澄澈
掌舵人，升旗的人
茫茫浓雾背后的灯塔守望者
他们用浪花对着暗号
城市和港口被海岸线焊接

海浪中高举丰收的人群
沿着阳光的针脚，坐拥
大地隆起的福祉和温暖的喜悦
月光适合种植橄榄枝
太阳负责远眺，晨风中拔节

你好，三沙

你好，无公害无污染的清风
你好，穿白裙的月光，头顶一轮日出的浪花
你好，翻跟头的海葵、海星、海胆、不知名的贝螺
你好，练习签名的螃蟹，捉迷藏的小海龟
你好，沉默的海滩，提灯的星星
烟火明灭的灯塔守望者
你好，砗磲贝，白沙洲，南海救115
你好，573199
你好，麻风桐、椰子树、羊角树、木麻黄、南洋杉
你好，北京路、海南路，玩气球的孩子
你好，气象台海洋站、供电局、医院、永暑礁CDMA3G基站
你好，邮电局、银行、超市，手牵手的情侣
你好，面对渔网编织生活的姑娘
你好，晚归的渔船，幸福的炊烟，守门的狗
你好，海胆炒海鸭蛋，白水煮红口螺，炒海蚌，烧苏眉
你好，永兴岛、赵述岛、北岛、南岛、中岛
你好，永乐群岛、宣德群岛
你好，筐仔沙洲，北礁、华光礁、玉琢礁、羚羊礁
你好，双子群礁、道明群礁、郑和群礁
你好，永暑礁、赤瓜礁、东门礁、南薰礁、渚碧礁、美济礁
你好，曾母暗沙
你好，酣睡的太平岛
你好，二百多万平方公里魔幻的蔚蓝，最后的净土
你好，迎风飘扬的五星红旗
你好，唯一的，最美的，三沙
你好，属于你的我的，大家的南海

北京路

给自己寄一张明信片
写好归期
在祖国最南方邮电局
走进超市，买瓶格瓦斯
轻轻，把家乡味道
连同含盐的潮湿空气一起咽下

美发店大门半开
门后坐着埋头刷屏的女孩
椰子树后面是银行
咖啡馆深色玻璃在氤氲
医院里永远不缺
有行色凝重的男女来去

海在目光尽头惊涛
太阳在白云后面投下鸟鸣
路过的人
皆有值得玩味的背影
都是过客
都是走在生命的中途

往前看，每帧微风
孔雀蓝的翅膀上
都刻有古老的汉语波纹
要么坚守，要么延伸
每条路都可回头
唯独你不能——不能

和你站在一起

我终于来了，在你面前
停下脚步
仰望，并且深深
陷入思索之中不能自拔
很多年，我熟悉
生活的葱花味道和汽车尾气
很多年，我忘记
内心的信仰和蒙尘的理想
很多年，我想在石头上
试着锤炼出钢铁的光芒
可是，直至今天
我也没能在太阳的余晖中
抓到一丁点光亮的馈赠

但是，我依然相信
荒凉的人世会有一份坚守
可以用来藐视财富
地位和虚空的不切实际的精神
如这美丽的日出，像一滴
久孕之血，支撑南海浩瀚的蓝
是的，永恒就在这里
理想可以沸腾，信仰可以点燃
一个人，一座碑

军舰鸟划过，突然而至的雨
淋湿我的双眼
伸出右手，我想和高大的您

握手告别
我不是军人，我只能够
以这种方式表达敬仰
张君然，我想你不会介意
男人有男人的面对
走出你的视线后，我知道
你还会一直站着
面朝大海背对祖国
而我身体也会有一块硬骨在铿锵

女兵卓玛

静静地擦拭主权碑
横折撇捺里清水卷起浪花
退伍通知落日般沉重

像给老母亲擦身体那样
又打来一盆清水，浸湿拧干
白毛巾打开自己的洁净

远处大海内心涌动
涛声扬起天空的倒影，军舰鸟
整装列队等待出操

这是最后一班岗
持枪立定，笔直地面向南海
主权碑陪着她，肩并肩

我想把它推倒

水泥地烫脚
雪糕在冰箱里发着高烧
鸟巢里没有鸟
寂静的干净的北京路
像过往的张开怀抱

阳光的每片指甲
轮番划过我的皮肤
像一九四五年的南海海面
枪刺般的波涛反射爪尖

我最终还是举起手掌
摸了摸，永兴岛上
唯一的日军碉堡
此刻世界很热，而它仍在冰点

我想把它推倒
让心中块垒消弭
而归航的风叫住我
并指给我看
地平线处有黑云隐现

一朵三角梅

大海搂着浪花安静地睡了
香甜的鼾声摇动繁星

路边长椅上，那两个相爱的人
轻轻抚摸掌心里的风

那个彻底打开自己的路灯
还在寂静中，享受光的喜悦

与深深低下头的椰子一样
敬畏土地，暗怀悲悯

就像我相信一朵三角梅
能点亮黑夜，另一朵就能撑起天空

把我种在三沙

军舰鸟在鸣笛
被风吹送的白云，在天蓝和海蓝之间
把我唤醒
把我喂大
把我种在宝石蓝孔雀蓝青花蓝的三沙

让我在涟漪里放牧真草隶篆
四书五经
唐诗宋词
秦时桑，汉时蚕，宋的丝绸花雨
张君然的河山故国大写的海疆

把我种在三沙
把我种在珊瑚礁、沉船、灯塔前面
把我种在抗风桐、羊角树前面
把我种在主权碑前面

把我种在祖国的最南面

风吹一遍我长一寸
海浪拍打礁石一次我怒吼三声
月光适合种植橄榄枝
太阳负责擎起我负责伸展臂膀
浪花上远眺朝霞里静默

海南诗篇（组诗）

刚杰·索木东（藏族）

致大海

海从黑暗中涌出
宛若猛兽出于洪荒
只有那些白色的泡沫
能够抵达。沙滩上的足迹
和雪地一样，醒目而易逝
此刻，只想靠近夜色
靠近大海，靠近那些
能让内心震颤的声音

在骑楼老街

那个下南洋的男人，从远处归来
带着真金白银和满身的疲惫
在脐带脱落的地方
建起一幢叶落归根的庇荫

火山遗留的蜂窝里
满山的石斛，以翠绿之势
蓬勃着冬日的葳蕤

木质的牛铃，不再发出
农耕时代的声音

信步而入的店铺里
那么多的旧船木，深藏着
大海的秘密。有一些票根
来自百年前甘肃的任命

所有的老字号都被修葺如故
一溜崭新的电动单车，泊在
拥挤的街口，繁华的骑楼
面带南国的微笑

在文昌，致孩子书

此刻，必须说出惊叹与赞美！
在海南，在文昌，在龙楼镇
在九十九米卫星发射塔下
一遍又一遍勾勒着
八十一米的大门
訇然洞开的壮丽景象

此刻，必须说出惊叹与赞美！
我的孩子，在靠近赤道的地方
面对大海，面对长空和星辰
同样，可以豪迈地说——
我来自甘肃，那里有个地方
叫作酒泉，时常也有
飞天的梦腾空而去

在大海上听少年读《美丽的西沙群岛》

"西沙群岛像颗颗珍珠
又像朵朵睡莲浮于万顷碧波之中"[1]
我的孩子，三十多年前
在地球的最高处，我也这样
赞美着祖国的美丽
那个冬天，所有的雪
就在青藏大地上灿然开放

孩子，船行海上时我已年逾不惑
雪域大德的格言，就在一弯弦月里
清晰地浮现心头——
"海水纵然汪洋一片，
呢喃春燕难解口渴。"[2]

"鱼成群结队地在珊瑚丛里穿来穿去"[3]
我的孩子，你稚嫩的声音
透过北方的雾霾远远传来
在白色珊瑚和贝壳堆成的岛屿上
应该怎样，才能把这些美丽
一一说给你听

孩子，这些年我去了西域的阿克苏
也曾到过远东的黑河——
在辽阔的大地上，擦亮足迹

---

① 小学课文《美丽的西沙群岛》。

② 贡唐·丹白仲美《水树格言》(译文)。

③ 小学课文《美丽的西沙群岛》。

精心耕耘着，每一份丰沃

“富饶的西沙群岛
是我们祖祖辈辈生活的地方”①
我的孩子，你与生俱来的赞叹
宛若窗外的椰风，让每一个字词
通灵而温润

孩子，今夜的雪域大地
一盏又一盏点亮的灯
正在破除所有的无明
我也要在安静的大海上
把那些伟大的诗篇再读给你听——
“每当你感悟大海像蓝天平静的心潮时，
可想过那是她倾心给天下山河的旋律！”②

三沙时间

1939年3月20日的深夜
一群不速之客，突然闯入海港
钢针一样的三层炮楼
至今，插在西沙的心口

1946年11月24日午后
两艘雄伟的战舰，终于找回了
遗失太久的这个孩子
永兴，自此成为

① 小学课文《美丽的西沙群岛》。
② 伊丹才让诗句《雪域》。

你不变的名号

暖风轻抚着 1950 年的 5 月
优美的西沙群岛上
一朵朵美丽的扶桑花
就在洁白的沙砾里怒放

1974 年的人们才准备告别寒冬
贪婪的战火，却在年关肆虐
那些刚毅的面孔，用钢铁般的强劲
告诉所有的入侵者——
这座白色珊瑚和贝壳堆砌的国土
天生就有，中华的硬度

当时光温润地推移到 2018
椰风依旧轻抚着蔚蓝的海面
静谧的傍晚，离开的时候
一枚祖国最南端的邮戳
带给远在北方的亲友
美好的祝福

昌江吟

汹涌的能量关进壁垒
一如我们的欲望
长臂的猿猴隐匿于雨林
那是濒临灭绝的天真
一轮红日落到了海的尽头
星罗棋布的天空下
织锦的黎族女子，不再拥有

青色的文面——
那些交还神灵的符号里
深藏着天与地的秘密
弯腰捡起的这枚海螺
面向十方，发出共鸣

晨间，在棋子湾走了走

在海上，人是孤独的
船是孤独的，灯塔是孤独的
甚至，连星辰和神灵都是孤独的
这样的孤独，容易让我想起
北国的雪原

沿着海岸线走，并不能走出太远
一坐下来，就听不见风的喧嚣了
海滩上有沙砾、贝壳和人类的痕迹
那些黑色和白色的石头
据说，可以作为棋子——
而我拙于攻防，不擅博弈

认为就可以这样安静下去了
认为就可以这样一直安静下去了
起身的时候，还是惊扰到了
那只一闪而过的虫豸

海南漫记

沈文（蒙古族）

海　口

背着马头琴
揣着套马杆
下琼海
骑楼老街吊着的铜马蹬
让我一脚就踏着
原版的宋词和元小令了

海口调子很低
一脸的南海观音
用纯正的汉语迎宾
在博鳌
同世界所有的河流对话
以孔子的礼节
和前来的每一滴水
结成君子之交

火山石斛

石头和海燃情过后

白沙就长了仙草
石斛是最美一棵
被收到《本草纲目》
草的诗歌总集
李时珍把一棵一棵的草
都煎成了杜甫的诗
悲济苍生

在《草歌诀》里
石斛的韵脚都是清心明目
不像《红楼梦》里的绛珠仙草
只会赚取世人的眼泪

文昌孔庙

马头琴要唱的歌
至今还没有唱出
我还在调拨着弦索
到孔庙，到词语的根部
营养一下苍白了的动词
子曰：诗可以群
于是，我就和藏族诗人
刚杰·索木东
继续岛上采风

天　门

九九八十一米高
大门至尊
门里的神五、神七正襟危坐

想起灶门前的母亲
每年腊月二十三
率我们祭灶神上天美言
祈求福降柴扉

她一生见神就拜
把福祉寄于炊烟
要是还在世
我一定背着她来文昌
见一见真神
不用焚香
不用叩头

棋子湾

海上丝路的驿站
这一湾的夜静悄悄
星罗棋布之后小憩
棋子们睡得很香很沉
东坡曾在这里举棋不定

等棋子们醒来
他们用一根蚕丝做舰缆
把东经加宽
把北纬拉直
然后，走向大棋盘

三沙一号

在三沙一号的鞍上

我睡得很深很蓝
可是梦却很绿
我的白马一路向北
从克什克腾直奔呼伦贝尔

巨轮把夜划了一道裂谷
播种桑叶，播种桃花
天明，南海就长出了一条锦缎

海浪一波又一波
把夜熨平
浓重的马达声
那是国家重器的音符
总是重复着
国歌的后一句

西沙儿女

在永兴学校
二十七名学生
升国旗，唱国歌
与涛声为伍
此生这一课
只能在这最南端补上

这是二十七棵橘树
根和旗杆扎一起
很深很固
诗人们流泪了
滴在岛上

不知算不算沧海一粟

望着西沙儿女
马头琴唱起了《橘颂》

我以我血（组诗）

杨犁民

在永兴小学升国旗

作为考察者的我来了，七十多岁的老人来了
椰子树和露兜簕来了，三角梅和百香果来了
珊瑚和贝壳来了，北京路和西沙路来了
码头和商店来了，医院和银行来了
邮局和社区来了，沙滩和海鸥来了
岗亭和炮楼来了，刻着“祖国万岁”的礁石来了
南海来了，整个太平洋都来了

一座学校，十名教师
二十个幼儿园的孩子，七个小学生
动作庄严而稚嫩，一个国家的语言和意志
在一双小手上徐徐上升……

迎着朝阳，永兴岛的孩子
是祖国最小的孩子，那个早晨，我多想抱抱他们

我以我血

石岛老龙头的礁石上

刻着四个字：祖国万岁
字是红色的，近十四亿中国人的血

看得见海的房间

心怀大海的人，很晚回到宾馆
躺在床单的海水里，做了个洁白的梦
他不知道，隔着洁白的窗帘
一条真实的大海，在窗外横存一夜，翻卷不息

天亮时推开阳台大门，蔚蓝铺天盖地
他多想退回被辜负的昨夜
一个人在阳台上，和大海对坐
直到时间深沉，星光满天，直到
夜晚和海风带来刻骨的凉意

而现在，他只能提着旅行箱下楼
把一条大海留在窗框里

坐在南海椰子树下想起了历史和教科书

阳光奢侈，海风浪费，
我坐在海滩边，脚下是低回的潮汐。它们，
运载过郑和的船队，
明朝的瓷器，大唐的丝绸。每一滴水，
都是新生，同时也很古老，
蕴含千年的沧桑和回忆。
我坐在这里，像个新人，
衣衫鲜艳，幸福到无法言语，
仿佛不为别的，只为等待一只椰子，

从树上掉下来。

北京路

在永兴岛，有几条路，不足百米
叫北京路，北京一横路
北京二横路。问三岁小朋友
“为什么叫北京路”
“因为北京是祖国的首都”

南海之南

不能再远了，比远方更远，再远我会孤独，
不能再摇晃了，再摇晃我会呕吐。
这大海多像摇篮，再摇晃我会被颠簸出去。

鸥鸟翻飞，用方言叫我名字，
海龟在说古汉语。告诉还未长大的小海星，
不要走错领海和国籍。滩岛上，
遍地鸟蛋怀孕了，圆鼓鼓的，
仿佛要把祖国，紧紧抱在怀里。

海南岛

云从海上升起，木瓜落地
草木繁盛，瓜果遍布，鲜花不谢
椰子树占领了整个大地和天空
旗杆林立
太平洋把一顶帽子举起来

雷州半岛是个衣帽钩
海水的栅栏，围成一座花园
长臂猿和陆均松长在最里面
适合一切有生事物
恋爱，繁衍和生育

所谓岛屿，不过一块巨大的石头
周围被海水淹没
一次次想要爬上岸来，海南岛这块大石头
不为大海所动，把大海放在脚边挠痒
陆地只接受海从海上带来的湿润
雨水充沛，太阳挂在树上
插根木棍就要生长

多少事物和猴子一样
在岛上画岛为牢，以我为王
挥霍旺盛的生命力，以及
云蒸霞蔚的热量和阳光
渔火，思念，眺望，远方，星辰，云朵
黄昏和黎明，都来自大海
海平线在看不见的海的另一方

不可能只有蓝

不可能只有蓝，不可能只有汹涌，
不可能只有叹息，回忆。

庞大的堵塞绵延成空洞，
无垠的剔透，堆积为深邃，深不见底。

仿佛平静，是更宽阔的宣泄；仿佛喧哗，
是更持久的沉默。

不可能只有蓝，只有浩瀚，
泯灭，不可能只有一望无际。不可能只有重复，
翻卷，永无休止。不可能，
永无停顿，永无痕迹，和证据。

不可能只有蓝，只有苦涩，
那么多海水，却没有一滴泪，哭自己。

在龙楼石头公园

穿过树林和沙坡
往下行走一段距离，便远离了陆地
人们山呼海啸，向大海奔去
作呼喊状，作拥抱状
潮水一次次冲刷
男的，女的，老的，少的
留影，照相，喊叫，嬉戏
爬上石头，然后下来
一副阳光灿烂、死生与共、不舍不弃的样子

树林里面，埋伏着一只只钢铁巨兽

等到离开的时候，人群瞬间消失
转眼便把脚印，和一条大海丢在那里

石上长草

石头开花，并不是什么不可能的事
虽然我没见过，我只见过溶洞里的石花
但石上长草，我是见过的，在施茶村
光溜溜的石头，没有一点土壤
没有一点水分，甚至连一点腐殖质
都没有的那种石头，而且还是亿万斯年以前
被火山烧过的那种石头，叫火山石

不知道谁出的主意，还引进了以色列滴灌技术
石头上长的草名石斛，论克卖
生的尚且卖到六百元一斤
唉，其实这没什么稀奇的
海南岛不就是块巨大的石头么
岛上长得最多的是高楼和椰子林

不能抹去的

我用母语喊：大海、故乡、祖国，
声音很快随海风飘远了，我用脚在沙滩上写下汉字，
汉字很快也被海水淹没，
不见了。一切，都已经抹平。但是，
我仍然执着地喊：海风一刻不停息。
我相信我写下的文字，
已经刻进石头。

什么都可以抹去，沙滩不可抹去，什么都可以抹去，
海水不可抹去。在这里，一滴水就是一座大海，

一粒沙就是一块陆地。

身前身后

在内陆的时候，我死死守着级别，
职位，银行卡，死死锁着房产证，上面写着：
建筑面积117.14平方米，套内面积104.07平方米，
土地使用面积44.26平方米。

到了南海，我发现它们一文不值，
我想把它们都扔了，夫复何求——
在这里：
我有百吨阳光，千座岛屿，万顷海洋，
云朵随便采摘，脚跟下面，就是最远最远的远方。

我一声呼喊，百万鸥鸟回应，
鸟蛋睡着了，十万海龟，躺在沙滩晒太阳。

星星的位置

在海上，准确地说是在南海，
道路是不存在的，因为海有无限道路，
只有依靠罗盘、GPS、北斗，才能导航。

而每当夜幕降临，当我仰望，我晕菜了：
所有星星，都来自北方。

与一条大海对坐

阳光摔碎了，在海面上，摔成了无数闪亮的细针——

光芒扎人！此刻，我多么需要
一片大海的怀抱和一万双眼睛

我坐在这里，坐了很久，宇宙运转
群山沉没，夜幕渐渐降临，星星
来到了头顶。星空下，我更加黑暗，像一块礁石
死死守住潮涌。不动摇，也不追问

去三沙

“去三沙。”海鸥已经喊我很多年了，
水母还在书写童话。海龟用甲骨文，
把我的名字写在沙滩，载我远行的海马，
至今没有长大。

思念长出了钢铁翅膀，轮船把浪花轻轻拍打，
就算把一条大海呕吐出来，也没关系。
蓝色那么重，那么宽广，
刚好能够枕下我的梦。梦里的天空，
飘满钻石和棉花。

新闻报道

中国作协庆祝改革开放 40 周年主题采访活动在京启动

王　觅

2018 年是改革开放 40 周年。为回顾和总结改革开放 40 年来的光辉历程和取得的伟大成就，以文学的力量凝聚人心、鼓舞士气，7 月 16 日，中国作协庆祝改革开放 40 周年主题采访活动在京正式启动。中国作协主席铁凝出席启动仪式并宣布活动启动。中国作协党组书记、副主席钱小芊出席启动仪式并讲话。中国作协党组书记处同志吉狄马加、李敬泽、阎晶明、吴义勤、鲁敏，人民日报文艺部主任梁永琳等出席启动仪式。启动仪式由阎晶明主持。

启动仪式上，铁凝向采访团第一团授旗，采访团第一团副团长阿来接旗。铁凝、钱小芊等与参加启动仪式的采访团第一团部分作家合影留念，并分别在采访团团旗上签名。

钱小芊在讲话中指出，隆重庆祝改革开放 40 周年，是全面贯彻落实习近平新时代中国特色社会主义思想和党的十九大精神的重要举措，是党和国家政治生活中的一件大事，也是我国文学界和中国作协的一件大事。组织好庆祝改革开放 40 周年活动，对于深入学习习近平总书记关于改革开放的重要思想，引导广大作家和文学工作者统一思想、坚定信心，不忘初心、牢记使命，繁荣发展中国特色社会主义文学事业，为实现“两个一百年”奋斗目标、实现中华民族伟大复兴的中国梦贡献力量，具有重大意义。

钱小芊说，40 年前，以党的十一届三中全会为标志，我国开启了改革开放历史征程。改革开放这场中国的第二次革命，深刻改变了我们国家的面貌，推动国家各项事业发生了翻天覆地的变化，创造了令世界赞叹的“中国奇迹”。改革开放使我国经济实力大幅提高，人民生活极大改善，人民精神面貌发生深刻变化，我国的国际地位和国际影响力日益增强。40年众志成城，40年砥砺奋进，40年春风化雨，全国人民在中国共产党的领导下书写了国家和民族发展的壮丽史诗，中华民族迎来了从站起来、富起来到强起来的伟大飞跃。改革开放的伟大历程、伟大成就，成为我们增强“四个自信”的重要来源。习近平总书记指出，改革开放是当代中国最鲜明的特色，也是我们党最鲜明的旗帜。改革开放是决定当代中国命运的关键一招，也是决定实现“两个一百年”奋斗目标、实现中华民族伟大复兴“中国梦”的关键一招。历史和现实昭示我们，改革开放是当代中国发展进步的活力之源，是实现“中国梦”的必由之路。在中国特色社会主义新时代，我们必须继续坚定不移走改革开放这条正确之路、强国之路、富民之路，坚定不移地将改革开放进行到底。

钱小芊指出，改革开放40年波澜壮阔的生动实践为文学创作提供了极为丰沛的资源。广大作家作为改革开放伟大事业的在场者、参与者和书写者，亲身经历历史性变革，积极投身火热的社会生活，热情响应时代召唤和人民期待，关注现实，面向未来，讴歌中国人民在改革开放大潮中追求民族复兴的光辉历程，创作了一大批有思想、有温度、有筋骨，为人民群众所喜爱的名篇佳作，发挥了用文学引领风尚、教育人民、服务社会、推动发展的作用。今天，我们庆祝改革开放40周年，就是要坚持以习近平新时代中国特色社会主义思想和党的十九大精神为指导，深入学习贯彻习近平文艺思想，更加自觉地肩负起历史责任和时代使命，坚定道路自信、理论自信、制度自信、文化自信，提升文艺原创力，不断推动文艺创新；就是要坚持以人民为中心的创作导向，在深入生活、扎根人民中进行无愧于时代的文学创造，加强现实题材创作，不断推出讴歌党、讴歌祖国、讴歌人民、讴歌英雄的精品力作，攀登文学高峰；就是要坚持践行和弘扬社会主义核心价值观，追求德艺双馨，做有信仰、有情怀、有担当的作家和文学工作者；就是要坚持广泛开展多领域多层次多种形式的中外文学交流，推进中华文化“走出去”，扩大中国文学在世界文学格局中的影响力。

钱小芊表示，希望参加采访活动的各位作家珍惜学习考察的机会，重温改革开放伟大历程，聚焦40年来我国城乡发生的巨大变化，以身入、心入、情入的姿态，深入了解和深情讲述改革开放的故事。中国作协有关部门要以高度的政治责任感抓好主题采访活动，周密部署、精心实施，务求取得实效。

采访团作家代表李春雷、周瑄璞在启动仪式上发言。李春雷谈到，前往当年改革开放的最前沿去重温那一段历史、回味那一幕峥嵘，将是人生中一次难忘的记忆。我们将坚定信念，严守纪律，团结互助，完成好此次采访活动，努力用改革开放的精神和勇气写出具有创新气象的精品力作。在周瑄璞看来，这次主题采访活动对自己的生活和写作而言，是一次开阔眼界、认识社会的珍贵机会。此行将认真感受改革开放 40 年的巨大成就和祖国富强文明的华彩篇章。相信今后自己小说中的人物将在南方生活得更加真实、生动、精彩。

根据中央要求，结合文学事业和作协工作的实际，中国作协制定了庆祝改革开放 40 周年活动方案，将组织开展系列庆祝活动。这次启动的主题采访活动既是其中的一项重要内容，也是中国作协“深入生活、扎根人民”主题实践活动的重要组成部分，目的是引导广大作家积极宣传改革开放的伟大历程伟大成就，弘扬以爱国主义为核心的民族精神和以改革创新为核心的时代精神，为激励全体中华儿女不断奋进、凝聚起同心共筑中国梦的磅礴力量，做出文学应有的贡献。据悉，此次主题采访活动将组织 100 多位作家组成 4 个采访团，分别围绕农村改革、精准扶贫和乡村振兴战略，对外开放和经济特区建设，重大科技创新成就，边疆民族地区新变化新气象等主题，深入一线采访采风。其中，第一采访团的 20 余位作家即将前往改革开放最前沿的广东、福建两省采访创作。

据介绍，在庆祝改革开放 40 周年期间，中国作协还将召开首都文学界庆祝改革开放 40 周年座谈会，在中国现代文学馆推出“走进新时代的中国文学”专题特展，编辑出版《改革开放 40 年文学丛书》《共和国 70 年名家名作丛书》，办好北京国际图书博览会“中国作家馆”，与《人民日报》联合举办主题征文活动，举办第三届中国文学博鳌论坛，组织所属报刊社网、文学社团采取开设专栏、举办主题研讨、座谈等多种形式，大力营造庆祝改革开放 40 周年的浓厚氛围。

中国作协机关各部门副处、副高以上的同志参加启动仪式。

重温伟大历程　感受南粤巨变
——中国作协庆祝改革开放40周年主题采访活动第一团赴广东采访

王　觅

7月17日至20日，中国作协庆祝改革开放40周年主题采访活动第一团前往地处我国南部沿海的广东省，深入广州、东莞、深圳等地采访。该团由中国作协副主席吉狄马加任团长，四川省作协主席阿来、中国作协创联部副主任包宏烈任副团长，团员包括杨黎光、南帆、李春雷、阎雪君、王剑冰、韩进勇、林雪、须一瓜、吴玄、旷胡兰、朱东锷、周瑄璞、东紫、许震、魏微、江子、阿菩、丰杰等，涵盖了不同年龄、地域、民族、行业和文体的作家代表。大家一路边走边看边思，实地重温改革开放伟大历程，用心感受南粤大地沧桑巨变，感慨良多，收获颇丰。

7月17日，采访团刚抵达广东，便在广州与广东作家代表进行了座谈交流。吉狄马加在座谈会上说，广东是我国改革开放的前沿阵地，创造了许多领先的奇迹，提供了不少宝贵的启示。中国作协此次主题采访活动第一站选择来到广东，就是希望作家们在这里亲身感受到改革开放以来各方面取得的巨大成就，进一步增强“四个自信”和对改革开放重要性的认识。作为文学大省，广东文学的发展与改革开放历史进程紧密联系，充分体现了时代性、人民性，不仅在书写新时代方面提供了范本，而且在出作品、出人才、深化改革、推动发展等方面也有先进经验。希望采访团成员不虚此行，全情投入，为庆祝改革开放40周年创作出更多优秀的现实题材文学作品，展现广大人民群众在新时代创造美好新生活的壮阔图景。广东省作协党组书记张知干在会上致欢迎辞，广东省作协主席蒋述卓主持座谈会。

7月18日，采访团在广州珠江新城参观了3处具有代表性的文化地标。

在广州大剧院，作家们认真听取关于剧院建筑设计、日常运营和演出等方面情况的介绍。在广东省博物馆，作家们仔细参观多个各具特色的展览，对广东的历史文化和自然资源有了更加深入的了解。在广州图书馆，作家们对这里宏大的藏书量、先进完善的设施和人性化的服务赞不绝口，并向图书馆签名赠送了自己的作品。江西作家江子谈到，此次在广东省博物馆采访，了解到广州十三行的历史，看到有关赛龙舟的展示，不由得深感广东这个南方省份的开放包容、团结协作、勇争一流的品质似乎是与生俱来的。改革开放激活了广东的所有文化潜能，在这里，几乎所有人都拥有属于自己的梦想与激情。

东莞是全国颇具经济活力的制造业名城。7月18日至19日，作家们来到东莞，分别前往广东唯美集团和松山湖高新技术产业开发区参观。唯美集团是国内规模最大的建筑陶瓷制造商和销售商之一，这里强劲的创新研发能力和品类繁多的陶瓷展示吸引了作家们的目光。在松山湖，作家们对这里统筹推进现代产业集群和自然生态建设的做法予以充分肯定，并参观了华为工业园区。金融作协作家阎雪君表示，松山湖发展的速度与激情让人心生敬意，从中亦可看到金融业在国家发展中的巨大贡献。改革开放40年来，金融业为国计民生、各行各业提供了大量资金和服务支持，特别是近年来为国家“一带一路”建设提供了强大的金融支撑。同时，中国金融业在改革开放中也得到了长足发展，尤其是当面对世界金融危机时，金融业力挽狂澜，发挥了中流砥柱作用。

此外，采访团还参观了可园博物馆。这里设计精巧、布局新奇，不仅在有限的空间内呈现了各种自然景观，还收藏有可园创建人张敬修及岭南画派代表人物居巢、居廉的艺术作品，雅意文风随处可见。山东作家东紫说，在高大的现代建筑群和飞驰的车流声中，进入可园博物馆仿佛让人瞬间穿越到一种内心的安静之中。这里就犹如它的主人一样，虽对外不事张扬，却兼具文韬武略的才能和“纯任自然，无所濡滞”的田园悠然，这应该就是“可”字的诠释。可园博物馆就像一位历经沧桑、洞悉了世间秘密的长者，等待奔波忙碌的人们走进它，展开一场静默的对话。在东莞期间，采访团还与当地作家代表进行了座谈交流。广东省作协副主席丘树宏、中共东莞市委宣传部副部长赵国营等与会，座谈会由东莞市作协主席陈启文主持。

深圳是我国设立的第一个经济特区，也是改革开放的一扇窗口。7月19日，采访团刚抵达深圳，就前往莲花山公园山顶广场，瞻仰了改革开放的总设计师——邓小平同志塑像，并远眺繁华的市容市貌。1984年，邓小平在视察深圳时曾题词："深圳的发展和经验证明，我们建立经济特区的政策是正确的。"如今，深圳已发展成为一座现代化、国际化大都市，面貌发生了翻天覆地的变化。在公安作协作家许震看来，这座塑像是他见过的最能代表邓小平同志个性的塑像。那雄健的步伐和瞭望大海的神情，让人不禁想到了邓小平同志坚定的信念、超人的胆略和宽阔的胸襟。可以这样说，如果没有邓小平同志，中国就不会有今天改革开放的新局面，更谈不上40年来举世瞩目的成就。

诞生20年来，腾讯已发展成为我国最大的互联网综合服务提供商之一和服务用户最多的互联网企业之一，其多元化的服务改变了国人的生活方式。7月20日，采访团来到腾讯深圳总部参观，听取企业情况介绍，观看展览和现场演示，对其基于"互联网+"、大数据、云计算等高科技实现的诸多先进功能频频点赞。广东网络文学作家阿菩不无感慨地说，网络文学发轫于论坛、发展于网站，在腾讯参观不仅令人震撼，也意识到网络文学的发展已进入一个全新的阶段和状态。与论坛和网站发表模式相比，云阅读时代的读者范围已由局部扩展到全网，作者所面对的读者资源几乎是无限的，其传播速度也是瞬时到达。网络文学作家只有不断求新求变，才能不断适应这种全新的数字阅读渠道，才能匹配这个规模空前的市场，才能催生出真正意义上的网络文学精品力作。

据悉，此次广东之行结束后，作家们还将前往福建继续进行采访。

探访海上丝绸之路重镇　领略改革开放发展新貌

——中国作协庆祝改革开放40周年主题采访活动第一团赴福建采访

宋　晗　张财萍

在圆满结束广东段的采访任务后，7月21日至24日，中国作协庆祝改革开放40周年主题采访活动第一团赴福建继续进行采访。中共福建省委常委、宣传部部长梁建勇会见了中国作协副主席、采访团团长吉狄马加。福建省文联党组书记、副主席张作兴带领省内作家加入采访团，一起走访了平潭、泉州、厦门等地，详细了解这些地区在文化发展、基础设施建设、产业发展培育、自贸区建设、新型城镇化试点等方面取得的新成就。作家们满怀敬意，亲身感受改革开放40年来城乡建设的巨大变化和福建人民爱拼善赢、敢为人先的精神面貌。

采访团首先走访了位于福建省东部沿海地带的平潭，先后考察了南岛语族考古基地、公铁大桥建设指挥部、平潭综合实验区规划馆、中国海坛海防博物馆等地，体验海洋文化魅力，了解改革开放40年来中国铁路桥梁突飞猛进的建造水平，感受平潭从偏居一隅的小渔村发展成为如今的综合实验区、自由贸易试验区平潭片区以及国际旅游岛的飞快速度。吉狄马加表示，40年众志成城，40年异军突起，从公铁大桥的建设成果可以看出改革开放带来的技术创新和可喜变化，尤其体现出建设者的智慧与力量。平潭的建设成就十分突出，很具有代表意义。福建省文联主席、省社科院院长张帆谈到，平潭是祖国大陆距离台湾宝岛最近的地区，历史上就是东南沿海对台贸易和海上通商的中转站，平潭的开放开发对于开展两岸交流合作、建设“两岸共同家园和国际旅游岛”具有十分重要的意义。

泉州是全国首个东亚文化之都、联合国教科文组织唯一认定的海上丝绸之路起点，也是列入国家“一带一路”的“21世纪海上丝绸之路”先行区。采访团在泉州期间参观了中国海外交通史博物馆、领SHOW天地文创园。在广东省作协副主席杨黎光看来，泉州是一座历史文化特别深厚的城市，对非物质文化遗产的保护也十分成功，特别是众多戏曲文化和谐发展，体现了老百姓对中华优秀传统文化的热爱。

在泉州采访期间，采访团还赴晋江参观了晋江城市展馆和晋江五店市传统街区，认真学习习近平总书记总结的以“六个始终坚持”和“处理好五大关系”为核心内涵的“晋江经验”。大家认为，“晋江经验”是晋江人民在改革开放发展道路上的艰辛探索和成功实践的成果，学习弘扬“晋江经验”，是我们再谱改革开放事业新篇章的重要一课。青年军旅作家丰杰说，晋江五店市这片掩映在城市高楼之间的闽南特色红砖厝建筑恢宏质朴，市民们笑容恬淡、神色怡然，这让人深切感受到晋江在多方面取得的成就。对历史和文化的尊崇、对民众精神家园的关切，才是一座城市不断进取、繁荣的密码。

厦门作为中国首批经济特区之一，率先确立了经济特区先行先试“试验田”的角色定位，创造了许多令人瞩目的奇迹。在厦门，作家们参观了集美学村陈嘉庚纪念馆，陈嘉庚先生高尚的人格和在教育、实业等方面为新中国建设做出的巨大贡献以及根植其中的“嘉庚精神”深深打动了采访团的每一名成员。广东省文学院副院长魏微表示，第一次来到陈嘉庚纪念馆，感触很深，陈嘉庚先生宁愿卖掉自家房产，也要延续教育的根脉，这一点很了不起。他的一生概括起来主要做了三件事，即实业、办学、捐助抗战，实在难能可贵。

活动期间，采访团还举办了座谈会。四川省作协主席、采访团副团长阿来从张承志的《石头的胜利》谈起，回顾了海上丝绸之路的历史，谈及泉州的文化基因和自己对文化发展的思考。他谈到，新时代让中国文学又迎来了开放的年代，中国文学还有很长的路要走。作家们需要有新的视角、新的感受、新的技巧与审美，期待对时代负责任的写作者可以创作出更多有分量的现实题材作品。河北省滦南县作协主席韩进勇表示，作为一名基层作家，非常感谢有这样的采访机会，可以使自己开阔视野，深切感受到改革开放40年来取得的丰硕成果。中国作协创联部副主任、采访团副团长包宏烈表示，这次采访活动既是丰富的社会实践，也是深入的国情调研。作为在场者和见证者，大家学到了真经，得到了真传，获取了宝贵而丰沛的创作资源，一定能在日后的写作之路上创作出更多反映时代精神、展现人民奋斗、振奋民族精神的优秀作品。福建省文联副主席陈毅达表示，这次采访对于福建省作家来说是一次难得的学习机会。福建作为改革开放的前沿地区，蕴含丰富的创作资源，文学的创作必须紧贴时代、社会、现实。采访团的其他作家也在发言中表示，此次采访进一步增强了自己对改革开放成就的感知与认识，下一步，将更加自觉地肩负起历史责任和时代使命，坚持以人民为中心的创作导向，加强现实题材创作，不断推出有思想、有温度、有筋骨的佳作。福建省文联副主席、省作协主席杨少衡主持座谈会。座谈会上还举办了赠书仪式，采访团作家们向厦门市文联、厦门市作协捐赠了自己的作品。

用心感受波澜壮阔黑土地的新变
——中国作协庆祝改革开放40周年主题采访活动第二团赴黑龙江采访

黄尚恩

8月6日至13日，中国作协庆祝改革开放40周年主题采访活动第二团前往黑龙江进行采访。中国作协书记处书记吴义勤担任采访团团长，黑龙江作协主席迟子建、党组书记李红和中国作协创联部副主任包宏烈担任副团长。黑龙江省委宣传部副部长刘维宽以及来自全国各地的近30位作家参加采访活动。作家们通过实地参观、采访，用心感受这片波澜壮阔黑土地在改革开放40年来所取得的巨大成就。

中国作协和黑龙江作协对此次采访活动高度重视，并进行了精心的安排。吴义勤表示，改革开放40年来，我们国家创造了很多奇迹，为人民的生活带来了巨大的变化，同时也为作家带来了丰沛的创作资源。此次主题采访活动选择来到黑龙江，希望作家们全身心投入到采访之中，用心感受老工业基地转型升级的成果、乡村振兴战略的生动实践和生态保护带来的可喜变化，用文学来书写新时代中国特色社会主义的新篇章。迟子建谈到，此次采访团的很多作家来自高温地区，现在来到温度相对低一些的黑龙江，正好可以对自己的文学写作进行适时的降温、反思，深入黑龙江大地，与文友深入交流，寻找创作上的新灵感。黑龙江这片土地有着丰富而精彩的故事，期盼大家能够将采访的成果转化为生动的文字。

采访活动从哈尔滨开始。在哈尔滨电机厂，作家们走进厂史馆，了解这个在大电机、水轮机等领域有举足轻重地位的企业的发展历程，还深入生产厂房，听取工人们讲述企业转型升级的状况。作家余红说，哈尔滨电机厂有着67年的发展历史，创造了我国发电设备制造史上的多个“第一”。

如今，电机厂正适应时代的变化，不断改革创新，走进电机厂，能够感受到一种昂扬奋进的精神风貌。诗人曹有云表示，东北有着一批像哈尔滨电机厂这样的重工业骨干企业，为我们国家的建设发展立下了汗马功劳。在复杂的世界竞争格局中，我们只有不断完善工业体系，提升自主创造、创新能力，才能更好地掌握自己的命运。

走进侵华日军第七三一部队罪证陈列馆，大量日本细菌战罪证文物、历史档案和口述史料映入眼帘，全面揭露了日本细菌战部队反人类、反文明和反伦理的罪恶本质。作家龚桂华谈到，这一幅幅图片、一件件实物，让我们仿佛听到了历史的恸哭。我们要铭记历史，珍惜当下的和平。作家房伟表示，要创作更多反映抗日战争的文学作品，谴责侵略者的无耻与凶残，歌颂中国人民群众的英勇抗争精神。作家杜光辉说，历史告诉我们，落后就要挨打。一个国家，要想不被他国欺辱，自己要强大起来。这么多年来，我们国家坚持以经济建设为中心，坚持改革开放，不断壮大国力，这是一条正确的道路。

在哈尔滨市呼兰区，作家们先是参观了萧红纪念馆，了解萧红坎坷的一生和卓越的文学成就，接着来到萧红故居，实地感受作家童年的生活环境。作家王妹英说，萧红的一生很短暂，但却能以卓越的才情对故土、河流、灵魂进行亲近而自然的吟唱，唱出她独有的芬芳和璀璨，使我们至今都可以清晰地感受到当年呼兰河特有的气息，这便是文学的魅力所在。作家阿勒得尔图谈到，萧红的一生，不断遭遇变故，但唯一不变的是她对文学的热爱和追求。她在作品中书写出生命的底色、时代的痕迹。我们应该像萧红一样，热爱生活、拥抱生活，书写真实的心灵之声。

8月8日上午，采访团围绕“如何书写改革开放40年”的话题，举行主题采访活动座谈会。吴义勤出席。迟子建主持座谈会。任林举、陈谨之等采访团成员谈到，通过改革开放，我们的国家从贫穷落后发展到现在的文明富强，作家有责任和义务通过文学作品把改革开放的真实成就表达出来，但在创作中要把握好大主题与小切口的关系。何凯旋、唐飙、桑克、梁帅、沐清雨等与会黑龙江作家介绍了各自在书写改革开放40年成就方面的情况。据介绍，黑龙江作协和黑龙江电视台合作，以系列专题片的形式，把黑龙江改革开放以来成名的重要作家的作品以及作家生活过的地方的巨变等元素进行集中呈现。同时，很多黑龙江作家积极书写本省改革开放以来在各领域取得的伟大成就。

8月8日下午，在结束哈尔滨的采访任务之后，吴义勤、李红带领采访团转到漠河继续进行采访。在4天的时间里，采访团参观了大兴安岭“五·六”火灾纪念馆、图强林业博物馆，了解过去林区所遭遇的火灾、过度砍伐等情况，以及从困境中走出来的奋进历程。作家们还来到前哨林场、金沟林场等地，感受林区的繁茂景象，探访林区人民种养殖基地的情况。在鄂伦春民族博物馆，作家们了解了鄂伦春族的命运变迁；在北极党员驿站，作家们听取了党员们互帮互助的故事。

漠河林区的沧桑变化让作家们感慨良多。军旅作家钟法权曾参加1987年“五·六”火灾的援救工作，此次重返故地，看到到处都是郁郁葱葱的树木，他感到由衷的喜悦。作家李青松说，在改革开放的大背景下，通过天然林大禁伐，走生态保护之路，这里的林区重新获得了新生。林区人民更懂得尊重自然、顺应自然、保护自然的道理。绿色不仅代表生命、象征活力，更是一种信仰、一种文明。作家李燕燕谈到，漠河林区越来越意识到绿水青山就是金山银山，在保护好生态环境的基础上积极发展特色养殖和林下经济，在实现多元化发展的同时，也呈现给我们一个更加美丽的天地。

采访活动结束后，作家们在采访中所收获的灵感和素材会促发他们创作出更多的好作品。作家石一枫说，尽管现在通过网络可以很方便查到资料，但作家还是要实地采访，对当地的自然风俗和人们的生存状态获得直观的感受。此次来到哈尔滨，来到祖国的最北方漠河，了解了这里的实际状况，哪怕以后写的是北京的题材和故事，哈尔滨、漠河也会构成一个很好的对照。诗人许劲草表示，这片土地上的人民勤劳、质朴与坚韧，他们在生态保护和产业转型升级中体现出决心和智慧。要用手中的笔书写这片土地的新变，让更多的人感受到改革开放的伟大成就。

冉冉、罗伟章、普玄、程晖、邢庆杰、王凯、肖锚等作家，司兆国、徐一星、刘洪久、谭俊、敖荣春、鲁微、白永清、裴志辉、张福强、孙喜军等来自黑龙江作协、大兴安岭地委宣传部、大兴安岭地区作协、漠河市委市政府的相关负责人也参加了活动。

抒写大别山深处的改革开放新篇章
——中国作协庆祝改革开放 40 周年主题采访活动第三团赴安徽采访

李晓晨

在中国的地理版图上，位于安徽东北部的凤阳县小岗村看上去似乎是个不起眼的落点。然而 40 年前，正是在这里，18 位村民在土地承包责任书上按下鲜红的手印，开启了一段新的征程。2016 年，习近平总书记视察小岗村时指出："当年贴着身家性命干的事，变成中国改革的一声惊雷，成为中国改革的标志。""实践证明，唯改革才有出路，改革要常讲常新。"改革开放 40 年，中华民族迎来了从站起来、富起来到强起来的伟大飞跃，40 年波澜壮阔的生动实践也为文学创作提供了丰沛的资源。

9 月 3 日至 7 日，中国作协主席铁凝率领中国作协庆祝改革开放 40 周年主题采访活动第三团走进安徽，前往岳西县石关乡、黄尾镇，霍山县东西溪乡，凤阳县小岗村等地深入采访考察。中国作协副主席阎晶明，中共安徽省委常委、宣传部部长虞爱华，以及来自全国各地的 30 余位作家、编辑、记者参加了此次活动。

看改革开放 40 年，安徽是不可错过的富矿

9 月 3 日下午，中共安徽省委书记李锦斌在合肥会见了铁凝一行。李锦斌对作家们来安徽采访表示欢迎。他说，近年来，在习近平总书记关于文艺工作的重要论述指引下，安徽省文艺工作者围绕大局，把握时代大势，围绕"四个讴歌"创作出了一批精品力作，推动了文艺事业的繁荣发展。安徽波澜壮阔的改革开放进程，为文艺创作提供了广阔的空间和舞台。希

望各位作家慧眼观江淮，妙笔书华章，创作出更多有筋骨、有道德、有温度的时代精品。

铁凝谈到：来安徽之前，我和我的同行们就达成了一个共识，看改革开放 40 年中国社会的巨大变化，看中国人精神面貌的变化，安徽是一个不可错过、一定要来的地方，这里是一座文化富矿、文学富矿、创作富矿，值得作家艺术家们一来再来。此次中国作协庆祝改革开放 40 周年主题采访团走进安徽，对大家来说是一次难得的机会。采访团的成员中有知名作家、编辑，也有年轻的网络作家和来自基层的农民作家，大家都对当代中国的现实生活充满热情。希望大家充分珍惜这次机会，利用有限的时间，从这里汲取实践营养，得到精神滋养，激发创作灵感，以更多优秀的作品回馈这块美丽富饶、充满故事的土地。

精准扶贫不能丢下一个人，精准还原时代需要深入生活

岳西是安徽省首个“摘帽”的国家级贫困县。改革开放初期，这里“松为灯，椒为盐，养猪为过年，鸡蛋换油盐”，2017 年该县生产总值已达 92.6 亿元。9 月 4 日，采访团前往岳西县石关村小垅中心村考察高山茭白、花卉扶贫产业，走访当地贫困农户，举行座谈会。5 日上午，采访团前往岳西县黄尾镇黄尾村考察推进乡村旅游、发展旅游扶贫的相关情况。5 日下午，采访团赴霍山县东西溪乡考察月亮湾作家村、画家村，了解其给当地经济、文化等带来的诸多变化。

在茭白种植基地，采访团一行听党员村民余金国介绍茭白种植情况，了解茭白扶贫给村民带来的大实惠。贫困户李叶森便是脱贫攻坚政策的受益者，他家墙上的建档立卡公示牌记录了这个家庭的致贫原因、帮扶干部、年均收入等。一踏进家门，铁凝和女主人聊起家常，了解家里的基本情况，询问家里的病人是否从新农合以及当地的“180”“351”政策中得到帮扶。女主人说，他们现在生活得很踏实，农家乐旅游、茭白种植、光伏产业改变了这个因病、因学致贫的五口之家。一年下总收入有七八万元，两个孩子的学费也有了保障。铁凝感慨石关村真正做到了让扶贫政策落地落实落细，使每个村民都能从中受益。她说：“脱贫攻坚是中国的大事情，也

是作家们关心的大问题，小康路上一个都不能掉队，精准扶贫不能丢下一个人。”

这些也给作家们留下了深刻印象。浙江省文学院副院长黄咏梅谈到，走进一户户农家跟村民聊天，她体会到了习近平总书记提出的“精准扶贫”的意义。“精准”二字何其重要，只有有针对性地落实到农民生活的每一个细节里，扶贫才能产生效果，致富、教育、养老、健康、环保这些农村面临的问题才能得到解决。作为一名作家，她也深知“精准”二字对于作品的意义所在，这不是拥有超强的想象力和创造力就能实现的。“我愿意多参加这样的采访活动，只有多进行实地走访、调查、记录，才能在自己的作品里精准地还原这个时代的生活，从而进一步表达自己对时代的理解。”

来自宁夏西吉的单小花是一名农民作家，这次采访令她深有感触。她说，改革开放 40 年来，国家的脱贫政策不仅在这里落实，而且成果显著，让她震惊、羡慕。绿水青山就是金山银山，安徽的山郁郁葱葱，不像十年九旱的西海固的山，让人感到荒凉。一走进村子，村民们老早就出来迎接，笑逐颜开，热情好客。“这次采访让我开了眼界，增长了见识，丰富了我的创作思路。今后，我会把这里的脱贫经验写进作品里，让更多人特别是让家乡人了解安徽的脱贫致富经验。”

对创作保持机警之心，对生活常怀饥饿之感

凤阳县小岗村是中国农村改革开放的主要发源地。9 月 6 日，采访团赴小岗村采访考察，参观大包干纪念馆，走进 18 位村民按下红手印的“当年农家”院落，观看小岗村村容村貌，在小岗村党员活动室举行座谈会。大包干纪念馆以翔实的图文资料、丰富的展陈手法，再现了 1978 年大包干从酝酿、发生到发展的全过程。一走进展厅，国画《一九七八年凤阳小岗村》便吸引了大家的目光。在这幅作品里，18 个农民姿态各异，神情复杂，居于中间的 4 个农民坚定地按下了红手印。这个具有重要意义的场景在“当年农家”得到了印证，作家们走进建于 20 世纪 70 年代的茅草房，坐在签字室里按下手印，时间仿佛重新回到了 40 年前的那一天。只是 40 年来，小岗村发生了翻天覆地的变化。

在座谈会上，铁凝谈到，来到小岗村，踏上这片土地，我们对于历史、时代、生活和人民的理解都变得更加真切生动。大包干是中国农村改革开放的第一声惊雷，小岗村是中国农村改革的第一村。40年过去，敢想敢试、敢为人先、实事求是、无私奉献的精神激励着许多后来者砥砺前行。进入新时代，小岗村在各方面都取得了新的发展，这个村庄的变化也见证了改革开放40年中国社会的生机与活力。小岗村的经验表明，人民的意志是不可违背的，一个村庄40年的改革实践，也让人感慨“事非经过不知难”。这一切对于我们思考当代中国，了解当代中国农村，理解当代中国农民，表现当下的现实生活，都具有非常积极的启示意义。

铁凝表示，没有改革开放就没有中国农民的今天，没有改革开放就没有中国的今天，没有改革开放同样就没有中国文学的今天，也就没有中国作家的今天。不久前，习近平总书记在全国宣传思想工作会议上对宣传战线提出增强四个“力”的要求，即脚力、眼力、脑力、笔力，这样的要求同样适用于作家。一个作家要对创作保持机警之心，对生活常怀饥饿之感，不断增强这四个“力”来磨砺自己身处新时代的生活和创作实践。

作家们对此也深有感触。《十月》主编陈东捷谈到，改革开放给中国带来的巨大变化，大家从自身的经验和文学作品的描述中，已经有了相当的体验和了解。但这次实地走访安徽省精准扶贫和新农村建设现状，最突出的感受是中国农民与土地的关系发生了质的变化。国家前所未有的惠民政策正在产生巨大的积极效应。留守农村的农民和离城返乡的务工者，在国家政策引领下都面临更多的选择。岳西县石关乡靠种植茭白、发展民宿致富，霍山县利用废弃的三线厂房设立作家村、画家村，昔日偏僻的山村，正借助青山绿水资源，形成新的文明生态。对农民而言，土地正迅速摆脱以往的滞重，给人带来生活方式的跨越式发展。城乡差别或许仍然存在，但乡村生产生活方式的巨大进步，为所有人的诗意栖居提供了丰富的想象空间。

“身为鄂东人，来到皖西大别山区，感觉到不一样的熟悉和不一样的改变。”湖北省文联主席刘醒龙说，他的作品《弥天》《圣天门口》《天行者》《黄冈秘卷》都是大别山这片山水的产物，这些作品所容纳的时光，正是改革开放兴起的前前后后。几十年过去，沿途所见，人们已经从热血浇灌的红色土地上看到了远方，找到了不背离发展正途的科学之路。离开皖西再到皖东的小岗村，回想那些写作，又有了新的体悟，安徽改革开放进程中所体现的精神，正是文学创作中必须铸造的灵魂。

“在我们出生时，改革开放就已经开始展开，我们没有体验过那种艰苦，但当我们成长起来时，却已经在开始享受改革开放成功后的丰硕果实。”网络作家天蚕土豆谈到，此次能够参加采访团深入安徽农村，体验改革开放40年所经历的艰难与艰苦，这对他有很大的触动。新一代的年轻人不应躺在父辈的努力上选择享受，也更不应忘却上一辈在改革开放中的努力与付出。“我们应该加入到其中，为实现我们的‘中国梦’，为我们祖国的繁荣复兴添砖加瓦。”

陈世旭、彭见明、邵丽、王跃文、滕贞甫、许辉、彭学明、何颖、吴雪、李云、许若齐、王手、凡一平、钟红明、司敬雪、董宏君、闫宏伟、孔海蓉、魏远峰、陆梅、天下尘埃、范党辉、王选等参加了此次采访活动。

安徽之行结束后，作家们还将前往浙江淳安、桐庐、安吉，湖南花垣、泸溪、永顺等地，对当地在美丽乡村建设、生态文明建设、脱贫攻坚等方面取得的成就进行采访。

走进浙江乡村，处处都是动人的细节

——中国作协庆祝改革开放40周年主题采访活动第三团走进浙江

宋　晗

为回顾改革开放40年来的光辉历程和伟大成就，9月7日至10日，中国作协庆祝改革开放40周年主题采访活动第三团走进浙江，深入淳安县下姜村、桐庐县富春江沿线以及安吉县鲁家村、余村等地，围绕浙江乡村振兴战略、美丽乡村建设等主题进行采访。中国作协副主席阎晶明、中国作协创联部主任彭学明，以及来自全国各地的三十余位作家、编辑参加活动，实地感受浙江在美丽乡村建设等方面所取得的可喜成绩。

9月7日，采访团刚抵达杭州就与当地作家进行座谈交流。阎晶明在座谈会上说，改革开放40年来，浙江作为沿海发达地区，在推动乡村振兴方面走在了全国前列。浙江乡村振兴，离不开乡村文化的振兴，而表现农业、农村、农民的发展变化一直是中国文学创作的重要题材。希望作家们在这里切实感受乡村变化，体会美好生活，创作出一批反映时代精神、展现人民奋斗精神的优秀文学作品。浙江省作协副主席臧军、浙江省委宣传部党教处副处长包新旺等人参加会议。

白墙黛瓦，青山碧水，在烟雨迷蒙中显得静谧而有诗意，这是采访团在杭州市淳安县下姜村最直观的感受。下姜村处于淳安县南部深山中，曾是杭州经济最困难的乡村之一。2003年开始，下姜村成为时任浙江省委书记习近平同志的基层联系点。在习近平多次实地考察指导之下，村民们用现代发展理念指导农业，狠抓农业产业结构调整，实现了农村休闲旅游产业和生态农业产业一体化，极大地改善了生活。在下姜村，随处可见即是风景。作家们纷纷表示，在这里，美丽不再是一个形容词，这儿就是美丽本身，到处都是动人的细节。在乡村振兴过程中蕴藏着丰富的写作素材，只要深入生活多去挖掘，就一定能写出思想性与艺术性兼备的文学作品。

元代画家黄公望创作的纸本绘画《富春山居图》，使得富春江成为一个文化色彩浓厚的文化地标。9 月 8 日，采访团一行前往桐庐县进行采访，在富春江沿线感受老城、新城在分区域发展理念指导下的城市面貌。这座范仲淹笔下的“潇洒桐庐”，不仅人文荟萃，而且现在已经是浙西地区经济实力第一强县。《文学报》执行主编陆梅向记者表示，此行感触与收获良多。每天马不停蹄赶往一个个县乡村实地走访与交流，对原先只是停留在概念层面的脱贫攻坚、乡村振兴、美丽乡村建设等政策有了感性和直接的了解。在这些乡村走访，更深切体会到青山绿水之于农民的意义。乡村在改变，富起来的农民有了更多的文明追求。宜居的生态也吸引了大批怀有理想情怀、带着创业梦想和智慧的年轻人投身到乡村建设，他们是现代版的“中国乡贤”。他们把全新理念和生活方式带入了乡村。新的民间力量、乡村秩序和产业形态正在重构乡村。

9 月 9 日，采访团前往安吉县鲁家村和余村。鲁家村以家庭农场为核心，开拓村庄经营新模式，真正实现了田园变景区，村民变股东，村庄一派清新风貌。“自己给自己打工”的发展模式吸引了不少大学生回村投身家乡建设。余村在习近平总书记“绿水青山就是金山银山”的发展理念指导下，大力发展生态经济，成为浙江乡村一道亮丽的风景。当地极富创意的发展理念和模式，让作家们感慨不已。《收获》杂志副主编钟红明表示，来这里之前，就想象到江南的风景：水光潋滟，远山青黛，丛丛竹林，枕溪人家的黑瓦白墙。这一切似乎是大自然和历史的馈赠。而真正来到这里探访，才知道眼前美丽的一切都是从一无所有发展起来的。绿水青山所带来的金山银山，并非一蹴而就。一切从人的观念解放开始，一切都从人的选择开始。正因如此，余村人才会集体投票选择关闭矿山，避免竭泽而渔的方式，另辟蹊径寻求发展模式，让诗意的山水重回我们的视野，也让共同富裕从愿景变成现实。

据了解，在完成浙江段走访任务之后，中国作协庆祝改革开放40周年主题采访活动第三团还将前往湖南省湘西土家族苗族自治州，采访十八洞村、菖蒲塘村、浦市镇等地。

感受人民幸福　书写时代巨变

——中国作协庆祝改革开放40周年主题采访活动第三团走进湖南湘西

宋　晗

日前，中国作协庆祝改革开放40周年主题采访活动第三团走进湖南湘西土家族苗族自治州进行采访。王跃文、滕贞甫、彭学明、黄咏梅、王手、魏远峰、许辉、钟红明、沈念等二十余位作家、编辑参加活动。

湘西地处高原，因地理位置偏僻，已经与贫困斗争多年。2013年11月3日，习近平总书记先后考察走访了湘西凤凰县廖家桥镇菖蒲塘村和花垣县双龙镇十八洞村，并在十八洞村座谈时首次提出了“精准扶贫”的重要思想。从此，土家苗寨儿女的脱贫致富梦被点亮。9月11日，采访团乘车前往花桓县双龙镇十八洞村采访并与当地村民进行座谈交流。

去往十八洞村的路上，山雾围绕下的青山峻拔秀丽，作家们好似经历了一场原生态的洗礼。这里已无从前落后、贫困的旧影，村寨内外已经实现人畜分离，房屋、道路、河流、树林都干净整洁。前来参加座谈的村民发自肺腑地感谢脱贫政策给他们生活带来的变化。在凤凰县菖蒲塘村，采访团考察了猕猴桃基地和柚子基地。菖蒲塘村曾经是全县最贫困的村庄，村党支部和村委会带领广大村民大力引进水果产业和乡村旅游，已经实现全面脱贫，成为省级新农村建设示范村。网络作家天下尘埃说，凤凰县菖蒲塘村大力推广猕猴桃种植是干部带头，现在发展旅游依然是干部先试，取得经验之后再传帮带，村干部这种吃苦在前享受在后的精神对她触动很大。“通过这次采访活动重拾了自己的文学初心，网络作家应该利用网络的资源和优势，立足当下，书写此刻的中国。”

在泸溪县浦市镇马王溪村，采访团走访了村办企业陶瓷厂和农业生态观光园及民宿。宽敞的陶瓷车间里，村民们正生产酒瓶。农业观光果园里，葡萄、梨子正成片挂果，果园附近十几栋民宿正拔地而起。在这里，村民们不用外出打工，就能有事做、有钱赚。湘西农村的发展，让作家们看到了改革开放40年来，中国农村大地上重新焕发出勃勃生机。生态文明、特色乡镇、美丽乡村、乡村振兴，是农村发展的必然进程。作家们通过对泸溪县浦市镇和吉首市矮寨镇坪朗村以及永顺县司城村的采访，切实感受到了湘西美丽乡村和特色乡镇建设日新月异的变化，也感受到了湘西厚重的文化历史和淳朴的民风民情。

浙江省作协副主席王手谈到，关注时代、表现时代是作家的重要使命和任务之一。“我们从城市走到农村，从沿海开放的经济活跃地区来到偏远的湘西欠发达村落，我感觉自己的精神和心情都是紧张的，甚至一路上都在悄悄审视自己的写作。以往的写作到底和生活有多大关系，到底感悟到了多少生活的真相和真谛？通过这几天的深入和体验，要训练自己表现生活的能力，尝试直面生活直面农村的写作。但也要警醒这样的问题：鲜活的生活题材，不是来绑架写作的，而是敦促我们激励我们怎样将文学表现得更好。”

生动记录改革开放的奔腾浪潮

——中国作协庆祝改革开放 40 周年主题采访活动第四团赴海南采访

刘 雅

11 月 30 日，作为中国作协庆祝改革开放 40 周年主题采访活动的最后一个采访团，第四团的 30 余名团员齐聚海南省海口市，开始为期 7 天的采访活动。采访团的足迹将至海口、文昌、三沙、昌江等城乡各地，聚焦海南丰富的山海文化和生态环保、民俗风情、百姓生活等，收集第一手创作素材。

活动启动当天，采访团在海口举办座谈会，拉开了活动序幕。中国作协书记处书记鲁敏，中国作协全委会委员李西岳、郑彦英、王力平，中国作协创联部副主任包宏烈，天津作协副主席王松，海南作协专职副主席梅国云等采访团成员在会上发言；张浩文代表参加座谈的 10 位海南作家发言。海南作协主席孔见主持座谈并代表海南作协对采访团的到来表示欢迎。

鲁敏谈到，中国作协庆祝改革开放 40 周年主题采访活动，是中国作协“深入生活、扎根人民”主题实践活动重要组成部分，之前的 3 个采访团足迹踏遍了广东、福建、黑龙江、浙江、安徽、湖南等地，第四团来到中国最南端——富饶美丽的海南岛。随着 1988 年国家设立海南省并划定海南岛为经济特区，海南迅速融入了改革开放奔腾不息的浪潮当中，海南 30 年巨变是我国改革开放 40 年成就的生动体现。关于这次采访活动，鲁敏表示，比起长期处在一地，空间、地域、行业的变化都能给予作家更多的养分。她希望作家们能够珍惜此次机会，深入生活一线，创作出更多优秀作品。

座谈会上，与会作家们围绕改革开放 40 周年来的文学发展状况，文学创作该如何深入生活，怎样用文学的方式书写海南的独特魅力等话题展开发言。大家谈到，改革开放 40 年来诞生了很多优秀的当代经典，我们应该认真总结 40 年的文学经验，并在此基础上开始属于新时代的书写。在各种思潮涌动中，大家明显感受到中国文学与世界文学正在发生越来越紧密的联系，同时中国文学也仍旧保持了关注现实的优秀传统。大家表示，优秀的文学作品离不开生活土壤的滋润，采访团的目的就是到人民中间，到现实中间，让文学创作与当代中国的发展结合起来。

座谈会结束后，采访团的作家们立刻投入到了紧张的采访活动中。在海口市秀英区石山镇施茶村，大家参观了“石山互联网农业小镇展厅”“施茶石斛种植专业合作社”等项目。这个习近平总书记考察海南时曾走过的地方，如今已是名副其实的“明星村”。农村基层党组织成为带领农民群众共同致富的主心骨和坚强战斗堡垒，而通过发展火山石斛种植基地、打造农业品牌、引导青年回乡创业等一系列农村振兴计划，使施茶村因地制宜探索出了一条“企业 + 合作社 + 农户”的发展之路，施茶村不仅摘掉了贫困的帽子，更走上了致富路。

12 月 1 日上午，采访团来到位于文昌市龙楼镇的中国文昌国际航天城。文昌航天发射场是中国首个滨海发射基地，也是世界上为数不多的低纬度发射场之一。从 2014 年建成至今，文昌航天发射场已圆满成功完成包括长征七号运载火箭、长征五号运载火箭在内的 4 次发射任务。在未来，文昌航天发射场还将不断刷新进军太空的中国高度，创造更多的中国奇迹。团员们参观了火箭发射指挥控制中心、火箭垂直总装测试厂房、火箭发射塔架等地，在讲解员的详细解读下，大家无不被眼前宏伟壮观的景象所震撼。对作家们来说，这是一堂特殊的“航天课”，大家被眼前宏伟壮观的景象和“两弹一星、载人航天”精神所深深震撼。

12 月 1 日下午，采访团来到了昌洒镇古路园村的宋氏祖居，已故国家名誉主席宋庆龄的纪念馆即坐落在此。纪念馆收藏的 100 多幅珍贵的历史图片、史料、照片、仿制实物等，让采访团成员们感慨中国近现代历史的波澜壮阔和革命斗争的艰苦卓绝。

作家们表示，两天的采访活动便给予大家新的视觉冲击和强烈的心灵震撼，在采访过程中，不仅看到了改革开放以来海南人民的生活水平不断提高，还感受到了国家日益先进的科学技术，自豪、振奋之情溢于言表。

大家表示，采访后一定要潜心创作、精心打磨，用最美的文字把海南在改革开放40年里的成就全面展现出来。

采访活动将持续至12月6日，采访团还将在昌江举行一场内地作家和海南作家的联席座谈会，就采访的感受与收获等进行交流探讨。参加本次采访团的作家还有高凯、邢春、李晓东、刘仁前、沈文、瞿炜、刚杰·索木东、毛晓春、曹立光、徐峙、李墨波，以及入选中国作协2018年度《中国少数民族文学之星》丛书的刘少一、李进祥、严英秀、宋利萍、于晓威、吕翼、杨犁民、红娘子等。

图书在版编目（CIP）数据

伟大征程——中国作协庆祝改革开放40周年主题采访活动作品集 / 中国作家协会编. -- 北京：作家出版社，2019.4
ISBN 978-7-5212-0520-6

Ⅰ. ①伟… Ⅱ. ①中… Ⅲ. ①中国文学-当代文学-作品综合集-中国-当代 Ⅳ. ①I253

中国版本图书馆CIP数据核字（2019）第080287号

伟大征程——中国作协庆祝改革开放40周年主题采访活动作品集

编　　者：中国作家协会
责任编辑：李亚梓
特约编辑：孟英杰
装帧设计：百丰艺术
出版发行：作家出版社有限公司
社　　址：北京农展馆南里10号　　　**邮　　编**：100125
电话传真：86-10-65067186（发行中心及邮购部）
86-10-65004079（总编室）
E-mail:zuojia@zuojia.net.cn
http://www.zuojiachubanshe.com
印　　刷：北京玺诚印务有限公司
成品尺寸：170×240
字　　数：350千
印　　张：23
版　　次：2019年9月第1版
印　　次：2019年9月第1次印刷
ISBN 978-7-5212-0520-6
定　　价：45.00元
